소설로 읽는 한국근현대문화사

지은이 소개

안미영

한국 현대문학 소설을 전공했으며, 현재 건국대학교 글로컬캠퍼스 교양대학 교수이다. 2002년 동아일보 신춘문예 평론이 당선되어 현장비평도 하고 있다. 평론집으로 『낮은 목소리로 굽어보기』(시와에세이, 2007), 『소설, 의혹과 통찰의 수사학』(케포이북스, 2013 세종우수도서), 『밀레니얼세대 청춘시학』(소명출판, 2022)이 있고 문화콘텐츠를 대상으로 쓴 『문화콘텐츠 비평』(역락, 2022)이 있다. 연구서로 『이상과 그의 시대』(소명출판, 2003), 『전전세대의 전후인식』(역락, 2008), 『이태준, 근대문학을 향한 열망』(소명출판, 2009), 『해방, 비국민의 미완의 서사』(소명출판, 2016), 『잃어버린 목소리, 다시 찾은 목소리』(소명출판, 2017) , 『서구문학 수용사』(역락, 2021 대한민국학술원우수도서) 등이 있다.

소설로 읽는 한국근현대문화사

초판 1쇄 인쇄 2023년 5월 12일
초판 1쇄 발행 2023년 5월 24일

지은이   안미영
펴낸이   이대현
편집   이태곤 권분옥 임애정 강윤경
디자인   안혜진 최선주 이경진
마케팅   박태훈

펴낸곳   도서출판 역락
출판등록   1999년 4월 19일 제303-2002-000014호
주소   서울시 서초구 동광로 46길 6-6 문창빌딩 2층 (우06589)
전화   02-3409-2060
팩스   02-3409-2059
홈페이지   www.youkrackbooks.com
이메일   youkrack@hanmail.net

ISBN 979-11-6742-545-4 93810

이 저서는 2021년도 건국대학교 저역서발간연구비 지원에 의한 결과임.

소설로 읽는
한국근현대문화사

안미영

역락

이 책을 어머니께 드립니다.

저희 어머니는 올해 여든 한 살이십니다. 제 책이 나올 때마다 오랫동안 공들여 읽으십니다. 어머니는 1943년생이십니다. 식민지시기에 태어나고, 해방기에 유년기를 보내셨습니다. 한국전쟁 당시에 학교를 다녔고, 1960년대 직장생활을 하고 결혼하셨습니다. 이 책은 한국의 근현대화 과정을 담고 있으며, 저희 어머니와 어머니보다 앞선 세대들의 삶과 문화를 담고 있습니다. 다음 세대인 제가 지금까지 읽어온 소설을 통해 어머니 세대의 문화를 읽어들인 것입니다.

저는 한국소설을 전공한 연구자입니다. 이 책은 한국소설을 통해 한국 근현대문화의 흐름을 소개한 것입니다. 문화(文化)는 자연 상태에서 벗어나 사회에서 습득, 공유, 전달되는 행동양식을 일컫습니다. 소설은 문화 현장의 곳곳을 구체적이고 농밀한 언어로 제시하고 있습니다. 이데올로기, 남성과 여성의 삶, 생활, 언어, 제도, 정치 그리고 인간의 다양한 감정에 이르기까지 모두를 아우릅니다. 요컨대 한 작품에는 한 시대의 문화가 응축되어 있습니다.

이 책에는 개화기부터 1960년대에 걸쳐 주목할 만한 문화의 추이를 담아냈습니다. '근대', '해방기', '한국전쟁이후'라는 분기점을 기준으로 한국 문화의 전개과정에 주목했습니다. 통시적 흐름에 따라 두드러진 특징을 중심으로, 다음과 같이 총 4부로 구성했습니다. 제1부 근대, 변한 것과 변하지 않은 것은 무엇인가. 제2부 한국 근대소설은 어떻게 성장했는가. 제3부 해방 이후 (비)국민은 어떻게 살았는가. 제4부 한국전쟁이후 국가는 어떻게 재건되는가.

1부에서는 근대를 기점으로 변한 것과 변하지 않은 것에 주목했습니다. 몸담론은 몸이라는 자연성(nature)에 경작된 문화(culture)의 면면을 확인할 수 있는 유용한 틀입니다. 몸은 개화기의 체제를 내면화하는 집단의 모형에서부터 근대에 출현한 개인, 여성의 목소리 재현에 이르기까지 협력과 위반, 타협과 저항, 순응과 일탈의 장으로 변화의 지점들을 보여주고 있습니다. 근대의 두드러진 변화로, 육체적 욕망에 눈뜨는 여성, 기독교에 대한 객관적인 성찰은 전대와 구분되는 괄목할 만한 변화입니다.

2부에서는 한국 근대소설이 어떻게 성장했는가에 주목했습니다. 근대 정신문화의 두드러진 성과로 한국 근대소설의 성장은 빼놓을 수 없습니다. 박태원(1909~1986)의 소설을 통해 한국에서 모더니즘 소설이 창작되는 과정과 방식을 살펴보았으며, 김유정(1908~1937) 소설을 통해 소설에서 근대 수사학이 어떻게 활용되었는지 소개해 보았습니다. 미국 유학생 한흑구(1909~1979)의 저작을 통해 식민지시기에도 이 땅의 지식인들은 인류 보편의 문제를 공유하고 직시하고 있음을 제시했습니다.

3부에서는 해방공간 '국가'와 '민권'에 대한 염원에 주목했습니다. 국가가 있으나 제 기능을 못했으며 국민은 존재하지만 민권을 부여받지 못했습니다. 학병 세대 지식인 장준하(1918~1975)의 삶을 통해 지식인이 부재한 국가를 상상하고, 국가의 현존과 미래를 일구어 가는 방식에 살펴보았습니다. 홍구범(1923~?)의 소설을 통해 해방공간 기층민의 민권 자각 과정을 살펴보고 민권 의식의 근원을 동학에서 찾고 있음을 알 수 있었습니다. 이상(李箱 1910~1937) 문학에 대한 시기별 독해를 통해 작중의 '절망'은 시대를 통해 새롭게 읽히고 있음을 제시했습니다.

4부에서는 한국전쟁이후 국가의 재건 과정에 주목했습니다. 한무숙(1918~1993)의 전쟁 직후 소설을 통해 남성은 독백 형식으로 가장으로서 아들로서 죄책감과 책임감, 각성과 성찰을 드러내며, 여성은 대화를 통해 고단한 삶의 현장과 생명윤리를 자각해 나감을 알 수 있었습니다. 박화성(1904~1988)의 전후소설을 통해 전후 지식인은 국민의 윤리가 연애보다 상위에 있음을 알 수 있었습니다. 『사상계』(1953.4~1970.5)를 통해 1960년 4.19혁명으로 발화된 민주화 담론을 살펴보았고, 4.19직후 『사상계』에 실린 4.19소재 소설은 연좌제의 문제성을 제기함으로써 반공이데올로기를 비판하고 통일에 대한 염원을 담아냄을 제시했습니다.

21세기 한국문화는 'K'라는 고유 브랜드를 지니며 전 세계에 경쟁력을 갖게 되었습니다. 문화는 하루아침에 이루어지지 않습니다. 앞선 세대는 새로운 문명을 받아들이고 식민지, 해방정국, 한국전쟁을 경험하면서 역사적 상흔을 감내해야 했으며 그 과정에서 파생된 상처, 인고, 도전이 이전과 다른 한국 문화의 콘텐츠가 되었습니다. 이 책이 어머니를 포함한 윗세대의 유년기, 청년기의 삶과 그들을 둘러싼 이 땅의 문화를 이해하는 데 기여할 수 있기를 바랍니다. 책이 출간되기까지 배려를 아끼지 않으신 역락출판사 이태곤 편집이사님, 안혜진 팀장님, 임애정 대리님께 깊이 감사드립니다.

녹음이 짙어가는 5월
안미영

차례

1부

근대, 변한 것과 변하지 않은 것은 무엇인가

1장
몸 담론, 근대 문화의 변화를 읽는 기준

1. 몸, 자연성(自然性) 회복을 위한 반자연성(反自然性)에 대한 성찰

근대는 전대와 비교하여 어떻게 무엇이 달라졌을까요. 왜 그 변화를 몸을 통해 살펴보려는 것일까요. 인간의 몸은 자연(自然)의 성격을 지니지만, 현실에서 몸은 그다지 자연스럽지 않기 때문입니다.[1] 그런 까닭에 몸에 대한 사유는 다음과 같은 두 가지 의의를 지닙니다. 첫째, 근대화 과정에서 몸은 애초에 지닌 자연성을 상실했으므로 이를 복원하기 위해 '몸'을 담론의 영역에서 논의할 수 있습니다. 둘째, 몸이 자연성(自然性)을 실현하는 시공간이라고 볼 때, 몸 담론은 자연성(自然性)에 역행하는 인위적인 사회 규범을 해석할 수 있는 틀이 됩니다.

사회를 만들면서 인간은 '자연'과 분리되는 듯하지만, 우리의 몸은 '자연성'을 짊어지고 있습니다. 성, 배설, 폭력과 같은 몸의 표현은 본시 자연성의 발로이지만, 이러한 자연성은 문학에서 반(反)사회성으로 몰리기도 합니다. 사회는 몸의 자연성(自然性)을 통제하려 하지만, 몸이 타고난 자연성(自然性)을 모두 거세할 수는 없습니다. 그럼에도 우리의 몸은 어느 순간부터 자연(自然)이 아닌 사회(社會)를 환유하기 시작했습니다. 옷을 입는 것(복장)도 몸의 자연성(自然性)을 보존하기 위한 것이기보다 사회적 장치로서 규율의 수단이 되었습니다.

개화기 서사물에서 몸이 '국가'를 상징하는 수사학으로 동원된다는 것은 몸의 속성을 자연성(自然性)이 아니라 사회적으로 의미가 부과되는 존재, 사회성으로 파악하기 시작했음을 보여줍니다. 근대 문화에 나타난 몸 담론의 특징은 반자연성(反自然性)의 다양한 스펙트럼을 알 수 있습니다. 전대(前代)의 인간은 생리적인 관점에서 '어른', '여자', '소아'로 구분됩니다. 계급(신분)에 따라 양반과 평민, 종사하는 일의 성격에 따라 선비와 농민 등으로 다양한 호칭이 존재했지만, 오늘날과 같이 다양한 층위의 명명을 갖지 않았습니다.

청년과 여학생, 소년과 소녀, 어린이와 유아 등 세밀한 구분과 명명법은 사회가 개별 인간을 구분하고 통제하기 위한 수단입니다. 이것은 '몸'이 단순히 성별과 노소에 의해서만 구분되는 것이 아니라, 사회가 요구하는 규범과 직책에 따라 새롭게 재편됨을 보여줍니다. 몸은 사회가 요구하는 형태로 구성되면서 사회적인 의미를 부여받습니다. 그런 까닭에 개화기에는 부국강병의 국가주의에 부응하는 국민의 신체가 요구되었으며, 이광수는 1910년대 소설과 논설에서 제국주의의 팽창을 지각하고 사회진화론에 입각한 우생학적 몸을 지향합니다.

월경과 임신을 해야 하는 여성의 몸과 사회에 물들지 않은 아이의 몸은 자연성(自然性)을 유지하고 있습니다. 남성의 몸에 비해 여성의 몸은 더 많은 자연성(自然性)을 지니고 있습니다. 그런 탓에 여성의 몸에 가해지는 사회적인 통제는 더 복잡하고 미묘합니다. 김동인과 염상섭의 1920

년대 소설에는 몸의 욕망을 자각하고 그것을 실현해 옮긴 여성 인물이 등장합니다. 김동인은 「약한자의 슬픔」(『창조』, 1919.2~3)에서, 염상섭은 「제야」(『개벽』, 1922.2~6)에서 욕망(자연성)을 실현한 여성의 몸은 어떤 단죄를 받아야 하는지 보여줍니다. 작가는 욕망을 실천으로 옮긴 여성의 몸을 '낙태' 혹은 '자살'하게 함으로써 죄의 근원을 이 땅에 발붙이지 못하도록 송두리째 제거합니다. 동시대 남성 작가는 물론 당대 사회는 근대 여성이 발견한 자연성(自然性)을 용납하지 않았습니다. 그들은 모럴과 규범의 명목으로 여성의 섹슈얼리티를 억압함으로써 집단(사회)을 통제합니다.

1930년대 모더니즘 소설에서 몸의 '대상화'는 '자연(自然)'의 '대상화'와 동일하게 나타납니다. 개화기 우리나라에 팽배했던 기독교적 세계관에 의하면 자연(自然)은 피조물로서, 외경(畏敬)의 존재가 아니라 '가공' 및 '관리'의 대상이었습니다. 자연(自然)이 물질적 객체로 대상화되는 과정에서 인간 역시 예외일 수 없었습니다. 이상(李箱)은 그의 수필에서 시골 마을의 '자연(自然)'을 비롯하여 길들여지지 않은 '아이의 몸'을 조소하고 사물화 합니다. 그에게 자연(自然)은 권태의 공간이고, 인공(人空)으로 조작된 도시는 낙원입니다. 이상(李箱)에게 있어서 자연성(自然性)을 간직한 '몸', 그 자체는 아무 의미를 갖지 않습니다. 몸이 의미를 지니기 위해서는 '각혈', '분신', '단발'을 비롯하여 '자살'에 이르기까지 몸의 자연성(自然性)에 역행하는 인위적인 조작이 가해져야 했습니다. 1930년대 모더니즘의 기수로서 이상(李箱) 텍스트는 반자연성(反自然性)의 정점을 이룹니다. 몸에 가해진 조작이 '각혈', '분신'과 같은 자해(自害)의 성격을 띠고 있다는 점에서 이상(李箱) 소설은 식민지 지식인의 자조(自嘲)와 일그러진 근대에 대한 저항이라는 다양한 메타포를 보여주고 있습니다.

자연성(自然性)이 거세되면서 우리는 본연의 몸을 상실하고 사회가 요구하는 규격대로 몸을 관리하고 치장하게 됩니다. 개인의 욕망과 사회 권력을 내면화하는 가운데 우리의 몸은 변형되고 기획되었으며, 그 과정에서 이지러지고 뒤틀리기도 했습니다. 몸의 자연성(自然性)에 반(反)하여 몸에 부과되는 다양한 규율과 제도는 우리의 몸을 '만들어지는 몸' '구성되는 몸'으로 통제합니다. 사회의 요구를 돌아보고 당면한 사회의 정체성과 본질에 의문을 제기하기 위하여, '몸 담론'이 필요합니다. 몸 담론을 에피스테메의 수준으로 부상시키는 것은, 언표를 갖지 못하는 '몸의 언어'를 읽어냄으로써 우리 몸에 가해지는 다양한 억압의 요인을 밝혀내기 위해서입니다. 에피스테메로서 몸 담론은 문학과 사회학, 철학과 종교학, 여성학 등 다양한 학문을 관통하면서 특정 시대 특정 언설을 파악하는 방법론으로 유용합니다.

'몸'은 물질성, 개인성, 사회성을 포함하는 복합적인 개념으로 시간과 공간을 조직하는 가시적인 주체입니다. '몸'은 정신과 이성의 대안으로 주체를 해석하기 위한 새로운 토대로 담론을 만들어 낼 수 있습니다. 당면한 시간과 공간의 성격을 체화한 몸을 통해 우리는 당대의 특수성과 이데올로기를 추적해 낼 수 있습니다. '몸 담론'은 근대소설을 포함하여 작가의 의도 및 그것이 만들어진 당대를 미시적이고 구체적으로 읽을 수 있다는 점에서 당대 지배 담론을 성찰할 수 있습니다. 몸 담론은 유동적이며 끊임없이 생성되고 변형됩니다. 전대의 몸 담론이 주변으로 밀려나면서, 몸에 대한 새로운 담론은 재배치됩니다.

근대소설에 나타난 몸 담론은 한국 근대문화에 내재한 '계몽', '식민지', '근대'에 대해 구체적인 정보를 제공해 줄 수 있습니다. 몸은 타율적으로 강요되거나 자율적으로 선택한 지배 담론을 내면화할 뿐 아니라 재현하며 '몸 담론'은 개화기를 비롯한 근대에 만연했던 전체주의, 국가주의, 식민주의, 제국주의, 자본주의, 기독교, 문명화 등을 읽어 낼 수 있는 구체적인 방법론입니다. 몸 담론에 주목하여 근대소설을 읽으면 전통과 문명, 그리고 식민지에 변용되는 '몸'을 발견할 수 있습니다. 소설 속 인물의 몸은 근대라는 시공간의 특수성과 이데올로기를 다양한 형태로 보여주고 있습니다.

전대(前代)에도 '몸'은 존재해 왔건만, 근대 문화를 논하는 방법으로 왜 '몸'이라는 키워드가 부상하게 되었을까요. 전대와 달리 '몸'이 담론의 무대에 부상한 것은 근대에 이르러 '몸'에 대한 인식이 달라졌기 때문입니다. 피터 부룩스(Peter Preston Brooks, 1938~)는 18세기말에서 19세기초 '근대적' 육체의 출현이 육체의 성격이 달라졌다는 것이 아니라 '육체를 이해하는 조건', '육체가 의미의 체계 속에 들어오는 양식'이 전과 달라졌다고 설명합니다.[2] 우리가 근대문화를 알기 위해 '몸'을 조명하는 이유는 전대(前代)와 다른 인식의 차이를 '몸'이 체현해 내고 있기 때문입니다.

한국 근대 문화사의 추이에 따라 몸에 대한 인식의 차이를 확인할 수 있습니다. 우선, 근대(개화기~1930년대)라는 시공간의 담론 체계가 지닌 특수성에 유념해서 보겠습니다.[3] 근대를 구성하는 담론의 체계는 분화되고 전문화됩니다. 과학, 사회(정치), 종교 등의 영역 구분은 몸에 대한 인식 변화를 설명하기에 편리합니다. '과학'이 몸을 대상화하고 기계화했다면, '사회'는 몸을 계층적으로 구분하고 구체적인 직위를 부여합니다. '종교'는 몸을 정신과 비교하여 극복해야 할 대상으로 봅니다. 결과적으로 '몸'은 정신과 분리되고, 사회의 일정 영역을 선도해야 할 직책으로서 '청년의 몸', '어머니의 몸', '아동의 몸'으로 구분되며, 종교에 귀의할 수밖에 없는 훈육이 필요한 불완전한 대상이 됩니다. 기독교에서 '천국'은 교인들에게 육체를 배제한 '영혼의 공동체'를 제시합니다. 과학과 종교의 담론 속에서, 정신과 대조적으로 '몸'은 썩어 없어지며 죄짓는 대상으로 열등한 의미를 지니게 됩니다.

제국주의와 자본주의 그리고 문명이 유입되는 근대 식민지 사회에서 '몸'은 동시대 혼종된 다양한 담론을 체현해 냅니다. 예컨대 근대소설의 작중 인물은 '인간', '사람'으로 존재한다기보다 '백성', '민중', '시민', '개인', '민족', '동포' 등 봉건성과 근대성이 착종된 상태로 존재합니다. 그들은 식민지 '백성'이면서 특정 이데올로기를 지향하는 '민중'이기도 하며, 해방을 실현하기 위해 민족과 동포를 호명하는 '지사(志士)'이면서 동시에 근대 도시를 산책하는 '시민'이기도 합니다. 작가가 의식하건 의식하지 않건 간에, 궁극적으로 근대소설에 나타난 '몸'은 근대적 인간의 존재 방식을 재현하고 있습니다. 작중 인물의 몸은 '근대적 존재'의 성격과 의의를 구체적으로 보여줍니다. 작중 인물의 몸을 통해 드러나는 '근대적 존재'는 근대 인간일 뿐 아니라 근대적 인식을 담고 있습니다. 근대적인 몸은 공공성을 답습하지만 때로는 공공성을 배반하기도 합니다. 공공성으로부터 분리되어 '몸'은 인간의 욕망을 투영하는 담지체로서 개인을 대변합니다. 그런 의미에서 근대소설에 구현된 '몸'은 근대적 인간의 거처입니다.

'몸'은 규율과 통제의 대상으로 존재하느냐, 일탈·부정·저항의 주체로 존재하느냐에 따라 다양한 층위의 근대성을 보여줍니다. 그러므로 몸 담론은 근대문화의 변화를 살펴보기 위해 유용한 틀입니다. 이 글에서는 몸 담론을 통해 근대 문화의 추이를 소개하겠습니다. 이를 통해 우리는 근대소설의 역사적 흐름은 물론 근대 문화의 전개과정을 알 수 있습니다. 우선 몸 담론의 전개과정과 근대소설사의 추이를 비교함으로서 어떤 작품을 대상으로 몸 담론이 전개되었으며 그 과정에서 밝혀진 의미가 무엇인지 살펴보겠습니다.

2. 몸 담론으로 보는 근대 문화의 변화

21세기에 접어들면서 근대 문화 탐구방법으로 몸 담론이 성행했습니다.[4] 이 장에서는 몸 담론이 전개되는 과정과 쟁점을 소개하려 합니다. 우선 시대순으로 몸 담론의 추이를 살펴볼까요. 몸 담론은 이광수의 소설(「무정」)과[5] 이상(李箱) 소설에서[6] 가장 많이 이루어졌습니다. 이러한 사실은 이광수와 이상(李箱)이 그의 작품에 전대와 구분되는 새로운 담론 체계를 선보이고 있음을 시사하고 있습니다. 1910년대 이광수의 「무정」(『매일신보』, 1917.1.1~6.14)은 본격적인 근대소설의 형태를 보인다는 점에서, 1930년대 이상(李箱)의 소설은 한국 모더니즘소설의 정수라는 점에서 각각 문학적 성과와 의의가 널리 규명된 만큼, 그들의 소설에 나타난 '몸 담론'은 풍성한 수사학은 물론 당대 지배 담론의 특수성을 파악할 수 있는 기준이 되었던 것입니다. 이 장에서는 개화기, 1910년대 이광수의 「무정」과 그의 논설, 1920년대 김동인과 염상섭 등의 소설, 1930년대 이상(李箱)과 모더니즘 소설 네 시기로 나누어 몸 담론의 전개과정을 소개하겠습니다.

	시기	텍스트	시기별 몸 담론
1기	1890~1910	신문의 서사물과 신소설	국가주의에 상응하는 '국민'의 신체
2기	1910년대	이광수의 「무정」과 논설	개별성과 공리성이 착종하는 우생학적 몸
3기	1920년대	김동인과 염상섭 등의 소설	욕망하는 여성의 몸, 욕망을 억제하는 시선(권력)
4기	1930년대	이상(李箱)소설과 모더니즘 소설	근대적 존재로서 '개인'의 몸(mode)

1기에서 몸 담론은 체제가 몸을 어떻게 규율하고 관리해 왔는지 주목하고 있습니다. 개화기 몸 담론에 나타난 병리학적 사유방식은 '질병 대(對) 몸'의 도식을 통해 국가주의가 국민을 규합하고 훈육하는데 동원되고 있음을 알 수 있습니다. 이 시기 몸은 근대적 주체로 존재하지 못합니다. 근대적인 몸이 규율과 통제에 대응하고 저항과 자유 의지를 표현할 수 있다면, 1기 개화기 서사물에 나타난 몸은 수동적 존재로서 체제에 순응하고 있습니다. 개화기 신소설에 등장하는 인물의 육체에는 당대 앓고 있는 국가 조선의 의미가 새겨져 있습니다.[7] 1기의 몸 담론이 '통제 대상으로서 몸'이 체제의 규율에 편입되는 방식을 보여준다면, 2기의 몸 담론은 '개별성과 공리성이 착종하는 몸'을 조명함으로서 공공성을 구현하되 '자발성'도 두드러지게 나타나고 있음을 보여줍니다.

2기는 이광수의 「무정」(『매일신보』, 1917.1.1~6.14)을 기점으로 나누어집니다. 이광수 소설을 대상으로 몸 담론이 부각되는 이유는, 전대와 달리 주인공이 욕망을 통제하고 공공을 위해 헌신함에도 불구하고 인물 스스로 몸의 욕망을 자각하고 노출하고 있기 때문입니다. 주인공 형식은 영채의 몸을 통해 자신의 욕망을 노출하고, 영채와 계향은 서로의 육체를 탐하면서 자신의 욕망을 노출합니다. 「무정」에는 여성의 육체를 알고자 하는 형식의 개인적인 욕망이 드러납니다.

이광수는 육체적 욕망을 인정하되, 정신을 우위에 둔 것입니다. 형식은 몸의 개별적 가치에 눈을 뜨지만, 국가와 민족 차원의 공리적 가치를 위해 헌신합니다. 이광수는 공리성을 배제한 몸의 가치에 대해서는 언급하지 않습니다. 이광수 소설의 주인공들은 '통제', '규율,' '훈육'과 같은 공적 기제에 자발적으로 자신의 몸을 끼워 맞춥니다. 그런 까닭에 이광수가 소설에서 조명하는 인물은 '사회적이며 공리적인 인간'입니다. 그의 소설에서 공리적인 몸 만들기의 프로젝트를 방해하는 인물이야말로 오히려 근대적 '개인'의 면모를 보입니다.[8]

이광수 소설의 주인공들은 남녀 간의 사랑, 육체에 대한 인식, 성적 경험을 통해 자아를 인식하고 자율적인 개인을 자각하지만, 그들은 집단과 분리되어 있지 않습니다. 이때 개인은 국가나 사회, 집단을 구성하는 개별 인자로서, 특정 집단의 구성원들입니다. 2기의 몸 담론에서 이광수가 제시하는 몸은 개인의 몸이면서, 그에 앞서 공공(公共)을 위해 기꺼이 자신을 헌신하는 공리적인 몸입니다. 이광수는 사회진화론을 수용하면서 '우생학적 신체'를 지향하며, '우생학적 신체'는 지배 이데올로기의 도구로 전락할 수도 있습니다.[9] 이광수가 지향하는 우생학적 신체는 우수 집단체의 모형이 됩니다. 이광수는 1910년대 「무정」과 그의 논설에서 몸이 봉건적인 관습의 통제로부터 벗어나 개별성을 추구해야 한다고 주장하지만, 종국적으로는 몸이 공공(公共)을 위해 개조되어야 한다고 봅니다.[10]

이광수 소설에 나타난 '몸'에는 개인에 대한 사유와 집단에 대한 사유가 혼종되어 있습니다. 이광수의 「무정」이 차지하는 의의는 작중 인물이 개인성으로서 몸을 자각함과 동시에, 공공(公共)을 위해 '자발적으로' 몸을 개조하려는데 있습니다. 「무정」이후 이광수 소설의 주인공들은 "식민지적 지배의 기본적 전제를 부정하지 않으면서 스스로 타자로부터 구별하고 자신을 자율적으로 규제하는 인간형"에 가깝다는 점에서[11] 식민지권력이 새롭게 창출하려는 인간형과 접속합니다.

3기는 김동인과 염상섭 등 1920년대 소설을 대상으로 한 몸 담론입니다. 1920년대 소설에 이르면 작중 인물은 근대적 '개인'으로 등장하는데, 염상섭의 『만세전』에는 전대(전통)의 집단적 인간과 다른 근대적 개인(이인화)이 등장합니다.[12] 1920년대 접어들면서 몸은 공공을 위해 '헌신(獻身)'하기보다, 사적인 '욕망'을 실현합니다. 몸을 통해 구현되는 사사로운 욕망은 '애욕'과 '물질'입니다. 1920년대 소설에는 '사적인 몸'이 출현하지만, 작가들은 몸의 개별성을 쉬이 용납하지 않습니다. 특히 1920년대 소설에서 여성의 몸은 소설의 화두로 부상하지만, 여성의 몸을 바라보는 작가와 사회의 시선은 통제와 이데올로기를 동반합니다.

1920년대 소설의 논의 과정에서 몸 담론은 '섹슈얼리티'에 대한 논의로 대변됩니다. '여성의 몸'을 매춘이라는 사회 문제로 조명합니다.[13] 예컨대 1920년대 소설에 나타난 기생과 여학생의 몸을 매매(賣買)의 관점에서 파악하고 있습니다.[14] 여성 인물의 사건에 초점을 맞춘 나머지, 여성 인물의 구체적인 성적(性的) 상징과 서사 구조 간의 관련성에 대해 깊이 다루지 못한 한계가 있음에도 일련의 논의는 작중 '여성의 성적 경험'을 성적 행위에 그치지 않고 당대 사회적 추이와 맥락에서 읽고 있다는 데

의의가 있습니다. 이러한 논의는 더 발전하여, 1920년대 소설과 1930년대 장편소설을 대상으로 당시 여성의 몸에 가해진 다양한 정치적인 규율과 이데올로기 전모를 읽어내기 시작했습니다.[15]

1920년대 소설사에 김동인과 염상섭의 소설이 중심에 놓여 있듯이, 1920년대 몸 담론에서도 그들의 작품은 중심에 놓여 있습니다. 1920년대 소설을 대상으로 하는 '몸 담론'에서, 그들의 작품은 여성의 사사로운 욕망을 통제하는 1920년대 텍스트의 전형이라 할 수 있습니다. 1920년대 소설에서 김동인과 염상섭은 '광인(狂人)'은 인정할지언정 '여학생'을 비롯하여 주체의 욕망에 눈뜬 '여성'은 철저히 통제합니다. 작중에서 두드러진 여성의 외모와 지성은 오히려 경계의 대상이 됩니다. 예컨대 김동인의 「감자」(『조선문단』, 1925.1)에서 성(性)에 눈뜬 복녀와 「김연실전」(『문장』, 1939.3)에서 선각자 김연실이 파멸해야 하는 것과 대조적으로, 「어머니」(『춘추』, 1941.봄)에서 추한 외모의 곰네는 여성의 섹슈얼리티는 거세되었지만 강인한 모성을 구현해 내는 긍정적인 인물로 등장합니다.[16] 염상섭의 「제야」(『개벽』, 1922.2~6)는 여성의 목소리로 자신의 욕망을 단죄하는 한편의 고백록입니다.

1920년대 남성 작가들은 당대 움트기 시작하는 몸의 욕망, 특히 여성의 섹슈얼리티를 금제하고 철저히 통제합니다. 이해조의 「박정화」(『대한민보』, 1910.3.10~5.31)에서 강릉집의 '욕망하는 몸'이 가난한 부모의 봉양(孝)과 일부종사로 철저히 통제되었듯이, 1920년대 '여성의 욕망하는 몸'은 단죄의 대상이 됩니다. 그 결과 1920년대 소설논의에서 전개된 몸 담론은 '여성의 몸'에 가해지는 남성을 비롯한 당대 다양한 권력(시선)에 대한 논의로 수렴됩니다. 이러한 논의는 1930년대 소설연구에서도 지속적으로 나타납니다.

4기는 이상(李箱) 소설과 1930년대 모더니즘 소설논의에서 제기된 몸 담론입니다. 이상(李箱) 소설과 모더니즘 소설은 전대의 소설에 비해 몸의 수사학이 돋보입니다. 이 시기에 이르면 몸은 '폐병', '각혈', '불구', '독화 (毒花)' 등 소설의 수사학으로 자리를 잡고 있습니다. 1930년대 소설에 나타난 '앓는 몸'은 단순히 질병, 미개한 조선의 정황을 상징하는 것 외에도 식민지와 이데올로기, 문명에 대한 복합적인 비판과 자의식을 환유합니다. 작품에 등장한 몸은 소설의 수사학이자 몸에 대한 작가의 통찰을 보여줍니다. 이 시기에 이르면 '몸'은 근대적 인간의 존재 방식으로, 현실에서 개인의 삶이 재현되는 다양한 방식을 보여줍니다. 몸을 자유자재로 구사하는 작중 인물은 근대적인 '개인'의 다양한 모드(mode)입니다.

논의의 편의상 시기를 나누었지만 이러한 구분이 절대적인 것은 아닙니다. 각 시기를 대표하는 특징이 있을 수 있지만, 시기마다 전대의 다양한 성격이 혼재되어있습니다. 다만, 각 시기에 대두된 몸 담론은 그 시기에 대두되어 다음 시기에도 일정한 영향력을 행사한다는 사실은 기억할 필요가 있습니다. 예컨대 1920년대 남성 작가의 작품에 등장하는 여성의 몸과 작가(남성)의 시선은 1930년대 남성 작가의 작품에서도 지속적으로 나타납니다. 근대소설에 나타난 몸은 '근대'라는 시대의 변화를 읽어낼 수 있는 가시적이고 역동적인 영역으로 몸 담론은 변화의 정도를 구체적으로 진술해 주고 있습니다. 몸 담론으로 볼 때 근대 문화는 '체제를 내면화하는 집단의 모형', '근대적 인간으로서 개인의 존재 방식', '여성의 목소리를 재현하는 여성의 몸'으로 구분할 수 있습니다.

3. 개화기의 몸, 체제를 내면화하는 집단의 모형

개화기 몸 담론은 문학보다 인접 학문에서 이루어집니다. 개화기라는 시대적 특수성으로 말미암아 사회학과 종교학에서 논의가 선도적으로 이루어졌습니다. 이 시기에는 신문 사설을 비롯한 여행기, 편지 등 다양한 서사물이 논의 대상이 됩니다. 개화기 서사물을 대상으로 하는 초기 몸 담론으로 김윤성의 「개항기 개신교 의료선교와 몸에 대한 인식틀의 '근대적' 전환」(서울대학교 종교학과 석사학위논문, 1994)을 들 수 있습니다.[17]

종교학의 관점에서 김윤성은 개항기 신문·여행기·일기 등 다양한 서사물을 텍스트로 삼아 '개신교 의료선교'가 몸의 담론구조에 어떤 영향을 미쳤는지 분석하고 있습니다. 개항기 의료선교인들은 그들의 여행기와 기록에 한국을 '가난과 질병의 나라'라는 이미지를 부여합니다. 개항기 의료선교 과정에서 '자연, 초자연, 인간, 인간 공동체'의 관계 속에서 '유기체적이고 총체적으로' 파악해 온 '전통적' 몸 담론은 '물질적 자연'의 영역으로 파악하는 근대적 담론에 의해 '비과학적이고 비합리적이며 미신적이며 적절하지 못한 담론으로 낙인찍힙니다. 몸에 대한 기계론적 담론이 출현하여 "몸은 인간 '안에 있는 자연'으로서 '기계'와 같은 것으로 여겨지거나 '일종의 물(物)'로"(105면) 여겨지게 되었습니다. 몸을 기반으로 한 인식의 전환에 있어서 의료 선교 외, 기독교의 '교리'와 '성서' 수용의 영향력까지 보여주지 못한 아쉬움이 있지만 김윤성의 몸 담론은 '개신교의 의료선교'라는 미시적 틀을 통해 개항기 몸의 근대성을 조명했다는 점에서 구체성과 실증성을 확보하고 있습니다.

문학의 관점에서 이승원은 「근대계몽기 서사물에 나타난 '신체'인식과 그 형상화에 관한 연구」(인천대 국문과 석사논문, 2000.12)에서 근대계몽기[18] 서사물의 텍스트를 구성하는 담론의 조직방식과 성격에 초점을 맞추어 개화기 몸 담론의 특징을 규명합니다. 근대계몽기 서사물을 수사학의 관점에서 접근하여 '병리학적 사유'를 도출해 냅니다.[19] 특히 아동·여성의 신체 등 몇 가지 소재에 주목하고, 신체에 대한 새로운 인식이 그에 상응하는 서사물을 만들어 내는 것에 주목했습니다. 개화기 서사물에 나타난 몸 담론을 소개하면서 '개인'이라는 용어를 쓰고 있는데 서사물 속의 개인은 집단적 존재에 대한 개별 존재를 의미할 뿐 근대적 존재로서 주체 개념은 없으므로 적절해 보이지 않습니다. 그의 지적처럼, "신체는 주체로서 인식되지 않고 아예 하나의 대상이 되었으며, 국가를 구성하는 근본 요소로 규정"(16면)됩니다. 국가라는 지평 안에서 '신체'는 위생이라는 규율을 통해 철저히 대상화되었습니다.

그러므로 근대계몽기의 신체(몸) 담론은 개인이라는 근대적 주체의 존재방식을 구현해내지 못한 채, '신체-국가'를 대변하는 '사유 코드'를 보여주는데 그칩니다. 청일전쟁을 비롯한 제국주의의 위세가 이 땅을 잠식하던 근대 계몽기, 현실에 대한 위기감이 고조됨에 따라 서사물에는 '병든 신체'에 대한 병리학적(pathological) 비유가 성행합니다. 공공의 지면(신문)에 나타난 병리학적 비유는 개별 신체에 위협을 가하며, 몸을 통제하는데 효과적으로 활용됩니다. 이숭원의 논의는 문학영역에서 이루어진 개화기 몸 담론의 출발이라는 의의를 지니지만, 개화기 문학작품인 신소설에 대한 논의가 소략하다는 아쉬움도 있습니다.

사회학의 관점에서 박현우는 「개항기 '몸' 담론의 의미 구조와 그 변화에 관한 연구」(서울대학교 사회학과 석사학위논문, 2004)에서 개항기 몸에 가해지는 억압과 배제, 전통적 몸 담론과 근대적 몸 담론이 공존 타협하는 과정에 주목합니다. 그는 서구적 몸 개념에 동원된 과학적 사유와 사회 규합을 위한 도덕 담론 등을 통해 전대와 다른 청년, 어머니, 유아의 몸이 만들어지는 과정에 주목합니다. 개화기 국가주의는 부국강병이라는 시대적 요구 속에서 '몸'을 건강한 몸의 청년과 보육(保育)하는 몸의 어머니, 미결정된 몸으로서 아동(유아) 등으로 세분합니다. 국가권력의 법제와 경찰력은 신체를 통제합니다. 개화기의 몸은 통제 대상으로 국가주의에 귀속될 뿐 아니라 제국주의의 담론 속으로 포섭될 수 있습니다.

개화기에는 개별적인 몸이 국가에 복종할 수 있도록 신체 통제 프로젝트가 완성되는데, 이것은 '개인의 신체'가 아니라 '집단적 신체'입니다. 기차·시계·우편제도를 비롯하여 근대적인 시·공간을 경험하더라도, 전대부터 존속해 온 집단적 사유(유교적 사유)와 당대를 규율하는 국가주의의 통제로 말미암아 개인의 신체에 눈을 뜰 수 없었습니다. 개화기 신체 프로젝트의 궁극적인 귀결점은 '국민(國民)' 만들기로 요약됩니다. '근대 계몽기'라는 개항기의 시대적 특수성, '신문 사설'이라는 지면의 공공성은 개별적인 몸을 '통제받아야 하는 몸'으로 상정하고, '새롭게 개조되어야 하는 몸' 만들기를 재촉합니다. 개화기 서사물에 나타난 몸은 공리적이며, 집단적입니다. 사적이고 은밀한 비밀을 지닌 몸은 1920년대와 30년대 이르러 개인의 출현과 더불어 나타납니다.

박현우의 「개항기 '몸' 담론의 의미 구조와 그 변화에 관한 연구」(서울대학교 사회학과 석사학위논문, 2004)와 김윤성의 「개항기 개신교 의료선교와 몸에 대한 인식틀의 '근대적' 전환」(서울대학교 종교학과 석사학위논문, 1994)은 개화기에 전래 된 과학, 기독교(의료선교) 등 외부 요인을 분석함으로써

'몸'에 가해지는 근대적인 프로젝트에 주목하고 있습니다. 양자는 개화기 교과서와 신문, 일기, 편지 등을 텍스트로 삼고 있으며, 동일시기 몸 담론을 논의하는 문학 연구자들도 같은 텍스트를 대상으로 논의합니다. 그들은 서구에서 전래된 근대적인 몸 담론과 구분되는 전통적인 몸 담론의 틀을 1894년 저술된 이제마의 『동의수세보원』(1901년 발간)에서 찾고 있습니다. 한의학을 비롯하여 유교적 사유가 전통적 몸 담론의 토대가 되고 있습니다. 근대적 몸 담론의 실체는 전통적 몸 담론에 대한 명확한 인식에서 출발합니다.

김윤성, 이승원, 박현우의 논의와 같은 맥락의 글로 고미숙의 『한국의 근대성, 그 기원을 찾아서-민족 섹슈얼리티 병리학』(책세상, 2001)을 들 수 있습니다. 고미숙은 개화기 신문과 잡지 등을 텍스트로 삼아 개화기 근대성을 민족, 섹슈얼리티, 병리학이라는 세 가지 측면에서 설명하고 있습니다.[20] 일련의 논의들이 개화기 서사물을 텍스트로 삼고 있다면, 이영아는 「신소설에 나타난 육체 인식과 형상화 방식 연구」(서울대학교 국문과 박사학위논문, 2005)에서 개화기 소설을 텍스트로 몸 담론을 전개했습니다. 이영아는 신소설에 등장하는 작중 인물의 외양과 행적을 통해 인물의 개별적 존재성을 밝혀내고, 작품 안에서 병리학적 수사학의 원관념과 보조관념을 추적합니다. 예컨대 「해안」에서 조선의 '아내'가 병자(病者)로서 앓는 신체를 가지고 있다면 미국에 있는 '남편'은 의사(醫師)로서 문명화를 지향하는 신체를 지니고 있습니다. 신소설에 등장하는 병든 육체는 단순히 인물의 외양 묘사에 그치는 것이 아니라, 개화기 서구와 제국주의에 의해 병이 든 채로 재발견된 조선을 환유한다는 이영아의 논의는 신소설 분석 방법론으로 의의를 지니지만, 김윤성·이승원·박현우의 개화기 몸 담론에서 크게 벗어나지 않습니다.

지금까지 살펴보았듯이, 개화기 서사물을 대상으로 한 '몸 담론'은 통제와 규율의 대상으로서 '몸'이 어떻게 존재하는지 조명하고 있습니다. 개화기 몸 담론에는 서구의 계몽주의와 제국주의의 시선이 전제되어있지만, 전통적인 몸 담론도 혼종되어 나타납니다. 규율과 통제의 대상으로 몸을 바라보던 시각은 유교적인 사유체계에서 자신(自身)을 통어하던 전대의 수신(修身) 담론과 결합하면서 더욱 견고한 계몽의 구도 속에 자리 잡기 시작합니다. 그 결과 개화기 서사물에 나타난 몸은 체제를 내면화하는 집단의 모형으로 볼 수 있습니다. 몸은 체제의 요구에 따라 규격화된 틀일 뿐, 개성이 존재하지 않습니다. 집단의 모형으로서 몸은 근대 국가주의에 부응하기 위해 신체, 국민을 만드는 데 주력합니다. 개화기 신소설의 작중 인물들은 전대에 비해 개별적인 특성을 지니고 있지만, 근대적인 존재로서 개인의 모습은 보여주지 못하고 있습니다. 반면 1930년대 모더니즘 소설의 작중 인물들은 전대와 다른 존재 방식, 개인으로 존재한다는 점에서 주목을 요합니다.

4. 개인의 몸, 근대적 인간의 존재 방식

1930년대 모더니즘 소설에는 '개인의 몸'이 출현합니다. 모더니즘의 사유 방식과 태도는 집단이 아니라 개인의 삶을 조명하기에 적합합니다. 모더니즘 소설에 나타난 몸은 비주얼(visual)의 세계를 반영하고 있습니다. 외모와 패션에 대한 구체적인 감각은 시각적 이미지를 동원하고 있으며,

이러한 감각은 전대와 구분되는 인공(人工)의 몸을 만듭니다. 모더니즘 소설에 나타난 몸은 단순히 자연성(自然性)을 재현해 내지 않습니다. 모더니즘 소설에 나타난 몸은 유혹하기 위해 인위적으로 조작하고 가공된 몸입니다. 근대적 개인의 주체성은 시각적인 형태로 재구성됩니다.

1930년대 모더니스트 이상(李箱 1910~1937)은 그의 소설에서 전대와 구분되는 근대적 몸 담론을 재현해 냅니다. 1930년대 이상(李箱) 소설에 등장하는 인물은 개별적 인간입니다. 전대의 공리적이고 사회적인 인간은 자취를 감춥니다. 이상(李箱) 소설이 근대적인 이유는 작중에 구현된 인간이 근대적인 개인성을 소유하고 있기 때문입니다. 이상(李箱) 소설의 풍요로운 메타포는 근대적 개인의 사유 결과입니다. '개인'에 대한 자각이 전제된 연후에야, 몸은 더욱 풍부한 사유의 도구가 될 수 있기 때문입니다. 그는 폐결핵이라는 육체의 한계에 직면해 있었으므로 소설에서 '죽음'은 호소력 있는 수사학을 형성합니다. 이상(李箱) 소설에서 '몸'은 분신(分身)[21], 불구, 각혈, 질병[22] 등의 다양한 메타포로 나타나며, 작중 인물은 몸을 통해 근대적 인간으로 개인의 존재 방식을 실행해 옮깁니다. 이상(李箱) 소설에 나타난 다양한 형태의 몸은 개인의 모드(mode)이면서, 1930년대 일그러진 근대를 표상하고 있습니다.

21세기 접어들면서 이상(李箱) 소설을 대상으로 '몸'에 대한 사유가 활발히 이루어 집니다.[23] 이재복은 서구 철학에 나타난 몸에 대한 사유를 이상(李箱) 소설에 적용하여 읽어냅니다. '근대'가 몸을 배제한 이성으로 구축된 불완전한 체계라면 이상(李箱)은 몸을 동원하여 이성이 구축한 불완전한 체계를 전복시키는 '탈근대'를 구현해 낸다고 말입니다. 이상(李箱) 소설에 나타난 '몸'과 '말'의 성찰을 통해 이상(李箱) 소설을 '몸으로 말하기'로 설명합니다. 안미영은 유교적 세계관에서 파생된 전통적 몸 담론과 근대적 몸 담론이 나누어지는 지점을 이상(李箱) 소설에서 찾고 있습니다. 근대적인 몸은 조상과 부모의 유체(遺體)로부터 개인의 몸(主體)으로 분리되었으며, 이상(李箱) 소설은 개인의 소유가 된 몸의 자율성을 다양하게 보여준다고 말입니다.

김주리는 한국 근대 문인 이광수·염상섭·이효석·이상(李箱) 소설을 대상으로 근대 사회의 변화에 따른 신체담론의 변화에 주목하고, 그들의 작품에 나타난 신체담론의 제 양상을 총괄적으로 보여주고 있습니다.[24] 이광수는 훈육적 신체, 염상섭은 생산과 소비의 균형을 조절하는 타산적 주체, 이효석은 세련된 매너와 감각을 중심으로 소비적인 신체, 이상(李箱)은 도덕에 대한 반항과 탈주를 꾀하며 신체 해체를 지향하고 있다고 말입니다. 김주리는 신체가 재현되는 다양한 양상에 천착하면서 근대 사회의 체험이 어떻게 근대적 주체 형성에 기여하는지 밝히고 있습니다. 근대소설에서 재현된 신체의 제 양상은 오늘날에도 여전히 존속되고 있다는 점에서, 김주리의 논의는 근대적 신체의 다양한 모드(mode)가 형성되는 과정을 보여준 공과가 있습니다.

반면 이광수와 염상섭, 이효석과 이상(李箱)이 동시대 활동한 근대 작가이지만, 개별 작가들의 활동 시기에 반영된 시대적 추이와 차이에 주의를 기울이지 않은 아쉬움도 있습니다. 근대소설사에서 몸 담론은 다양한 형태로 전개되면서 변화합니다. 이광수의 「무정」은 개화기와 구분되는 특수성을 반영하고 있으며, 이상(李箱) 소설은 근대와 구분되는 탈근대의 특수성을 지니고 있습니다. 몸이 시공간에 의해 형성된 조직체라면 몸 담론은 필연적으로 시대적 특수성을 반영합니다. 몸 담론은 다른 담론에 비해 문학사에 대한 미시적 접근과 통찰을 가능하게 하는 만큼, 이광수와 염상섭, 이효석과 이상(李箱)이 재현해 내는 시대적 차이를 읽어낼 필요가 있습니다.

　김양선은 모더니즘 작가 이상(李箱), 최명익, 유항림의 소설을 통해 '남성의 몸'을 조명하고 있습니다.[25] 작중에서 몸은 근대성에 대한 반성적 성찰의 일차적 장소이자 저항의 거점으로, '몸'은 표현의 도구에 그치지 않고 언어의 형식을 갖추지 못한 주체의 무의식을 드러내는 적극적인 담론의 틀입니다. 모더니즘 소설에 나타난 '앓는 신체'는 시대에 대한 개인의 독자적인 대응으로 1930년대 지식인 주체의 자의식을 보여줍니다. 여성이 아닌 '남성의 몸'을 조명했다는 점에서 의미있지만, 세 작가 외에도 1930년대 모더니즘 작가들을 대상으로 했더라면 하는 아쉬움이 있습니다. 김연숙은 남성의 몸과 여성의 몸을 구분하여 논의했습니다.[26] 1930년대 소설에서 '남성의 앓는 몸'이 시대적 고뇌를 환유하고 있는 반면, '여성의 앓는 몸'은 히스테리와 부덕(不德)으로 폄하되는 지점을 주목하고 있습니다. 김연숙의 논의를 통해 논의 대상이 구체화 될수록 몸 담론의 의미와 결과의 다양성을 만들어 낼 수 있음을 알 수 있습니다.

　우리는 근대문학의 특성으로 '개인 의식'의 성장을 떠올리곤 합니다. 1930년대 모더니즘 소설에 등장하는 산책자를 비롯한 남성 주인공들은 당대 개인이 존재하는 구체적인 방식을 보여줍니다. 반면 1920년대를 거쳐 1930년에 이르기까지 작중 여성 인물은 산책과 같은 자율성을 확보하지 못한 채 몸의 제약을 가지고 있습니다. 1920년대 욕망하는 '여성의 몸'에 '개인 의식'이 내재해 하지만, 그것은 근대적이라기보다 과도기적 단계의 한계를 노출하고 있습니다. 작중 여성 인물이 개인을 표출하는 방식으로 몸을 이용했듯이, 인물에 대한 응징도 여성의 몸 손상(자살)으로 나타납니다. 1920년대 부각된 여성의 몸은 1930년대에도 지속적으로 나타납니다. 1930년대 소설에서도 여성의 몸은 1920년대와 마찬가지로 억압과 이데올로기에 종속되어 있습니다. 1930년대도 '여성의 몸'은 근대적 인간으로서 '개인'의 모드(mode)를 갖지 못합니다. 근대소설에 나타난 '여성의 몸'에는 다양한 층위의 이데올로기가 중첩되어 있으므로, 장을 달리해서 살펴보도록 하겠습니다.

5. 여성의 몸, 여성의 목소리 재현

근대소설에서 '여성의 몸'은 여성의 '목소리'를 재현하고 있습니다. 작중에서 '여성의 몸'은 말이 되지 못한 '여성의 목소리(voice)'를 보여줍니다. 일제 식민지라는 근대의 특수성은 아버지의 질서를 강요하는 남성의 목소리가 강요되던 시기였습니다. 여성의 목소리는 억제되었고 남성 목소리의 후광으로 배제되던 시기이므로, 작중 '여성의 몸'은 언표를 갖지 못한 여성의 '목소리'를 대변했던 것입니다. 특히 여성 작가의 소설에 나타난 여성의 몸은 당대 사회에서 발화될 수 없었던 여성의 내면과 주체성을 구현해 내는 의미 있는 몸짓 언어라 할 수 있습니다.

근대소설에 나타난 '여성의 몸'을 살펴보기 위해 두 가지 사실에 주목할 필요가 있습니다. 첫째, '여성의 몸'에 담긴 목소리에는 어떤 내용이 담겨 있는가. 둘째, '여성의 몸'을 바라보는 시선의 주체는 누구인가. 우선 여성의 목소리부터 살펴보겠습니다. '여성의 몸'을 통해 구현되는 여성의 목소리는 두 가지 차원에서 구분되어야 합니다. 억눌려 지내는 '여성'을 일깨우기 위한 자각의 서사인가. 그렇지 않으면 '제도'에 대한 대항의 담론인가. 질문을 다음과 같이 바꿀 수 있습니다. 작중 여성 인물이 '자기 욕망의 주체'로서 '여성의 몸'을 감지하는가. 그렇지 않으면 특정 이데올로기와 권력에 대한 비판과 저항의 주체로서 '여성의 몸'을 동원한 것인가. 근대소설에서 다수의 여성 작가들이 '자기 욕망'을 드러내기 위해 '여성의 몸'을 대상화(對象化) 한다면, 이상(李箱)과 같은 모더니즘 작가는 '비판과 저항의 메타포'로서 여성의 몸을 동원하고 있습니다. 이상(李箱)은 작중 여성의 몸을 통해 당대 지배 담론, 자본주의와 문명화에 대항합니다.

다수의 근대 여성 작가들은 '여성의 몸'을 통해 '여성의 이야기'를 전달하는 데 그칩니다. 작중 여성들은 '몸의 쾌락'을 자각하느냐 '자유연애'를 체현해 내느냐 '자발적인 노동'에 눈을 뜨느냐 등의 문제에 주목합니다. '여성의 몸'이 실어내는 목소리가 시대를 통찰하는 자명종이 되기에 한국의 근대가 짊어진 굴곡이 너무 많았습니다. 근대소설에서 여성 인물은 사회의 주체로서 자신의 몸을 인식하기보다 단지 남성의 몸과 구분되는 '여성의 몸', 섹슈얼리티를 감지합니다. 섹슈얼리티를 발산하는 여성은 집안과 집밖으로부터 유린당합니다. '방'과 '집'을 본거지로 하는 그들은 집 밖을 나온 이후 '거리'를 전전할 뿐 그 거리를 견인하는 기관의 내부(사회)로 편입되지 못합니다. 남성 작가의 작품과 달리, 여성 작가의 작품은 여성의 시선과 목소리에 주목하고 여성의 자아 정체성을 규명하려 합니다.[27]

다음으로 '여성의 몸'을 바라보는 시선의 주체가 누구인지 주의해서 보아야 합니다. 바라보는 주체의 성(性)에 따라 상이한 의도와 맥락을 내포하므로, '여성의 몸'을 바라보는 '시선의 주체'는 남성인지 여성인지 구분해야 합니다. 아울러 '시선의 주체'가 처한 상황도 고려해야 합니다. '시선의 주체'가 식민지 백성, 무산자, 지식인인지 살펴보고 나아가 무기력한 지식인인지, 전향한 지식인인지 등 작중에 묘사된 '여성의 몸'보다 오히려 '시선의 주체'에 대한 세밀한 분석이 이루어져야 합니다. 남성의 시선 속에 등장하는 '여성의 몸'은 불투명하고 다층적입니다. 시선의 주체가 남성일 경우, 그것은 그 시대의 특정 이데올로기일 수 있으며 작가의 성(性)일 수도 있으며, 작중 여성의 몸을 응시하는 남성 인물의 성(性)일 수 있습니다. 박숙자는 김동인의 「배따라기」(『창조』9호, 1921)와 현진건의 「타락자」(『개벽』, 1922)를 대상으로 남성 작가의 시선이 작중 남성 인물의 시선과 중첩되어 '여성의 몸'을 어떻게 통제하는지 주목한 결과, 1920년대 남성작가의 소설에서 남성의 시선은 성적 주체인 여성의 욕망을 거세하고 처벌하고 있음을 분석해 냅니다.[28]

작품에 재현된 '여성의 몸'에는 남성의 동요와 완고성이 착종된 남성의 시선이 따라다닙니다. 근대소설에서 욕망하는 여성의 몸에는 통제의 시선이 따릅니다. 그런 의미에서 근대소설에 나타난 '여성의 몸'은 남성의 욕망을 읽어 들이는 투사체라고 볼 수 있습니다. 욕망의 기제로서 여성의 몸은 남성의 몸과 다를 바 없지만, 당대 지배 권력은 여성의 욕망을 용인하지 않기 위해 여성의 몸에 규제를 부과했습니다. 예컨대 여성의 몸은 '욕망하는 몸'이기 앞서 '생산하는 몸'이라는 특수성을 강조합니다. 이것은 '양육하는 몸'과 어우러져 '모성성(母性性)'으로 규정되기도 하지만, '생산력을 구비한 몸'이라는 점에서 '노동하는 몸' '인고(忍苦)하는 몸'을 재생산해 내는 계기가 됩니다. 소설에 나타난 남성의 시선은 여성의 욕망을 수용하지 않으며, 욕망을 억제하는 남성의 자의식을 보여줍니다. 그것은 남성의 의식을 보여줄 뿐 아니라 당대가 안고 있는 완고성이며 민족의 암울한 운명까지 담고 있습니다. 김양선이 '여성의 몸'을 전유하여 재현되는 새로운 형태의 식민 담론에 주목한 바 있듯이[29] 제국주의 식민자와 피식민자 간의 식민 담론은 작중 '여성의 몸'을 통해 남성과 여성의 관계에서 재현되기도 합니다.

유사한 문제의식에서, 한민주는 남성 전향작가의 소설에서 남성의 메저키즘이 여성의 몸에 가해지는 폭력에 주목합니다. 전향한 남자 주인공의 불안심리는 가정을 비롯하여 아내의 몸에 가학적 폭력성으로 나타납니다.[30] 1920~30년대 남성 작가의 소설에 등장하는 '여성의 몸'은 여성의 몸이 개인의 모드(mode)를 갖지 못하고, 집단에 종속되어 있음을 보여줍니다. 우리는 개인을 일컬어 단순히 자기 몸의 욕망을 추구하는 존재로 지칭하지 않습니다. 개인은 자신의 욕망을 자각하며, 나아가 자기 몸에 대한 규율과 통제의 주체로서 존재합니다. 근대 소설에 등장하는 여성 인물들은 스스로 자신을 통어할 수 있는 개인으로 존재하지 않습니다. 그들의 몸에 가해지는 다양한 불행의 흔적이 이러한 사실을 반증합니다.

이 외, 남성작가와 여성작가의 소설에서 여성의 몸이 각각 어떻게 재현되고 있는지 주목한 논의가 있습니다. 김연숙은 남성 작가와 여성 작가가 작중 인물의 육체를 처리하는 방식에 주목합니다. 남성 작가는 남자 인물의 질병에 대해 역사의 무게가 초래한 피로와 공복이라는 공적 메타포를 부여하는 반면, 여자 인물의 질병은 개인적인 차원의 히스테리와 부덕(不德)으로 처리합니다. 남성 작가들은 그의 소설에서 적극적으로 자신의 욕망을 실현하는 여성의 몸에 패륜과 패덕의 이미지를 부여합니다. 그들은 규범과 도덕을 위협하는 인물로 묘사됩니다.[31]

근대소설에 나타난 여성의 몸은 여성의 목소리를 재현해 냅니다. 목소리를 갖고 있는 '여성의 몸'에 비해, 목소리를 갖지 못한 '여성의 몸'이 전달하는 메시지는 굴곡이 많고 애절합니다. 더군다나 여성 작가의 시선에 포착된 여성의 몸이 아니라, 남성 작가의 시선으로 중개되는 '여성의 몸'에는 남성에 대한 여성의 문제 외에도 식민지 근대화가 안고 있는 식민자에 대한 피식민자의 상처가 아로새겨져 있습니다. 남성 작가의 작품에서 '여성의 몸'은 작중 남성이 처한 상황(식민지 남성, 전향 지식인 등)에 따라 다양한 형태의 짐을 짊어져야 했기 때문입니다. 식민지 근대 소설에서 '여성의 몸'에는 암울한 시대의 자국(흉터)이 다양한 형태로 새겨져 있으며, 몸 담론은 근대 문화의 면면을 읽어내는 구체적인 방법론이 됩니다.

6. 협력과 위반, 타협과 저항, 순응과 일탈의 장(場)으로서 몸

21세기에 몸 담론이 활발하게 전개됩니다. 이 글에서는 근대소설을 중심으로 '몸 담론'의 전개와 쟁점을 소개했습니다. 근대소설에서 몸 담론은 1890~1910년대, 1910년대, 1920년대, 1930년대로 구분할 수 있습니다. 1890~1910년대 개화기 서사물을 대상으로 한 몸 담론은 국문학을 포함한 인접 학문의 장에서 활발히 전개되었는데, 이 시기 몸 담론은 국가주의에 상응하는 '국민'의 신체 만들기라는 개화기 정치적 프로젝트를 읽어내고 있습니다. 1910년대를 대상으로 한 몸 담론은 이광수의 「무정」

과 그의 논설을 중심으로 전개되었는데, 이광수는 몸의 개별성을 자각함과 동시에 자발적으로 몸의 공리성을 지향했습니다.

1920년대를 대상으로 한 몸 담론에서는 여성의 섹슈얼리티(sexuality) 논의가 주조를 이루고 있습니다. 염상섭과 김동인 등 1920년대 소설에서 여성의 몸에는 다양한 통제가 각인되어 있습니다. 여성을 대상으로 한 '몸 담론'은 1920년대 소설을 비롯하여 1930년대 소설에 이르기까지 다양한 형태로 지속적으로 논의됩니다. 1930년대에는 근대적 개인의 모드(mode)로서 개성적인 몸이 조명됩니다. 대표적으로는 이상(李箱) 문학에 관한 논의를 들 수 있습니다.

개화기, 1910, 1920, 1930년 각 시기별 몸 담론은 해당 시기를 정점으로 나타난 몸에 대한 억압과 그에 대한 저항을 보여주고 있습니다. 근대 문화에 나타난 몸 담론은 세 가지 쟁점을 보입니다. 개화기의 몸은 체제를 내면화하는 집단의 모형을 보여주고 있다면, 1930년대 이르면 개인의 몸은 근대 인간의 존재 방식을 보여주고 있습니다. 그 과정에서 여성의 몸은 언어로 드러내지 못하는 그들의 목소리를 재현해 냅니다. 그들이 몸을 통해 재현해 내는 목소리에는 아직 각성되지 못한 여성의 의식은 물론, 여성의 몸을 전유하는 식민지 담론 등이 혼종되어 있습니다.

근대소설 연구방법론으로서 '몸 담론'은 근대에 양산된 다양한 담론을 읽어낼 수 있는 독법을 제공합니다. 몸 담론은 개화기를 거쳐 근대 (1930년대)에 이르기까지 제국주의, 국가주의, 식민주의 등 이 땅의 지배 이데올로기가 드리운 그림자와 더불어 근대적 인간의 존재 방식을 구체적으로 보여줍니다. 근대소설에 재현된 몸은 우리가 처한 시공간의 특성에 따라 일그러지고 변형되어왔습니다. 몸은 당대 지배 이데올로기에 순응하거나 타협하지만, 근대적인 몸은 지배 이데올로기를 위반하거나 저항, 일탈을 보이기도 합니다.

근대문화 이해에 있어서 몸 담론은 다음과 같은 의의를 지닙니다. 첫째, 몸 담론은 19세기 말(1890년대)과 초(1900년대)의 다양한 체제 변화의 스펙트럼을 보여줍니다. 구세대 왕조문화의 소멸과 더불어 한국이 직면한 국가주의, 제국주의, 문명화, 전대와 다른 '사회(社會)'라는 집단적 시스템의 가동 그리고 그러한 집단에 대응하는 '개인'이라는 근대적 인간의 존재 방식 등을 알 수 있습니다. 몸 담론은 한국 근대의 다층성을 '몸'이라는 여과기를 통해 구체적이고 다양하게 조명할 수 있습니다.

둘째, 몸 담론은 궁극적으로 치유 담론을 지향합니다. 몸의 자연성(自然性) 회복이라는 측면에서 몸 담론은 정신을 치유합니다. 자연성(自然性)을 구현해 내는 몸은 지금까지 억압과 구속을 내면화 해온 정신을 사유하고 치유할 수 있습니다. 통제받고 규제받았던 몸은 체제의 권력으로부터 거리를 두고 자유 의지를 실현할 수 있습니다. 셋째, 몸 담론은 20세기 말과 21세기 초에 일기 시작한 '근대성' 논의에 구체성을 제공합니다. 몸 담론은 근대 문화에 내재한 근대성의 다층적인 구조와 성격을 이해하기 위한 미시적인 방법론이 됩니다.

넷째, 몸 담론은 문학뿐 아니라 인접 학문과 통합하고 연계할 수 있는 입체적이고 총제적인 담론으로서 학제 간 연구의 토대가 됩니다. 문학과 사회학, 종교학과 여성학, 철학과 과학 등 다양한 인접 학문과 소통함으로써 특정 학문에 귀속됨 없이 현실을 입체적으로 조망하고 성찰할 수 있는 방법을 제공합니다.

몸을 '개별적인 몸', '집단적인 몸', '정치적인 몸'으로 구분한다면, 한국 근대소설사에서 '몸'은 집단적이고 정치적인 목적으로 수단화되었습니다. 문학작품에서 호명된 몸은 개별적인 몸의 자연성(自然性)보다 집단적이고 정치적인 명제를 환유해 왔습니다. 리얼리즘 소설에서 몸은 개별성보다는 집단성을 구현해 낸다는 점에서 주의 깊게 살펴볼 필요가 있습니다. 리얼리즘 소설에서 지배당하는 몸, 종속당하는 몸은 자신의 몸에 가해지는 권력을 적극적으로 수용할 뿐 자신의 몸에 가해지는 권력을 감지해 내지 못합니다. 작중 인물의 몸은 집단의 목적에 맞추어 선택되고 배제당하는 반면, 주체는 자신의 몸에 드리워진 권력에 대해 어떠한 의심도 하지 않습니다. 집단적 사고의 구현체로서 몸이 어떻게 구현되고 그에 따라 감정은 어떤 식으로 처리되는지 등 리얼리즘 소설에 나타난 몸 담론은 리얼리즘 세계관을 이해하는 데 유용합니다. 모더니즘 소설을 대상으로 논의되던 몸 담론이 리얼리즘 소설을 비롯한 다양한 문화 영역으로 확산되고 있습니다.

몸 담론이 추구하는 궁극적인 지향점은 인간의 자유 실현입니다. 몸이 추구하는 지향점인 '자연(自然)'은 몸을 전제로 한 담론에서 '자유(自由)'를 환유합니다. 몸은 인간의 존재방식을 구현해 내는 틀입니다. 자연(自然)이 그러하듯, 자유가 우리의 몸을 통해 역동적이고 평화롭게 구현될 때까지 '몸 담론'은 지속될 것입니다. 이 글에서는 근대 문화를 알아보기 위해 몸 담론을 척도로 근대에 변한 것과 변하지 않은 것을 살펴보았지만, 기실 몸 담론은 문명의 발달과 더불어 '인간이라는 자연(自然)'을 현실에 복원하기 위해 앞으로도 다채롭게 등장할 것입니다.

2장
여성, 육체적 욕망의 개화

1. 육체적 욕망에 눈뜨기 전

여성은 언제부터 육체적 욕망을 표현하기 시작했을까요. 근대 소설에 나타난 여성이라면 흔히 유교적인 여성상을 떠올리기 쉽습니다. 근대 문학에서는 욕망하는 주체로서 여성의 성(性)은 물론이거니와 주체적 인물로서 여성이 형상화 된 예를 찾아보기 힘들기 때문입니다. 여성이 주체적 의지를 지니기 어려웠던 만큼 자신의 육체에 대한 의식이 미비하거나, 있다고 하더라도 외부로 표출하지 않는 것이 관례적이었습니다. 그런 의미에서 여성의 신체는 스스로 욕망하는 주체가 되지 못하고 욕망의 대상이 되었습니다.

1910년대 이광수(1892~1950)의 초기 단편에 나타난 여성들이 그 대표적인 예라 할 수 있습니다. 이광수의 초기 단편 「무정(無情)」(『대한흥학보』, 1910)에서 주인공 여성은 남편과 시댁 식구로부터 존재 의미를 부여받지 못하자, 자살하고 맙니다. 여자 주인공의 결정적인 자살 동기는 태중의 아이가 아들이 아니라는 그다지 신빙성 없는 무당의 짐작 때문입니다.

「소년의 비애」(『청춘』8, 1917.6)에서 난수 역시 여학교를 나온 인텔리 여성임에도 불구하고, 그녀는 스스로 욕망하는 주체가 아니라 타자, 상대 가문과 남편 될 남자의 욕망 대상에 불과합니다. 이광수는 그의 초기 단편에서 욕망의 주체가 되지 못하는 당시 여성의 문제를 '전통적인 결혼 관습의 문제'로 지적하고 있습니다. 현상윤(1893~1950)의 「청류벽」(『학지광』, 1916.9)에서 여주인공 역시 남편으로부터 버림받았으며, 첩으로 들어간 두 번째 남자는 그녀를 기생집에 팔아넘깁니다. 뒤늦게 뉘우친 남편이 그녀를 기생집에서 빼 내려 하지만 돈이 부족합니다. 결국 그녀는 자살하고 맙니다. 이러한 비극적 운명의 원인은 실상 그녀를 팔아넘긴 남편과 주변 환경 탓이라기보다, 당대 여성이 욕망의 주체가 아닌 대상으로 머물고 있다는 데 주목할 필요가 있습니다.

김동인(1900~1951)의 초기 단편 「딸의 업을 이으려」(『조선문단』, 1927.3)에서도 여학교를 졸업한 출중한 명문가 여인은 자신의 욕망 표출은 말할 것도 없이, 남편과 시대으로부터 존재 의미를 상실하고 시대에서 쫓겨나자 죽음을 선택합니다. 「전제자」(1921)의 여주인공은 여색에 빠진 남편이 그로 말미암아 병을 얻어 죽자, 친정에 기거하면서 외박이 잦은 남동생에게 남편의 선례를 들어 권고합니다. 그녀는 오히려 자신을 박대한 동생과 자신의 신세를 탓하며 자살하고 맙니다.

이처럼 초기 근대 소설에 나타난 여성 인물의 다수는 스스로 죽음을 선택합니다. 그 원인은 여성 자신이 욕망의 주체가 되지 못한 데 있습니다. 부연하자면, 그들은 자신의 욕망을 자각하기 이전부터 타인의 욕망을 충족시켜주어야 하는 도덕적 무게를 감내해야 했습니다. 만약 그들이 자신의 욕망을 의식하고 실현해 옮기는 진보적 인물이었다면, 그들은 스스로 죽을 필요까지는 없었을 것입니다. 그들이 추종하는 것은 타인의 욕망이었기 때문에 그 기대치에 벗어나는 순간, 그들은 자탄하고 죽음을 선택합니다.

1920년대 이후로 갈수록 소설에서 자신의 욕망을 자각하는 여성 인물은 죽음을 선택하지 않습니다. 그들은 자신의 육체적 욕망을 자각하고 응시함으로써, 더욱 악착같이 현실에 뿌리를 내리고 생존해 나갑니다. 오늘날 여성은 자신의 육체적 욕망을 실현하는 데 망설이지 않으며 자발적으로 성취해 나갑니다. 이렇게 되기까지 근대에는 과도기적 과정 즉, 여성이 과거의 인습에서 벗어나 스스로 자기 욕망을 자각하는 단계가 선행해 있었습니다. 이 글에서는 1920~30년대 근대 소설에서 여성이 어떻게 자신의 육체적 욕망을 자각하고 실현해 나가는지 들여다 보겠습니다.

2. 촌부(村夫)의 아내

근대에 접어들면서 농촌은 궁핍해질 뿐 아니라 전통 윤리도 퇴락해가고, 사람들의 정서도 혼탁해집니다. 이러한 시대변화는 농촌 여성의 삶에 큰 영향을 미칩니다. 근대 소설에서 전통적인 농경사회의 부녀(婦女)임에도 불구하고, 남편 이외 남자와 관계를 서슴지 않는 음탕하고 도덕적 감각이 무딘 여성이 등장합니다. 나도향(1902~1926)의 「물레방아」(『조선문단』 1925.8)에서 방원의 아내, 김유정(1908~1937)의 「소낙비」(『조선일보』, 1935 신춘문예 당선작)에서 춘호처는 각각 다음과 같이 묘사됩니다.

새침한 얼굴이 파르족족하고 길다란 눈썹과 검푸른 두 눈 가장자리에 예쁜 입, 뾰로통한 뺨이며 콧날이 오똑한 데다가 후리후리한 키에 떡 벌어진 엉덩이가 아무리 보더라도 무섭게 이지적(理智的)인 동시에 또는 창부형(娼婦型)으로 생긴 것이다.[32]

시골 안악네는 용모가 매우 반반하엿다. 좀 야윈듯한 몸매는 호리호리한 것이 소위 동리의 문자로 외입깨나 하얌즉한 얼골[33]

그들은 도덕에 앞서 생활을 우선시 합니다. 「소낙비」에서 춘호처는 "복을 받을려면 반듯이 고생이 따르는 법이니 이까직거야 골백번 당한대도 남편에게 매나 안맞고 의조케 살 수만 잇다면 그는 사양치 안흘"것이라 여기며 자신을 겁탈한 "리주사를 하눌가티 은인가티"(31면) 여깁니다. 나도향의 「뽕」(『개벽』, 1925.12)에서 안협댁도 "맘에 드는 서방질은 부정한 일이 아니요, 죄가 아니"(278면)라고 여깁니다.

그들은 한결같이 남편을 부양하는 강한 생활력의 소유자들입니다. 그들이 이처럼 적극적인 생활인이 된 것은 남편이 게으름뱅이 혹은 노름꾼으로 방탕하기 때문입니다. 김유정의 「소낙비」에서 춘호는 소문난 노름꾼이며, 나도향의 「뽕」에서 김삼봉 역시 "한 달에 자기 집에 붙어 있는 날이 이틀이라면 꽤 오래 있는 셈이요, 하루라면 예사라, 그리고는 언제든지 나돌아다니"(266면)는 노름꾼입니다.

김동인의 「감자」(『조선문단』, 1925.1)에도 남편은 복녀보다 스무 살이 더 많으며, 재산을 다 탕진하고도 다른 사람 땅의 소작일도 하려들지 않는 게으름뱅이입니다. 마찬가지로, 이태준(1904~)의 「오몽내」(『조선문단』, 1925.7)에서 지참봉은 오몽내와 스무살의 나이 차가 있으며, 눈먼 봉사이며 게으르지는 않으나 생활력을 갖고 있지 못합니다. 「감자」에서 복녀가 열다섯살 나는 해에 동네 홀애비에게 팔십원에 팔려왔다면, 「오몽내」에서 오몽내는 아홉 살 무렵 삼십 몇 원에 눈먼 점쟁이 지참봉의 길잡이로 팔려왔습니다.

남편이 매매(賣買) 형식으로 아내를 취한 데서 알 수 있듯이, 그녀들은 남편들에게 생활을 위한 물질적 방편이기도 합니다. 당시 농촌 사회에서 부인 매매는 성행한 것으로 보입니다. 나도향의 「뽕」에서 노름꾼 김삼보는 안협댁을 "계집의 전남편과 노름을 해서 빼앗았다고"(266면) 하며, 김유정은 「가을」(『사해공론』, 1936.1)에서 복만이가 소장수에게 아내를 파는 과정을 보여주고 있습니다. 그들의 계약서는 다음과 같다.

매매계약서

일금 오십원야라
우금은 내 안해의 대금으로써 정히 영수합니다.
갑술년 시월 이십일

조복만

황거풍 전

김유정의 「안해」(『사해공론』, 1935.12)에서 남편은 팔자를 고칠 요량으로, 아내의 상품가치를 높이기 위해 아내에게 들병이 수업을 합니다. 들병이는 강원도 산골을 배경으로 술집에서 술을 팔며 작부역할을 하던 이

들의 명칭입니다. 남편은 아내에게 접대부로서 음주가무 외에도 일종의 매너를 가르친 셈입니다.

부인들이 생활 일선에 내몰린 데 비해, 남편들은 생활인으로서 무능하며 구체적인 생업이 없습니다. 그들에게는 마치 머슴을 집안에 들이듯이, 밤일과 낮일을 모두 처리해낼 수 있는 여자 노동자가 필수 불가결했습니다. 가령 김유정의 「소낙비」에서 춘호는 그의 아내에게 다음과 같이 윽박지르기도 합니다.

> "돈이원만 안해줄터여?", "돈좀 안해줄터여?"라고 위협조로
> 나가다가 "이년아 기집 조타는게 뭐여? 남편의 근심도 덜어주
> 어야지 끼고자자는 기집이여?"(24면)

춘호는 아내의 연한 허리를 모질게 발로 차는가 하면, 지게 막대로 아내의 볼기를 내리 갈기기도 합니다. 작중 부인들은 이러한 매매(賣買) 관계를 익히 인지하고 있는 터라 남편에 대해 그다지 불만을 토로하지 않고 스스로 적극적인 생활 태도를 보입니다. 이들의 적극적 생활은 처음에는 생필품 밀매(密賣, 서리) 형식으로 시작됩니다.

김동인의 「감자」에서 복녀는 '감자' 서리를 하다가 왕서방을 만났으며, 나도향의 「뽕」에서 안협댁은 '뽕' 서리를 하다가 과수원 지기에게 몸을 맡겼으며, 이태준의 「오몽내」에서 오몽내는 '생선' 서리를 하다가 금돌이를 만납니다. 이들은 자신의 육체마저 밀매하기에 이르는데, 그 과정에서 육체적 욕망에 눈을 뜹니다. 모두 한 남자의 아내인 만큼 도덕적 자의식을 보이지만, 그보다 더 강렬하게 육체적 욕망에 눈을 뜨고 인간으로

서 자기 존재를 자각합니다. 김동인의 「감자」에서 복녀는 다음과 같은 의식의 변화를 보입니다.

> 그는 아직껏 딴 사내와 관계를 한다는 것을 생각하여 본 일도 없었다. 그것은 사람의 일이 아니요, 짐승의 하는 짓쯤으로만 알고 있었다. 혹은 그런 일을 하면 탁 죽어지는지도 모를 일로 알았다.
>
> **그러나 이런 이상한 일이 어디 다시 있을까. 사람인 자기도 그런 일을 한 것을 보면, 그것은 결코 사람으로 못할 일이 아니었다. 게다가 일 안하고도 돈 더 받고 긴장된 유쾌가 있고, 빌어 먹는 것보다 점잖고----- 일본말로 하자면 <삼박자(拍子)> 같은 좋은 일은 이것뿐이었다. 이것이야말로 삶의 비결이 아닐까. 뿐만 아니라, 이 일이 있은 뒤부터 그는 한 개 사람이 된 것 같은 자신까지 얻었다.** (강조는 인용자)[34]

주인공 여성들은 육체의 욕망을 자각하고, 이전보다 더욱 적극적이고 대담한 생활인이 됩니다. 전근대적 여성들이 유교 윤리를 내면화하고 남편과 가문의 요구로부터 자신이 벗어났을 때 스스로 죽음을 선택했던 것과는 달리, 그들은 일정한 이윤마저 챙길 수 있는 육체적 욕망 실현에 적극적으로 나섭니다. 그들의 육체 관계는 밀매라는 부정행위를 속죄하기 위해 시작되었지만, 이후 그녀들은 자발적이고 주도적으로 행동합니다.

복녀는 왕서방 집에 제가 먼저 찾아가는가 하면, 오몽내는 "금돌이 배에 다니기를 심심하면 이웃집 말다니듯"[35] 합니다. 뿐만 아니라 그들은 자신의 욕망이 거부당했을 때에는 방해자를 비롯한 당사자에게 적극적으로 대항하고 맞섭니다. 복녀는 자신에게 육체적 쾌락과 생활의 편의를 가져다 준 '왕서방'이 새 부인을 맞아들였을 때, 급기야 왕서방을 죽이려고 낫을 듭니다. 육체적 욕망을 자각한 이후, 그들은 욕망 실현에 솔직하고 적극적으로 행동합니다. "한 개의 사람이 된 것 같은 자신"(470면)이 되기 위해서는 육체의 자각과 함께 정신의 자각이 병행되어야 할 것이나, 작중 촌부(村夫)의 아내들은 온전한 인격을 부여받지 못한 채 육체의 자각을 보여주는 인물로만 묘사됩니다.

3. 시골 처녀

산골을 배경으로 다수의 작품을 발표한 김유정과 이효석의 작품에는 촌부의 아내 외에도 시골 처녀들이 주인공으로 등장합니다. 시골 처녀들은 때로는 수줍고, 때로는 과감하게 자신의 욕망을 표출합니다. 김유정의 「동백꽃」(『조광』, 1936.5)에서 점순이는 이유 없이 우리 닭과 자기 집 닭을 싸움시키는 등 자신의 억눌린 욕망을 간접적으로 표출합니다. 그들간의 팽팽한 긴장은 점순이 집 닭의 죽음을 계기로 끝이 납니다. 점순이는 일종의 보상 방식으로 구애를 요구합니다. 점순이는 동백꽃이 흐드러지게 핀 들판에서 어떤 말도 필요 없이 나를 안고 쓰러지면서 자신의 욕망을 드러냅니다. 그녀의 내밀한 욕망은 "한창 피여 퍼드러진 노란 동백꽃"의 "알싸한 그리고 향긋한 그 내움새"(206면)와 어우러져 자연스럽게 표출됩니다.

순박한 시골 처녀의 육체적 욕망의 표출은 이효석(1907~1942)의 「모밀꽃 필 무렵」(『조광』, 1936.10)과 「들」(『신동아』, 1936.2~3)에서도 나타납니다. 「모밀꽃 필 무렵」의 성서방네 처녀는 메밀꽃이 만개한 달밤, 물방앗간에서 처음 만난 장돌뱅이에게 몸을 허락합니다. 「들」에서 분녀는 건강한 식욕을 자아내는 딸기밭에서 딸기 서리를 계기로 학보와 몸을 섞습니다. 시골 처녀들은 야생적이고 내밀한 욕망을 가지고 있음에도 불구하고 자발적으로는 표출하지 못하는데, 이들이 욕망을 실현하는데 있어서 내밀한 조력자 역할을 하는 것이 자연입니다. 그들을 둘러싼 자연의 풍광에 힘입어 남자 주인공은 자연스럽게 그녀에게 접근하고, 그녀들은 자연스럽게 육체적 욕망을 표출합니다.

처녀의 농밀한 육욕 자각 과정이 매우 구체적으로 드러난 작품이 이효석의 「분녀」(『중앙』, 1936.1~2)입니다. 분녀는 자그마치 다섯 남자와 관계를 맺으면서, 점차 육체적 욕망에 눈을 뜨고 탐닉할 줄 알게 됩니다. 분녀는 학생 신분인 상구에게 마음을 주고 있지만, 아직 학교 공부가 많이 남아있는 그에게 섣불리 몸을 허락하지 않습니다. 시골 처녀 분녀의 육욕 자각 과정을 따라가 보겠습니다.

처음 분녀가 잠결에 명준에게 육체를 도둑 맞았을 때, 그녀는 "하늘이 새까맣다. 그 새까만 하늘이 부끄럽고 디딘 땅이 부끄럽고 어두운 밤을 대하기조차 겸연스럽다."[36]며 스스로를 자책하기에 여념이 없습니다. 두 번째 만갑이에게 당했을 때까지만 해도, 그녀는 "그 무엇을 잃은 것 같다. 다시 찾을 수 없을 것 같다. 안타까운 생각에 몸이 떨린다."(357면)고 자조합니다. 다시 한차례 만갑이와 관계를 했을 때 그녀의 의식은 점차 변하기 시작합니다.

더운 날숨이 목덜미를 엄습한다. 굵은 바로 얽어매인 것같이 몸이 가쁘다. (미친 것.) 즐겨서 들어온 것은 아니나 굳이 거역할 것이 없는 것은 몸이 떨리기는 하나 거듭하는 동안에 마음이 한결 유하여진 것이다. 무엇보다도 어둠에는 눈이 없는 까닭에 부끄러운 생각이 덜하다.(361면)

세 번째 천구에게 당했을 때는, 아예 "명준이게 준 몸을 만갑에게 못 줄 것 없고 만갑에게 허락한 것을 천수에게 거절할 것이 없다."(357면)고 하여 더욱 대담한 반응을 보입니다. "문만 들어서면 세상의 사내는 다 정답다. 천수를 굳이 괘씸히 여길 것 없"으며, "이처럼 새 세상을 알기 시작한 후로 심정이 활짝 열리"(368면)는 것을 느낍니다. 게다가 천수가 지갑을 통째로 손에 쥐어 줄 때는 알 수 없는 눈물을 흘리는가 하면, "예측도 못한 정미에 가슴이 듬뿍해서 도리어 슬"(369면)퍼지기까지 합니다.

네 번째로 중국인 왕서방에게 당할 즈음, 분녀는 주체할 수 없는 육체적 욕망으로 인해 자제력을 잃고 맙니다. "수풀 속에서 왕가에게 결박을 당하였을 때 악을 다하여 겯었다면 견지 못하였을까. 가령 팔을 물어뜯는다든지 돌을 집어 얼굴을 찢는다든지 하였으면 당장을 모면할 수는 있지 않았던가. 그럼에도 그는 그것을 할 수 없었고 이상한 감동에 몸이 주저들자 기운도 의사도 사라져 버려 그뿐이었다. 마치 당시에는 함빡 술에라도 취하였던가 싶다"(373면)고 토로하는가 하면, 다음과 같이 더욱 직설적으로 자신의 내면을 고백합니다.

생각하기도 부끄러운 일이나 사실 왕가는 특별한 인간이었다. 사내 이상의 것이라고 할까. 그로 말미암아 분녀는 완전히 눈을 뜨게 된 것이다. 왕가를 보는 눈이 전과는 갑자기 달라져서 은근히 그가 그리운 날이 있었다. 피가 수물거려 몸이 덥고 골이 띵할 때조차 있다. 그런 때에는 뜰앞을 저적거리거나 성밖에 나가 바람을 쏘일 수밖에는 없었다. 그러나 그것만으로는 도무지 몸이 식지 않는 때가 있다.(374면)

다섯 번째로 분녀는 사상혐의로 수감되었다가 막 풀려난 상구와 관계합니다. 그녀가 먼저 방문을 닫는가 하면, "지난날도 앞날도 없고 불붙는 몸에는 지금이 있을 뿐"이라고 여기면서 "상구의 입술이 꽃같이 곱다"고 느끼는 등 육체의 쾌락을 탐닉하는 데 있어서 매우 적극적인 인물이 됩니다. 얼마 지나지 않아 그간 분녀의 이력을 다 알아 버린 상구는 그녀를 떠나고 그녀의 가족들마저 알게 되자, 그녀는 관서 일자리를 잃고 온종일 밭일에만 매달립니다. 그녀는 다시 돌아온 첫 남자 명준을 만나면서, "허락만 한다면 그와 나 마음잡고 평생을 같이 하여 볼까"(380면)하고 다시 마음을 다잡아 봅니다.

이 작품에서 분녀가 처녀의 정숙한 본분을 되찾기 시작한 것으로 종결되었다 하더라도, 1930년대라는 시대적 상황으로 보아 이효석의 「분녀」는 문제적인 작품입니다. 남녀 관계의 시작이 남자 주인공의 적극적인 행동에서 비롯된 것이지만, 이효석은 미혼 여성이 자신의 육체적 욕망에 눈뜨는 과정을 그 어느 작가보다 세밀하게 묘사하고 있습니다. 이러한 섬세한 내면 묘사는 작품의 형식과 내용 양면에 걸쳐 완성도가 뛰어난 작품으로 동시대 여느 작가의 작품에서도 찾아볼 수 없는 수작입니다.

육욕의 자각과 탐닉 그리고 낙망이라는 파란만장한 굴곡을 겪은 분녀가 당면한 좌절에 굴하지 않고 또다시 새로운 삶의 의지를 불태우며 적극적인 삶을 도모한다는 점에서, 그녀는 단연 진보적인 인물이라 할 수 있습니다. 비록 이 작품이 산골을 배경으로 시골 처녀를 주인공으로 내세우고 있지만 복잡한 여성의 내면 형상화와 인물의 적극적인 삶의 모색은 이전과 다른 근대적 작품으로서 손색이 없습니다.

앞서 살펴본 촌부(村夫)의 아내들과 달리, 시골 처녀의 욕망 실현에는 일체의 물질이 개입되어 있지 않다는 점에서 자연스러우며 그들이 몸담고 있는 산천의 풍광과 닮아 있습니다. 김유정의 「동백꽃」과 이효석의 「모밀꽃 필 무렵」이 한 편의 서정적 풍경화를 보듯 느껴지는 것도, 작중 시골 처녀의 욕망에 어떤 물질적 동기도 개입되어 있지 않은 채 그저 자연과 더불어 자연스럽게 표출된 데 있습니다.

4. 카페 여급

1930년대에 이르면 소설에는 카페라고 하는 신흥 술집과 카페 여급이 심심찮게 등장합니다. 카페 여급들은 시골 여성에게 찾아볼 수 없는 도시적 감수성을 가지고 있을 뿐 아니라, 자신의 욕망 표출에 있어서도 더욱 대담한 반응을 보입니다. 물론 여기에는 이들이 몸 담고 있는 카페라는 공간의 직업적 특수성을 배제할 수 없습니다. 그들에게 육체는 자본을 창출해 내는 삶의 기반이자 생존 수단이었으므로, 육체에 대한 자각은 그들의 도덕을 비롯한 정신을 압도하고 있습니다. 이효석의 「성찬」(『여성』,

1937.4)에는 준보 한 남자를 두고, 끽다점 여급 민자와 카페 여급 보배가 등장하는데, 남녀 육체 관계에 대한 이들의 대화에 주목해 보겠습니다.

「민자, 어디 손가락 좀 곱아 봐.」

「한번? 두 번? 세 번?---」

「망칙해라 언니두. 망녕 좀 작작 피우.」

「내게는 다섯 손가락쯤으로 당초에 부족한걸.--(중략)-- 괴벽
스럽고 어지러운 생각인지도 모르나 나는 한 사람 한 사람의 사
내를 대할 때에 마치 한 상 한 상의 잔칫상을 대하는 것 같이 준
비된 성스러운 식탁을 대하는 것같이 밖에는 생각되지 않았어.
식탁 위의 것이 아무리 귀한 진미였다 하더라도 시간이 지나면
그 맛의 기억이란 사라져 버리는 것. 그렇게 제 앞으로 차려진
식탁을 대할 때에 마음껏 제 차지를 즐기는 것이 수지」[37]

끽다점 여급이 "결혼할 때까지는 아무런 일이 있어두 순결을 지켜 볼 작정"(113면)을 하고 있는데 비해, 카페 여급은 "아직 깨끗하다는 것이 현대에 있어서는 자랑두 아무것두 아"(113면)니라고 단언합니다. 이 작품의 제목 '성찬'이 암시하듯, 카페 여급에게 남자와의 관계는 잦은 식사와 동일한 것입니다. 하루 매끼 식사하듯, 남자와의 관계는 필연적인 육체의 향연입니다. 그들에게 중요한 것은 식사의 질(영양)에 있는 것이지, 빈도에 있는 것이 아니라는 것입니다.

이러한 카페 여급에게 기존의 관습과 도덕은 그다지 의미를 갖지 않습니다. 그들은 마음에 맞는 남자와 곧바로 동거합니다. 이효석의 「계절」

(『중앙』, 1935.7)에서 카페 여급 보배와 건, 「엉겅퀴의 章」에서 일본여급 아사미와 현은 만나자 곧 동거합니다. 특히, 「계절(季節)」에서 카페 여급 보배와 건은 두 사람 사이에 태어난 아이를 다리에서 기아(棄兒)하고 해수욕장으로 갑니다. 그들의 빈곤한 삶이 양육을 허락하지 않는다손 치더라도, 그들의 욕망은 당시의 도덕과 관습을 압도하고 있습니다.

이상(李箱, 1910~1937)의 「지주회시」(『중앙』, 1936.6)에서 나와 카페 여급인 아내도 동거합니다. 자세히 살펴보면, 농부의 아내와 마찬가지로 생활력이 부재한 남편을 부양하는 등 아내는 적극적인 생활인의 자세를 취하고 있습니다. 촌부(村婦)들의 남편이 일정한 생업 없이 투전꾼이나 노름꾼을 기웃거리며 게으른 생활을 영위하는 것과 마찬가지로, 카페 여급의 동거남(同居男) 역시 실직 룸펜 인텔리로서 생계를 책임질만한 생업이 없습니다. 여급인 아내가 무례한 손님으로 인해 육체적 상해를 받더라도 남편은 카페 주인에게 제대로 맞서지 못합니다.

김유정의 「야앵」(『조광』, 1936.7)에서 정숙은 "방세는 내라구 조르고, 먹을 건 없고 언내는 보채고 허니"(211면) 결국 생활력 없는 남편에게 이혼을 청구하고, 카페에 나갑니다. 카페 여급은 육체 노동자이자 적극적인 생활인의 모습을 보이고 있습니다. 카페 여급은 육체를 생계 수단으로 삼고 있는 만큼, 육체적 욕망 실현에 있어서도 적극적이고 대담합니다. 카페 여급이 육체적 욕망을 자각한다는 것은 적극적인 생활인의 차원에서 평가할 수 있습니다.

다만 카페 여급은 육체를 물질 획득의 방편으로 삼는 까닭에, 육체의 의미를 지나치게 감각 차원으로 전락시키고 맙니다. 가령, 이효석의 「계절(季節)」에서 카페 여급 보배의 육체적 욕망 실현이 건과의 동거로 나타났다면, 두 사람 사이에 태어난 아이를 다리 밑에 버리는 행위는 어떻게 설명되어야 할까요. 육체의 자각은 정신의 자각과 병행되어야 한다고 할 때, 이들의 지나치게 가벼워진 육체에는 어떠한 도덕과 관념의 무게도 실려 있지 않습니다.

5. 여학생

여학생은 카페 여급과 마찬가지로 근대 문명과 더불어 출현한 인물군입니다. 자본주의 새로운 소비 문화가 카페 여급을 출현시켰다면, 새로운 학제를 비롯한 신교육은 이전과 다른 주체적 인격의 여학생을 출현시켰습니다. 여학생은 새로운 스타일과 교양으로 당시 이목을 끌었습니다. 동시대 여성들에게 '여학생 단발', '여학생 복장'으로 유행을 선도해 나가는가 하면 남성들에게도 '여학생 장가'라 하여 신가정을 꾸미는 것이 새로운 유행으로 자리잡았습니다.

카페 여급과 마찬가지로, 여학생들은 육체적 욕망을 표출하는 데에도 진보적이며 적극적인 태도를 보였습니다. 카페 여급에 비해 그들은 근대 교육으로 무장한 신사고와 신감각을 지닌 탓에 욕망 표출에 있어서도 남성과 대등한 입지에서 겨루는가 하면, 남성을 압도하는 언변을 보입니다. 남녀 관계에 있어서 동등한 입지를 고수하는데, 이러한 과정이 지속·발전된 상황이 당시 유행하는 남녀 간의 '연애'입니다.

김동인의 「마음이 옅은 자여」(『창조』, 1920.2)에서 근대 교육을 받은 교사 K는 조강지처가 있음에도 소위 영적(靈的) 사랑이라는 연애를 동경하여 가정은 뒷전으로 내몰고 여학교 출신의 교사 Y를 만나 그 꿈을 실현합니다. '연애'는 여학생을 비롯한 신여성의 전유물로서, 구여성을 아내를 둔 지식인 남성의 큰 바람이었습니다.

전통 여성의 자기 비하 및 자책과는 달리, 여학생들은 자신의 육체적 욕망이 결혼으로 이어지지 않더라도 굴하지 않고 남성에 대응하여 자기 입지를 전개해 나갑니다. 김동인의 「약한 자의 슬픔」(『창조』, 1919.2.3)에서 강엘리자베드는 가정교사로 부임한 집의 남작과 관계하면서 그의 아이를 갖습니다. 이 사실을 알자 남작은 그녀를 시골로 쫓아버리는데, 그녀는 남작에 대항하여 재판을 겁니다. 그녀는 재판에서 승소하지 못한 채 낙태하고 말지만, 전통적인 여성에 비해 자신의 육체적 욕망에 주저하지 않으며 설령 좌절이 오더라도 자신의 탓으로 돌리지 않습니다. 오히려 맞대응할 수 있는 의기(意氣)를 보여주고 있는데, 그들의 호기(豪氣)는 남성 지식인과 동등한 신교육과 신사상을 습득한 '여학생'이라는 신분에서 온 것입니다.

그들은 육체의 자각에 선행하여 의식을 자각한 진보적 인물들입니다. 각성된 의식으로 말미암아, 육체적 욕망 실현이라는 첨예한 문제에 직면해서도 남성과 동등하게 자신의 의지를 굽히지 않으며 그에 응수할 수 있었습니다. 이상(李箱)의 단편에서는 여학생과 지식인 남성 간의 연애 승부사가 잘 묘사되어 있습니다. 「단발」(『조선문학』, 1939.4)에서 주인공 남성은 여학생과의 키스를 다음과 같이 회고합니다.

어느날 그는 이 길을 이렇게 내려오면서 소녀의 삼전 우표
처럼 얄팍한 입술에 그의 입술을 건드려 본 일이 있었건만 생각

하여 보면 그것은 그저 입술이 서로 닿았었다 뿐이지 - 아니 역시 서로 음모를 내포한 암중모색이었다.[38]

남자 주인공은 상대 여성이 지적인 여학생이기에, 가슴 설레는 키스를 이처럼 사변적으로 설명할 수밖에 없었던 것입니다. 남자 주인공의 언변을 능가하는 여학생의 프로포즈는 다음과 같습니다.

연을 마음에 드는 좋은 교수로 하고 저는 연의 유쾌한 강의를 듣기로 하렵니다. --(중략)-- 무서운 강의를 어서 시작해 주시지요. 강의의 제목은 「애정의 문제」ㄴ가요. 그렇지 않으면 「지성의 극치를 흘낏 들여다보는 이야기」를 하여 주시나요(252면)

또 다른 단편에서도 이상(李箱)은 여학생과의 연애를 승부가 나지 않는 시합으로 묘사하고 있습니다. 이상(李箱)은 「동해」(『조광』, 1937.2)에서 '정조'에 대해 남녀 간의 팽팽한 대립을 보여주고 있습니다.

「너는 네 말 마따나 두 사람의 남자 혹은 사실에 있어서는 그 이상 훨씬 더 많은 남자에게 내주었던 육체를 걸머지고 그렇게도 호기있게 또 정정당당하게 내 성문을 틈입할 수가 있는 것이 그래 철면피가 아니란 말이냐?」
「당신은 무수한 매춘부에게 당신의 그 당신 말 마따나 고귀한 육체를 염가로 구경시키켰습니다. 마찬가지지요.」
「하하! 너는 이런 사회조직을 깜빡 잊어버렸구나. 여기를 너는 서장으로 아느냐, 그렇지 않으면 남자도 포유행위를 하던 피

테카트롭스 시대로 알아듣느냐?」

「미안하오나 당신이야말로 이런 사회조직을 어째 급속도로 역행하시는 것 같습니다. 정조라는 것은 일대일의 확립에 있습니다. 탈취결혼이 지금도 있는 줄 아십니까?」

「육체에 대한 남자의 권한에서의 질투는 무슨 걸레쪼각 같은 교양나부랭이가 아니다. 본능이다. 너는 이 본능을 무시하거나 그 치기만만한 교양의 장갑으로 정리하거나 하는 재주가 통용될 줄 아느냐?」

「그럼 저도 평등하고 온순하게 당신이 정의하시는 「본능」에 의해서 당신의 과거를 질투하겠습니다. 자-우리 숫자로 따져 보실까요?」(278~279면)

누가 교수이고 누가 학생인지 가늠할 수 없는 팽팽한 논쟁에서 결국 여학생이 우위에 있습니다. 결국 연애 승부사에서 남성이 "신선한 도덕을 기대하면서 내 구태의연하다고 할만도 한 관록을 버리겠노라"(279면)고 자진해서 퇴각합니다. 여학생은 사적 영역으로써 비밀이라는 공고한 내면을 지니고, 자유분방한 남녀 관계를 도모합니다. 물론 그 이전에도 여학생은 존재했지만 1930년대를 전후하여 여학생의 내면은 공고해 집니다.

이상(李箱)의 단편에 등장하는 여학생과 1910년대 이광수의 『무정』(『매일신보』, 1917.1~6)에 등장하는 정숙한 여학생 간에는 시대적 낙차와 환경의 차이를 보입니다. 이광수의 『무정』에 나타난 여학생들은 자유분방한 연애를 하지 않았을 뿐 아니라 학업과 진로에 있어서도 주체적이고 자발적인 동기부여가 없다는 점에서 진보적 인물이라 할 수 없습니다. 이

상(李箱)은 「실화」(『문장』, 1939.3)에서 여학생의 불량스러운 면모를 다음과
같이 보여주고 있습니다.

> 연이는 음벽정에 가던 날도 R영문과에 재학중이다.
> 전날 밤에는 나와 만나서 사랑과 장래를 맹서하고 그 이튿
> 날 낮에는 깃싱과 호-손을 배우고 밤에는 S와 같이 음벽정에 가
> 서 옷을 벗었고 그 이튿날은 월요일이기 때문에 나와 같이 같은
> 동소문 밖으로 놀러가서 베-제했다.
> S도 K교수도 나도 연이가 엊저녁에 무엇을 했는지 모른다.
> S도 K교수도 나도 바보요 연이만이 홀로 눈가리고 야옹하는 데
> 희대의 천재다(362~363면)

여학생의 다수가 이상(李箱) 소설에 등장하는 여학생과 같이 불량스러
운 이미지를 가지고 있는 것은 아닙니다. 동시대 이태준의 「코스모스 이
야기」(『이화』1932.10)에서 외적인 미모 못지않게 내면의 미덕을 갖춘 여학
생 명옥은 부와 명예가 아닌, 내면의 풍요로움을 기준으로 반려자를 택합
니다. 그러나 여학생의 성향에 관계없이, 간과할 수 없는 중요한 사실이
있습니다. 그것은 여학생이 주체적 의지 실현에 있어서 그 어떤 계층보
다 적극적이며 남성과 동등한 입지에서 대응했다는 것입니다. 「코스모스
이야기」에서 명옥이 외면의 부귀영화가 아닌 내면의 풍요를 좇았다는 것
외에도, 부호의 아들에게 시집가서 잘 살던 명옥이 스스로 가난한 지식인
청년을 좇아 시집을 뛰쳐나왔다는 사실, 이것은 여학생의 구체적인 선택
입니다.

여학생만이 가질 수 있는 주체적인 삶의 모색이야말로 육체적 욕망 실현에 있어 간과할 수 없는 큰 저류가 됩니다. 여학생들이 육체적 욕망을 실현하는 데에는 물질적 궁핍 혹은 자연스러운 풍광이 매개한 것이 아니라, 순전히 자신의 의지가 개입해 있으며 이러한 의지의 저류에 그들이 받은 신교육과 신사상이 자리 잡고 있습니다.

6. 인식의 과도기, 육체적 욕망에 대한 자각

근대 소설에서 여성의 육체적 욕망은 전통적인 유교 이데올로기의 그늘에 가려 잘 드러나지 않습니다. 근대 소설에는 '순종하는 아내'와 '인고하는 어머니의 상'이 압도적으로 많이 등장하고 있습니다. 우리나라 첫 장편소설이라 할 수 있는 1910년대 이광수의 『무정』에서 영채는 형식에게 주어야 할 정조를 유린당한 것에 자책하여 자살을 기도합니다. 이러한 죽음의 기저에는 '일부종사(一夫從事)'라는 유교적 관념이 자리잡고 있습니다.

그로부터 20년이 경과 한 이태준의 장편 『성모(聖母)』(『조선중앙일보』, 1935.5.26.~1936.1.19)에서도 주인공 여성은 위대한 어머니의 전형적인 모습을 보여주고 있습니다. 남편 없이 홀로 된 어머니는 자식을 위하여 자신의 육체적 욕망과 세속적 의지를 모두 인고해 냅니다. 그녀는 현모(賢母)로서 자식을 기르는데 전 생애를 헌신합니다. 이광수와 이태준의 두 작품 모두 신문연재 형식을 거쳤다는 점은 소설의 독자층만큼, 작품의 주제가 당시 대중을 견인하고 있었음을 보여줍니다.

그럼에도 불구하고, 근대 소설의 곳곳에는 주체적인 여성의 욕망이 화두로 부상하고 있습니다. 이 글에서는 근대 남성 작가들의 작품을 대상으로 여성 인물의 육체적 욕망 표출과 실현에 초점을 맞추어 보았습니다. 1920년대 전후부터 1930년대를 배경으로, 시골의 촌부(村婦)를 비롯하여 도시의 여학생에 이르기까지 당대 여성은 그들의 생활기반을 토대로 자신의 육체적 감각에 눈을 떠 갑니다. 그들은 타자(관습, 남편 등)의 욕망 대상으로 머무르던 전통적인 여성의 탈을 점차 벗어나, 자신의 욕망을 발견하고 놀라워합니다. 이러한 자각의 이면에는 현실을 배경으로 한 여성들의 적극적인 활동이 선행해 있습니다. 그들은 무력한 아버지와 남편을 대신하여 집과 방이라고 하는 전형적인 여성의 공간을 벗어나기 시작했습니다. 남편을 대신하여 현실적인 생활난을 타계해 나가야 했습니다. 집 밖을 나오는 순간, 그들은 현실을 발견할 뿐 아니라 은폐되었던 자기 육체의 욕망을 발견해 나가기 시작했습니다.

육체적 자각은 좀 더 성숙한 자아 인식으로 이어지지 못하고, 생활의 방편으로 도구화되거나, 혹은 불량스러운 허영으로 굴절되고 맙니다. 육체의 자각이 의식의 자각과 맞물려 한 개체로서 여성 스스로 인격과 자아의 새로운 장을 모색하고자 하는 시도는 찾아보기 힘듭니다. 근대 여성의 육체적 자각은 피치 못할 상황에서 기인한 것으로, 결국 현실 규범을 벗어나 혼란을 조장한다는 전통적 서사 이념을 벗어나지 못하고 있습니다. 이러한 문제는 이 글에서 다루고 있는 일련의 작품이 남성 작가의 작품인 만큼, 당시 남성의 관습적 시선이 투사된 것으로 당대 여성 인물을 온전히 그려내지 못하거나 않았던 것일 수도 있습니다.

이러한 한계에도 불구하고 근대소설사에서 육체적 욕망을 자각하는 여성의 출현은 일정한 의의를 가집니다. 기존의 근대 소설에서 욕망의 대상으로 머물러 있던 여성의 대다수가 스스로 죽음을 선택하는 등 적극적인 삶의 의지를 상실해 있던 반면, 스스로 욕망의 주체가 된 여성은 자신을 비롯한 부양 가족(남편)과 현실에 있어서 적극적이고 능동적인 인물로 이 사회에 성큼 자리잡기 시작합니다. 비록 육체의 욕망이 의식의 욕망과 맞물려 고양된 자아 실현으로 이어지지는 못했을지언정, 여성의 새로운 자각은 현실에 있어서 남성 못지않게 적극적인 여성의 출현과 활약을 기약해 주는 과도기로서 의의를 지닙니다.

3장
기독교, 예배당과 천당에 대한 성찰

1. 근대 기독교에 대한 불만

근대 소설에서 기독교는 어떤 모습으로 나타났을까요. 기독교는 1880년대 이후 외국에 문물을 개방하고 나서 수용되기 시작합니다. 개화기 기독교는 의료선교, 교육선교를 통해 문명화의 시혜자임을 심어주었습니다. 근대에 이르면 지식인들은 기독교에 대한 의혹과 불신을 보이기도 합니다. 1920년대 중반에 이르면 기독교에 대한 비판이 소설에 나타납니다. 염상섭(1897~1963)은 「너희는 무엇을 어덧느냐」(『동아일보』, 1923.8.27.~1924.2.5)에서 교회와 신도들에 대한 부정적 시선을 던집니다.

> 그들은 민족의 리상과 종교의 사명을 혈성을 가지고 생각하여 본 일도 업거니와 더구나 인류의 리상과 종교의 관계를 머리에 두어 본 일도 업겟지요.
> 그들은 그저 덥허노코 감사감사하면서 빗노리도 하고 집장수도 하고 서양 사람의 거간 노릇도 하야 제 쎄속만 채이면 <감

사감사합니다> 하며 코 큰 나라 백성에게 짱에 코가 닷도록 절을 하지만 경건한 종교뎍 충동에 눈에 보이지 안는 짓과 귀에 들리지 안는 소리에 놀라 본 일은 업섯겟지요.

장래에도 업겟지요.

그리하야 졍뎐은 훌륭한 긔계나 치부칙이 되고 교회는 큼직한 공장이나 상뎜이 되고 그리고 젊은 남녀의 밀회하는 구락부가 되고 마지나아늘가 념려올시다.[39]

인용문에 의하면 교회는 조국과 민족의 미래를 밝혀 주어야 할 사명감을 도외시한 채 개인의 안위에 주력하고 있습니다. 청춘 남녀의 밀회의 장이 되고 큰 상점이 되고, 성서는 치부책이 됩니다. 「너희는 무엇을 어덧느냐」에서도 교회는 마리아가 부호 안석태를 만나는 공공연한 연애의 장이 됩니다. 미션계 여학교에 다니는 마리아는 기독교에 대한 신앙보다 미국유학권을 얻고 연애하기 위해 교회에 나갑니다. 마리아는 "교당에를 가면 성경 구절을 해석하야 주고 목사가 열심히 설교"하지만 "지금 제가 찾는 길이나 제가 알랴는 것은 한아도 어더 볼 수" 없으며, "그들은(교회 종사자:인용자) 우리의 실제의 생활이라든지 그날그날의 산 문뎨와는 아주 다른 어쩌한 놉고 쑴 가튼 세계만 올려다"(349면)볼 뿐이라고 냉소적 태도를 보입니다.[40]

1920년대 소설에는 기독교에 대한 노골적 비판이 속출합니다. 이기영(1895~1984)은 데뷔작 「오빠의 비밀편지」(『개벽』, 1924.7)에서 기독 청년의 허상을 조명합니다. 마리아의 오빠는 마리아의 친구 영순과 옥진을 오가며 연애를 일삼다가 모두에게 발각됩니다. 교회에서는 회개와 남녀평등에 대한 열변을 토로하는 등 열렬한 기독 청년 행세를 하지만, 실상 자신의 방만한 연애를 회개하지 않을 뿐 아니라 여성을 남자보다 열등한 존재로 무시합니다. 1920년대 소설에서 기독교에 대한 비판은 비단 '일반 신도'에 국한되지 않으며 '목사'와 '장로'에 대한 비판도 보입니다.

최서해(1901~1932)의 「보석반지」(『시대일보』, 1925.6.30~7.1)에서 최목사는 누이 혜경을 돈 많은 늙은 남자의 후취가 되도록 조정하며, 조명희(1894~1938)의 「R군에게」(『개벽』, 1926.2)에서 목사는 여교사 마리아에 대한 접근이 어렵게 되자 주변 남자 교사를 해직시키는 파행적 인격의 소유자로 등장합니다. 이기영의 「부흥회」(『개벽』, 1926.8)에서는 목사를 비롯하여 장로, 전도 부인 모두 타락한 인물로 등장합니다. 교활한 박선생은 교회의 부흥회를 틈타 목사와 장로·장로부인의 죄를 자복시키고, 정작 자신은 교회의 돈을 훔쳐 달아납니다.

1920년대 작가들은 왜 이처럼 기독교를 냉소적으로 비판하는 걸까요. 문명화에 선두주자였던 기독교의 혁혁한 공로에도 불구하고 다수의 작가들이 기독교에 등을 돌린 이유는 무엇일까요. 기독교 수용과정에서 일제는 종교정책에서도 주권 침탈의 힘을 행사했기 때문입니다. 일제는 1905년 을사5조약의 체결로 한국의 외교권을 박탈하고 통감부를 설치하여 1910년 합방하기까지 기독교와 형식적 밀월관계를 유지했습니다. 일제는 한국에 주재하고 있는 미국과 영국의 외교관에게는 물론 선교사들에 대해서도 치외법권 등 기왕에 그들이 누리고 있던 특권을 보장해 주었습니다.[41] 이러한 사실은 일제와 기독교 관계자 간의 문제를 보여줄 뿐, 기독교에 대한 당대인들의 관점은 배제되어 있습니다.

이 글에서는 1920년대 소설을 대상으로 동시대 사람들이 기독교를 비판하는 원인이 무엇인지 살펴보려 합니다. 1917년 이광수(1892~1950)는 「금일 조선야소교의 결점」(『청춘』, 1917. 11)에서 당시 교회의 문제를 "계급적임, 교회지상주의, 교역자의 무식, 미신적임" 네 항목으로 분류한 바 있습니다. 이광수는 그중 "미신적" 성격을 언급하면서 "문명이 없는 야미한 민족"에 대해 선교사들은 "고래의 미신을 이용하여 천당지옥설과 사후부활설과 기도만능설"을 통해 "맹목적으로 세례, 예배, 기도같은 의식의 신비적 공덕에 의지하기를 권"[42]한다고 지적합니다. 이러한 이광수의 지적을 근간으로 하여, 이 글에서는 1920년대 기독교 비판 소설에 등장하는 작중 인물의 '천당' 인식을 통해 당대 기독교와 현실의 거리에 주목해 보겠습니다.

2. '천당' 방화 사건

1926년 『신여성』에는 한 가난뱅이가 사후 천당에 이르러 천당문을 방화한다는 소설이 게재되었습니다. 절망의 회한이 아무리 깊다 하더라도 어떻게 기독교의 으뜸 성소(聖所)인 천당을 방화한다는 생각을 했을까요. 이처럼 불경스러운 행위를 묘사한 작가가 평양 목사의 아들, 주요섭(1902~1972)이고 보면 당대 기독교 비판은 근거 없는 비판은 아닐 것입니다.

주요섭이 여심(餘心)이라는 필명으로 발표한 「천당」(『신여성』, 1926.1)의 줄거리는 다음과 같습니다. 작중 가난뱅이는 죽기 전까지 현실의 '가난'이 곧 사후 천당 입성을 보장해 주는 알리바이 인양 여깁니다. 그는 '양보다 더 순한 농민'이 되고 농민보다 더 가진 것 없는 '거지'가 됩니다. 가난뱅이는 자신의 이름을 '나자로'라 개명하고 교회의 교리대로 '가난한 삶'을 삽니다. 그는 '하느님 말씀'과 '하늘 떡'만 믿고 현실에서는 먹을 것에 주리며 병들어 죽음에 이릅니다.

정작, 천당문에 들어섰는데 아무리 두드려도 문은 열리지 않는 것입니다. 그런데 이게 웬일일까요. 굳게 닫혀 있던 천당문이 부자 영감에게는 활짝 열리는 것입니다. 거지 나자로와 더불어 점차 천당에 모여든 '인력거꾼', '지게꾼', '탄광부', '철도역부', '행상인', '감옥죄인' 등 모든 하등 사회 사람이 늘어서서 아무리 천당문을 두드려 봐도 굳게 닫힌 문은 열리지 않습니다. 그들은 "인간 세상에서 혁명을 니르키다가 모두 총에 맞고 칼에 찔니여 죽어서 지금 그들을 위해 준비해 두엇다든 텬당으로 쓰러온 것"[43]입니다. 천당 측에서는 천당에 모인 군중의 시위에 못 이겨 "노동자들한테 매마저 죽은 충성스런 순사"만 들여보내고 다시 문을 닫는 것입니다. 이에 분을 참지 못한 용감한 영(靈)들은 부싯돌로 천당문에 불을 당깁니다.

가난뱅이는 살아생전 천당만 믿고 살았으나, 정작 사후 천당은 그를 외면합니다. 천당을 방화한 가난뱅이의 절망을 헤아리기 위해 '천당'에 대한 그의 인식을 살펴보겠습니다. 그에게 천당은 "금으로 성을 쌓고 사방에 보석으로 만든 열두문이 잇고 그 속에다가 모두 금은보석으로 기둥하고 석가래한 고대광실"(89면)이며 '생명수'와 '생명과'를 마음껏 먹고 '금거문고'를 들고 하느님과 즐겁게 노래만 부르며 살아가는 곳입니다. 가난뱅이가 현실의 가난과 결핍에도 불구하고 자족할 수 있었던 것은 모두 천당에 대한 믿음과 소망 때문이었습니다. 주요섭의 「천당」에서 '천당'은 가난과 대치되는 풍요의 공간입니다. 당대 '천당'에 대한 인식을 알기 위해 주요섭의 또 다른 작품을 살펴보도록 하겠습니다.

주요섭은 「천당」에 앞서 「인력거군」(『개벽』, 1925.4)을 발표한 바 있는데 줄거리는 다음과 같습니다. 아찡은 시골에서 남의 집 심부름을 했으며 상해에 와서는 공장에 들어갔으나 곧 쫓겨나고 그 후 8년째 인력거를 끌고 있습니다. 고된 막벌이에 병을 얻은 아찡이 무료 의료시설에서 의사를 기다리는데, 난데없이 젊은 신사가 나타나 '천당'에 대한 설교를 늘어놓습니다. 설교에 의하면 현실의 고난은 아찡이 얼굴도 모르는 '아담과 이브의 죄'로 말미암은 것이며, 천당에 가면 '무궁한 복락'을 누린다는 것입니다. 아찡은 얼굴도 모르는 이국 조상, 아담과 이브의 죄로 지금 자신이 고통을 당한다는 이야기는 허무맹랑하게 들렸지만, '무궁한 복락'을 약속해 주는 '천당'에 대한 이야기에는 귀가 솔깃했습니다.

그는 "만일 천당이라는 데가 있다면 거기서는 필시 우리 이 세상 인력거꾼들은" "금거문고나 타고 생명과를 배불리 먹고 놀고 이 세상에서 인력거를 타고 다니던 사람들은 모두 인력거군이 되어서 누더기를 입고 굶주리고 떨면서 인력거를 끌고 와서 우리를 태워주게 되나부다!"[44]라고 생각하며 위안을 얻습니다. 그것도 잠시, 천당에는 인력거꾼이 없다는 말을 듣고 "천당에 가서도 낮은 뎃 사람이 위로 가고 위엣 사람이 아래로 가지 않는다고 할 것만 같으면 그런 데까지 일부러 다리 아프게 찾아갈 필요는 조금도 없는 것"(71면)이라 여겨 절망합니다. 천당에 대한 선망이 무산되자, 아찡은 남은 돈을 털어 점쟁이에게 가서 미래를 점칩니다. 아찡은 천당이 현실의 불평등을 전혀 해소하지 않는다는 사실에 격분하면서 자신의 미래를 점쟁이에게 의탁합니다.

아찡이 찾아간 의료기관은 치료보다 전도를 목적으로 한 종교기관입니다. 인력거를 모는 하층 빈민 아찡이 궁핍한 조선 민족을 대변한다면, 의료 시혜자측의 젊은 신사는 의료 사업을 통해 조선 민중의 선교에 앞장서던 기독교를 상징하고, 점쟁이는 조선의 토속신앙을 상징합니다.[45] 주요섭의 「인력거군」은 비록 작중 배경은 중국의 상해이지만, 사건의 토대는 조선의 선교사 빈톤(C.C. Vinton, 1856~1936)의 선교행위 묘사로 보입니다. 장로회 선교사 빈톤은 제중원을 '전도용'으로 국한시키고자 했으며, 1892년부터 자신의 집에 진료소를 차리고 의료활동과 개신교 신앙을 동시에 추진했습니다. 작중 아찡이 선망하는 '천당'은 현세에서 고통받은 사람은 복을 받고, 타인에게 고통을 준 사람들은 마땅히 벌을 받는 상선벌악(賞善罰惡)의 공간입니다. 인력거꾼 아찡의 입장에서 '천당'은 적어도 현실의 불평등을 해소하는 곳이어야 했습니다. 만약 아찡과 같은 인물이 '천당'에 도착한다면 '천당'을 방화하게 될 것입니다.

주요섭의 두 작품은 무신론적 입장을 표명합니다. 「천당」에서 가난한 민중은 천당으로부터 외면당하는가 하면, 「인력거군」에게 천당은 궁핍한 빈민의 불평등이 해소되지 않는 곳입니다. 기독교의 상징적 성소인 '천당'에 대한 엄숙성 붕괴는 당대 기독교에 대한 직접적인 비판입니다. 하느님 나라인 '천당'을 멸시하고 나아가 방화하는 주요섭의 불경스런 담론은 '교회의 이상'과 당대 '민중의 이상'이 일치하지 않는다는 점을 시사해 줍니다. 내세의 '천당'만 부르짖는 교회는 조선의 당면한 궁핍과 불평등을 외면하고 있다는 것입니다.

3. '천당'과 '현실'의 거리

김동인(1900~1951)의 「명문(明文)」(『개벽』, 1925.1)에는 1920년대 사람들의 '천당'에 대한 또 다른 이해 방식이 나타나 있습니다. 「명문」에서 전주사는 기독교인입니다. 전주사는 기독교에 반대하는 부모의 곁을 떠나 아내와 가게를 운영하며 성실하게 살아갑니다. 그는 아버지가 죽자 아버지의 명의로 교회 건물을 세우고, 실성한 노모가 주변 사람들로부터 질시받자 어머니를 죽게 합니다. 그는 존친족 교살범이라는 죄목으로 법정에서 사형 선고를 받고 죽습니다. 하늘나라에 가서 하느님으로부터 지옥행을 선고받자, 영문을 몰라 어리둥절해 합니다. '명문(明文:명백하게 정한 조문-필자주)'이 아닌 '마음'을 헤아려줄 줄 알았던 하느님이 '법정의 법규'를 내세워 전주사의 죄를 문책한 것입니다. 이에 전주사는 다음과 같은 천당관(天堂觀)으로 하느님께 애원합니다.

> 「그렇습니다. 천국은 마음의 나라라, 마음만 착할 것 같으면 그 결과에 얼마간 차질이 있을지라도 괜찮을 줄 압니다. 당신께서는 사람의 마음을 꿰 들여다보시고 마음의 선이며 죄악을 다스리시는---」
>
> --(중략)--
>
> 「그러니까 세상에서나 그렇지, 여기는 명문과 규율 밖에 더욱 긴한 것이 있지 않습니까?」 하느님은 눈을 내려 뜨고 잠시 동안 전 주사의 혼을 내려다보다가 웃었습니다. 「하하하하 여기도 법정이다.」[46]

다소 허무맹랑한 이 작품은 맹목적 신앙관을 고수하는 전주사와 법정의 엄격성을 고수하는 하느님 간의 갈등을 보여주면서 끝을 맺습니다. 전주사에게 천당은 '마음의 나라'입니다. 현실의 행위 및 결과와 상관없이 마음이 선한 사람이면 누구나 갈 수 있는 곳입니다. 김동인은 '마음'이 아닌 '명문(明文)'을 내세워 천당 역시 현실의 논리 아래 있다고 냉소적 입장을 보입니다. 김동인은 법정의 명문을 고수하는 하느님을 통해 무지몽매한 신도들이 꿈꾸는 천당은 실재하지 않는다고 암시합니다. 교회가 일방적이고 맹목적으로 주입한 '천당'은 현세에서는 물론 내세에서도 신빙성이 없다는 것입니다. 기독교에 대한 김동인의 냉소적 입장은 논외로 하더라도, 1920년대 소설에서 '천당'은 생전은 물론 사후에도 가기 힘든 곳으로 나타납니다.

설령 '천당'이 존재하더라도 그곳은 세속적 기복이 완성되는 곳에 불과합니다. 김동인의 「신앙으로」(『조선일보』, 1930.12.17~29)에는 당대인들의 미혹한 천당관(天堂觀)이 잘 드러나 있습니다. 은희는 어린 시절부터 착실한 기독교 신자였습니다. 그러나 어린 동생 만수의 죽음을 계기로 은희는 신앙심이 현저하게 약화 되었으며, 결혼 후에는 아예 교회에 나가지 않습니다. 그러던 중 외아들 필립이 죽음을 목전에 두자, '의사'를 부르는 대신 '목사'를 부릅니다. 은희는 아들을 천당에 보내기 위해 세례를 청합니다. 아들이 죽자 은희는 천당에 있는 아들을 다시 만나기 위해 남편과 함께 교회에 나가기로 다짐합니다. 그들의 다소 희극적인 대화는 다음과 같습니다.

"우리도 이 다음 주일부터는 예배당에 다닙시다."

"그럽시다."

"천당 지옥이 없으면여니와 천당 지옥이 있고 우리 필립이
가 천당으로 갔다 하면 얼마나 우리를 기다리겠어요? 그리고
우리가 다른 곳으로 가면 그 애가 얼마나 섭섭하겠어요. 우리가
지옥으로 간다는 것보다도 그 애가 기다릴 생각을 하면 차마-."

안해는 목이 메이려 해서 말을 맺지를 못하였다.

"그럽시다. 꼭 다닙시다. 그 애가 기다리는 건 둘째 두고라도
우리가 그 애를 천당에 두고 어떻게 다른 곳으로 가겠소? 나는
다른 데 못 가겠소."[47]

이러한 기복 신앙을 김동인은 "자식에 대한 부모의 사랑"(272면)으로
묘사합니다. 교회에 냉담하던 은희는 아들이 죽음에 이르자 세례를 받
게 하고, 그 아들이 반드시 천당에 갔다고 믿습니다. 은희 부부는 죽은 아
들을 다시 만나기 위해 교회에 나가기로 마음먹습니다. 그들에게 '천당'
은 세례를 받으면 갈 수 있고 교회만 나가면 갈 수 있는 곳입니다. 그들에
게 천당은 하느님 나라이기 때문에 혹은 하느님에 대한 사랑 때문에 가고
싶은 곳이 아니라, 단지 죽은 아들을 다시 만날 수 있기 때문에 가고 싶은
곳입니다. 은희 부부에게 '교회'는 기복의 장이며, '천당'은 기복의 궁극적
지향점입니다. 이 지향은 '하느님에 대한 사랑'이 아니라 '자식에 대한 사
랑'에 근거를 두고 있습니다. 은희 부부의 신앙은 기독교 교리의 진지한
탐색 및 하느님에 대한 본질적 사랑에서 출발한 것이 아니므로, 개인의
영리(營利)에 이상이 생기면 금이 가는 유동적인 취사선택에 불과합니다.

김동인의 「신앙으로」에서 '천당'은 현세에서 못다 한 복락을 실현하

는 곳이라는 점에서 세속적인 성격을 벗어나지 못합니다. 이러한 사실은 김동인의 냉소적 신앙관을 보여주는 동시에, 이 글이 신문에 연재된 것을 고려한다면 당대인들의 기복적 신앙관을 보여줍니다. 그들이 현실의 고통을 상쇄시켜 주는 거대한 기복의 대상으로 기독교를 선택한다는 점에서, 믿음은 전통적인 토속 신에서 근대적인 서구의 신(하느님)으로 그 대상만 바뀐 것입니다. 이러한 문제는 초창기 기독교 유입 과정에서부터 배태된 것입니다. 교리와 하느님에 대한 이해에 앞서, 교육과 의술의 시혜자 즉 문명 전달자라는 기독교의 유입 과정은 신도들로 하여금 다분히 하느님에 대한 사랑에 앞서 그들 자신의 개량을 꿈꾸게 만들었습니다.

김동인의 「명문」에서 '천당'이 가기 어렵거나 실재하지 않는 공간인 반면, 「신앙으로」에서 '천당'은 마음만 먹으면(세례 받고 교회에 나가면) 갈 수 있는 곳입니다. 김동인은 「명문」에서 기독교의 관념성을 보여준다면, 「신앙으로」에서는 기독교 신도들의 기복적이고 현세적인 신앙관을 보여줍니다. 전자가 천당과 현실 간의 요원한 거리를 직설적으로 보여준다면, 후자는 역설적으로 보여줍니다. 양자 모두 김동인 특유의 자의적 기독교관을 보여주면서 또한 동시에 당대 기독교가 내세우는 '천당'과 '현실' 간의 거리를 보여주고 있습니다.

4. 천당 대신 현실의 방안 촉구

동시대 '천당'에 대한 또 다른 인식을 찾아볼까요. '천당'을 믿지 않는 사람들은 과연 어떻게, 무엇을 지향하며 살아갈까요. 천당의 현존을 믿을 수 없다면, 당대 사람들에게 현실적으로 중요한 것은 무엇보다 이 땅에서의 생존 문제입니다. 그들은 당면한 현실 문제에 해답을 주지 못하는 기독교를 일종의 사기술로 치부합니다. 이기영의 「외교관과 전도부인」(『조선지광』, 1926)은 '천당'을 믿지 않는 당대인들의 현실적인 선택이 무엇인지 보여줍니다.

이기영의 「외교관과 전도부인」은 제목 그대로 생명보험회사 외교관과 기독교 전도부인이 주인공으로 등장합니다. 홀애비인 외교관은 과부인 전도부인에게 보험을 권고합니다. 전도부인이 생명보험을 강경한 어조로 무시하자, 보험 외교관은 전도부인에게 기독교의 교리 전도 역시 보험 외교와 다를 바 없다고 말합니다.

> 당신도 아까 말씀하시기를 보험회사에 만일 보험금액을 타
> 먹는 규칙이 없으면 누가 보험에 들겠느냐고 말씀하셨지요? 그
> 와 마찬가지로 당신이 믿는 예수교에도 죽어서 천당에 들어가
> 는 신앙이 없다 하면 누가 예수교를 믿겠습니까?[48]

보험회사는 '보험권'을, 교회는 '생명록'을 미끼로 삼는다는 점에서, '보험금액'과 '천당에 들어가는 신앙'이 등가에 놓입니다. 작중에서는 현실적으로 언젠가는 타 먹을 수 있는 '보험금액'이 눈에 보이지 않는 '천당'보다 한길 위에 있습니다.

> 어째서 전도부인이 거짓말쟁이라는지 자세히 들어보시오!
> 그래도 우리 보험회사는 보험에 든 사람이 죽었을 때 보험액

을 타다먹은 사실이 있습니다. 그러나 당신이 믿는 예수교는 천당에 갔다는 이를 한 사람도 확실히 보지 못하지 않았습니까?

그러면 우리 회사가 회사를 잘되게 하려고 보험액으로 꼬이기나 당신의 예수교가 교회를 흥왕하게 하려고 그런 꿈속 같은 천당을 꾸며놓고 꼬이기나, 그래 당신이 못 믿겠다는 사람보고도 억지로 예수를 믿으라고 전도하는 것이나, 또는 내가 보험에 안 들겠다는 당신 같은 이를 보고 기어이 들어달라고 조르기나, 그래 당신은 그런 전도를 하고 월급을 타먹기나, 나는 이런 외교를 하고 월급을 타먹기나 피차 일반이 아닙니까?[49]

이러한 설왕설래 후 두 사람은 각각 생명보험회사와 기독교를 등지고, 두 집안 식구가 한 가정을 이루어 농사지으며 삽니다. 홀애비 보험 외교관과 과부 전도부인의 현실적인 문제 해결은 '생명보험'과 '기독교 전도'에 있지 않았습니다. 홀애비와 과부의 현실적인 결합(가정 일구기)이야말로, 그들에게는 도래하지 않는 천상의 천당 대신 현존하는 지상의 천당이었습니다. 이기영을 비롯한 프로 작가들의 기독교 비판은 마르크시즘의 입장과 함께 합니다.

개인적 안위를 우위로 하는 목사와 교회 사목자들, 생존을 위협하는 외부의 환경에도 아랑곳없이 궁핍한 현실을 청교도 정신으로 무조건 수용하는 순진한 기독교 신자들, 양자 모두 조선이 당면한 문제에 대해 속수무책입니다. 예컨대 주요섭의 「천당」에서 천당만 믿고 사는 순진한 농민은 스스로 '거지'로 전락합니다. 순진한 농민에게 '천당'에 대한 설교는 가난뱅이를 더 수동적이고 무의지적인 인간으로 만들었습니다. 그에게 현실은 천당을 가기 위한 준비기간에 불과하므로, 삶에 대한 적극적이고 진취적인 의지와 의욕이 있을 리 없습니다. 사후의 '천당'만을 바라며 현실에서는 더 낮은 자, 더 힘없는 자, 더 고통받는 자가 되기를 자청합니다.

1930년대 이르면 일군의 프로 작가들은 맹목적인 기독교 신자들의 생활난을 비판적인 시각에서 조명합니다. 송영의 「기도」(『조선문학』, 1933.11)에서 홍목사는 돈 50원을 받으려고 야밤에 신자 장서방을 찾아가 다짜고짜 뺨을 때립니다. 장서방이 홍목사의 이중성에 경악하자, 홍목사는 그 자리에서 자신의 폭행을 용서 청하며 기도합니다. 박화성의 「한귀」(『조광』, 1935.5)에서 여섯 아이와 아내를 거느린 시골 농부 성섭은 홍수와 가뭄으로 기아에 직면하면서도 꼬박꼬박 교회에 수확물을 바칩니다. 이기영의 「비」(『백광』, 1937.1)에서 오속장은 속수무책 내리는 비를 막아볼 염도 없이 자살합니다. 평소 그는 "모든 이 세상의 불행을 오직 내세의 거룩한 천복으로 위안"(363면)을 삼으려 한 만큼, 자신의 죽음을 천당행과 동일시합니다. 순진한 열정으로 무장한 농민은 당면한 기아와 궁핍을 타계하기 위해 적극적인 방안을 모색하지 않습니다. 사후 '천당'을 꿈꾸는 농민들은 현실에서 유약한 패배주의자 및 식민지 백성의 처지에 안주하고 맙니다.

종교를 아편이라 보는 마르크스주의자들의 비판은 현존하지 않는 '천당'에 대한 맹목적인 믿음을 비판한 것입니다. 1920년대 기독교 비판 소설에서, 교회는 가진 자의 부를 늘리고 없는 자의 상황을 자족하게 만들면서 현실의 첨예한 문제를 간과하게끔 유도하는 것으로 묘사됩니다. 이기영은 「외교관과 전도부인」에서 현실에 부재한 천당을 대신하여 궁핍한 민중의 능동적인 현실 존재 방안을 촉구합니다. 내세에 도래할 천당을 바라고 당면한 현실의 문제를 외면해서는 안 될 것이며, 지금 이 땅의 문제를 적극적으로 대응하고 해결해야 한다고 말입니다.

5. 당신들만의 '천당'

문명개화의 기수였던 기독교가 공격받게 된 원인은 무엇보다도 기독교 내부의 정책 변화에 있습니다. 이상설은 다음과 같은 이유를 들고 있습니다.[50]

① 일제의 기독교 분열정책에 편승한 외국선교사들의 친일화
　　및 타협화 경향
② 초월적 신비주의 부흥운동이라는 새로운 신앙양태의 등장
③ 1920~30년대 기독교 공동체 지도자들의 비(非)정치화 경향
④ 3·1운동 이후 기독교 공동체 지도자들의 기독교 민족운동
　　거부
⑤ 다수 기독교 지도자들의 3·1운동 좌절과 종교적 도그마로의
　　방향 선회

개화기 지식인들은 기독교를 종교적 입장이 아닌 구국(救國)의 방편으로 수용한 만큼, 1920년대 이후 더욱 강경해진 기독교의 정교(政敎)분리는 지식인들의 반감을 사기에 충분했습니다. 개화기 기독교의 정교분리 정책에 대해서는 다음과 같은 논의가 있습니다. 이만렬은 1900년대 초까지 충군애국(忠君愛國)을 강조하는 시기와 1910년까지 정교분리를 내세우는

시기로 나누었습니다.[51] 강돈구는 한말의 통감부 이전까지와 통감부 이후 광복 이전까지로 나눕니다. 한말 통감부 이전에는 개신교가 주체적으로 정교분리정책을 수행했다면, 통감부 이후에는 일제의 종교정책으로 정교분리를 이의 없이 받아들였다는 것입니다.[52] 『조선그리스도인회보』(1912.12.15)에 따르면 정치와 종교는 다음과 같이 구분됩니다. 정치는 "인민의 유형(有形)한 사실을 총괄하여 입법과 행정과 사법의 권리를 그 나라에 베푸는 것"이고, 종교는 "백성의 무형(無形)한 정신을 감화시켜 자기와 남과 신에 대해 이치를 세우는 것"입니다.

기독교가 종교적 입장만을 고수하면서 일제의 식민지 상황을 방관함에 따라 지식인들은 초창기 정착 상황과 1920년대를 전후한 안착 시기 간의 괴리를 문제 삼았습니다. 기독교의 유입이 개화기 문명 유입의 일부라는 점에서, '예수를 믿는'다는 것은 신앙이 열렬하다는 뜻이 아니라 서양식으로 개명된 지성인이 된다는[53] 것이었습니다. 기독교에 몸담은 바 있는 지식인들일지라도, 그들은 신앙의 차원이 아닌 지성의 차원에서 1920년대 안착하기 시작한 기독교의 문제점을 직시했습니다.

고려의 불교 및 조선의 유교가 국가와 서로 융합되어있다는 점을 고려해 보더라도, 전래로부터 종교가 호국적 성격을 띠고 있음에 비해 식민 치하 조선에서 기독교의 정교분리 정책은 지식인들의 불만을 살 수밖에 없었습니다. 그들은 소설을 통해 기독교 종사자인 목사와 장로의 타락, 교리와 현실의 괴리를 문제 삼으면서 현실을 외면하는 기독교에 대해 간접적으로 질타했습니다. 특히 1920년대 기독교 비판 소설에 나타난 작중 인물의 천당 인식을 살펴보면, 그들은 천당을 경멸하거나 방화하며 나아가 아예 천당의 존재를 믿지 않습니다. 천당을 믿었다 하더라도, 그들은 맹목적 신앙관으로 천당만 바라며 살다가 사후에는 천당으로부터 버림 받습니다.

염상섭은 「너희는 무엇을 어덧느냐」에서 "장래에 리상뎍 새 사회에 합하도록 종교가 개조되어서 예언뎍 태도(豫言的 態度)로 시대에 압서서 인류의 리상을 밝게 보여주어야 할 것"이며, 그것이 "곳 텬당 가는 길이요 텬당을 이 짱 우에 세우는 것"(216면)이라 말합니다. 염상섭의 논지에 따르면, 참 종교의 사명은 이 땅에 하느님의 나라 '천당'을 건설하는 데 있습니다. 반면 1920년대에 이르면 기독교는 구도자의 길을 지향합니다. 이 땅의 지식인 작가들은 궁핍한 식민지 현실에서 '천당'을 구현해야 한다는 입장에서 천상복락만을 추구하는 기독교에 대항하여 기독교 비판 소설을 썼던 것입니다.

이러한 결론에 이르면 이제 기독교의 이면에 내재한 문명화 담론을 반성적으로 사유할 필요가 있습니다. 기독교가 서구에서 전래되었으며 서구 문명을 대표한다고 할 때, 근대 유입된 기독교는 동시대 수용된 문명과 진로를 함께 합니다. 이태준은 단편 「결혼」(『혜성』, 1931)에서 근대인들이 기독교에 거리감을 느끼게 되는 이유를 서구 문명과 대비하여 잘 보여주고 있습니다.

> S의 가슴속까지 피가 나라 하고 찌르는 것이 있었다.
> 개성과 서울 예배당에서 십여 년 동안 보아오던 똑같은 광경이었으나 그때 S의 눈엔 너무나 새삼스럽게 드러나 보이는 것이 있었으니 그것은 같은 찬송가를 부르고 섰는 속에서 서양 사람의 모양과 조선 사람의 모양이 같지 않은 것이었었다.

그 값진 의복을 입고 살진 목청을 울리고 섰는 서양 사람들과 후적지근한 두루마기를 걸치고 그 주름살 잡힌 얼굴을 비통스럽게도 움직이고 있는 조선 사람의 꼴들은 너무나 조화되지 않는 억지스러운 광경이었었다.

또 S의 머리 속에는 그 뒤를 따라 지나가는 것이 있었다. 그것은 서양 사람들의 생활과 조선 사람들의 그것과의 비교였었다. 저들에겐 앞을 막는 것이 없다. 추우면 스팀이 있다. 더우면 선풍기나 명사십리가 있다. 밤이 오면 찬란한 별밭을 누워서 바라보는 아름다운 이층의 침대가 있으며, 아침이 오면 몇만 리 밖에서도 뉴욕이나 파리에서 만든 햄이나 소세지가 있다.

어느 곳을 가든지 저들을 개인적으로나 민족적으로나 멸시하는 곳이 없다. 자식을 낳으면 학교가 있고 벌이가 앞서 있다. 어째서 진정으로 하느님의 은혜를 찬송하지 않을 수가 있으랴.

그러나 조선 사람에게 무슨 은혜가 있는가. 다 같은 햇발과 다 같은 샘물을 마신다 치더라도 오늘 조선 사람으로서 저들이 부르는 찬송가의 가사를 그대로 번역해 가지고 그것을 외우고 섰을 때는 아닌 것 같은 생각이 들었다. '모두가 속임수!'[54]

이태준은 기독교가 문명과 동일한 차원으로 수용되고 있으며, 기독교 문명에 대한 반성적 사유를 보여줍니다. 기독교의 의료와 교육 시혜는 문명화의 시금석이었고, 그 과정에서 기독교의 입교는 곧 문명화의 길로 수용되었습니다. 자세히 들여다보면, 동일한 교회에서 동일한 신에게 기도를 하고 있지만 조선인과 서양인의 처지는 현격하게 다른 것을 발견하게 됩니다. 위 인용문에서 이태준은 근대 수용된 기독교를 통해 서양 사회를 모델로 하는 기독교 문명건설을 읽어내고 있으며 이는 제국주의의 또 다른 얼굴일 수 있음을 시사해 줍니다. 요컨대 근대 지식인들은 기독교의 수용이 곧 근대화의 실현이 아니며, 근대의 기독교 신앙이 서구 문명 추종의 일방적 관행이 되어서는 안된다는 경계의 지점을 성찰하고 있습니다.

제2부

한국 근대 소설은 어떻게 성장했는가

1장
모더니스트의 1인칭 소설 창작 방식

1. 모더니스트, 전문적인 직업의식을 가진 작가

한국 근대 소설은 전대와 비교하여 어떻게 다를까요. 전대와 비교하여 어떠한 내용, 어떠한 형식을 가지고 있을까요. 1930년대는 한국 근대 문학이 융성하던 시기입니다. 1930년대 박태원은 이상(李箱)과 더불어 새로운 형식을 실험한 대표적인 모더니즘 작가입니다. 박태원은 우리에게 「소설가 구보씨의 일일」(『조선중앙일보』 1934.8.1~9.19)로 잘 알려진 작가입니다. 이 작품은 소설가가 1인칭 주인공이 되어 그의 내면 심리를 의식의 흐름에 따라 기록한 모더니즘 소설로 알려졌습니다.

이 글에서는 박태원의 습작기 소설을 통해 모더니즘 소설이 만들어지는 과정을 소개하려 합니다. 박태원의 중편 소설 「적멸」(『동아일보』 1930.2.5~3.1)은 모더니스트들의 습작기 창작과정을 잘 보여주고 있습니다. 이 작품을 통해 모더니즘 작가들은 어떠한 방식으로 소설 형식을 실험하고 있으며, 그렇게 만들어진 형식은 소설의 내용과 어떤 유기적 관련을 맺고 있는지 살펴보겠습니다.

근대 작가들은 소설을 쓸 때 어떤 마음을 지니고 있었을까요. 1910년대 이광수는 독자들의 무지를 일깨우기 위한 계몽가였으며, 그에게 있어 '소설쓰기'는 계몽 이성의 실천을 위한 도구였습니다. 같은 맥락에서 1920년대 민족주의와 카프 계열 작가들도 선지자로서 계몽의 사명을 완수하기 위해 창작은 실천을 위한 도구로 인식되었습니다. 1930년대에 이르러, 구인회를 비롯한 1930년대 몇몇 모더니즘 작가들은 문학의 자족적 영역을 탐구하는 데 주력했습니다. 박태원은 1930년대 순수창작집단 구인회 작가들과 더불어 다양한 창작기법을 실험하고 소설 양식의 개척을 선도했습니다. 박태원의 「적멸」에 등장하는 소설가의 '소설쓰기'를 살펴보기 앞서, 우선 박태원을 포함한 구인회 작가들이 '소설쓰기'를 어떻게 인식하고 있는지 알아보겠습니다.

산업 혁명과 함께 도래한 전문화(專門化)와 문명의 발달은 문학에도 영향을 미칩니다. 다양한 문명은 빠른 속도로 근대 조선에도 정착하기 시작했습니다. 대중적이고 대량 유통이 가능한 영상과 인쇄술은 도시뿐 아니라, 산간벽지까지 유포될 수 있었습니다. 과거에 도보와 구술에 의존했던 이야기 문화는 활자술을 통해 대량 유포되었으며, 교육의 확대는 이야기의 문자화를 가속화 시켰습니다. 저널리즘의 유포로 점차 더 많은 독자를 확보할 수 있었고 문자의 보급은 문학의 대중화에 기여합니다. 일간 신문에서 '독자투고란'을 개설하면서, 독자는 '읽는 사람'이면서 동시에 '쓰는 사람'으로 문화의 주체가 되었습니다. 필자와 독자의 거리가 좁혀지면서, 소설 쓰는 사람들은 독자적인 위치를 확보하기 위해 더욱 뛰어난 창작 기능을 모색하게 됩니다.

작가는 소설쓰기의 전문화를 모색하고 직업적 사명감을 지니기 시작합니다. 구인회 작가 이무영의 지적처럼, 그들에게서 글쓰기는 '부업'이 아닌, 충실한 '직공' - 전문적인 직업의식에서 출발합니다.

> 문학 - 그것은 지금까지의 내가 생각한 것과 같은 호락호락한 것도 아니오, 모방으로만 되는 것도 아니오, 향략적 기분만으로 성취할 수 있는 성질의 것도 아니엇다. 부업으로서 할 업도 아니오, 일생을 받힌다고 반듯이 얻어질 것도 아님을 깨닷는다.
> 문학 - 그것은 우리 인간은 상상할 수 잇는 최난기의 과목이다. - 말에 능한 자, 글에 능한 이가 적듯이 이론에 능한 자, 실천에 소원타. 이론에서 얻는 기술보다는 체험에서 얻는 이론에 실이 잇다. 이해보다는 체험 - 나는 충실한 직공으로서 작가가 되고 싶다.[1]

전문적인 직업인으로서 작가의 글쓰기는 구체적으로 어떤 것일까요. 이무영이 언급한 것과 같이, 그것은 전적으로 작가의 체험에 기반합니다. 작가에게 체험은 생활의 체험(경험)과 글쓰기의 체험(다작)으로 나눌 수 있습니다. 박태원은 작가로서 '체험'을 창작에 십분 활용한 대표적 작가입니다. 그에게 있어 체험은 산책과 그에 따른 창작 방법 모색으로 나타납니다. 이 두 가지 체험은 병행되어 나타납니다. 산책은 곧 글쓰기의 내용물을 만들고 신변소설이라는 양식을 만들어 냅니다. 박태원에게 있어서 신변소설이 산책이란 체험을 소재화시킨 개념이라면, 나아가 심경소설은 창작의 체험이 쌓이면서 정교한 개인의 내면 심리를 서술한 형태의 소설을 일컫습니다. 박태원은 이를 '기교'라는 이름으로 다양한 시도와 노력을 기울인 장본인입니다.

단편소설이란, 원래가 예술적 세련이 없이는 애초부터 설립되지 못하는 것이라, 그 '종결'이 비기교적일진대, 그 작품은 대개 실패작이 아닐 수 없다. 물론, 이것은 결말의 문제에만 그치는 것이 아니다. 기교라는 것은 단편소설 제작에 있어 지극히 중요한 문제요, 또 따라서 모든 탁월한 단편 작가들은, 동시에 그렇게도 우수한 기교가이었다.[2]

소설가로서 전문적인 직업의식을 지닌 근대 작가들의 작품에, 소설가가 주인공으로 등장한다는 사실은 시사하는 바가 큽니다. 작중 소설가는 전문가로서 작가의 자기 인식과 창작적 고뇌를 가감없이 드러내 보이기 때문입니다. 박태원을 비롯하여 일본에서 유학하고 돌아온 식민지 조선의 지식인 작가는 당대 현실에서 상대적인 박탈감을 비롯하여 생계의 위협에 마주해야 했습니다. 직업으로서 작가는 경제적 사회적으로 안정되지 못했으며, 식민지 근대 작가들은 외부 세계로부터 오는 소외와 글쓰기에 대한 열정이 서로 뒤엉켜 있었습니다. 그들은 소설가 자신을 주인공으로 설정하여 그들의 복합적인 상념과 다양한 창작 실험을 시도합니다. 박태원의 「적멸」은 1인칭 심리소설로서 당대 모더니즘 작가들의 고뇌는 물론 새로운 창작 방법과 근대 문명 비판을 잘 담아내고 있습니다.

2. 소설가주인공 1인칭 심리소설 창작 방식, '산책'과 '글쓰기'

박태원의 「적멸」은 1인칭 시점으로 전개되며 주인공은 전업 작가입니다. 주인공의 의식 흐름에 따라 내면을 보여주는 심리소설의 양식을 지니고 있습니다. 이제, 소설의 창작과정을 따라가 보겠습니다. 우선 작중 화자에 주목해 보겠습니다. 이 작품에서 1인칭 화자는 주인공으로서만 존재하지 않습니다. 1인칭 화자는 소설가로서 주인공이면서 전달자입니다. 작가가 말하고자 하는 주인공이 나타나기 전까지 화자인 '나'는 이야 기의 토대를 마련해 주고, 새로운 주인공이 등장하면 화자의 자리를 주인 공에게 넘깁니다. 작중 화자는 1인칭 '나'의 시점으로 이야기를 전개하지 만, 새로운 주인공의 등장과 함께 시점은 다시 그에게로 넘어갑니다. 이 때 바뀐 주인공 역시 1인칭 시점에서 자신의 과거를 이야기합니다.

1인칭 소설은 의식의 흐름을 표현하기 위해 내적 독백 기법을 취합니 다. 작중에서 주인공의 의식 흐름은 단순히 흘러간 시간의 보고가 아니 라 흐르고 있는 시간 자체가 현재화되어 사건이 됩니다. 내적 독백 기법 은 등장인물이 자신의 체험을 그 사건이 발생하는 시간에 이야기하는 것 처럼, 사건의 시간과 이야기의 시간 사이에 가로 놓인 거리를 상상적으로 제거하는 1인칭 소설로 나타납니다.[3] 철저하게 1인칭을 고수하고 있는 이 작품은 내적 독백으로 서사가 진행됩니다. 1인칭 시점은 행위 대신 인 물의 심리 변화가 서사를 주도하는 심리소설의 전형적인 방식입니다. 박 태원의 습작기 심리소설은 모더니스트 작가들이 소설을 창작하는 과정 을 잘 보여주고 있습니다.

소설가가 주인공이 되는 1인칭 소설에서 작가는 먼저 자신의 신변 에 일어나는 일들 즉 경험을 위주로 보고, 듣고, 느낀 것을 그 중심 소재 로 삼아야 한다고 했습니다. 그는 자신을 주인공으로 하는 사소설을 여 러 편 창작했는데, 자화상 연작 소설 「음우」(『조광』, 1940.10), 「투도」(『조광』, 1941.1), 「채가」(『문장』, 1941.4), 「채운」(『춘추』, 1941.8)이 대표적인 예입니다.

빚을 내어 집을 산 일이며, 부실하게 건축된 집에서 여름철 장마에 고생한 일, 양복과 돈을 도둑맞은 일 등 자신의 가정을 둘러싸고 벌어진 실제 자신의 경험을 소설로 만들었습니다.[4]

박태원을 비롯한 모더니즘 작가들은 왜 자신의 경험을 소설에 드러냈을까요. 단지 자신을 드러내고 싶은 호기에서 그랬을까요. 그것은 아니겠지요. 박태원은 그 이유를 다음과 같이 설명하고 있습니다.

> 이른바 신변소설이라는 것은 그 세계가 좁은 것임은 틀림없으나, **그 대신에 그곳에는 '깊이'라는 것이 있는 것이 아닌가?** 어떠한 걸출한 작가에게 있어서라도 그가 참말 자신을 가져 쓸 수 있는 것은 구경 평소에 자기가 익히 보고, 익히 듣고, 또 익히 느끼고 한, 그러한 세계에 한 할 것이다. 특히 한 작가가, 창작에 있어서의 '심리해부'의 수련을 위하여는, 가히 심경소설 제작을 꾀함보다 나은 자가 없을 것이다.[5]

그렇습니다. 소설의 깊이를 위해 작가는 자신이 가장 잘 아는 세계를 소재로 삼아 창작에 임했던 것입니다. 이제 소설가 주인공 1인칭 심리소설, 박태원의 「적멸」을 살펴보겠습니다. 이 작품은 인과율과 연대기 순에 따르는 전대 소설의 구성과 달리, 장면과 대사를 통한 묘사가 소설의 주조를 이루고 있습니다. 그러므로 작중에서 공간적 배경의 상징성은 큽니다. 작품의 공간적 배경은 '방 → 거리 → 카페 → 방 → 묘지'의 순으로 설정되어 있습니다. 이 작품은 '방'에서 창작하던 '나'가 거리를 산책하고, 카페에 들어가 그를 만나고, 다시 그를 데리고 방으로 귀환합니다. 이

때 '방'은 창작을 위한 내면 탐구의 공간으로서, 카페라는 축소된 사회와는 상반된 곳입니다.

1인칭 주인공이 화자가 되어 서사를 진행해 나감으로써, 작가의 목소리는 전반적으로 사라지면서 점차 희곡의 성격을 보입니다.[6] 인물의 중요성을 부각시키기 위해 작가는 작품 밖으로 목소리를 감추기 때문입니다. 박태원은 작가의 맨얼굴을 숨긴 채, 다양한 기법과 양식을 전면에 내세우면서 인물의 형상화에 주력합니다. 박태원의 「적멸」에 나타난 소설가의 구체적인 창작과정을 살펴보겠습니다. 작중 '나'는 직업의식이 투철한 작가입니다. 투철한 직업적 사명감으로, 창작욕을 만족시키기 위해 고달픈 노력을 하고 있습니다. 세상은 다변하고 활동적인 움직임 속에 있지만, '나'의 삶은 소설쓰기에 찌들어 있습니다.

> 햇빛 잘 안들어오는 이칸 방 - 소설책이라, 시집이라, 잡지
> 라, 악보라, 화투짝이라, 담배합이라, 성냥통이라---- 머릿살 아
> 프게 어수선한 책상 앞에 앉아 나는 소설 하나 쓰기 위하여 끙
> 끙대고 있었던 것이다.[7]

'나'는 창작을 위해 복잡하게 뒤범벅이 된 생각을 머릿속에 정돈합니다. "일분 - 이분 - 삼분 - 오분 -그리고 칠분 --"(184면) 물리적인 시간의 규칙적인 흐름과 영감에 의지한 체 뜻하지 않는 묘상이 떠오르기를 기다리며, '나'는 "한 갑 - 두 갑 - 세 갑 - ---"(183면) 애꿎은 담배만 피웁니다. 정작 시간과 영감만으로는 창작이 이뤄지지 않으므로, 원고지와 눈씨름을 끝내고 종로 네거리로 나갑니다. 소설 창작을 위한 "좋은 자극"과 "알맞

은 엽기취미"(185면)로 밤거리를 산책합니다. '산책'은 글쓰기의 연장입니다. 소설 창작이 자신의 의지에 따라 진행되지 않을 때, '나'는 거리로 나섭니다. 내가 주목하는 것은 전통도, 이념도 아닌 바로 번화한 거리입니다. 화려한 거리가 '나'를 부르고 '나' 역시 거리가 그리워 뛰쳐 나갑니다.

밤거리를 늦도록 산책한다는 것은 쓸쓸하고 외로운 것이나, 동시에 이름 모를 기쁨을 줍니다. '나'의 심정은 비극과 가까울 수 있으나, 그와 동시에 마음이 차분해지며 착 가라앉는 "안태(安泰)"(194면)- 큰 편안함을 만끽합니다. 박태원을 비롯한 1930년대 모더니즘 작가들은 도시가 고향이고, 더 큰 도시 동경에서 대학교육을 받았으며, 그곳과 더불어 성장한 도시 세대들입니다. '나'에게 있어 도시의 밤거리는 돌아가야 할 모성과도 같습니다. 도시의 밤은 태내 시절의 미맹과도 같아, 그 속에서 편안한 안식을 얻습니다.

> 내 손으로 만들어서 그 속에 살고 싶다. 생각하는 나의 조그마한 예술의 세계가 설혹 나를 경원한다 할지라도 나는 넉넉히 현실의 이 거리와 친할 수 있지 않은가 아지 못게라 거리여 - 너와 나 사이에 무슨 은원이 있길래 내 너를 차마 있지 못하고 네 또 한 자로 나를 부르는가.(185면)

도시의 거리에서 날마다 벌어지는 이동과 변화는 그 자체가 창조의 원천이 됩니다. 도시라는 공간에서 '산책'은 '창조적 글쓰기'의 과정입니다.[8] 비록 매일 똑같은 공간을 배회하더라도 시야에 들어오는 세계는 끊임없이 다른 모습으로 존재합니다. 밤의 거리는 시시각각으로 젊은이를 흥분

소설로 읽는 한국근현대문화사

의 도가니로 몰고 갑니다. 수많은 별과 복작거리는 야시장의 거리는 자연과 문명의 만남이요, 그 속에서 젊은이의 가슴은 뜨겁게 달아오릅니다.

　　캄캄한 하늘에는 별밤이 좋고 푸르른 하늘에 달밤이 좋다면 불붙어 뜨거운 내 가슴은 사랑의 햇발이 그리울 것이다.(185면)

　　(상략)--많은 군중 속에 내 몸을 내어던지는 데서 깨닫는 비할 데 없이 크나큰 기쁨을 맛보고 있는 내 자신을 나는 발견 하였다.(185~186면)

　도시에는 부질없이 시간을 소비하는 수백, 수천 명의 밤거리 인파들이 군중을 이룹니다. 예술가는 걸어가는 물자체(物自體)입니다. 예술가로서 '나'의 열정과 전문성은 군중 속에서 군중과 결합합니다.[9] 군중 속의 산책은 속도감을 추구합니다. '나'는 버스를 타고, 종전과 다른 쾌속으로 종로 네거리를 돌파하고 구리개로 향합니다. 문명은 더 진보된 편리를 도모합니다. 걸음의 편리를 위해 교통수단을 나았고, 교통수단의 편리를 위해 아스팔트를 나았습니다. 문명은 자신의 편리를 위해 또 다른 문명을 낳았고, 연쇄적인 문명의 휘황찬란한 발달 앞에 군중은 반딧불처럼 밀집합니다. 아스팔트는 도시의 동맥으로 교통량의 원활한 흐름을 위한 기동력, 중심상가와 산업 거리의 온상이라는 두 가지 소임을 수행합니다. 아스팔트를 터전 삼아 문명은 쾌속으로 질주합니다.

　1930년대 근대 문명의 집산지인 도시에서, 속도감을 동반한 '나'의 산책은 더 찬란한 황금 불빛을 향합니다. 소설가는 밀려오는 문명의 속도에 부응함과 동시에 '소설 쓰기'의 전문화를 위해 근대를 추종하고 나아가 근대를 넘어서기를 시도합니다.

3. 공간과 시간의 변화와 인물의 성격 창조

소설가 주인공 1인칭 심리소설, 박태원의 「적멸」은 장면 묘사와 대화가 소설을 구성합니다. 장면은 사건의 배경으로서, 공간의 변화를 포함하고 있습니다. 「적멸」에서 공간 변화는 다음과 같이 나타납니다. 소설 창작으로 시작되는 이 작품의 시작 공간은 '방'입니다. '나'는 창작의 연장으로 거리를 산책하던 중 카페에 들어갑니다. 카페에서 정신이상자 취급받는 그를 만납니다. 그와 함께 '방'으로 돌아온 '나'는 그의 이야기를 들으며, 밤을 지새웁니다. 어느 날 '나'는 신문에서 그의 부고를 읽고 무덤에 찾아가 애도하면서 이야기는 종결됩니다.

「적멸」에서 '방'과 '카페'는 대조적인 공간입니다. 작품 서두에 햇빛 잘 안 들어오는 이 칸 '방'에서 '나'는 거리로 나섰습니다. 거리를 방황하던 끝에 '카페'에 들어갑니다. '방'은 개인의 내면 공간으로, 사회와 단절된 '소설쓰기'라는 고독한 작업이 이루어지는 공간입니다. 반면 '카페'는 둘 이상의 다양한 사람들이 모여 있는 일종의 작은 사회입니다. 카페라는 사회적 공간에서 비사회적인 인간, 그는 쉽게 눈에 들어옵니다. '나'는 카페에서 세 가지 형태의 장면을 보고 묘사합니다.

    (1) 첫 번째 장면

'미라보와 크롬웰' 제멋대로 웃고 지껄이는 두 日人

철 지난 '레인코트'를 입고 '붉은 실감기' 놀이를 하는 정신

이상자, 그

(2) 두 번째 장면

'사회주의'에 관해 토의하는 두 조선사람

'레인코트' 입은 그와 눈길이 마주침(자동차로 사람을 죽인 후,

정신병원에 수감되었던 사실을 듣다)

(3) 세 번째 장면

'레인코트'를 또 만남

세 곳의 카페는 그와 만나는 사회적 공간입니다. 그는 정신이상자로
취급받으며, 자신의 내면세계에만 전념하는 비사회적인 개인입니다. 그
는 사회적으로 거세된 '나'의 내면 세계를 고스란히 반영하고 있는 또 다
른 '나'의 모습입니다. 그의 내면 풍경을 살펴보기 앞서, 카페에 모인 다
른 인물들의 모습을 살펴볼 필요가 있습니다. (1)에서 일인(日人)들은 세상
의 고민 없이 제멋대로 웃고 즐기는 사람들입니다. (2)에서 조선사람들은
사회주의 사상을 그들의 삶 속에서 실현하고자 토론합니다. 다양한 인물
군상에는 당시 조선의 식민지 현실이 압축되어 있습니다.

그는 일인(日人)과 조선사람, 양자와 무관하게 독립된 일에 몰두합니
다. 그는 대화의 어느 곳에도 소속되지 않고 무심하게 자신의 일에만 몰두
합니다. 일인(日人)들처럼 삶을 즐기지도 않고, 조선인들처럼 삶을 고뇌하
지 않으면서, 무의미한 '붉은 실감기'에 몰두해 있습니다. 작가는 '레인코

트'를 입고 '붉은 실감기'를 하며 주위 시선에 아랑곳하지 않는 모습을 통해 그가 비사회적 인간임을 보여줍니다. 카페는 축소된 사회의 친교의 장입니다. 그곳에서는 의례적으로 둘 이상이 모여 술을 마시고 관심사를 함께 하기 마련입니다. 이러한 사회적 공간에서 혼자 소모적인 손놀림으로 시간을 보내는 그와 이를 지켜보는 화자인 '나'는 사회와 섞이지 않고 개별적인 일에 몰두하고 있다는 점에서, 동일한 내면을 공유하고 있습니다.

'사람을 관찰하는 일'과 '붉은 실감기' 역시 사회적인 관점에서는 무가치한 소모적인 행위에 지나지 않습니다. 그가 '나'와 다른 점이 있다면, '그'는 사회적으로 '정신이상자'라는 낙인이 찍혀있다는 것입니다. 내가 개인적 자아와 사회적 자아 사이를 부유하며 어떤 한 가지 성격도 갖지 못한 데 비해, 그는 사회적 인습에서 탈피하여 개인적 자아를 온전히 구현해 냅니다. 예컨대, 멀리 떨어진 곳에 불이 났을 경우, 솟아오르는 불길의 장엄한 광경에 사람이라면 때때로 통쾌에 가까운 희열을 느낄 수 있지만, 사건 자체가 지닌 비극성과 도덕적 관습 때문에 내면 정서를 드러내지 않는 것이 보통입니다. 반면 그는 자신의 내면 정서를 외부 세계에 그대로 표출합니다. 사회적인 관점에서, 그는 인습과 체면의 탈을 벗어버린 이상한 사람일 수밖에 없습니다. 그는 우리가 하고 싶은 바를 못 하는 이유를 다음과 같이 말합니다.

> '인사체면'을 차릴 줄 아는 우리의 '마음'이 이 욕구를 견제하고 있는 까닭에 우리는 마음에 하고 싶은 것을 못하고 마는 것이 아닙니까? 그리고 만약 이곳에 불이 타오르는 것을 보고 춤을 추며 '통쾌! 통쾌!'를 부르짖는 사람이 있다 하면 우리는 조

금도 서슴지 않고 그의 '정신 상태'에 의혹을 품는 것이 아닙니까(208면)

그와 비교하여 '나'는 내면 공간과 사회적 공간을 떠돌면서 성격이 없거나, 이중의 성격을 지니고 있습니다. 사회의 축도, 카페에서 사회적 인간들의 잡담에 대응하여 스스로 그 가치 평가를 일삼기도 한다는 점에서 '나'는 사회적 인간의 면모를 보입니다. 반면, 생각은 독백으로 처리됩니다. 일인(日人)들이 기탄없이 웃고 떠들면서 만담을 나누고 있는 모습을 보고 '나'는 단지 마음속으로, 다음과 같이 조소에 가깝게 추측합니다.

아마 치통이 완치된 게로군---(중략)---
그러면--- 자기 계모가 간밤에 죽기나 한 것일까?(188면)

'나'는 대화 대신 독백으로 대응합니다. 그와의 만남을 통해, '나'는 개인적 내면에 주의를 기울이고 그의 개인적인 이야기를 내면화하기도 합니다. '나'는 인습의 세계에 발을 딛고 있지만 냉소적인 입장을 취하고 있으며, 오히려 내면세계에 충일한 그의 경험을 공유합니다. 그는 사회로부터 거세된 '나'의 내면 풍경을 그대로 간직하고 동시에 실현하는 또 다른 '나'이기 때문입니다.

지금까지 공간이동에 따른 서사 구조 분석을 통해 인물의 성격을 살펴보았습니다. 이제 시간적 순서에 따라 서사구조를 배열하면 다음과 같습니다.

(1) 저녁: 소설 쓰다가 거리를 배회

(2) 밤: 카페에서 그를 만나 '나'의 방에 함께 돌아옴(회상을 통해 그의 성장담을 들음, 시제의 변동, 소설가인 '나'는 청자가 되고 레인코트가 주체가 되어 자기 삶을 객관화시켜 회고함)

- 중학 시절 인생에 대한 회의
- 어머니의 죽음
- 2년간의 독서와 사색 생활
- 인간의 삶에 대한 권태와 삶의 희롱
- 사람을 죽이고 정신병원에 수감
- 탈출하기까지의 경위

(3) 새벽: 그와 헤어짐

(4) 2개월 후: 그의 자살을 기사로 읽고 묘지에 가서 애도함

(2)를 통해 알 수 있는 사실은 '방'이라는 공간에서 이동이 멈추어졌을 때, 시간이 이동한다는 것입니다. 현재 서술 시간 속에 과거 사건이 삽입되어, 과거는 현재화되고 이야기 속에서 몽타주로 재구성됩니다. '나'와 그의 만남과 대화는 하룻밤 사이에 벌어진 일이라 할 수 있지만, 그들의 대화 속에는 그의 성장 과정이 총 망라되고 있습니다. 물리적인 시간은 '하루'지만, 서술 시간 안에 한 젊은이의 성장 과정이 다 들어 있습니다. 「적멸」에서 현재 - 과거 - 현재와 같은 시간의 뒤엉킴은 박태원을 비롯한 모더니스트들의 시간에 대한 근대적 인식을 보여주고 있습니다.

전대의 소설은 자연적 시간관에 따라 순차적 인과율과 연대기적 구성을 따르고 있습니다.[10] 탄생 - 성장 - 위기 - 행복 - 죽음 등의 일괄적인 구

성의 도식성을 보입니다. 근대적 인간은 삶이 더 이상 인과율에 의한 순차적 구조를 지니고 있지 못하다는 것을 압니다. 인간의 삶은 기계적인 법칙성보다는 우연과 사고의 영향을 더 많이 받습니다. 근대적 인간은 객관적인 시간의 흐름보다 더욱 중요한 것은, 주관적인 시간의 추이라는 것을 감지합니다. 주관적 시간의 인식이란 반드시 현재 순간·현재 사건만을 인식하는 것이 아니고, 현재에 발을 딛고 있지만 과거로 소급할 수도 있으며 미래로 가상 인식마저 가능합니다. 이것이 곧 '회상'과 '상상'입니다.

과거, 현재, 미래라는 시간 지평은 주관적인 상관 개념 즉 회상, 직관, 기대로 회귀하게 됩니다.[11] 박태원의 소설 「적멸」에 나타난 몽타주 역시 여기에서 비롯됩니다. 현재의 순간에 과거의 회상이 중첩되어 하나의 사건으로 형상화되는 것입니다. 몽타주의 전신은 화가들이 즐겨 사용한 콜라주 기법입니다.[12] 문학에 있어서 서사적 몽타주는 「소설가구보씨의 일일」에 잘 드러나 있듯이 신문지, 현수막, 목록, 대화, 따위로 이루어진 문장을 바꾸어서 때로는 그대로 서사에 편입시킨 것입니다.[13] 이 작품은 서사적 몽타주가 정교한 기법으로 자리잡고 있으며, 물리적(자연적인) 시간 순서에 얽매이지 않는 1인칭 화자가 연상과 회상의 법칙에 따라 자유자재로 시간을 변화시킵니다. '방'이란 한정된 공간과 '하루'라는 물리적 시간에서 그는 회상을 통해 자신의 과거를 이야기합니다.

앞서도 말했지만, 심리소설에서 공간적 배경의 상징성은 큽니다. 인물이 속해 있는 공간은 그 인물의 성격을 암시할 뿐 아니라, 공간의 변화를 통해서 인물의 성격이 다양하게 창조됩니다. 이는 시간의 변화에서도 마찬가지 양상을 보입니다. 확장된 시간의 인식 지평은 현재의 공간에서 과거, 미래를 종횡무진 오가며 인물의 내면을 깊이 조명할 뿐 아니라, 영상 기법을 문학에 도입하는 등 모더니즘 소설 창작 기법의 혁신을 가져옵니다.

4. 근대 문명 비판으로서 '글쓰기'

박태원은 「적멸」의 인물을 통해 근대 문명에 대한 불안과 동시에 극복 의지를 보여줍니다. 작중 인물이 삶을 대하는 모습에서 근대 문명에 대한 불안의식이 드러난다면, 인물의 글쓰기는 불안을 극복하기 위한 방편이 됩니다. 박태원의 문명에 대해 생각은 작중 주인공의 성장 과정을 통해 간접적으로 제시됩니다. 그의 고백은 중학 시절까지 거슬러 올라갑니다. 그가 이야기를 시작하면서 시점은 그로 변합니다. 지금까지 주인공이었던 '나'는 청자로 존재하고, 그가 1인칭 화자로 자신의 과거를 고백합니다. 그는 열네 살의 평범한 중학 시절, 인생의 진의(眞意)에 대한 회의를 품기 시작했습니다.

> 내가 매일 하는 일에 자는 것과 밥 먹는 것과 공부하는 것과
> 노는 것과 또 똥누고 오줌누고 하는 것--(중략)-- '시계태엽 감는
> 일'이라는 것을 발견하고 비관해 버렸습니다. 내게는 우리 인생
> 이 결국 하루하루 시계태엽을 감아 가다가 죽어 버리는 것같이
> 생각된 까닭이에요.(200면)

하루하루 시계태엽을 감는다는 것은 물리적 시간의 흐름에 자신을 끼워 맞추는 삶을 의미합니다. 그는 능동적으로 일상의 인습에 하루하루 자

신을 맞추어 살아가는 것을 비판적으로 바라봅니다. 삶에 대해 의심을 품자 그에게 비극이 초래됩니다.

> 즉 **우리가 '무엇'에 대하여 의혹을 품는다는 것** - 이것이 우리 인생의 비극의 시초가 아닐까 하고요 -- 뉴톤은 사과가 나무에서 떨어지는 것에 의혹을 품고 '만유인력'의 '법칙'을 발견하였습니다. 물론 훌륭한 발견입니다마는 그걸로 말미암아 우리의 아름다운 '꿈'은 여지없이 깨어지고 말지 않았습니까?(198면, 강조필자)

그는 인간을 비극적인 존재로 봅니다. 인간 스스로가 '무엇'에 대해 의혹을 품는 순간부터, 비극이 시작되는 것입니다. 꿈이 없는 사람은 행복을 잃어버린 비극적인 존재라는 것입니다. 과학의 발달로 인간은 아름다운 '꿈'의 판타지를 잃게 된 것입니다. 과학과 마찬가지로 인간 역시, 인생이라는 것에 의혹을 품게 되면 인생 최대 비극을 깨닫게 된다고 봅니다. 이러한 회의의 극에 달하면, 결국 인간이란 한없는 욕망을 만족시키려고 허위 대다가 죽는 동물에 지나지 않음을 발견합니다.

과학은 근대를 대표하는 첨병인 까닭에, 근대적 인간은 과학 원리를 통해 근대에 대한 인식에 근접할 수 있습니다. 과학의 발달은 인간의 '의혹'에서 출발합니다. '의혹'은 알지 못했던 미지의 사실을 발견할 수 있게 해 주지만, 알아 버렸기 때문에 상실할 수밖에 없는 것도 있습니다. 이것이 바로 '꿈'입니다. '꿈'이라는 미몽 상태에서 볼 때, 외부 세계는 단지 그 자체가 신비의 베일 속 아름다움으로 각인될 수 있습니다. 그러나 각

몽의 순간, 우리는 어두운 현실을 밝힐 네온사인을 스스로 만들어 내야 합니다.

그의 성장담은 인간의 삶에 있어서 '의혹'이 얼마나 큰 파괴의 파장을 지니는지 보여줍니다. 인생에 대한 '의혹'을 품은 이후, 그는 모든 일에 흥미를 잃어버리고 병적 공상에만 몰두합니다. 그것은 어린아이가 할 수 있는 신비하고 천진스러운 공상이 아니라, 죽음에 대한 매력입니다. 죽음을 즐겁고, 기쁘고, 아름다운 것으로 여겨졌으며, 점차 '법열경', '신비경', 자살 충동에 도취 됩니다. 그의 자살은 어머니의 사랑에 의해 저지당합니다. 아버지의 죽음으로 어머니의 사랑이 그에게로 옮아와 있었기 때문입니다. 모진 세상에서 자살을 시도하다가도 어린 자식으로 인해 삶의 의욕을 다지는 어머니는, 그에게 있어서 생명줄과 같은 존재였습니다.

> 그날부터 어머님은 자리에서 일어나셨습니다. 진지도 잡수셨습니다. 일도 하셨습니다. 그리고 눈물 한 방울 - 참말로 어떠한 일이 있든 눈물 한 방울 흘리지 않았습니다. 어머님은 오직 나 하나 키우시기 위하여 한없이 - 참말로 한없이 두터운 애정을 가지고서 어머님은 나를 사랑하여 주셨던 것입니다.(202~203면)

> 그러한 어머님의 모성애라는 - '죽음'보다 더한층 강한 '죽음'보다 더한층 위대한 '힘'에 이끌리어 이를 악물고 인생의 행진곡을 울음과 함께 부르고 있지 않습니까--(203면)

그의 모자 관계는 상징적입니다. 어머니와 그는 서로 '저편'을 위하여 살아왔던 것이며, '저편'으로 말미암아 죽지 못했던 것입니다. 편모슬하 어머니의 거룩한 사랑으로 인해, 그는 그 사랑에 보답하기 위해 저편의 삶을 지속할 수 있었습니다. 「적멸」에서 위대한 어머니에 대한 그의 인식은 4년 후 「소설가구보씨의 일일」(『조선중앙일보』 1934.8.1~9.19)에서 구보가 느끼는 어머니의 사랑에서도 동일하게 나타납니다. 작중 구보는 어머니의 사랑을 다음과 같이 찬탄합니다.

> 오오, 한없이 크고 또 슬픈 어머니의 사랑이여. 어머니에게서 남편에게로, 그리고 다시 자식에게로, 옮겨가는 여인의 사랑 - 그러나 그 사랑은 자식에게로 옮겨간 까닭에 그렇게도 힘있고 거룩한 것이 아니었을까[14]

「적멸」에서 어머니의 품은 그가 다시 돌아갈 수 있는 가정이며, 고향입니다. 그에게 어머니의 죽음은 원초적인 고향의 상실로서 돌아갈 곳 없는 방랑과 주체할 수 없는 자유를 남겨주었습니다. 어머님의 삶이 그의 생존욕을 고취 시켜 주었던 것처럼, 어머니의 죽음은 자유와 혼란을 주었습니다. 그에게 어머니는 단지 모성적 존재로 그치지 않고 잃어버린 고향, 전통, 꿈을 소유한 환상적인 존재입니다. 어머니의 죽음 후 2년 동안 독서와 사색을 하고, 24세의 청년이 된 그는 존재에 한없는 권태를 느끼며 생존욕을 상실해 가고 말았습니다.

> 즉 '인생'에 대하여 한없는 '권태'를 느낀 나는 그 대신에 '생존욕'이 조금도 없는 '나'라고 하는 '존재'에 비할 데 없이 큰 흥

미를 느끼게 되었던 것이다. ---(중략)--- 그 '흥미'라는 것을 말씀할 것 같으면 이렇습니다. 즉 '나'라는 '존재'를 완전히 유희화시킨다는 것 - 이것에 나는 흥미를 느꼈다는 것입니다.(206면)

지극한 권태에 빠진 그는 생존욕을 잃고 눈에 보이는 유희만 추구합니다. 그는 이제 자신을 소모하는 삶을 삽니다. 박태원의 작품 외에도 모더니즘 작가는 자기 자신을 통째로 유희의 대상으로 소재화하는 신변소설을 선보이게 됩니다. 모더니스트들의 작업은 고의로 그 자체의 실체를 구성물 또는 인공물로 드러내어 그것이 창조의 장인적, 귀족적 신비성의 형태를 취하도록 합니다.[15] 작중에서 그는 도회의 아들로서 그의 삶에 부정적인 도회의 속성을 고스란히 담기 시작합니다. 그의 탕진하는 삶은 그를 관찰하고 소설을 쓰는 나의 글쓰기와 같은 맥락에 놓여 있습니다. 자신을 소재로 삼고 이를 소설에 담아내는 박태원의 소설쓰기는 이전과 다른 1930년대 모더니즘 소설의 특징입니다.

박태원으로 대변된 '나'의 소설쓰기는 그의 행적을 관찰하고 기술한 것입니다. 다시, 그의 삶에 주목하여 근대에 대한 의혹을 품고 꿈을 상실한 그가 이후 어떻게 되었는지 살펴보겠습니다. 그는 '의혹'의 제기로 인해, 융성해진 과학이 꿈을 앗아갔음을 한탄한 바 있습니다. 그에게 있어 현대 과학과 문명은 비극이었으며, 이를 희극화 할 수 있는 대안을 모색합니다. 그는 꿈을 간직할 수 있는 존재를 기획한 결과, 스스로 '몽유병자'가 되고 '정신이상자'가 됩니다.

정신이상자 말고 참말 행복스러운 사람은 이 세상에 존재하

─────

지 않으니까요. 까닭에 나는 '새로운 나'를 정신이상자로 만들어 버렸으면 그만 아닙니까?--(206면)

그는 '이 세상에서 참말 행복된 존재'로서 희극만을 연출하는 정신이상자가 되려고 합니다. 여기서 그가 말하는 희극은 '허식'과 '허례'를 완전히 버리고 나선, 새빨간 인간 본래의 '알몸뚱이'가 하는 언어와 행동을 말합니다. 그것은 '인간 체면'을 완전히 버리고, 조금도 외부 세계의 구애를 받지 않고 하고 싶은 대로 하는 것을 말합니다. 그 행동에는 어떠한 '인과 관계'도 없습니다. 규칙과 질서의 원리에 의한 것이 아니라, 단지 '내가 하고 싶은 대로' 합니다. 과학의 인과율을 포함한 근대성의 측면에서, 이러한 충동은 근대에 반하며 낭만주의적이라 할 수 있습니다. 여기에는 찬란한 황금 불빛을 향해 산책하면서 감지한 근대에 대한 불안과 저항이 내재해 있습니다. 그는 근대에 대한 불만을 다음과 같이 표현합니다. 연쇄적인 행위는 질서없이 '토막 토막'나 있으며, 물리적인 시간의 순차를 따르고 있지도 않습니다. 무질서한 그의 삽화들을 소개하면 다음과 같습니다.

(1) 카페에서 모자라는 행동으로 다른 사람의 비웃음을 산다. '천진'한 '근대 청년'들의 '모멸'이라든가 '조소'를 받는 데서 '이름 모를 기쁨'을 느낀다.
(2) 죽죽 쏟아지는 소낙비를 그대로 맞으며 산보를 계속한다. 이 과정에서 '철없는 우월감'을 느낀다.
(3) '소방자동차'의 위급한 광경에 갈채를 보낸다. 모든 도로 규

정을 어기며 쾌속 질주하는 '절대권력'에 마음 깊이 탄복하
고 손뼉을 친다.

그는 사회와 대적합니다. 사회의 인습에 대항하고, 자연 현상에 굴하
지 않고, 무소불위의 힘에 찬탄을 보이기도 합니다. 사회에 대한 이러한
저항은 어디에서 온 것일까요. 그의 눈에 비친 외부는 진보와 인습에 의
해 지배되는 낯선 법칙성으로 가득찬 세계입니다. 그는 그러한 외부 세계
와 대립하면서 동시에 그의 생의 가치도 절하 합니다. 그는 사회를 냉소
하면서 자기 인생을 소모합니다. 그는 낯선 법칙성의 세계를 조롱하면서
그가 몸담은 경성을 재미난 희극으로 봅니다.

> 발자크(Balzac)의 <인간희극>(人間喜劇- la comedie humaine) 이 십
> 구세기 불란서의 완전한 사회사라 할 것 같으면 내 눈에 비친
> '희극'?은 '이십세기 경성의 허위로 찬 실극'이라고-(215면)

그는 외부 세계에 끊임없이 공격적인 조소를 보냅니다. 허위로 가득 찬
경성의 실제 극에 스스로 희극배우를 자처하며 다음과 같이 행동합니다.

(1) 광교 다리 밑의 거지 떼들에게 다가가서 돈 뿌리기. 거지 떼
    들이 쟁투하면서 몰려들었고 그 중, '절뚝발이'가 가장 '선봉
    대장'이 됨. ('강식약육'의 허위로 가득 찬 인생을 보여주는 축도)
(2) '철인'을 흉내 내어 하루종일 통 속에서 보내기
(3) 사람들의 얼굴이 보기 싫어 3주가량 방 속에만 들어앉아 있기
(4) 온종일 거리로 나가, 나를 사랑해 줄 여자를 찾아 헤매기

(5) 자동차를 실컷 타보고자 장안 천지를 돌아다니기

(6) 태공망의 마음을 마음속에 재현코자, 바늘을 실에다 매어 개
    울로 낚시질 나가기

그는 사회 규범에서 벗어난 비정상적인 행위를 통해, 사회를 조롱하면서 동시에 자기 인생을 소모합니다. 그 과정에서 그는 실지로 '몽유보행'을 합니다. 나아가 그는 비정상적인 몽상의 힘에 사로잡혀 자동차로 사람을 치기도 합니다. 살인 혐의로 체포되었을 때, 그는 경찰서에서 고의성을 자백하고 정신병원에 수감 됩니다. 그의 비규범적인 개인적 진실은 외부 세계에서는 가치를 잃을 뿐 아니라 수용될 수 없는 것입니다. 그는 자신의 인생 탕진을 통해, 인간이 '의혹'을 갖는 순간 아름다운 꿈은 사라지고 냉혹한 현실의 원칙 속에 무방비로 노출되어 공격당하고 만다는 것을 보여줍니다.

> '장미가 하도 아리땁기에 손을 내밀어 꺾으려 하였더니 그
> 만 날카로운 가시에 찔리고 말았다!(224면)
> 아름다운 것, 가장 참된 것, 가장 거룩한 것은 우리가 오직
> 그 외관만을 찬미할 따름으로 그칠 것이요. 손을 내밀어 그 '신
> 비로운 자물쇠'를 건드려서는 안되는 것이 아닙니까?(227면)

'아름다운 것'은 비단 장미만이 아니라, 도시의 불빛과 속도감이 만들어 내는 근대의 여명을 의미하기도 합니다. 그는 한 송이 장미를 움켜 짐으로써 받아들이게 될 근대의 비극적 운명을 예감하고 탄식합니다. 이

미 불안한 근대의 징후를 미리 예감하고, 외부 세계로부터 점차 분리된 체 자멸의 길을 걷습니다. 그는 의혹으로 출발해서, '생존욕'을 완전히 상실했으며 생에 대하여 한없는 '권태'를 느낍니다. "이제 무덤으로 돌아갈 수밖에 길이 없겠지요"라고 자조하며, '나'와 헤어집니다.

그와 사회 간의 최종 귀결점은 '죽음'입니다. 그가 떠난 그해 5월, '나'는 그의 한강 투신자살 기사를 접합니다. '나'는 '나'의 내면적 자아의 죽음을 목도 합니다. 이미 나에게 벗이 된 그는 인습의 세계에서 결코 벗어나지 못하는 '나'의 잠재된 욕망을 실현하는 또 다른 내면적 자아였습니다. '나'는 그와 마찬가지로 근대 문명과 대극하고 있었던 것이지요. 그는 근대에 대한 초월과 극복의 몸짓으로 잃어버린 꿈을 몽유병자와 정신병자로 다시 복원하려 했으나, 벌어진 세계와의 간극 앞에서 자멸을 선택한 것입니다.

같은 맥락에서 작중 '나'는 근대에 대한 환멸을 극복하고자 꿈꾸기의 일환으로 소설 쓰기를 감행합니다. 나와 세계와의 대립과 간극을 의식하고, 잃어버린 꿈을 실현하는 장(場)으로서 박태원의 소설 쓰기가 시작됩니다. 이것은 박태원의 소설 뿐 아니라 근대 모더니즘 소설의 출발이기도 합니다. 작품 말미에서 '나'는 다음과 같이 읊조립니다.

인생은 꿈이다. 그리고 인생이 좇고 있는 것도 꿈이다. (233면)

작중 그는 죽었지만, '나'는 죽지 않습니다. 왜냐하면 '나'는 글쓰기를 통해 꿈을 잃지 않고 그것을 계속 소유하고 지속시켜 나갈 것이기 때문입니다. '나'의 모습을 통해 인생을 향유할 수 있는 영원한 산책자요 낭만주의자, 1930년대 모더니스트의 내면을 엿볼 수 있습니다. 이런 방식으로 한국 근대 모더니즘 소설이 시작됩니다.

5. 모더니즘 소설의 시원

근대 모더니스트 작가들은 자신의 일상을 소설의 소재로 삼았습니다. 박태원의 1인칭 심리소설 「적멸」은 그의 첫 중편이자, 초기 대표작으로서 1930년대 모더니즘 소설이 어떻게 창작되는지 보여주고 있습니다. 이 작품을 통해 박태원을 비롯한 구인회 모더니즘 작가들이 소설을 쓰는 동기와 창작과정을 알 수 있습니다. 1930년대 구인회 작가들을 비롯한 다수의 모더니즘 작가들은 전업 작가로서 직업의식을 지니고 있었습니다. 박태원 역시 투철한 전업 작가 의식을 기반으로 소설의 기교를 모색하고 다양한 소설 양식을 실험했습니다.

이 작품은 소설가가 1인칭 주인공이 되어 창작의 고뇌와 창작의 과정을 보여주고 있습니다. 소설에 나타난 '산책'과 '글쓰기'는 소설 창작의 방식이자 과정입니다. 의식의 흐름을 다루는 심리소설은 시공간의 배경에 주목해서 읽어야 합니다. '공간'의 이동을 통해 인물의 성격이 만들어지고 나타나기 때문입니다. 아울러 불연속적인 '시간'의 배치는 서사적 몽타주와 같은 소설의 기교는 물론 작중 인물의 의식의 흐름을 보여주며, 궁극에는 작가가 전달하려고 하는 주제를 내포하고 있습니다.

박태원의 작품 「적멸」은 모더니즘 소설이 어떻게 만들어지고 어떤 내용을 담고 있는지 보여줍니다. 작중 주인공들은 근대에 대한 반성적 사유를 하고 있으며, 반성적 사유의 연장선상에서 소설 쓰기 '모더니즘 소설'이 창작됩니다. 작중 인물들이 보여주었듯이, 모더니즘 작가들은 근대 문명에 환희하면서 동시에 의혹을 눈길을 보냅니다. 근대 문명으로 말미암아 잃어버린 꿈, 나아가 더 잃어버릴 수 있는 것들을 우려하고 경계합니다. 그들은 근대의 도래와 더불어 잃어버린 꿈과 환상 그리고 앞으로도 잃지 않아야 할 것들을 지켜나가기 위해 소설 쓰기를 시작합니다. 여기에서 한국 근대 모더니즘 소설이 출발합니다. 박태원의 「적멸」은 근대에 대한 문제의식과 그에 대한 대응으로서 창작이라는 모더니스트 작가들의 글쓰기 시원을 잘 보여주고 있습니다.

2장
아이러니스트의 계절 수사학 활용 방식

1. 아이러니스트, 아이러니에서 풍자와 해학을 넘나들기

소설의 기교하면 떠오르는 근대 작가는 누구인가요. 김유정(1908~1937)
은 풍자 외에도 아이러니에 능통한 작입니다. 김유정이 구사하는 수사학
을 알기 위해 작가 김유정의 계절에 대한 감각에 주목할 필요가 있습니
다. 김유정은 생장하는 '봄'이 지닌 계절적 효과를 작품에 잘 살리고 있습
니다. 소설 뿐 아니라 수필에서 그는 산골에 찾아 온 봄을 예찬하며 생기
를 진작합니다.[16] 그의 소설을 살펴 보면, 산골에서 '봄'은 인물의 삶과 상
생을 보이는데 비해, 도시에서 '봄'은 인물의 삶과 배리되고 있습니다. 농
촌에서 봄은 인물과 친연성을 맺으며 인물의 삶에 생기를 주는 반면, 도
시에서 봄은 인물과 배리되어 삶의 신고(辛苦)를 부각시킵니다. 그 결과 소
설의 배경으로서 다른 계절은 농촌과 도시소설 양자 모두에서 비교적 단
일한 수사학을 보이고 있는데 비해, 봄의 경우 농촌소설과 도시소설이 각
각 다른 수사학을 선보이고 있습니다. 김유정 소설의 아이러니는 도시의
봄에 발생합니다. 그것은 도심 속에서 김유정이 상처받은 또 하나의 자

연, 인간의 고통과 굴욕감에 주목하기 때문입니다.

민중의 고통과 굴욕을 읽어 들인다는 점에서, 김유정은 리처드 로티 (Richard McKay Rorty, 1931~2007)가 제시한 자유주의 아이러니스트이며 그의 소설을 '자유주의 아이러니스트'의 재서술(redescription)이라 볼 수 있습니다. 로티는 철학의 보편적 규준이 아니라 문학의 상상력이 자유와 연대를 가능하게 한다고 보았습니다. 로티의 아이러니 이론에 의하면, 문학자들은 "계승된 우연성에서 벗어나서 그 자신의 우연성을 만들고, 낡은 마지막 어휘에서 벗어나서 그 자신의 것이 될 어휘를 만들어" 내는 사람들입니다.[17]

로티의 관점에서 아이러니스트는 "자신의 가장 핵심적인 신념과 욕구들의 우연성을 직시하는 사람"으로, 자유주의 아이러니스트는 "괴로움이 장차 감소될 것이며, 인간들이 다른 인간들에 의해 굴욕당하는 일이 멈추게 되리라는 자신들의 희망을, 그렇듯 근거지울 수 없는 소망 속에 포함시키는 사람"입니다.[18] 로티는 기성 철학자들의 로고스 중심주의가 아니라 작가(지식인)들의 문학적 문화를 통해 잔인성의 문제를 구체적으로 보여주어야 한다고 보았으며, 그것이 곧 자유주의 아이러니스트들이 연대감을 실현하는 방식으로 보았습니다.[19]

지식인들이 할 일이란 폭력의 이론적 부당성을 입증하는 일이 아니라, 일상적인 폭력에 길들여져 고통에 무감각해져 있거나 지나친 고통으로 인해 자신의 고통스런 상황을 전달할 수 없는 처지에 있거나, 아니면 무관심으로 인해 스스로가 타인에게 고통을 주고 있다는 사실을 깨닫지 못하는 사람들을 일깨우는

일이다.[20]

　연대감은 다른 사람의 고통과 굴욕을 동일시할 수 있는 감수성에서 기인한 것입니다. 철학이 아니라 고통과 굴욕에 대한 소설 수사학이야말로 근대 지성의 도덕적 진보를 보여주고 있습니다.[21] 김유정은 주변에 있는 인간들을 "그들"이 아니라 "우리 가운데 하나"로 보게 하는 과정에서 우리 자신을 재서술하고 있습니다.[22] 그는 끊임없이 '우리'라는 감각을 확장시키기 위한 노력을 기울이면서, 주변화 된 사람들 '그들'의 고통과 굴욕을 소설로 형상화 했습니다. 김유정은 그가 있는 장소-산골 농촌에서 출발하여, 새롭게 출몰한 근대적 공간 도시에서 우리가 동일시해야 하는 공동체 '우리-의식(we-intentions)'을 환기시켰습니다.[23] 이러한 환기의 중심에 아이러니라는 수사학이 자리 잡고 있다.

　문학에서 아이러니는 보통 가능한 적게 말하면서 가능한 한 많은 것을 의미하는 기법을 말합니다. 직접적인 진술이나 그 진술의 표면상의 의미를 피하게끔 말을 배열하는 것입니다. 작가는 완전한 객관성을 유지하며, 모든 자명한 도덕 판단을 억제합니다. 아이러니의 작가는 도덕을 입에 담지 않고 이야기를 꾸며대며, 자기가 설정한 주제를 말하는 것 이외의 어떤 목적도 갖고 있지 않습니다. 그 결과 공포와 연민은 인물이 아니라 작품을 통해 독자에게 반사됩니다. 노스럽 프라이(Herman Northrop Frye, 1912~1991)는 아이러니를 '소박한 아이러니'와 '세련된 아이러니'로 구분하는데, 세련된 아이러니에서 작가 자신은 단순히 서술만 할 뿐 독자로 하여금 스스로 참가시킬 수 있도록 유도합니다.[24]

　김유정 소설의 아이러니는[25] 풍자, 해학과 비교해 보면 특징이 잘 드러납니다. 직접 인물에 대한 묘사, 현실에 대한 작가의 태도를 분석하면서 소설에 나타난 수사학을 살펴보겠습니다. 우선 '풍자'와 비교해 볼 때, 아이러니는 표면과 이면이 대조된다는 점에서 풍자와 유사한 원리를 지니고 있습니다. 김유정 소설에서 아이러니는 두 가지 측면에서 풍자와 구분됩니다. 첫째 대상의 변형보다 객관적인 재현의 원리를 따르고 있습니다. 둘째, 비극적 아이러니가 그러하듯, 등장인물을 희롱하려는 의도가 없고 단지 비극의 영웅적 측면과 구별되는 '너무나 인간적인' 측면을 분명하게 드러냅니다.[26] 풍자가 대상을 변형하는 등 인물을 희롱함으로써 작가의 개입이 직접적이라면, 아이러니는 휴머니티에 역점이 놓이며 상황 및 사건의 파국을 제의적인 불가피성이 아니라 사회적 심리학적으로 설명합니다.[27]

다음으로 '해학'과 비교해 보겠습니다. 해학은 김유정 소설에서 아이러니와 더불어 빼놓을 수 없는 요소입니다. 소설속 인물들은 부정한 세계에서 부정한 방식으로 생존을 모색하고 있음에도, 해학을 선보입니다.[28] 해학의 웃음은 풍자의 웃음과는 다릅니다. '풍자'가 어이없는 현실이 부정적 인물과 환경에 의한 것임을 '폭로'한다면, '해학'은 오히려 왜곡된 환경에서 고통받는 인물을 '동정'합니다.[29] 풍자의 작가는 부정적 인물과 상황을 '공격'하지만, 해학의 작가는 잘못된 환경을 희화화 하면서 근본적인 잘못이 없는 인물에 '공감'합니다. 동일한 웃음 일지라도 '풍자'가 부정적 인물과 환경을 공격하는 웃음이라면, '해학'은 부정적 환경에 놓인 순박한 인물을 동정하는 웃음입니다.

김유정 소설의 해학은 부정적 환경에 대한 공격보다 그에 처한 순박한 인물에 대한 동정에서 출발합니다.[30] 그들은 모순된 환경의 피해자이지만 부정적 환경의 논리, 친일지주와 소작인에게 맞서지 못합니다. 그 이유는 그들의 내면에는 타락하지 않은 순박함이 남아있기 때문입니다. 작가는 인물들이 처해 있는 터무니없는 상황을 희화화 하면서 동시에, 그 상황에 놓인 인물을 오히려 동정합니다. 이러한 해학의 성격은 한(恨)과 같은 비애의 감정이 부재한 것으로도 설명할 수 있습니다.

김지하는 한(恨)을 일컬어 생명의 발전이 장애에 부딪혀 좌절을 반복하면서 발생하는 독특한 정신 형태, 비애의 덩어리로 보았습니다. 삶이 불가사의한 괴물처럼 보일 때, 불가사의한 삶을 지배하는 물신의 폭력이 고통을 줄 때, 작가의 가슴에는 비애가 응결되는데 그 무한한 비애 경험의 합을 한(恨)으로 정의합니다.[31] 김지하의 경우 "민중에 대한 표현에 있어서는 해학을 중심으로 하고 풍자를 부차적·부분적인 것으로 배합하는 것이며, 민중의 반대편에 대한 표현에 있어서는 풍자를 전면적·핵심적으로 하고 해학을 극히 특수한 부분에만 국한하여 부수적으로 독특하게 배합"[32]해야 한다고 보았습니다.

김유정의 아이러니는 부정적인 인물의 상황을 객관적이고 인간적으로 재현하려는 데서 출발합니다. 그 상황에서 작가는 순박한 인물에 대해 동정의 태도를 견지합니다. 김유정은 민중의 반대편에서 적대자가 아니라 민중의 눈높이에 시선을 맞추고 있습니다. 그것은 그가 민중의 '생리(生理)'에 주목한 때문입니다. 생리란 생물체가 살아 나아가는 원리, 생활하는 습성이나 본능을 의미하는데 이는 넓은 범주에서 '자연성(自然性)'과 동일합니다. 김유정의 소설에서 순박한 주인공은 생장하는 자연물과 상응하는 존재입니다. 김유정 소설은 계절성이 강한 것으로 알려져 있거니와[33], 그것은 작가 자신이 자연의 생리에 민감하기 때문입니다. 그런 까닭에, 그는 소설 전면에 인물의 성격 창조 못지않게 자연 묘사에 심혈을 기울였습니다. 그는 자본주의, 식민주의, 봉건주의 등을 표나게 적으로 삼기보다, '민중' 그리고 그와 나란히 '살아 숨 쉬는 자연'을 소설의 전면에 배치합니다.

김유정의 수사학은 봄이라는 계절감을 통해 입체적으로 실현됩니다. 이 글에서는 김유정 소설에 나타난 '봄'의 시공간적 특수성이 소설 수사학에 어떻게 영향을 미치고 있는지 소개하려 합니다. '봄'이라는 시간과 그것이 실현되는 공간(농촌과 도시)을 대상으로, 작가가 인물의 삶과 주제 실현에 개입하는 방법과 정도를 살펴보겠습니다. 나아가 봄에 발견되는 아이러니가 여름·가을·겨울을 배경으로 한 소설에서 다양한 수사학적 변주를 보이는 양상도 주목해 보겠습니다. 이러한 논의는 소설의 창작 순서에 따른 변화 추적이 아니라, 김유정 문학세계 전반에 걸친 계절성에 대한 인식이 수사학적 성과와 어떻게 직결되는지 보여줍니다.

2. '봄'과 '삶'이 어우러진 농촌, 희극미 구현

김유정 소설에서 봄은 다른 계절에 비해 나른한 기쁨과 평온한 분위기를 연출합니다. 농촌소설에서 '봄'은 독자적인 개성, 희극미를 보입니다. 노스롭 프라이에 의하면, 희극에서 자주 일어나는 사건은 젊은 남자가 젊은 여인과 결혼하고 싶어하나 어떤 장애에 부딪치게 되며, 이때의 장애는 대개의 경우 양친의 반대라는 형식으로 나타납니다. 그러나 결말에 이르면 어떤 역전이 일어나 주인공은 결국 그 젊은 여성을 아내로 맞이합니다. 이러한 희극의 움직임은 어떤 한 종류의 사회에서 다른 종류의 사회로의 움직임을 보여줍니다. 주인공과 여주인공이 서로 결합하는 결말은 작중 인물들에게 있어서 새로운 사회의 도래를 의미합니다.[34]

「봄·봄」(『조광』, 1935.12)과 「동백꽃」(『조광』, 1936.5)도 젊은이들의 이야기입니다. 이들의 윗세대는 '마름'이라는 봉건적인 계층구조 속에 살았으나, 다음 세대 젊은이들은 사회 계층보다 그들의 자연스러운 감정과 생리에 집중합니다. 그 결과 이들의 이야기는 남녀 간의 긍정적인 결합으로 마무리 됩니다. 이때 '봄'이라는 시간은 작중 인물들에게 구제자 역할을 합니다.[35] 작중 봄이라는 시간은 산골에 찾아든 자연의 개화와 더불어 긍정적인 생장의 기운을 제공합니다. 희극에서 주인공의 애정관계와 사회관계는 마지막에 이르면 결합하여 하나가 됩니다. 작중 인물들은 사랑을 확인하는데 그것은 자연의 생장과 어우러져 조화를 이룹니다. 「봄·봄」에서 나는 마름 봉필영감의 집에서 아내를 얻기 위해 3년이 넘도록 농사일을 했습니다. 4년째 봄에 접어들자, 나는 장가를 빌미로 노동력을 착취하는 봉필영감에게 울화가 치미는가 하면 나른한 봄기운에 승하여 점순에 대한 애틋한 감정을 쏟아냅니다.

그 전날 왜 내가 새고개 맞은 봉우리 화전밭을 혼자 갈고 있지 않았느냐.
밭 가생이로 돌적마다 **야릇한 꽃내가 물컥물컥 코를 찌르고 머리 우에서 벌들은 가끔 붕, 붕, 소리를 친다.**
바위 틈에서 샘물소리밖에 안 들리는 산 골짜기니까 **맑은 하늘의 봄볕은 이불속같이 따스하고 꼭 꿈꾸는 것 같다.**

**나는 몸이 나른하고 몸살(을 아즉 모르지만 병)이 날랴구 그러
는지 가슴이 울렁울렁하고 이랬다.**(141~142면, 강조는 필자)

산골에 찾아온 봄기운 때문에, 나는 농사일을 하면서도 몸살이 날 것
같습니다. 야릇한 꽃내, 그 꽃을 찾는 벌의 소리, 이불 속같이 따스한 봄
볕 속에서 봄기운은 나에게도 스며듭니다. 봄기운은 나에게 그치지 않고
점순에게도 영향을 미친 탓에, 나를 향한 점순의 사랑도 무르익습니다.
봉필영감은 나와 점순이 서로 내외해야 한다며 가까이 어울리지 못하게
했지만, 머슴 산 지 4년째 봄에 접어들어 점순은 자신의 속내를 은근히
내비치기 시작합니다.

「밤낮 일만하다 말텐가!」 하고 혼자서 종알거린다. 고대 잘
내외하다가 이게 무슨 소린가, 하고 난 정신이 얼떨떨했다. 그
러면서도 한편 무슨 좋은 수나 있는가 싶어서 나도 공중을 대고
혼잣말로
「그럼 어떻게?」 하니까
「성예 시켜달라지 뭘 어떻게」하고 되알지게 쏘아붙이고 얼
굴이 발개저서 산으로 그저 도망질을 친다. 나는 잠시동안 어떻
게 되는 심판인지 맥을 몰라서 그 뒷모양만 덤덤히 바라보았다.
**봄이 되면 온갖 초목이 물이 올르고 싹이 트고 한다. 사람도
아마 그런가 부다,** 하고 며칠내에 붓적(속으로) 자란듯싶은 점순
이가 여간 반가운 것이 아니다.(142~143면, 강조는 필자)

「구장님한테 갔다 그냥온담 그래!」 하고 어끄제 산에서와

같이 되우 좋알거린다. 딴은 내가 더 단단히 덤비지 않고 만 것이 좀 어리석었다. 속으로 그랬다. 나도 저쪽 벽을 향하야 외면하면서 내 말로

「안된다는 걸 그럼 어떡건담!」 하니까

「쇰을 잡아채지 그냥 둬, 이 바보야?」 하고 또 얼굴이 밝애지면서 성을 내며 안으로 샐쭉하니 튀들어가지 안느냐. 이때 아무도 본 사람이 없었 게 망정이지 보았다면 내 얼굴이 에미 잃은 황새새끼처럼 가여웁다 했을 것이다.(146~147면, 강조는 필자)

인용문에서 확인할 수 있듯이, 나에 대한 점순의 사랑도 무르익어 갑니다. 점순도 더 대담하게 나와 결혼하려는 의지를 표출합니다. 내가 더 적극적으로 그녀 아버지와 구장에게 나서서 결혼의사를 보이지 않은 것을 타박하기까지 합니다. 나는 점순의 애정을 확인하고 적극적으로 장인님과 맞서기 시작합니다. 나른한 봄기운이 지피는 산골에서 나는 장인이 될 봉필영감과 몸싸움을 벌립니다. 엎치락뒤치락하는 두 사람의 대립에도 불구하고 이 작품이 해학을 자아내는 이유는 작품의 배경이 봄이며, 그 봄이 단순히 계절적 배경에 그치지 않고 인물의 내면에까지 영향을 미치고 있기 때문입니다.

작품의 희극성은 인물의 성격에 있다기보다, 산골 농촌에 찾아온 따뜻한 봄으로부터 기원합니다. '자라는' 것은 키만이 아니라 산골에 있는 청춘들의 사랑도 함께 자랍니다. 그런 의미에서 주인공은 작품의 표제처럼 나와 점순이 아니라, 산골에 번지는 '봄'입니다. 내 안에 있는 생의 기운과 자연 안에 생장하는 기운이 상생하면서, 청춘의 사랑이 한 편의 해

학을 탄생시킵니다. 소설에서 해학은 청춘 남녀 속에서 돌연히 발산되는 사랑의 싹이 현실과 조율하지 못하는 상황에서 발생하는데, 제멋대로 발산되는 청춘남녀의 사랑은 봄의 자연성과 대응하며 함께 자라납니다.

봄의 자연성이 작중 인물의 기운과 상생하는 작품으로 「동백꽃」(『조광』, 1936.5)을 빼놓을 수 없습니다. 마름집의 점순은 나를 좋아합니다. 동백꽃이 무르익는 봄날, 점순의 감정은 더욱 고조됩니다.

「이 바보녀석아!」
「얘! 너 배내병신이지?」
그만도 좋으련만
「얘! 너 느아버지가 고자라지?」(202~203면, 강조 필자)

혼기에 이른 점순은 봄날에 개화하는 동백꽃처럼 청춘의 생기도 한껏 고조되어 대담해 집니다. 점순의 생기는 나에게도 전이됩니다. 점순이 수탉들을 싸움질시키는데 화가 난 나는, 점순의 수탉을 단매에 때려 죽게 만들었습니다. 점순 네로부터 집과 땅을 얻어먹는 처지에서, 이제 나는 점순에게 고분고분해지는데 그 과정에서 나의 은밀한 내면이 표출됩니다. 나는 점순에게 이끌려 "한창 피여 퍼드러진 노란 동백꽃 속으로 푹 파묻혀 버"리는 데, 그 속에서 "알싸한 그리고 향깃한 그 내움새"에 "땅이 꺼지는 듯이 왼정신이 고만 아찔"해 집니다.(206면)

산골에 찾아온 '봄'은 청춘 남녀의 생기를 북돋우며, 물오른 봄꽃처럼 그들의 사랑도 영글게 합니다. 작중에서 봄은 시공간적 배경에 그치지 않고, 인물과 동화되어 작품을 밝고 해학적으로 만들어 줍니다. 노스롭 프라이의 지적처럼, 희극의 결말은 그 사회의 이념이 아니라 도덕적 규범이나 현실로부터 자유로운 사회를 표출합니다. 독자들은 작중 두 사람의 결합과 행복을 기원하는데, 그것은 해피엔드가 독자들에게 '바람직한 것'이라는 인상을 주기 때문입니다. 그것은 윤리적 판단이라기보다 사회적인 성격을 띠고 있으며, 이러한 희극적인 사회는 배척하기보다 포용하는 경향이 있습니다.[36] 이러한 희극미로 말미암아 「봄·봄」과 「동백꽃」은 시대를 초월하여 독자들의 관심과 사랑을 받아오고 있습니다.

노스롭 프라이는 희극의 형식을 전개하는 두 가지 방법으로 '방해꾼들에게 역점을 두는 것'과 '발견과 화해의 장면을 가져오는 데 역점을 두는 것', 두 가지를 소개한 바 있는데[37] 소설에는 이 두 요소가 구조적으로 맞물려 있습니다. 「봄·봄」과 「동백꽃」에서 방해꾼은 '불평등한 계층구조(마름과 소작인)'와 '궁핍'으로, 발견과 화해는 봄의 생리를 호흡하여 발견한 남녀의 '사랑'으로 자리잡고 있는데, 후자가 전자를 압도하게끔 구성되었습니다. 그 결과 방해꾼에 대한 저항보다는 생동하는 봄기운을 수용하고 발산하는 것으로 작품이 마무리됩니다. 얼핏 보기에는 적극적인 발견과 화해에 도달하지 않은 듯하나, 「봄·봄」과 「동백꽃」 모두 두 남녀가 서로에 대한 사랑을 확인한 데 있어서 이미 방해꾼의 방해를 초월해 있습니다.

「봄·봄」과 「동백꽃」은 '반복의 원리'와 '인물의 미숙한 성격'이라는 두 가지 희극의 조건도 만족시키고 있습니다. 희극에서 '반복의 원리'는 "쓸모없는 행동을 반복하는 것", "의식적인 속박을 문학적으로 모방하는 일"로 나타나는데, 이는 우스꽝스러움을 자아냅니다. 어느 곳으로 갈지 모를 정도로 방향성 없는 반복은 희극의 영역에 속합니다. 왜냐하면 웃음은 얼마간의 반사운동이며, 다른 반사운동처럼 단순히 반복되는 패턴에 의해서 조장될 수 있기 때문입니다.[38] 미숙한 반복은 인물의 내부 에너지와 외부 조건의 부조화에서 초래된다는 점에서, 제멋대로 생장하는 자연, 봄과 같은 성격을 지닙니다.

김유정은 「봄·봄」과 「동백꽃」에서 '반복의 원리'를 효과적으로 구사합니다. 작중 주인공과 방해 인물의 만남, 주인공과 상대 여성인물의 만남은 반복적 형태로 나타납니다. 「봄·봄」에서는 두 가지 양태의 만남과 갈등이 반복적으로 드러나는데, 그것은 '나와 장인영감' 그리고 '나와 점순'의 만남과 갈등입니다. 나는 점순과의 결혼을 위해 장인영감과 반복적으로 부딪히며 갈등합니다. 동시에 나는 점순과의 관계에서 애정과 결혼 문제를 사이에 두고 반복적으로 부딪히며 갈등합니다. 두 가지 갈등은 작중 결말까지 해결을 보지 못하지만, 갈등의 반복적인 진행과정을 통해 나의 마음이 점순에게 전달되고, 점순의 마음이 나에게 전달되면서 화해에 도달합니다.

「동백꽃」에서 반복은 점순과 나의 만남과 갈등에 집중되어 있습니다. 점순은 나와 만날 때마다 나의 마음을 불편하게 만듭니다. 점순은 자신의 속내를 직접 드러내는 대신, 나의 닭들을 못살게 굽니다. 그 결과 점순과 나의 갈등은 점순 닭과 나의 닭 간의 갈등으로 전이됩니다. 일련의 만남과 대립에서 점순의 닭이 우세하고 나의 닭이 일방적으로 당하기만 했으나, 작품 말미에 이르러 내가 점순의 닭에 제재를 가함으로써 양자 간 갈등의 추는 어느 한쪽으로 쏠리기보다 평형의 관계를 유지하게 됩니다. 작품 말미에서 점순의 고백과 그에 대한 나의 호응은 모든 반복적인 갈등과 대립을 종식시킵니다.

소설 결말 부분에서 주인공은 미숙한 성격을 드러냅니다. 주인공 성격의 미숙성은 두 가지 의의를 지닙니다. 첫째, 순박한 시골 청년의 성품 재현이라는 점에서 인물의 성격 창조에 기여합니다. 둘째, 독자의 연민을 자아냄으로써 사건과 상황에 대한 독자의 참여와 동화를 유도합니다. 작품의 전체 구도에서 이러한 미숙성은 진정한 생활은 극이 끝난 곳에서 시작되기 때문에 인물이 겉으로 나타나는 것보다 실제로는 더 재미있는 인물이 될 수 있을 것이라 믿음을 줍니다.[39] 「봄·봄」에서 나는 장인님에게든 구장님에게든 똑 부러지게 자기 입장을 전달하지 못한 채, 속앓이를 합니다. 작품 말미에서 나는 장인님과의 몸싸움에서 장인님 편을 드는 점순을 보고 어찌할 바를 모릅니다. 「동백꽃」에서도 나는 점순의 반응에 대해 미숙합니다. 점순과 한데 어우러져서도 부모의 눈을 피해 달아나는 등, 소심하고 순박한 모습으로 등장합니다.

이와 같이 봄을 배경으로 한 두 작품은 희극미를 실현하고 있으며, 여기에는 김유정의 내면에 존재하는 봄에 대한 생래적인 친밀성이 반영되어 있습니다. 그것은 그가 강원도 산골 태생이라는 점과 불가분의 관계에 있습니다. 고향 산골에 대한 김유정의 애틋한 정서는 다음과 같은 수필에도 잘 나타납니다.

나의 고향은 저 강원도 산골이다. --(중략)-- 산에는 기화이초 (奇花異草)로 바닥을 틀었고, 여기저기에 쫄쫄거리며 내솟는 약수도 맑고 그리고 우리의 머리우에서 골골거리며 까치와 시비를 하는 노란 꾀꼬리도 좋다. 주위가 이렇게 시적이니만치 그들의 생활도 어데인가 시적이다. 어수룩하고 꾸물꾸물 일만하는

그들을 대하면 딴 세상사람을 보는듯하다.[40]

산 한중턱에 번 듯이 누어 마을의 이런 생활을 나려다 보면
마치 그림을 보는듯하다. 물론 이지(理知)없는 무식한 생활이다.
마는 좀더 유심히 관찰한다면 이지(理知)없는 생활이 아니고는 맛
볼 수 없을 만한 그런 순결한 정서를 느끼게 된다.(앞의 책, 405면)

그가 산골을 떠나 도시로 나오는 순간, 그는 아이러니스트가 되어 산
골과 도시, 그리고 세계에 대한 관찰자의 시선을 갖추게 됩니다. 적어도
김유정은 농촌소설의 봄을 묘사하는 동안은, 근대 문명의 영향을 받지
않으며 친자연적인 자기 본성을 노출합니다. 주지하다시피, 근대의 출발
은 농촌이 아니라 도시였으며 근대가 초래한 삶의 방식은 인식의 전환
을 야기했습니다. 김유정은 처녀작으로 알려져 있는 「산ㅅ골나그내」(『제
일선』, 1933.3)로부터 1935년까지 줄곧 농촌과 산골을 배경으로 작품을 창
작합니다. 1936년 「심청」(『조선중앙일보』, 1936.1)을 시점으로 도시를 배경
으로 작품을 발표하기 시작합니다.[41] 도시에서 그는 인간과 사물에 어떤
근본적인 모순이, 이성적으로 바로잡을 수 없는 부조리가 있음을 발견합
니다. 무 에케(D.C. Muecke, 1919~2015)에 의하면 아이러니스트는 인류 전체
를 인간 조건에 내재해 있는 아이러니의 희생자로 보기 때문에 아이러니
를 '형이상학적'이고 일반적으로 보았습니다.[42] 아이러니스트 김유정은
1930년대 농촌과 도시 모두를 돌아보며 식민지 근대에 눈을 뜹니다.

3. '봄'과 '삶'이 분리된 도시, 아이러니 구현

김유정의 산골 농촌 소설에서 봄은 희극미를 구현하는 데 비해, 도시 소설에서 봄은 아이러니를 자아냅니다. 표면적으로는 봄이 왔는데, 실제 삶 속에 봄은 도래하지 않았기 때문입니다. 「심청」·「봄과 따라지」·「봄 밤」·「야앵」 등의 도시소설은 봄을 배경으로 하고 있습니다. 김유정의 도시소설에서 봄은 아이러니의 성격을 구조적으로 보여줍니다. 작중인물들은 만물이 개화하는 봄, 도시의 현란한 문명과 대조되는 도시의 부랑아, 따라지들입니다. 벚꽃이 만개해 있고, 소비와 문명이 흥성한 곳에서 그들은 소비의 주체 혹은 문명의 주체가 되지 못합니다. 도시 속에 편입되어 있되 존재감은 없습니다. 김유정은 벚꽃이 만개해 있는 봄의 광경을 도시소설의 배경으로 설정함으로써, 도시의 부랑아와 따라지들의 삶은 결코 만개할 수 없는 한계를 지니고 있음을 드러냅니다.

아이러니는 리얼리즘과 냉혹한 관찰에서부터 출발합니다.[43] 비극의 장려함과 고양감이 작중 인물의 영웅성을 통해 실현된다면, 아이러니의 주인공은 유별나게 예외적인 주인공을 필요로 하지 않습니다. 아이러니 자체가 목적이 되는 경우에는 주인공이 초라하면 초라할수록, 아이러니는 더욱 통렬한 것이 됩니다.[44] 비극에서 파국은 주인공의 비극적 상황에 대한 발견과 인지로 귀결되는데 비해, 아이러니의 경우 주인공에게 닥치는 사건은 그의 성격과 무관하게 어떤 인과관계도 없습니다.[45] 도시소설에서 소외와 상실감은 그들의 성격에서 초래된 것이 아니라, 그의 의지와 무관하게 이미 사회구조로부터 계층화되고 배제된 데 있습니다.

「심청」(『중앙』, 1936.1)에서 화창한 봄날, 종로 거리의 기독교신자가 구걸하는 거지를 매몰차게 쫓아냅니다. 나는 기독교신자를 자청하는 친구가 거지를 물리치는 광경을 보며, 조소의 마음을 감출 수 없습니다. 기독교 신자와 그의 무자비한 행동, 그리고 도심의 화창한 봄날과 거지의 봉변은 각각 대비되면서, 작품 전체를 아이러니의 구조로 만듭니다. "기독교신자↔무자비", "화창한 봄날↔거지의 수치와 봉변" 이 때 '봄'은 인물의 초라한 상황을 극대화하는데 일조합니다.

「봄과 따라지」(『신인문학』, 1936.1)에서도 "지루한 한 겨울동안 꼭 움츠러들던 몸뚱이가 이제야 좀 녹고 보니 여기가 근질근질 저기가 근질근질"(166면)하던 봄날, 따라지는 세 사람에게 구걸했으나 매를 맞고 쫓겨갑니다. 쫓기는 따라지가 우미관에서 본 영화주인공과 자신을 동일시하는 광경은, 도심의 봄날을 배경으로 아이러니를 연출합니다. 산골의 봄과 달리, 도시에서 봄은 비애를 조장하는가 하면 동시에 작중 인물로 하여금 비애의 실태를 불투명하게 인식하게끔 만듭니다. 주인공의 순박함에 비례하여, 그들은 현란한 문명의 실체에 대한 실감이 흐릿합니다.

콩트 「봄밤」(『여성』, 1936.4)에서도 영화를 보고 나오던 영애와 옥녀는 금시계인 줄 알고 주웠다가 그 안에서 똥을 발견합니다. 재미있게 본 '영화'와 달리, '봄밤'은 뜻대로 연애도 안 되는 '현실', '똥'을 '황금'으로 착각하는 현실의 이중 구조를 보여줍니다. 도시에서 '봄'은 작중 인물들에게 위로와 생기를 주지 않으며, 오히려 그들에게 상대적인 박탈감과 냉소를 부추깁니다. 만물이 생동하게 하는 '봄'에 비해, 도시 기층민들의 '삶'은 생동과 환희가 부재하기 때문입니다. 「야앵(夜櫻)」(『조광』, 1936.7)도 마찬가지입니다. 벚꽃 만개한 봄의 화사함에 비해, 작중 여급들은 이 사회에서 초라하기만 합니다. 벚꽃 흥취 가득한 봄밤은 그들의 초라한 삶과 대비되어 현실의 아이러니를 고조시킵니다. 이 작품은 카페 여급의 벚꽃 구경에서부터 시작됩니다.

향기를 품은 보드라운 바람이 이따금식 볼을 스처간다. 그럴 적마다 꽃닢새는 하나, 둘, 팔라당팔라당 공중을 날으며 혹은 머리 우로 혹은 옷고름고름에 사쁜 얺이기도 한다. 가지가지 나무들 새에 킨 전등도 밝거니와 그 광선에 아련히 빛이어 연분홍 막이나 버려논 듯, 활짝 피어버려진 꽃들도 곱기도 하다. (중략)

「얘! 이 꽃좀 맡아봐」하고 옆에서 영애의 코ㅅ밑에다 디려대이고

「어지럽지?」

「어지럽긴 메가 어지러워, 이까진 꽃냄새좀 맡고!」

「그럴 테지」

경자는 호박같이 뚱뚱한 영애의 몸집을 한번 훔처보고 속으로 저렇게 디룩디룩하니까 코청도 아마, 하고는

「너는 꽃두 볼 줄 모르는구나!」

혼잣말로 이렇게 탄식하지 않을 수 없었다.

「그래 내가 꽃볼 줄 몰나, 얘두 그럼 왜 이렇게 창경원엘 찾아왔드람?」하고 눈을 똑바로 뜨니까

「얘! 눈 무섭다 저리 치어라」하고 경자는 고개를 저리 돌리어 웃음을 날려놓고

「눈만 있으면 꽃보는 거냐, 코루 냄새를 맡을 줄 알아야지」

「보자는 꽃이지 그럼, 누가 애들같이 꺽어들고 그러듸」

「넌 아주 모르는구나, 아마 교양이 없어서 그런가부다, 꽃은 이렇게 맡아보고야 비로소 존줄 아는 거야!」 하면서 경자는 짓

꾸지 아까의 그 꽃송이를 두 손바닥으로 으깨여 가지고는 다시 말아보고

「아! 취한다, 아주 어지럽구나!」

그러나 영애는 거기에는 아무 대답도 아니하고

「얘! 쥔놈이 또 지랄을 하면 어떻거니?」하고 왈살스러운 대머리를 생각하며 은근히 조를 부빈다.(207~208면)

아름답고 평화로운 봄의 정취는 카페 여급의 현실적 입지와 대조를 이룹니다. 아름다움을 완상하기보다 그 앞에서, 아름답지 못한 그들의 처지를 떠올리게 됩니다. 대화에서 알 수 있듯이, 그들은 아름다운 봄을 목전에 두고 그것을 코로 냄새 맡을 줄 알아야 한다는 쪽과 눈으로 보자는 쪽으로 의견을 달리하며 그들에게 부재해 있는 '교양'을 운운합니다.

또 다른 여급은 벚꽃 나들이 나온 가족 일행을 보면서, 자신에게 부재한 아이와 남편 그리고 가정을 떠올립니다. 아이들을 동반한 가족을 보면서, 이혼하고 떠난 남편과 잃어버린 딸에 대한 상념에 젖습니다. 많은 인파 속에서 정숙은 벚꽃 나들이 나온 남편과 딸을 만나지만, 남편은 냉담하고 아이는 엄마의 얼굴을 기억하지 못합니다. 김유정의 도시소설에서 봄은 도시 하층민의 삶 속에 스며들지 못합니다. 아름다운 봄은 아름답지 못한 그들의 삶과 대조를 이루어, 비애를 조장하고 상황의 아이러니를 만들어 냅니다.

「생의 반려」(『중앙』, 1936.8~9)에서 가슴 아린 주인공 명렬의 사랑도 봄을 배경으로 소개됩니다. '이루어지지 않는 사랑'과 '봄'은 대조를 이루어, 인물의 비애를 가중시킵니다. 도시를 배경으로 한 「따라지」(『조광』,

1937.2)에서 '봄'은 '인물들의 비루한 처지'와 대조를 이루고 있습니다. 봄은 벚꽃을 피웠고 까치들은 나무에 집을 짓는 데 비해, 도시에 세 들어 사는 작중 인물들의 형편은 나아지지 못합니다.

> 인제는 봄도 늦었나부다. 저 건너 돌담 안에는 사구라꽃이 벌겋게 벌어졌다. 가지가지 나무에는 싱싱한 쌓이 폈고 새침히 옷깃을 핥고드는 요놈이 꽃샘이에겠지 **까치들은 새끼칠 집을 장만하느라고 가지를 입에 물고 날아들고-**
> **이런 제길헐, 우리집은 은제나 수리를 하는겐가.** 해마다 고친다, 고친다, 벼르기는 연실 벼르면서 그렇다고 사직골 꼭대기에 올라붙은 깨끗한 초가집이라서 싫은 것도 아니다.(282면, 강조는 필자)

작품 말미에서 주인 영감내외는 세입자들을 내쫓으려 하고, 세입자들은 그에 맞서는 것으로 작품이 마무리 됩니다. 도시의 봄은 이중성을 지닙니다. 현란한 도시에서 벚꽃의 만개는 아름다움을 발하지만, 그 기운이 기층민의 삶에까지 전이되지 않습니다. 오히려 그들의 상실과 비애를 부각시키는 데, 이처럼 '봄'은 삶과 분리되어 있습니다. 봄은 왔으나 도시 기층민의 삶에는 봄이 도래하지 않았다는 박탈과 상실의 정서를 보여줌으로써, 아이러니한 현실 구조를 반영합니다.

김유정 소설에서 '봄'은 생동하는 순박한 인간의 정서를 표출합니다. 김수영이 시에서 '풀'을 통해 끈질긴 민중의 저력을 표상하고 있다면, 김유정은 그의 소설에서 '봄'을 통해 민중을 표상하고 있습니다. 민중의 힘은 농촌을 배경으로 할 때 온전한 희극미를 실현할 수 있는데 비해, 도시를 배경으로 할 때 오히려 본래의 힘을 박탈당합니다. 여기에서 아이러니가 발생합니다. 소설에 나타난 아이러니는 김유정의 균형 잡힌 넓은 시야의 성취, 인생의 복잡성과 가치의 상대성 등 인식의 심화와 확장을 보여주고 있습니다.[46] 루카치(Lukács György, 1885~1971)는 소설을 우리 시대 대표적인 예술 형식으로 보는데, 현대 소설에는 아이러니가 "하나의 진정한 총체성을 창조하는 객관성을 위한 유일한 가능한 선험적 조건"으로 총체성을 구현하고 있기 때문입니다.[47]

　김유정의 농촌소설에서 봄은 민중의 건강한 희극미를 보인데 비해, 도시에서는 아이러니의 구조를 연출합니다. 아이러니의 구조는 여름, 가을, 겨울을 배경으로 한 일련의 소설에서는 다양한 수사학적 변주를 보입니다. 여름을 배경으로 한 소설에서 민중의 힘은 엉뚱한 방향으로 뻗어나가는가 하면, 가을을 배경으로 한 소설에서는 민중 자신을 가해하기도 합니다. 나아가 겨울에 이르면 민중의 실체를 극단으로 몰고 가서 죽거나 새로운 삶의 가능성을 시사합니다. 다음 장에서는 '도시의 봄'에서 발생한 아이러니가 여름, 가을, 겨울을 배경으로 어떤 수사학적 변모를 보이는지 소개하겠습니다.

4. 계절 수사학1: 여름, 아이러니의 고조

　김유정은 여름을 배경으로 한 소설에서 핍진한 현실을 배경으로 아이러니의 미학을 선보입니다. 특히 「소낙비」(『조선일보』, 1935.1.29~2.4)의 여름

풍경은 인물이 처한 상황과 사건의 긴박성을 부여합니다.

> 음산한 검은 구름이 하눌에 뭉게뭉게 모여드는 것이 금시라
> 도 비한줄기 할듯하면서도 여전히 짓구즌 햇발은 겹겹 산속에
> 뭇친 외진 마을을 통재로 자실 듯이 달구고 잇엇다.(23면)

이 작품에서 춘호와 춘호 처는 흉작에 빚쟁이를 피해 산골 마을로 도
주해 왔습니다. 춘호는 노름밑천을 마련해 오라고 아내를 윽박지릅니다.
남편은 아내를 매질하고 돈을 채근하고, 매질이 무서운 아내는 몸을 팔아
노름밑천을 마련하면서 부부관계는 두터워집니다. 아내의 매음이 남편
에게 기쁨을 주는 아이러니는 소설의 배경이 되는 여름 절기와 어우러져,
계절 수사학이 주제 실현에 극적 효과를 자아냅니다.

> 박게서는 모진 빗방울이 배추입에 부다치는 소리 바람에 나
> 무떠는 소리가 요란한다. 가끔 양철통을 나려굴리는 거푸친 천
> 동소리가 방고래를 울리며 날은 점점 침침하엿다
> 얼마쯤 지난 뒤엿다. 이만하면 길이 들엇스려니, 안심하고
> 리주사는 날숨을 후-하고 돌른다. 실업시 고마운 비 때문에 발
> 악도 못치고 앙살도 못피고 무릅 앞헤 고븐고븐 느러저 잇는 게
> 집을 대견히 바라보며 빙끗이 얼러 보앗다.(30면)

천둥을 동반한 거센 소나기가 몰아치는 여름을 배경으로, 19살의 춘
호처는 리주사에게 고분고분 몸을 맡깁니다. 거친 소나기와 일기(日氣)가

리주사를 더 동요시키는가 하면, 춘호처를 온순하게 만듭니다. 가난과 남편의 노름밑천 등이 아내를 매음 현장으로 몰고 갔습니다. 소설에서 아이러니의 구조에 일조하는 것이 여름철 소나기입니다. 남편은 아내에게 도시로 떠날 것이라 말하면서, '매춘'이 여름 한철 지나가는 '소나기'처럼 생활을 위한 일시적인 방편에 지나지 않을 것이라 안심시킵니다.

김유정 소설에서 '여름'은 기층민의 가혹한 삶에 내재한 아이러니를 미학적으로 정제해서 보여줍니다. 「땡볕」(『여성』, 1937.2)에서 덕순이는 열 달이 넘어도 출산하지 못하는 무거운 아내를 지게에 메고 도심의 병원을 찾아갑니다.

> 더위에 익어 얼골은 벌건히 사방을 둘러본다. 중복허리의 뜨거운 땡볕이라 길 가는 사람은 저편 처마 끝으로만 배앵뱅 돌고 있다. 지면은 번들번들이 닳아 자동차가 지날 적마다 숨이 탁 막힐 만치 무더운 먼지를 풍겨 놓는 것이다.(303면)

덕순과 그의 아내는 뱃속에 아이가 사산한 줄도 모르고, 큰 병원에 가면 아내의 상황을 연구할 거리로 여겨 먹여주고 돈까지 준다는 희망에 부풀어 있습니다. 그러나 그들의 기대와 대조적으로, 오히려 수술을 받지 못하는 아내는 죽음을 목전에 둔 상황으로 돌변합니다. 한 가지 문제를 푼다는 것은, 나아가 생각지 못했던 다른 문제들을 발견하는 가장 확실한 수단이 됩니다. 작중 인물을 비롯하여 우리가 신뢰했던 과학은 실상 문제의 끝없는 증가임을 확인할 수 있습니다.[48]

김유정의 소설은 사건을 통해 상황의 아이러니를 보여줄 뿐 아니라,

운명의 아이러니까지 내포하고 있습니다. 「소낙비」에서 '매춘'이라는 상황은 오히려 부부관계를 돈독히 하는데 기여합니다. 「땡볕」에서 아내의 '연구가치가 있는 질병'은 아내의 임박한 죽음으로 상황이 역전됩니다. 일련의 소설에서 여름의 계절성은 인물이 처한 상황과 긴밀히 상응하여, 그들이 처한 현실과 정서를 생생하게 구조화 합니다. 봄에 비해, 여름은 현실의 핍진성과 개연성을 구비함으로써 아이러니를 고조시킵니다. 농촌과 도시 배경 소설 간에, 차이가 있다면 농촌에서는 부부간에 일말의 희망이 잔존하지만, 도시에서는 척박한 삶이 더욱 고착되어 현실의 냉혹함이 고조됩니다. 다시 말해 농촌보다 도시의 여름이 아이러니를 한층 더 고조시키는 것입니다.

5. 계절 수사학2: 가을, 아이러니의 강화와 리얼리즘 구현

농민들에게 가을은 슬픔의 기운이 지피는 시기입니다. 수확기로서 결실에 대한 충만한 기쁨을 나누어야 함에도, 부채가 늘고 당면한 생계 문제를 고뇌해야 하기 때문입니다. 「금따는 콩밧」(『개벽』, 1935.3)에서도 결실의 기쁨은 온데간데없습니다. 농부는 금을 파려다가 콩밭의 농사마저 망치고 말았습니다. 간신히 콩밭을 부쳐 먹는 처지에, 익어가는 콩을 엉망으로 만들어 버린 것입니다. "볕은 다스러운 가을 향취를 풍긴다. 주인을 잃고 콩은 무거운 열매를 둥글둥글 흙에 굴린다. 맞은 쪽 산밑에서 벼들을 비이며 기뻐하는 농군의 노래"(58면)와 대조적으로 영식은 억장이 무너집니다. 결실과 수확이 없는 가을은, 농민에게 비애와 고통을 가중시킵니다.

「만무방」(『조선일보』, 1935.7.17~30)에서 응오는 제 손으로 농사지은 벼를 남몰래 도둑질해 먹습니다. 그는 병든 아내의 병구완으로 생활고에 찌들어 있었습니다. 수확기 농민의 절박함을 김유정은 다음과 같이 설명합니다.

> 한해 동안 애를 조리며 홋자식 모양으로 알뜰이 가꾸든 그 벼를 거더드림은 기쁨에 틀림업섯다. 꼭두새벽부터 엣, 엣, 하며 괴로움을 모른다. 그러나 **캄캄하도록 털고나서 지주에게 도지를 제하고, 장이쌀을 제하고 색초를 제하고 보니 남는 것은 등줄기를 흐르는 식은 땀이 잇슬따름. 그것은 슬프다 하니보다 꿋업시 부끄러윗다.** 가치 털어주든 동무들이 뻔히 보고섯는데 빈 지게로 덜렁거리며 집으로 들어오는 건 진정 열없기 짝이없는 노릇이엇다. 참다참다 응오는 눈에 눈물이 흘럿든 것이다.(84면)

형은 동생네 벼를 훔친 놈을 잡았는데, 그것이 동생임을 알고 깊은 회한에 잠깁니다.

> 내걸 내가 먹는대 - 그야 이를 말이랴, 허나 내걸 내가 훔쳐야 할 그 운명도 얄궂거니와 형을 배반하고 이 짓을 벌인 아우도 아우이렷다.(102~103면)

결실의 기쁨으로 고조되어야 할 가을, 농민들은 더욱 시름에 빠집니다. 김유정은 가을을 배경으로 한 일련의 소설에서 상실의 실체를 사실적으로, 나아가 사회적인 시각으로 표출합니다. 「노다지」(『조선중앙일보』,

1935.3.2~9)에서 꽁보는 잠채(潛採) 하면서 행여 그것을 잃을세라 지금까지 함께 해 온 더펄이가 암굴에 매장되는 것을 보고 혼자 길을 나섭니다. 산골에 가을이 깊어지면서, 농민은 수심이 깊어지고 인심을 잃습니다.

「가을」(『사해공론』, 1936.1)에서, '가을'은 남편과 아내가 이별하는 시간입니다. 복만이는 소장수에게 아내를 팔았습니다. 소장수는 새 아내에게 사랑을 느끼기 시작했는데, 그녀는 집을 나가고 말았습니다. 소장수는 아내를 찾기 위해 매매계약서를 대서해 준 나와 함께 복만이를 찾으러 나섭니다. 김유정은 이들의 상실감을 다음과 같이 가을 일몰로 묘사하고 있습니다.

> 해가 마악 떨어지니 산골은 오색 영농한 저녁노을로 덮인
> 다. 산 봉우리는 수째 이글이글 끓는 불덩어리가 되고 노기 가
> 득 찬 위엄을 나타낸다. 그리고 낮윽이 들리느니 우리 머리우에
> 지는 낙엽소리-(180면)

저녁노을과 깊어가는 가을 풍경은 작중 인물의 근심과 회한을 감각적으로 보여줍니다. 산과 낙조 그리고 낙엽 등은 아내를 잃고 속이 타는 소장수 그리고 그것을 지켜보는 나의 서글픈 심사를 대변합니다. 가을을 배경으로 한 도시에서도 인물의 상심은 증폭됩니다. 「슬픈 이야기」(『여성』, 1936.12)에서 나는 세를 살면서 이웃 남자의 행패로 잠을 이루지 못합니다.

> 요즘 같은 쓸쓸한 가을철에는 웬 셈인지 자꾸만 슬퍼지고,
> 외로워지고, 이래서 밤잠이 제대로 와주지 않는 것이 결코 나의

죄는 아니다.(273면)

이웃 남자는 전기회사 감독이 되자, 여학생 아내를 얻으려는 심사에 매일 밤 아내를 매질합니다. 나는 남자의 부도덕성을 지적하지만, 오히려 그것이 화근이 되어 남자는 더 거칠게 아내를 매질하고 급기야 내가 짐을 싸야 하는 상황에 이릅니다. 도시의 가을도 산골의 가을과 마찬가지로 비정합니다. 조락의 가을이라는 계절의 정조는 비정한 현실을 사실적으로 조명한다는 점에서, 가을 배경 소설들은 자본주의사회에 대한 비판적 기능을 담당하는 리얼리즘을 구현해 보입니다. 금 따는 콩밭인 줄 알았다가 콩 농사는 물론 모든 것을 잃는가 하면, 내가 거둔 벼를 훔쳐 먹어야 하는 현실, 모두 자본주의 현실의 아이러니를 반영하고 있습니다.

일련의 소설들은 플롯의 전개 과정에서 아이러니가 나타나는데, 작중 인물들은 자신을 패배시킨 현실을 부정하면서 부정적 전망의 본질을 보여줍니다. 리얼리즘, 특히 비판적 리얼리즘은 부정적 현실에 내면적으로 반응하는 인물을 그림으로써 역동성과 부정적 전망을 보여줍니다.[49] 농촌의 깊어가는 가을 풍경 묘사에는 상심의 골이 깊어가는 산골 농촌 사람들의 서글픈 심사가 반영되어 있습니다. 「산ㅅ골 나그내」에서 산골의 가을은 다음과 같이 묘사되어 있습니다.

산ㅅ골의 가을은 왜 이리 고적할재! 압뒤 울타리에서 부수수하고 쩔닙은 진다. 바로 그것이 귀미테서 들리는 듯 나즉나즉 속삭인다. 더욱 몹쓸건 물ㅅ소리 골을 휘돌아 맑은 샘은 흘러 나리고 야릇하게도 음율을 읇는다. 퐁! 퐁! 퐁! 쪼록 퐁!(3면)

김유정이 주목한 1930년대 산골 농민의 경제적 박탈감과 비감은 가을이라는 계절성과 어우러져 아이러니를 강화하여 리얼리즘 수사학을 실현합니다.

6. 계절 수사학3: 겨울, 아이러니의 확장과 풍자 구현

겨울을 배경으로 한 소설에서 김유정은 부정적 상황을 극대화하여 대상에 대한 풍자의 태도를 보입니다. 김유정은 인물에 대한 동정보다 '상황의 극대화'를 통해 '어이없는 부정적 현실'을 폭로합니다. 일련의 소설에서 폭로의 대상은 '아이'와 '아내'입니다. 김유정은 아이와 아내를 대상으로 삼되, 모진 계절 겨울을 배경으로 이들이 놓인 부정적 정황에 초점을 맞추어 그 상황을 끝까지 몰고 갑니다. 김유정은 「떡」(『중앙』, 1935.6)에서 겨울을 배경으로 주림에 겨운 어린아이의 부정적 상황을 구체적으로 묘사합니다. 인용문에서 주린 아이의 내면은 겨울이라는 계절의 정황과 어우러져 있습니다.

배가 아프다고 쓰러지드니 아이구 아이구 하고는 신음만 할 뿐이다.

냉병으로하야 잇다금 이러케 앓는다.

옥이는 가망이 아주 없는 걸 작고 일어나서 방문을 열엇다.

눈은 첩첩이 쌓이고 눈이 부신다.

윙 윙하고 봉당으로 몰리는 눈송이, 다르르 떨면서 마당으로 나려간다.

북편 벽 밑으로 솥은 걸렷다.

뚜껑이 열린다.

아닌게 아니라 **어머니말대루 죽커녕 네미나 찢어먹으라, 다.**

그러나 얼뜬 눈에 띠는 것이 솥바닥에 얼어붙언 두 개의 쓰레기 줄기 그 놈을 손톱으로 뜯어서 입에 넣고는 씹어본다.

제걱제걱 얼음 씹히는 그맛 밖에는 아무 맛이 없다.(71면, 강

조는 필자)

주림에 찌든 아이는 늘 앓습니다. "윙윙 하고 봉당으로 몰리는 눈송이, 다르르 떨면서 마당으로 나려가"는 눈송이는 시름없이 앓다가 죽으려는 아이의 운명을 상기시킵니다. 굶주림에 지쳐 먹을 것만 찾는 철없는 아이는 "죽커녕 네미나 찢어먹으라"는 어머니의 말을 그대로 따라 하며 먹을 것을 찾아 헤맵니다. 서술자는 아이의 내면을 초점화 하여, 아이의 심리를 적나라하게 드러냅니다.

도시에서 겨울은 아이의 주림과 기층민의 가난을 극대화 해서 보여줍니다. 아이러니한 것은 아이의 고통이 굶주림이 아니라 배를 채운 데서 발생한다는 점입니다. 작품 중반에 이르면, 오랫동안 주린 아이는 주는 대로 한꺼번에 많은 음식을 먹은 결과 탈이 나서 죽을 지경이 됩니다. 이 작품은 죽음에 임박한 아이의 고통을 통해 굶주림을 극대화함으로써, 가난을 가속화 하는 현실의 풍자가 두드러집니다.

아이가 등장하는 또 다른 작품으로 사후(死後) 발표된 「애기」(『문장』, 1939.12)가 있습니다. 작중 화자는 사랑받아야 할 '애기' 혹은 '아가'가 부정적인 '악아'로 멸시받는 불합리한 현실을 풍자하고 있습니다. 화자는

막 태어난 아기에 대해 다음과 같이 설명합니다.

> 허나 이런 악아는 턱이 좀 달습니다. 어머니가 시집온 지 뒤
> 달만에 심심히 빠진 악아요, 그는 바루 개밥의 도토립니다. 뉘라
> 고 제법 다정스러운 시선 한번 돌려주는 이 없습니다.(366면)

이유인즉 '악아'의 외조부가 딸을 부잣집에 보내 한밑천 잡으려 했으
나, 그 사이 딸은 임신해 버렸고, 지금 '악아'의 아버지는 친아버지가 아
닙니다. 부자는 딸을 치우려는 마음에, 땅 오십 석 붙여준다며 가난한 태
수에게 시집보냅니다. 부자는 딸의 임신을 숨겼고, 결혼 후에도 땅을 주
지 않습니다. 태수도 땅 오십 석에 혹하여, 자신을 의사라 속였습니다. 그
들이 서로 속고 속이는 가운데 '악아'가 태어났던 것입니다. 시어머니가
'악아'를 죽이라고 시아버지를 채근하는가 하면, 애 엄마 역시 '악아'를
내 버리라고 '태수'를 채근합니다. 작가는 부정적 인간들 틈에 순진무구
한 '아가'가 악의 화신 '악아'로 취급되는 부정적 상황을 폭로합니다.

농촌에서 겨울은 '아내'에 대한 남편의 물신화를 폭로합니다. 「솟」(『매
일신보』, 1935.9.3~14)[50] 「안해」(『사해공론』, 1935.12)에서 김유정은 남편의 시각
을 극단적인 형태로까지 보여줍니다. 이러한 행위는 아내에 대한 애정이
아니라 남편의 소유욕을 반영하고 있습니다. 남편의 이러한 행동은 다른
남자에 대한 질투심에서라기보다는 '들병이로 나갔다가는 넉넉히 딴 서
방 차고 달아날 걱정' 즉 자신의 소유물을 잃을 것에 대한 걱정 때문입니
다.[51] 남편은 아내를 버리고 돈벌이 가치가 있는 들병이와 도주하려는가
하면, 아내를 들병이로 만들거나 아들 낳는 기계로 생각합니다.

겨울이라는 계절성은 기층민 삶의 절박함을 대변하는가 하면, 궁핍과 물신화의 심각성이 강조됩니다. 농촌에서 물신화와 궁핍은 부부간의 정리로 극복될 여지를 남기고 있으나, 도시에서는 가족의 정리만으로 해결하기 어려운 심각성을 강조합니다. 소설에서 '아이'와 '아내'는 순박하고 악의 없음에도 불구하고, 그들이 처한 부정적 현실이 그들을 부정적 정황으로 몰고 갑니다. 김유정은 각 인물이 처한 부정적 정황을 치밀하게 그리고 끝까지 몰고 감으로써, 아이러니를 풍자로 확장시켰습니다. 겨울을 배경으로 한 소설에서 작가 김유정은 작중 인물이 처한 고통과 굴욕적인 정황에 대해 더 동요하고 적극적으로 개입했던 것입니다.

계절에 민감한 작가 김유정은 비언어적 능력으로서 고통을 느낄 수 있는 능력 요컨대 고통에 대한 감수성, 굴욕에 대한 감수성을 지닌 작가입니다.[52] 잔인성으로 인한 희생자들, 고통을 겪고 있는 사람들은 언어에 관해서 할 일이 많지 않습니다. 왜냐하면, 억압받는 자의 목소리나 희생자의 목소리는 현실에서 존재할 수 없기 때문입니다. 희생자들이 한때 사용했던 언어는 더 이상 작동하지 않으며, 그들은 새로운 낱말들을 결합시킬 수 없을 만큼 많은 고초를 겪고 있습니다. 그래서 그들의 상황을 언어로 표현하는 일은 그들을 위하는 누군가 다른 사람이 행해야 할 몫으로 남습니다.[53] 김유정은 고통에 대한 책임의 측면에서, 인간 존재를 평등하게 할 막중한 의무를 인지한 '자유주의 아이러니스트'[54]입니다. 그는 일련의 소설에서 인간 존재의 평등을 구현하기 위해, 계절성에 주목하여 아이러니 수사학의 완급을 조절하고 있습니다.

7. 자유주의 아이러니스트, 새로운 봄을 꿈꾸다

김유정 소설에서 자연(自然)은 작중 인물보다 비중이 높습니다. 김유정은 계절에 대해 민감한 의식을 지니며 소설의 수사학으로 구현해 보입니다. 특별히 봄에 대한 수사학은 다른 작품에 비해 고전적 수사학이라 할 수 있는 희극을 수용하여 대중의 사랑을 받았습니다. 농촌과 산골에 도래한 봄은 건강한 생동미를 발하면서, 인물의 로맨스를 부추겼습니다. 봄을 배경으로 한 농촌은 생기와 해학이 넘치는 공간입니다. 「봄·봄」과 「동백꽃」에서 청춘 남녀의 사랑이 여물어 가는 과정은 건강한 희극미를 보이고 있습니다. 김유정은 '봄'에서 농민(민중)의 생기를 발견했습니다. 그에게 봄은 농민으로 대변되는 민중 본연의 에너지입니다. 산골과 농촌은 자연의 운행과 삶의 방식이 일치하는 공간으로, 봄이라는 생성의 시간에는 양자 조화를 이루어 냅니다.

반면 자연의 긍정적인 에너지는 도시와 문명에서 인간의 삶과 조응하지 못합니다. 「심청」, 「봄과 따라지」, 「봄 밤」, 「야앵」에서 도시의 기층민들은 도시의 봄기운을 만끽하지만, 그 기운이 삶 속에 스며들어 실현되지 못합니다. 농촌과 달리, 도시와 새로운 삶의 조건은 민중으로 하여금 생기를 건강하게 발산시킬 수 없도록 했으며, 이에 아이러니가 탄생했습니다. 소설에 나타난 아이러니는 객관성의 확보로서, 작가 김유정이 현실에 대해 균형감각을 지녔음을 보여줍니다. 그러므로 김유정 소설의 가치와 미학은 근대적 양식으로서 아이러니가 탄생하고, 그것이 다양한 형태로 변주되는 도시소설, 여름과 가을 그리고 겨울을 배경으로 한 소설에서 두드러지게 나타납니다.

도시의 봄에서 시작된 아이러니는 여름과 가을, 겨울 배경 소설에서 다양한 형태로 변주됩니다. 여름을 배경으로 한 소설(「소나기」, 「땡볕」)에는 아이러니의 구조가 극대화 될 뿐 아니라, 미적으로 정제되어 있습니다. 가을을 배경으로 한 소설에서 농민의 상실감은 아이러니를 더욱 강화하여 리얼리즘을 실현하고 있습니다. 농민들은 동료를 버린다거나 아내를 버리며 밭을 버립니다.(「노다지」, 「가을」, 「金따는 콩밧」) 내 논의 벼를 훔쳐서 먹어야 할 지경에 이릅니다.(「만무방」) 봄부터 뿌린 노고가 결실로 돌아와야 함에도, 오히려 부채만 늘어나는 농민의 정황은 당대 농민들의 아이러니한 실제 상황이었습니다. 가을 배경 소설에서 김유정은 아이러니한 현실 구조에 주목하여 농촌을 잠식하기 시작한 자본주의에 대해 비판적 리얼리즘을 선보였습니다.

겨울에 이르면, 김유정은 척박한 현실을 살아가는 주인공들의 삶에 깊이 개입합니다. 김유정은 가난한 농민과 기층민이 처해 있는 고통과 굴욕을 직시하고, 인물과 사건에 대해 깊이 관여합니다. 예컨대 주린 아이가 무리하게 먹어 죽을 지경이라든가 불행한 태생의 아기가 유기되기에 이르는 것, 남편이 아내를 돈벌이 수단으로 내몰기까지 인물이 처한 문제적 상황을 극한까지 몰고 갑니다.(「떡」, 「애기」, 「솟」, 「아내」) 김유정은 인물과 상황을 극단까지 치닫게 함으로써, 부정적 현실과 부정적 정황에 대해 풍자의 수사학을 보입니다. 작품에서 배경으로 자리 잡은 겨울은 인물이 처한 열악한 상황과 어우러져 파괴된 인물의 극단적 정황을 보여주든가 그렇지 않으면 새로운 가능성을 암시합니다.

도시의 봄에서 발아한 아이러니가 여름 배경 소설에서는 고조되는가 하면, 가을에 이르면 아이러니는 사실적 리얼리즘으로 전환합니다. 겨울에 이르면 아이러니는 풍자로 전환합니다. 이러한 수사학의 변주는 작가 김유정의 현실에 대한 개입과 입장의 전환을 대변하고 있습니다. 자연의 생리를 관조할 수 없는 현실에서, 김유정은 자연의 생리 대신 인간의 생리에 대해 깊이 관찰하고 탐색해 나갔습니다. 문명이 현실을 잠식함에 따라, 자연은 더 이상 현실 질서의 운행 주체가 되지 못하였고 인간은 새로운 힘에 조정 당하게 되었습니다. 이에 김유정은 현실에서 새로운 힘으로 인해 고통받고 굴욕당하는 인물의 생리(生理)를 적극적으로 읽어내기 시작합니다. 김유정 소설에 나타난 봄의 수사학은 자유주의 아이러니스트로서 작가의 감수성을 보여줌과 동시에 인간 존재의 평등과 세계의 연대감을 제안하고 있습니다. 그는 도심의 문명 속에서 다시 꽃 피어날 수 있는 새로운 봄을 갈망했던 것입니다.

3장
미국 고학생의 영미문학 수용과
인류 보편의 문제 직시

1. 식민지 청년의 미국 유학

한국의 근대작가 중에 미국 유학생이 있을까요. 있습니다. 바로 한흑구(1909~1979. 본명 한세광)입니다. 그는 1928년 도미(渡美)한 후 미국에서 6년을 체류하였으며 1934년 봄에 귀환했습니다. 그가 귀환할 무렵, 조선일보는 그의 사진과 유학 이력을 대서특필합니다. 새로운 개화 학문 과정을 공부(新開學科專修)한 것으로 소개합니다.[55] 이광수(1892~1950), 김동인(1900~1951), 김기림(1907~1950), 정지용(1902~1950) 등 대부분 문인들이 일본으로 유학간 데 비해 한흑구의 미국 유학은 이목이 집중될 만 했습니다. 최재서(1908~1964)와 같은 영문학자도 경성제국 대학에서 영문학을 전공한 만큼, 한흑구의 미국 유학은 독보적이었습니다.

그는 문학을 연구하겠다고 태평양 넓은 바다를 건넜으며,[56] 1929년 시카고 노스 파크 대학(North park College)에서 문학을 공부하고 1932년에는 필라델피아 템플 대학(Temple university)에 신문학과로 전학(轉學)했습니다.

앞서도 언급했지만, 당시 해외문학파를 비롯하여 영문학을 전공한 최재서 등의 근대 문인은 일본과 조선에서 영미문학을 공부한 데 비해, 한흑구는 미국에 직접 가서 영미문학을 공부한 것입니다.

그렇다면 이런 궁금증이 생깁니다. 일본 등을 경유하여 영미문학을 공부한 사람과 직접 미국으로 건너가 동시대 영미문학을 공부한 사람 간에는 어떠한 차이가 있을까요. 이 글에서는 식민지 청년이 미국에서 고학하며 직접 그가 체험하고 공부한 것은 무엇인지 소개하려 합니다. 책으로만 공부한 것과 현장에 가서 몸으로 느끼며 공부한 차이를 알 수 있을 것입니다. 한흑구의 문학세계를 살펴보기 앞서 당시 식민지 근대 해외 문학 연구자들을 소개해 보겠습니다.

1930년대에 이르면 해외문학파의 활약으로 전공자에 의한 전공별 번역이 결실을 보게 됩니다. 1920년대는 일역(日譯)의 중역(重譯)을 통한 일인만능식(一人萬能式) 번역 행위가 모습을 감추기 시작합니다. 김억(1896~), 홍난파(1897~1941), 이상수와 양재명[57], 양건식(백화1889~1944) 등은 모습을 감추고, 대학에서 영문학을 전공한 신예들로 세대가 교체됩니다. 해외문학파 중 영문학 전공은 이하윤(1906~1974), 정규창, 김광섭(1905~1977), 최정우, 경성대 영문과 출신은 최재서(1908~1964), 김충선, 이종수, 이해균, 조용만, 이호근, 임학수, 와세다대학 영문과 출신은 양주동(1903~1977), 이홍로, 규슈대학 영문과 출신으로는 김환태(1909~1944), 연전 문과 출신 박술음(1902~1983) 등이 있었습니다.[58]

한흑구의 경우, 미국에서 영문학을 공부했으므로 그의 번역은 언어를 옮기는 것에서 더 나아가 20세기 초엽 식민지 청년이 체험한 세계 문학의 기류와 속성을 담고 있습니다. 일제강점기 식민지 청년의 미국 고학

소설로 읽는 한국근현대문화사

(苦學) 체험은 민족 문제를 세계사적 맥락에서 성찰하는 계기를 제공합니다. 근대 국가의 경험도 없고 민족의 자주성도 없는 시대, 조선 청년이 아메리카 대륙에서 느끼는 문명과 자유의 풍경은 동시대 감각으로 받아들이기에는 낯설지만 세계 변화를 주도하는 자본과 이데올로기로 인한 제 문제를 내장하고 있었기 때문입니다.

식민지 조선의 작가들이 일제의 억압으로 신음하는 민족의 고초에 초점을 맞추어 창작 지평을 열어나갔다면, 미국으로 건너간 조선의 지식인은 제국과 자본이 양산해 내는 인류 공통의 문제들 속에서 약소 민족의 서러움을 사유하게 됩니다. 그것은 문학이라는 특정 영역의 문제에 그치지 않으며 20세기 근대가 초래한 문명의 음화(陰畵)였습니다. 우리가 한흑구를 통해 주목해 보아야 할 부분은 그가 미국에 체류하면서 경험했던 동시대 미국을 비롯한 서구의 정신입니다.

잘 알려지지 않았지만 한흑구 문학 연구는 수필[59], 번역 시를 포함한 시[60], 미국유학 체험[61], 소수자문학[62] 등 다양한 층위에서 논의되고 있습니다. 이 글에서는 식민지 청년의 미국 고학 체험과 그의 문학관, 그가 주목한 동시대 영미문학의 흐름, 그가 번역한 동시대 영미소설을 소개하겠습니다. 한흑구는 창작활동에 전념했으며 전문번역가는 아니지만, 그의 번역은 중요합니다. 왜냐하면 번역 작품은 정신적 경험의 산물로서 창작활동은 물론 문학관에도 영향을 미치기 때문입니다. 우리는 한흑구 문학을 통해서 한국 근대문학사에 영향을 미친 동시대 서구문학의 특징을 파악할 수 있습니다.

2. 동시대 미국 체험과 영미문학의 이해

한흑구는 미국에서 영문학을 전공합니다. 그는 시인, 소설가, 수필가, 번역가로 활동했지만 그의 문학적 기반은 영문학을 토대로 하고 있습니다. 1929년 도미(渡美) 이래 영문학을 번역하고 본격적인 창작활동을 합니다.[63] 한흑구가 번역한 작품과 문학 평론을 소개하면 아래와 같습니다. 평론의 경우 번역은 아니지만, 번역을 기반으로 한 영미문학에 대한 이해를 보여주고 있으므로 함께 소개했습니다.[64]

장르	번역 작품	번역 시기
시	「미국 니그로 시인 연구」 **쿤데 쿨랭:** 껌은 여자의 죽엄/ *Simmon The Cyrenean Speaks/ Protest* **랭스톤 휴스:** 우리의땅/나는미국을 노래한다/나도米國사람이다 **클로드 맥케이:** 백악관 *White House*	『동광』, 1932.2.1(「흑인문학의 지위」 1~3, 『예술조선』, 1948에 수정 재수록) *시 번역과 그에 대한 평론
	「왈트 휠맨연구」1~5 북소래/나自身의노래/世界에보내 는敬藝/銘詩/將次올詩人	『조선중앙일보』, 1934.7.25~8.1.
	「탄생70주년을 맞이한 옛츠의 시 선」 상하 *The Lake Isle of Innisfree*/낙엽/ 백조	『조선중앙일보』, 1935.7.31~8.1.
	「기계문화를 구가하는 미(米)시인 칼 쌔드벅-그의 생애와 작품」: 帽子 /클락街橋/움직이는사람들/홀스 테드電車/나는平民이요賤民이다/ 쉬카고	『조선중앙일보』, 1935.11.8~10.

소설로 읽는 한국근현대문화사

시	랭스톤 휴즈, 「우리땅/外一篇」	『개벽』, 1947.8.
	배쉘 린드세이, 「航海」	『백민』, 1948.7.10.
	필립 무데이, 「詩人과펭킹鳥」	『경향신문』, 1947.10.26.
	랭스톤 휴즈, 「矢睡哭/思鄕의노래」	『예술조선』, 1948.4.20.
	맑밴도란, 「흑인문학특집호-太陽은 떠올나섰다」	『백민』, 1948.7.10.
	『현대미국시선』(번역시 단행본)	선문사, 1949.
	월트 횟트맨, 「월트 휘트맨論-풀이란무엇/美國이노래함든는다/光輝있는沈默의 太陽을나에게달라/아부지여,뜰에서들어오시라/아이야,우지말라/누가영혼을探求하려하는가/어머니와어린애/버림받은娼婦에게」	『신사조』, 1950,5.1. *시 번역과 그에 대한 평론
소설	존 골즈워디, 「죽은 사람」	『우라키』제7호, 1936.9.8.
	쉘우드 앤더슨, 「잃어버린 소설」	『조선문단』, 1935.4.11./ 『우라키』제7호, 1936.9.8.
평론	「영문학 형식개론」	『우라키』, 1933.
	「최근영국 문단의 신경향」1~6	『조선일보』, 1934.5.2~8.
	「해학작가 막 트웬의 미(米)문학사적 지위」상중하	『조선중앙일보』, 1935.12.3~5.
	「D.H.로렌스론」상하	『동아일보』, 1935.3.14.~15.
	「미국문단의 근황, 작가들의 동태기타」	『조선중앙일보』, 1936.5.29.
	「현대소설의 방향론」	『사해공론』, 1936.6.
	「비평문학의 방향론, 과거의 전통과 현대의 諸相」1~4	『조선중앙일보』, 1936.7.12~17.

	「현대시의 방향론」	『사해공론』, 1936.8.
	「윈담 루이스론-그의 평론과 소설」 1~5	『조선중앙일보』, 1935.9.17~22.
	「미국신문의 판매정책론」(한세광)	『우라키』제7호, 1936.9.8.
	「현대영국문단의 추세」(한세광)	『우라키』제7호, 1936.9.8.
	「영미창작選譯」	『우라키』제7호, 1936.9.8.
	「휴머니즘 문학론」	『백광』, 1937.2.
	「신문학론초」	『백광』, 1937.5.
	「문학상으로 본 미국인의 성격」	『조광』, 1942.4.
평론	「미국문학의 진수-단편적 해부」	『백민』, 1948.1.
	「이미지스트의 시운동-영미시단을 중심해서」	『백민』, 1948.3.
	「세계정부론」(리더스 다이제스트 번역)	『조선일보』, 1946.11~10.
	『미국대학의 제도』(한세광 저)	국제출판사, 1948.
	「앤더슨의 예술」	『경향신문』, 1950.
	「최근의 미국소설」	『문학』, 1950.
	『세계위인 출세비화록』 (카네기 데일 저)	선문사, 1951.
	「미국의 현대시-Dylan Thomas를 중심으로」	『동아일보』, 1959.1.13.

<표3 영미문학 번역 작품과 평론>

한흑구의 번역은 1930년대부터 1950년까지 이루어지고 있습니다. 이후에는 수필을 비롯한 창작 활동에 전념합니다. 그는 당대 작가와 작품,

동시대 세계사적으로 이슈가 되는 문제에 주목하고 있었습니다. 예컨대 한흑구의 「D.H.로렌스론」(『동아일보』, 1935.3.14.~15)은 한국 근대문학사에서 처음 수용된 로렌스론입니다.[65] 그의 번역 작품과 평론을 통해 다음과 같은 세 가지 사실을 알 수 있습니다. 첫째, 시에 대한 이해와 더불어 흑인 시인의 작품을 주목했다는 점입니다. 둘째, 당대 생존하고 있는 작가, 동시대 이슈가 되는 영미문학 작품에 주목했다는 점입니다. 셋째, 적지 않은 글이 잡지 『우리키』에 게재되었다는 점입니다. 주목한 세 가지를 순서대로 살펴보겠습니다.

첫째 시 번역의 경우, 그는 예이츠(William Butler Yeats, 1865~1939), 월트 휘트먼(Walter Whitman, 1819~1892), 칼 샌드버그(Carl Sandburg, 1878~1967), 클로드 맥케이(Claude McKay, 1890~1948), 필립 무데이를 비롯하여 랭스턴 휴즈(Langston Hughes, 1902~1967), 쿤데 쿨랭과 같은 흑인 시인의 작품을 조선 문단에 소개합니다. 그중에서 한흑구는 바이런(George Gordon Byron, 1788~1824)을 가장 사랑했습니다. 인생의 정열, 청춘의 아름다운 생명을 노래했기 때문입니다. 청춘을 영원한 인생의 아름다움, 참된 정열, 용감한 인생의 추구, 굳센 인생의 생명력으로 보고, "죽어서 영원히 젊고 죽어서 영원히 타는 정열은 다못 바이런이 가졌을 뿐이다"고 평가했습니다.[66]

가장 눈에 뜨이는 것은 그가 흑인 시인의 작품을 번역하고 그에 대해 해설한 것입니다.[67] 불평등의 가장 아래에 처해있는 계층에 주목했던 것입니다. 도미(渡美)후 6년 동안, 그는 자유와 평화를 상징하는 미국에서 불평등과 자본주의의 파행성을 직접 목도합니다. 그는 미국이라는 제국의 이중성을 다음과 같이 의인화 했습니다.

평등주의 모자를 쓰고 빈왕의 옷을 입고 손에는 성자의 성
서를 쥐었으나 방종의 지팡이를 한 손에 쥐었고 방만한 코와 사
치하고 경박한 입과 음탕한 눈을 소유하였고 너무나 자유로운
듯한 방자함에는 항상 그 품속의 피스톨을 간직하기를 잊지 않
는 그이다.[68]

유학생들을 가장 곤혹스럽게 했던 문제가 인도 자유 평등의 선구자라
는 미국사회 안에 뿌리깊이 박혀있는 인종우열에 대한 관념이었습니다.[69]
20세기 초 흑인의 인권문제는 그가 미국에서 고학하며 습득한 세계에 대
한 거시적인 이해의 산물입니다. 그는 미국 대륙에 살면서 같은 언어를
쓰고 있음에도 인권을 유린당한 흑인의 모습을 통해 미국의 이중적이고
파행적인 구조를 몸으로 직접 체험했던 것입니다.

수필 「황혼의 비가」(『백광』5, 1937.5)도 미국을 배경으로 텍사스 농장에
서 일하던 시절, 흑인들의 비참한 삶을 담아내고 있습니다. 흑인은 노동
하는 일꾼으로 존재할 뿐 자신의 자유와 의지를 자유롭게 표현할 수 없
었습니다. 작중 아름다운 흑인 여성 아이다는 함께 일하는 동양 청년을
사랑했지만 이를 표현할 수 없는 현실의 굴레로부터 벗어나고자 스스로
목숨을 끊습니다. 그녀는 어느 누구로부터도 인간적인 위무를 받을 수 없
었습니다. 수필에서 한흑구는 이렇게 자탄합니다.

사람은 필경 다 같은 것이었만 시간과 공간과 자연의 모든
법칙 안에서 생리적 심리적으로 변화하고 진화하는 것이라면-
사람은 얼마나 우스운 존재이며 또한 비참한 존재이랴![70]

「죽은 동무의 편지」(『사해공론』, 1937, 11~12)에서도 그는 고학생의 편지를 통해 당대 미국 최고의 파행성으로 흑인의 인권유린을 지적합니다.

> 무엇보다도 인도와 정의와 평등을 입으로 말하는 이들이 니
> 그로 흑인들에 대하여 아직도 노예와 같이 취급하는 것이 가장
> 나의 눈을 쓰리게 하고 나의 가슴을 아프게 합니다.[71]

둘째 소설 번역의 경우, 당시 생존하는 영미작가의 작품을 번역했으며 일련의 작품은 동시대의 보편적 문제를 담고 있습니다. 영국문학의 경우 예이츠(1865~1939)와 더불어 골즈워디(John Galsworthy, 1867~1933)의 소설에 주목했습니다. 1930년대 골즈워디 시는 8편이 번역되었는데, 이는 1932년 골즈워디가 노벨문학상을 수상한 까닭입니다. 한흑구는 골즈워디의 「죽은 사람*The Dead Man*」과 미국 작가 셔우드 앤더슨(1876~1941)의 「잃어버린 소설*The Lost Novel*」을 번역합니다. 양자 모두 짧은 단편이지만 영국에서 볼 수 있는 노동자의 인권 문제, 미국에서 작가로 살아가는 가장(家長)의 비애 등 동시대 문제적인 현실을 담고 있습니다.

한흑구는 유학시절 사회과학연구회를 결성하는 등 동시대 현실문제에 관심을 가졌습니다.[72] 1920년 12월 8일자 일간지에 의하면 미주의 청년학생들이 연합하여 '사회과학연구회'를 조직하였는데, 본부는 시카고이며 강령과 간부의 이름이 소개되어 있습니다. 사회과학을 연구, 내지(內地)사회사상문제를 연구·비판·선전, 조선 대중의 촉성을 기한다는 강령 하, 간부로 10명이 소개되는데 그중 한 사람이 한흑구입니다.[73] 이러한 사실을 통해 한흑구가 미국에서 체험한 것과 이를 통해 그가 지향하는

문학의 지향점을 알 수 있습니다. 그는 미국 대륙에서 조선의 현실을 더 객관적이고 보편적인 형태로 볼 수 있었던 것입니다. 1932년에는 '문학'에서 '신문학과'로 전학(轉學)합니다.

셋째, 적지 않은 번역 작품과 평문이 게재된 잡지 『우리키』를 주목할 필요가 있습니다. 『우리키』에는 소설 번역과 평문에 앞서 시 「그러한 봄은 또 왔는가」(4호), 「첫동이틀때/餘裕」(5호), 「쉬카고/목마른묻엄」(6호)이 게재되었습니다. 미국유학생은 1880년대 유길준(1856~1914), 윤치호(1865~1945), 서재필(1864~1951), 서광범(1859~1897) 등을 시작으로 1910년대에는 30여명 수준에 머물렀던 데 비해 1919년에는 77명으로 증가하였습니다. 미국 여러 지방에는 소규모 유학생 모임이 등장하고 1919년 1월에는 재학생들을 중심으로 북미조선유학생총회(The Korea Student federation of North America)가 결성되었습니다. 1920년대에 들어서 유학생은 폭발적으로 증가하였고 그들은 대부분 국내 또는 일본에서 전문학교나 대학을 마친 뒤 도미(渡美)하여 대학에 입학하였으며 전공도 다양했습니다.[74]

유학생회는 미국 내 최대 규모의 유학생 조직으로 발전하여 1925년 『우리키』를 창간하여 1937년 7호까지 발간했습니다. 『우리키』는 당시 한국인이 접하기 어려운 선진문명을 소개하고 여러 분야에서 미래사회에 대한 방향을 제시하는 계몽주의적 성격을 보여주었습니다. 같은 유학생회에서 발간한 『영문월보』가 유학생들과 외국인을 위한 홍보용으로 제작된 것과 반대로 『우라키』는 국내 동포를 대상으로 제작되어 총 판매처는 서울과 평양 등 국내에 두었습니다. 잡지명은 Rocky산맥을 가리키는 것으로 초기 유학생 및 이민자들은 'R'발음을 제대로 내기 위해 '우'라는 말을 앞에 붙여 발음하여 원음에 가깝도록 하였습니다. 2호 편집후기에서 잡지명 '로키산맥'에 대한 이유를 다음과 같이 밝히고 있습니다.

> 첫째, 우라키는 북미의 척추로 북미에 있는 유학생회를 우
> 라키 세 글자가 잘 표현할 수 있다.
> 둘째, 우라키는 본래 암석이 많다는 뜻이니 우리 유학생들
> 의 험악한 노정을 잘 묘사하고 있다.
> 셋째, 본지의 특징으로 우라키 산과 같은 순결 장엄 인내 등
> 의 기상을 흠모하여 우라키라 불렀다.[75]

『우리키』는 미국 문명에 대한 현지 통신이자 동시대 영미문학의 동향
과 추이를 전달하고 있었습니다. 한흑구는 영미문학이 형성되고 전개되
는 최전선에서 세계의 흐름과 영미문학의 발자취를 고국의 독자들에게
전달해 주었던 것입니다.

3. '휴머니즘'과 '현대소설'에 대한 이해

한흑구는 도미(渡美) 이전에도 창작을 했으나 그의 문학관은 미국에서
영문학을 공부하면서 구체화 됩니다. 한흑구의 평론에는 그의 문학관의
배경이 잘 나타나 있습니다. 수필 「인간이기 때문에!」(『백광』창간호, 1937.1)
에서는 문학도를 꿈꾸는 인물의 편지를 통해 문학에 대한 자신의 입장을
밝히고 있습니다. 인간은 신(神)이 아니기에 무수한 슬픔에 노출되어 있
으며 "문학은 한낱 사람의 슬픔을 기록하는 데서부터 시작되었다"고[76] 보
았습니다. 그의 문학관은 식민지 조선의 비애, 약소 민족의 서러움에 기

원을 둔 것이 아니라 인간이 지닌 근원적인 슬픔에서 시작되었습니다. 그러므로 평문 「휴머니즘 문학론」(『백광』, 1937.2)은 그의 문학관의 기원과 출발을 이론적으로 제시했다는 점에서 눈여겨보아야 합니다.

그의 휴머니즘은 어빙 배빗(Irving Babbitt, 1865~1933)의 문학론에 바탕을 두고 있습니다. 어빙 배빗은 1920년대 뉴휴머니즘(New Humanism)의 선두주자로 당시 물질주의, 과학만능주의, 도덕적으로 타락한 사회의 해결책으로 뉴휴머니즘을 주장했습니다. 종래의 박애주의와 같은 휴머니즘을 비판하면서, 진정한 휴머니즘은 단력, 극기와 같은 건전한 개인주의를 통한 개인의 완성에 있음을 주장했습니다. 문학뿐 아니라 동양학에 대한 이해가 깊었으며, 하버드대학교 교수로 재직하면서 세계 각국의 유학생을 비롯한 동시대 지성계에 많은 영향을 미쳤습니다.[77]

어빙 배빗은 『문학과 미국의 대학』(1908), 『신(新)라오콘 The New LaoKoon』(1910), 『루소와 로만티시즘 Rousseau and Romanticism』(1919), 『민주주의와 지도력 Democracy and Leadership』(1924)과 같은 저작을 남겼습니다. 『신(新)라오콘 The New LaoKoon』(1910)은 레싱(Gotthold Ephraim Lessing, 1729~1781)의 예술관을 담은 라오콘(The LaoKoon 1776)을 반박한 것이며, 『루소와 로만티시즘 Rousseau and Romanticism』(1919)은 루소(Jean-Jacques Rousseau, 1712~1778)와 루소주의에 반기를 들고 '자연으로 돌아갔던 인간을 낭만주의의 몽상적 감정에서 해방하여 본래의 인간으로 환원'시킬 것을 주장합니다. 그는 자유와 자연발생을 중대시하고 형식적인 것과 규율적인 것을 무시한 루소의 낭만성을 반대했습니다.

어빙 배빗은 그의 제자 T.S엘리엇[78] 뿐 아니라 당시 중국의 유학생과 동시대 영문학 전공자들에게 많은 영향을 미쳤습니다. 하버드대학의 중

국 유학생 양관추(梁實秋)[79], 매광유(梅光迪), 오복(吳宓), 탕용동(湯用彤) 등은 미국 유학시절 실용주의와 신인문주의에 경도되었으며, 귀국 후에는 중국 신문화 건설의 선봉에서 활로를 개척합니다.[80] 경성제국대에서 영문학을 전공한 최재서의 문학관에도 영향을 미쳤습니다. 최재서는 어빙 배빗의 『루소와 로만티시즘 Rousseau and Romanticism』(1919)을 일본어로 번역(『ルーソーと浪漫主義』上下,改造社,1939~1940)했으며 그에 대한 강한 영향으로 낭만주의적 상상력의 이론을 계보학적으로 해체함으로써 그 기원에 '주지적' 요소를 인정하게 됩니다.[81]

어빙 배빗은 종래의 인도주의와 인간주의를 구분합니다. 종래의 종교적 인본주의적 전통에서 기인한 휴머니즘을 인도주의라 명명하는 반면, 20세기 실용주의 과학주의의 발흥과 더불어 인간이 지닌 힘과 욕망을 강조하는 것은 인간주의라 명명합니다. 신인문주의(New Humanism)는 자본주의 체제하에 노골화된 물질만능주의 및 이에 따라 발생하는 범죄와 전쟁 등 세상의 모든 악은 궁극적으로 인성의 문제에서 비롯된다고 판단하였습니다.[82] 그런 까닭에 본능적 욕망의 지배를 받는 부분을 제어해야만 한다는 유가의 극기복례에 가까운 도덕적 방법론을 해결책으로 제시하였습니다.[82] 한흑구는 어빙의 논의를 기반으로 휴머니즘을 두 범주로 나누는데, 이를 알기 쉽게 표로 나타내면 다음과 같습니다.[83]

구분	인도주의	인간주의
작가	톨스토이(1828~1910), 도스토예프스키(1821~1881)	올더스 헉슬리(1894~1963), H.G.웰스(1866~1946), T.S.엘리엇(1888~1965)
내용	• 종교적, 애타적, 사해동포주의 • 박애주의 : 인류를 사랑해야 한다는 종교적 의미를 지님 • 루소(1712~1778)의 자연주의 : 종교적 전통으로부터 해방된 인간 본능의 자유를 주장함 • 낭만적이고 감정적임 • 마틴 루터(1483~1546)의 종교개혁의 결과 • 개종표파(Protestant)의 신본(神本)주의로부터 인간을 자유로 해방하는 사상과 운동 • 인본(人本)종교적 사상	• 과학적, 이지적, 개인주의, 현실주의 • New Humanism : 인문주의, 인본주의, 인간주의로 번역하기도 함 • 어빙 배빗(1865~1933)의 『미국문학사The History of American Literature』에서 'New Humanism' 최초 명명 • 베르그송(1859~1941)의 '생의 욕망' • 버나드 쇼(1856~1950)의 '행의 힘' • 윌리엄 제임스(1842~1910)의 실용주의 등의 과학사상을 내포 • 인간능동론, 중용적 사상, 과학적 실제적인 사상을 주창 • 인간의 동기와 행동을 물리화학적 현상으로 보는 자연주의 현실주의의 유물적 기계관에 반대하여 규범적 인간적인 것을 인정 • 본능에 대한 이성 지배력의 의의를 발견. 인간은 자기를 자제할 수 있는 힘과 법칙이 있다고 인정, 억제와 중용의 도덕적 가치를 중시. 본능에 대한 이성 지배력의 의의 주창 • 존 듀이(1859~1952)의 실용주의 철학의 민중화와 같이 미국 인텔리 중산계급의 사상이 됨

<표4 휴머니즘의 범주 비교(휴머니즘 문학론)>

한흑구는 당대를 풍미하는 어빙 배빗의 뉴휴머니즘에 대해서는 장을 달리하여 다음과 같이 자세히 소개합니다.[84]

- 루소의 낭만성에 반대: 낭만적 작가, 화가, 음악가 등의 정신의 'Innocence(無邪氣性)'은 존중하지만 위대한 예술의 전통을 알지 못하기 때문에 인생에 대한 심각한 관찰을 결여
- 낭만적 감상의 무규범한 자유주의 사상, 물적 법칙에 의하여 확장해서 만족하는 사상(제국주의 사상)반대
- 자연주의 외 인간의 법칙이 존재한다는 것을 인정하는 사상: 자연으로 돌아갔던 인간을 인간 본래의 길로 귀환시키려는 운동 '너희는 다시 인간으로 귀환하여라'
- 인간의 법칙에 의하여 이지와 이성으로 활동함으로써 인간의 본성을 발휘. 중용에 유의하여 극기 억제함으로써 인간본성(良心)을 미화하게 되고 인류 평등 박애의 세계를 실현
- 고대 아리스토텔레스 철학으로부터 시초한 인본주의 사상 등 고전사상과 인류문화의 전통을 중시. 현대의 제 과학 사상을 중심으로 일어나는 실용주의로서 철학사상 등을 종합하여 '인간적인 인간', '이성의 인간', '규범 있고 양심 있는 인간', '박애와 평등의 인간', '사회의 건전한 일원으로서의 개성을 가진 인간'을 역설

한흑구는 종래의 휴머니즘을 '인도주의'라 명명하고 문명의 추이에 맞추어 당대 휴머니즘을 '인간주의'라 명명합니다. 휴머니즘의 역사를 인류의 사상사이자 문명사로 보고, 역사적 흐름에 따른 문학 양식의 변화에

주목했습니다. 「현대소설의 방향론」(『사해공론』, 1936.6)에서 세계사의 추이에 따른 새로운 소설 형식을 '사건소설', '성격소설', '심리소설' 순으로 설명합니다. 현대소설을 '성격소설'로 파악하고 있으며, "인간감정의 시대적 특수성을 표현하고 기록하여 인간심리의 변화를 기록하는 것"을[85] 문학의 사명으로 보았습니다.

> 내포된 사상(내용)이 변할 때에는 그 그릇인 형식도 역시 변화함을 면할 수 없다는 것이다.[86]

그는 사건소설과 성격소설을 다음과 같이 구분합니다. 이 글에서는 「현대소설의 방향론」(『사해공론』, 1936.6)에 제시된 글을 이해하기 쉽게 표로 제시했습니다.

사건소설	성격소설
• 사건을 중심으로 제재한 액션(Action)소설 • 현금 조선문단에서 성행(야담, 통속) • 재래 소설은 독자의 흥미를 대상으로 창작 • 재료를 선택하고 구상하기에 노력	• 인물을 중심으로 한 성격소설 • 모든 것을 제재로 하고 소설의 플롯, 테마를 필요로 하지 않음 • 현금 세계문학계 성행 • 자연주의, 현실주의 발달로 인생의 진(眞), 인생의 현실을 사실적으로 묘사 • 문학에의 과학사상적 경향 • 20세기 자연과학사상에서 기인한 심리소설의 일반적인 방향: 심리소설→심리분석소설→잠재의식(Subconscious)소설

심리소설	심리분석소설	잠재의식(Subconscious)소설
심리작용만 묘사	• 성격소설+심리소설 • 심리만의 영역을 추구하고 분석 • 심리작용 분석에 치중	• 심리분석에서 일층 진보하려는 소설가의 의도반영 • 심리생활의 연속인 '의식의 유동'을 표현

- 19세기 낭만주의 태도 반대, 자연과학적 인생관 전환
- 문학은 심리학적, 심리분석학적, 인간학적, 생리학적, 생물학적 태도를 취함
- 과거 신본주의, 낭만주의, 센티멘털리즘 사상을 반대
- 러시아 중심의 인도주의 숙명적 감상주의, 빅토리아시대 도덕관념론의 퓨리터니즘에 대한 반대
- 영국: 사무엘 버틀러(1872~1902, Samuel Butler) 19세기 문학 전통을 공격하고 반대, 풍자와 기지의 주지주의 소설 발흥 →H.G.웰스(1866~1946, Herbert George Wells)는 버틀러의 소설관을 발전시킴, 과학소설 창시
- 영국 자유형소설의 대표작가 버지니아 울프(1882~1941), 리처드슨(1689~1761)
- 시에 있어서는 휘트먼(1819~1892), 평론가로서 윈담 루이스(1882~1957), 에즈라 파운드(1885~1972)

<표5 소설의 양식 비교>

평문 「휴머니즘 문학론」(『백광』, 1937.2)이 20세기 휴머니즘에 대해 설명하고 있다면, 「현대소설의 방향론」(『사해공론』, 1936.6)은 세계사의 추이에 따른 문학 양식의 변화를 기술한 것입니다. 인류의 사상사는 미국 학자 어빙 배빗의 논의를 중심으로 개진하고 있다면, 문학 형식의 전범은 영국 문학을 근거로 삼고 있습니다. 문학의 전통과 가치는 영국문학에서, 신사상의 흐름은 미국문학에서 찾고 있습니다. 'New Humanism'의 수용

을 전제로 지금까지 살펴본 한흑구의 문학관은 다음과 같습니다.

> 현대의 소설의 방향은 모든 **과학적** 사상에 기인한 세계관적
> **현대사상**을 반영하기 위하여 그 형태를 부단히 진화시키고 있
> 다.
> 소설은 예술품이요, 공업적 산품이 아닌 이상 어떠한 이데
> 올로기를 내용으로 하든지 소설가는 그 내포한 사상을 **현대인**
> 에게 전달하기 위하여 **현대과학적** 태도와 감정과 사상으로써
> 창작의 태도와 방향을 삼지 않을 수 없을 것이다.[87]

현대 작가는 과학적인 태도, 감정, 사상을 창작의 태도와 방향성으로
삼아야 한다는 것입니다. '과학'이라는 개념이 강조되고 있거니와, 이것
은 특정 학문영역을 일컫는 것이 아니라 인간의 능동적이고 이성적인 의
지를 표현한 것입니다. 20세기 초 그가 직시한 현대성은 '과학'으로 대변
되고 있거니와 소설은 과학적인 현대 사상을 반영하기 위해 부단히 양식
의 변화를 꾀하게 되며, 한흑구는 '과학적 사상'을 미국에서 찾았던 것입
니다. 그는 「미국문학의 진수」(『백민』, 1948.1)에서 미국문학과 영국문학의
비교를 통해 미국사상을 상세히 서술합니다.[88] 이 글에서는 평문의 글을
알기 쉽게 표로 제시했습니다.

구분	영국문학	미국문학
토양	스코틀랜드 고원 맑은 산호	처녀림, 대평원, 장강, 대담수호의 신대륙

성격	안개 낀 날이 많은 우울증 (Melancholy)	대성시(大城市) 뉴욕의 명랑성, 파노라마
작가	• 셰익스피어(1564~1616),밀턴 (1608~1674), 바이런(1788~1824), 테니슨(1809~1892),브라우닝 (1812~1889), 맨스필드(1888~1923), 하디(1840~1928) • 밴스, 키츠(1795~1821), 셸리 (1792~1822) • 로렌스(1885~1930),조이스 (1882~1941), 엘리엇(1888~1965), 헉슬리(1894~1963)	• 헤밍웨이(1899~1961), 드라이저 (1871~1945), 유진 오닐(1888~1953), 싱클레어(1878~1968), 쉐우드 앤더슨(1876~1941)
특성	• 의식의 흐름(Stream of Consciousness) • 내향적인(introvert) 수법	• 외향적인(extravert) 수법의 행동성 • 동(動)하는 인간, 사회, 문학은 리얼리즘에 입각. • 사회현실에 대한 파노라마적 표현주의는 통속성에 기울어짐
철학사상	• 에머슨(1803~1882)의 철학은 시인 휘트먼(1819~1892)으로부터 도래 • 이들의 초월주의는 미국 문예사상의 구주(歐洲) 이탈을 의미 • 미국인의 개인주의 사상은 이상주의 운동으로 동향하였으며 실용주의 사상으로 전개 • 실용주의 철학은 미국 고유의 사상 : 퍼스(1839~1914)로부터 제창된 실용주의 철학, 용어는 그리스어 '행동'을 의미. • 퍼스로부터 윌리엄 제임스(1842~1910), 존 듀이(1859~1952)에 이르러 체계를 완성 • 듀이의 행동론 : 사고와 행동의 주체는 자신 즉 자아. '내가 소유한다. 그러므로 내가 존재한다.' '자아'는 '행동'의 별명	

<표6 영국문학과 미국문학의 비교>

인류사의 흐름에 따른 문학 양식의 변화는 영국문학을 근거로 제시했지만(「현대소설의 방향론」, 『사해공론』, 1936.6), 현대를 추동하는 과학적인 사상의 흐름은 미국과 미국문학에서 찾았습니다(「미국문학의 진수」, 『백민』,

1948.1). 그는 미국에서 미국의 문제만이 아니라 식민지 조선을 포함한 인류가 직면한 보편적 문제를 발견합니다. 그는 조선이나 일본에서 영미문학을 공부했다면 보지도 느끼지도 못했을 20세기 제국이 직면한 자본주의의 파행성을 직접 목격하고 경험했던 것입니다. 그는 미국의 두 얼굴을 직시하면서 세계에 도래해야 할 평등과 자유의 가치를 체감하고 제시했습니다.

4. 노동자 인권의 고발

그렇다면 한흑구가 직접 번역한 영미 작품은 무엇이며 어떠한 내용을 담고 있을까요. 한흑구는 문학을 정의하면서 인간이 지닌 고통에 주목했습니다.

> 인간에게 고민이 없고 절대의 행복과 환희만이 있다면 문학
> 은 발생할 동기도 없었을 것이다.[89]

그는 존 골즈워디(1867~1933, John Galsworthy)의 「죽은 사람The Dead Man」, 셔우드 앤더슨(1876~1941, Sherwood Anderson)의 「잃어버린 소설The Lost Nove」 두 편의 작품을 번역했는데, 모두 인간의 존재론적 고뇌를 담고 있습니다. 다시 말해 '살아있다는 것'에 대한 고통의 감각을 묘사하고 있습니다. 이것은 생존의 문제가 아니라 인간의 존립에 대한 감각입니다.

그는 근대 인간으로서 권리와 자유를 자각하고 그것을 실현해 옮길

수 있는 조건을 사유하고 있습니다. "인간감정의 시대적 특수성을 표현하고 기록하여 인간심리의 변화사를 기록하는 것을 문학사명"으로[90] 보았거니와, 근대소설은 판단하거나 결정하는 것이 아닌 보여주는 형식으로 전개되어야 하며 판단과 결정은 독자에게 맡겨집니다.

존 골즈워디의 「죽은 사람The Dead Man」을 살펴보기 앞서 이 작품의 문학사적 의의부터 알아 보겠습니다. 영국 작가 골즈워디는 1932년 노벨문학상 수상자입니다. 부유한 법률가의 아들로 태어나 변호사의 자격을 얻었으나 1855년경부터 소설을 쓰기 시작했습니다. 한흑구가 골즈워디를 "조셉 콘래드와 동지가 되어 좌경 활동을 한 작가"로 소개한 데서 알수 있듯이, 이 작품은 당대 빈민 노동자의 삶을 다루고 있습니다. 산업혁명이후 자본주의 기계공업의 발달로 노동자가 양산되지만 노동자는 국가의 제도적 보호도 받지 못한 채 죽음의 기로에 내몰린다는 내용을 담고 있습니다. 살아도(생존) 살아 있는 것이 아닌 사람(존재), 법망의 울타리에 있지 못한 사람의 절규를 담고 있습니다.

작중 변호사는 그의 동무에게 신문기사를 읽어주는데, 런던재판소의 사건을 다룬 기사내용이 소설전문에 해당됩니다. 궁핍한 철쇄공(鐵鎖工) 노동자는 런던재판소 공중인사 상담소에서 애원하며 충고(忠告)를 듣습니다. 그는 잘못을 저지른 것도 없는데 두 달 전부터 일자리를 잃었습니다. 그 뿐 아니라 유사한 처지의 수만 명이 실직(失職) 당했습니다. 그들은 조합도 갖지 못했으므로 호소할 곳도 없습니다. 공중인사 상담소에 일감을 제출했으나 지원자는 만원이었습니다. 자기 한 몸도 힘든 노동자들은 처자를 거느릴 여력이 없습니다. '푸어로(Poor Law)'에 잘 자리를 찾았으나 없다고 쫓겨났습니다. 그는 판사에게 살아도 살아있는 것이 아닌 자신의 처지를 다음과 같이 호소합니다.

"나는 벌써 당신께 말씀드리지 않았습니까 어젯밤에 그곳에 들어가려고 했지마는 못하였습니다. 다른 곳에서 나에게 일을 얻도록 해볼 수 없습니까?"

"안될 것 같다."

"판사여, 나는 참으로 배가 고파 못 살 지경입니다. 당신은 나에게 거리에 나가서 구걸(求乞)해 먹게 할 수 없습니까?"

"안돼, 안돼, 안될 것을 네가 알지 않나!"

"그러면, 도둑질을 할 수 없습니까?"

"아, 아, 그런 소리하러 법정의 시간을 보내면 안 돼."

"그러나 판사여, 나는 참으로 기막힙니다. 나는 견딜 수 없이 배가 고픕니다. 그러면 내가 입은 윗저고리와 바지를 팔도록 허락하실 수 있습니까?"

그는 윗저고리 단추를 터치고, 벗은 가슴을 내밀며

"나는 이것을 파는 외에 아무것도 할 수 없습니다."

"아, 그런 무법한 행동을 해서는 안 된다. 나는 너를 법률 밖으로 나가라고 할 수 없어."

"그러면, 어쨌든 불량자 취체를 면하게 하고 밤에 밖에서 자면서 방랑하는 것을 허락해 줄 수 없소?"

"두말 더할 것 없이 나는 너에게 이러한 것들을 절대 허락할 수 없다."

"그러면 나는 무엇이나 하렵니까? 나는 모든 것을 진실히 고백할 뿐입니다. 나는 법률을 지키렵니다. 그러면 판사께서는 내가 어떻게 음식을 먹지 않고 살 수 있는 것을 지시해 주시고,

충고해 줄 수 없습니까?"

"내가 그런 것을 지시해 줄 힘이 있으면 좋겠다."

"그러면 판사여, 나는 당신에게 묻습니다. 법률의 눈으로 나
를 보아, 내가 과연 산사람입니까?"

"그것이 문제다. 내가 대답 못할 문제. **네 경우를 보면 법률**
을 어기고야 살 수 있는 형편인 모양이나 나는 네가 그렇게 하
지 않을 줄 믿는다. 나는 너에 대해서 매우 동정한다. 저 돈궤에
서 한 실링(五十錢쯤)을 가지고 가라! 그 다음 사건은 또 무엇이
냐?"[91]

이 작품은 짧지만 한흑구에게 매우 충격적으로 다가왔을 것입니다.
당시 조선은 일본의 식민지배에 있었으므로, 노동자가 재판소에서 자기
인권을 판사와 동등하게 대화할 수 있는 환경은 꿈도 꾸기 어려웠기 때
문입니다. 노동자만이 아니라 조선 민족 모두가 일본의 점령하에 객관적
인 법망의 보호를 받을 수 없었습니다. 조선의 노동자들은 계급 외에도
약소민족이라는 두 가지 문제를 안고 있었으므로, 오십 전은커녕 동정조
차 받기 어려웠습니다. 산업혁명에 성공하여 전 세계 산업을 선도하는 영
국에서 노동자는 비록 노동에 값하는 인권은 보호받지 못했으나 인권을
부르짖을 수 있는 환경을 갖추고 있었던 것입니다. 한흑구는 근대 인간의
기본권에 주목했으며 그것은 식민지 조선이 도달해야 하는 구체적인 근
대화의 형식이었습니다.

5. 창작과 생활의 상충

한흑구의 또 다른 번역소설은 셔우드 앤더슨(1876~1941, Sherwood Anderson)의 「잃어버린 소설*The Lost Novel*」입니다. 셔우드 앤더슨은 당시 미국에 생존하는 유명 작가입니다. 한흑구는 번역에 앞서 앤더슨이 미국 문단에서 지닌 의의를 네 가지 측면에서 소개합니다.

> 첫째, 사상 면에서 단편, 장편 모두에서 저명한 미국 작가라는 점입니다.
> 둘째, 오하이오주 중서부에서 출생한 문인으로 미국 신문예의 진중(陣中)을 이끌어 가는 미국문단의 자랑이라는 것입니다.
> 셋째, 그의 소설은 거의 농촌과 공장 등을 배경으로 현대 사회를 분석하는 것으로 저작되었다는 점입니다.
> 넷째, 「잃어버린 소설」은 빈궁한 문인의 창작과정을 프로이트의 정신분석학에 기대여 묘사한 작품이라는 것입니다.

한흑구는 「죽은 사람*The Dead Man*」을 번역 게재하면서 '역(譯)'으로 표기한 반면, 「잃어버린 소설*The Lost Novel*」을 번역 게재할 때는 '찬역(撰譯)'으로 표기합니다. 전자의 경우 원작을 옮기는 데 충실했다면, 후자의 경우 원작을 자신의 독해에 따라 짓거나 엮어서 번역했음을 진솔하게 밝힌 것입니다. 원작과 번역의 차이도 중요하지만, 더 유심히 보아야 할 부분은 한흑구가 이 작품을 어떻게 받아들이고 번역을 통해 무엇을 말하고 싶었는가 입니다. 그러므로 번역의 충실성보다 식민지 조선의 작가가 미국 작가의 작품을 통해 무엇을 느끼고 무엇을 말하려고 했는지 살펴보겠습니다.

작중 화자인 나는 영국의 유명한 소설가에 대한 일화를 소개합니다. 나는 런던의 템즈 강변에서 작가의 '잃어버린 소설'에 대한 이야기를 전해 듣습니다. '어떤 작가든지 완전한 것을 저술할 수는 없다'는 데 동감하지만, 그럼에도 불구하고 작가들은 자신의 작품이 완전에 근접하기 위해 혼신을 다합니다. 이 작품은 소설가가 어떻게 소설을 창작하고 있는지 기술하고 있습니다. 작가의 입장에서 창작의 고뇌를 보여줌과 동시에 그러한 창작이 생활에서 무가치함을 병치시켜 놓았습니다.

> 그는 모두 꿈같다고 말하였다.
>
> 문인(文人)의 말이니 그럴밖에.
>
> 어쨌든 그는 책을 하나 쓰는데 두서너 달을 보내든지 혹은 1년을 넘어 보내는 일이 있으나 그는 한 자도 원고지 위에 써보지 못하였다.
>
> 말하자면 그의 맘이 늘 글을 쓴다는 말이다.
>
> 책이라는 것은 그가 쓰는 것이 아니고 그냥 그의 맘속에 생각키는 것으로 만들어지고 또한 버려진다는 말이다.[92]

소설가는 빈한한 농가에서 자랐으며 일찍부터 문인이 되려는 꿈을 가지고 있었습니다. 그는 학교 교육을 받지 못했으나 아내는 여자대학을 졸업하고 학식이 있는 여성입니다. 두 아이가 태어났으나 그는 가족들에게 충실하지 못했습니다. 회사의 서기 직업을 가지고 있었으므로 귀가 후 작은 방에 칩거하여 창작에 골몰했습니다. 그런 생활이 거듭되면서 일자리를 잃어버렸고 아내와 아이들은 생활고에 내몰렸습니다. 그는 아내와 자주 다투게 되었으며, 급기야 아내를 때렸습니다. 아이러니하게도, 아내가 나가는 것으로 그의 첫 번째 소설이 완성됩니다.

> 어떤 날 밤에는 그가 그의 아내를 때렸다.
> 문을 걸 것을 잊고 있었는데 그의 아내는 갑자기 뛰어들어왔다.
> 그는 벌떡 일어나서 아내의 곁으로 다가섰다.
> 그러고는 아내를 때려 방바닥에 쓰러뜨렸다.
> 그리고 아내는 밖으로 나가고 아주 들어오지 않았다.
> 어쨌든 이것이 그의 소설의 끝이나 이것은 **산 책이요. 산 소설**이었다.(399면. 강조는 필자)

'산 책', '산 소설'이란 가공해서 만든 이야기가 아님을 보여줍니다. 작가는 자신의 초라한 삶의 실체를 밑바닥까지 보여줌으로써 작품을 완성하므로, 그것은 실재하는 삶을 바탕으로 만들어진 '산 책'이자 '산 소설'이라는 것입니다. 자기 삶을 송두리째 산화하면서 소설에 담아내기에, 작가는 두 번째 소설을 쓰기 위해 자기 삶의 또 다른 추락을 기꺼이 수용합니다. 그는 가정과 이별하고 두 번째 소설을 쓰게 됩니다. 런던 빈민굴의 조그마한 셋방에서 온종일 소설을 쓰다가 오후 세 시쯤 산보를 나갑니다.

> 그는 벤치에 앉은 채로 그냥 정신 나간 사람같이 쓰고 있었다.

그는 앉아서 소설 한 권을 잘 썼다. 그러고는 집으로 돌아왔다.

그는 처음으로 삶의 만족과 자기 자신의 행복을 맛보았다고 나에게 이야기했다.

"나는 아내와 어린애와 또는 모든 것과 모든 사람에게 정의(正義)로써 처음 대하였다."

그는 이렇게 중얼댔다고 한다. 그의 가슴에 있던 모든 사랑의 전부가 그 소설에 들어갔다고 그는 말하였다.

그는 그 소설을 집으로 가지고 가서 책상 위에 놓았다.

이와 같이 **자기의 하고 싶은 것을 다할 수 있을 때 그는 얼마나 만족하고 달콤한 생각을 가졌으랴!**(402면. 강조는 필자)

작가는 집으로 돌아와 소설을 읽어보려고 하지만 책상에는 아무것도 안 보입니다. 그는 다음과 같이 말하고 "소설가의 웃음"을 보입니다.

언제든지 내가 쓴 소설이 책상 위에 없는 줄 나는 잘 알았다. 책상 위에는 정말 아무것도 없었고 흰 원고지들만 펼쳐 있었겠지!

어쨌든 나는 다시 그렇게 아름다운 소설을 쓸 수 없는 게야!(403면)

소설을 쓰긴 했지만, 그것은 마음으로 머릿속으로 썼을 뿐 현실에 존재하지 않습니다. 작가는 자기 삶의 바닥까지 내려가 소설을 쓰기에 그것은 실재하는 이야기이자 산 소설이긴 하지만, 머리와 마음에서 이루어졌을 뿐 원고지에 기술되지 않았으므로 결국에는 잃어버린 소설입니다. 작가는 작품이 생성되고 소멸되는 반복의 과정을 거치면서 한 편의 소설을 만듭니다. 여기서 중요한 것은, 작품의 실체는 생활 대신 창작을 선택한 작가의 자기 반영과 헌신에 있다는 점입니다. 작가의 실재하는 삶이 마모되면서 작품은 생산되나, 그렇게 생산된 작품의 가치는 현실에서는 무용합니다. 문학이 생활을 대체할 수 없다는 것에 대한 통렬한 자각과 공감은 한흑구가 소설 창작을 오래 지속시킬 수 없었던 배경으로도 읽을 수 있습니다.

6. 한국 근대문학의 세계사적 보편성

한국 근대문학의 외연은 넓습니다. 한흑구는 1928년 문학을 공부하기 위해 도미(渡美)한 뒤 6년이 지난 1934년 봄에 귀환했습니다. 그는 미국에서 동시대 영미문학 작품을 읽고 번역했을 뿐 아니라 세계문학의 흐름을 감지합니다. 한흑구는 제국주의 미국을 직접 체험했으며, 그곳에서 직접 영미문학을 배우고 번역합니다. 번역은 작품의 선별과 번역의 과정에서 정서적 영향을 미치는 바, 한흑구의 번역작품은 동시대 세계 문학 수용의 면면을 보여주고 있습니다.

한흑구의 미국 유학과 그의 저작을 김병철의 『한국근대번역문학사연구』2(을유문화사, 1975)와 민충환이 엮은 『한흑구문학선집』ⅠⅡ, 그외 새롭게 찾은 자료를 통해 정리해 본 결과 다음과 같은 세 가지 사실을 알 수 있었습니다. 첫째, 한흑구는 미국의 흑인 시 번역을 통해 인권의 문제에 관심을 가지고 있었습니다. 흑인의 인권 유린 문제를 직시하며 제국으로서 미국이 지닌 이중성과 파행성을 직접 체험했던 것입니다. 둘째, 동시대 영미 작가와 그들의 작품에 관심을 가졌을 뿐 아니라 당대 이슈에 관심을 가지고 있었습니다. 셋째, 그는 사회과학연구회를 조직하는 등 현실 문제에 관심이 많았으며 『우라키』에 적지 않은 글을 발표했습니다. 두 개의 번역소설도 『우라키』에 게재되었거니와 미국 현지 문학을 고국에 알리는 전신자의 기능을 했음을 알 수 있습니다.

한흑구는 미국에서 하버드 대학에 재직한 어빙 배빗의 인본주의에 깊이 매료되었습니다. 그는 배빗을 통해 20세기 인본주의의 흐름을 자각했으며 역사의 흐름에 따라 그것을 담아내는 문학의 양식 또한 변할 수밖에 없음을 평문에 담았습니다. 인류사의 흐름이 문학 양식의 변화를 견인했으며, 그 결과 동시대 현대소설을 '성격소설'로 파악하고 있습니다. 문학 양식 변화의 전범을 영국소설에서 찾았다면, 인류사상의 흐름은 미국과 미국문학에서 찾았습니다. 그는 당대를 '과학'이라는 어휘로 이해하고 있거니와 당대 사상의 흐름과 방향성을 미국 사상에서 찾았습니다. 제국으로서 미국의 파행성을 인권 유린으로 비판하되 동시에 미국이 우위를 점할 수 있었던 이유로 '과학'을 들고, 그 위력이 앞으로도 존속될 것임을 보여주었습니다.

한흑구가 번역한 영미소설은 존 골즈워디(1867~1933, John Galsworthy)의 「죽은 사람*The Dead Man*」과 셔우드 앤더슨(1876~1941, Sherwood Anderson)의 「잃어버린 소설*The Lost Novel*」입니다. 두 편 모두 자본주의의 시대 인간의 존립 문제를 시사하고 있습니다. 골즈워드는 당대 노벨상 수상작가로 당시 많은 독자들이 주목했습니다. 「죽은 사람*The Dead Man*」은 노동자의 실직과 비인간화 문제를 제기하는데, 한흑구는 자본주의 사회 인권 유린을 고발하는 작품에 주목했습니다. 앤더슨의 「잃어버린 소설 The Lost Nove」은 자본주의 사회에서 창작은 생활의 몰락으로 이어짐을 보여주고 있습니다. 작가는 작품을 위해 자기 삶을 송두리째 창작에 쏟지만, 남는 것은 가정 파탄과 상념뿐입니다. 그가 번역한 영미소설은 팽창하는 자본주의의 구도 아래 인권의 유린과 문학 가치를 보여주고 있습니다.

한흑구는 미국에서 영문학을 공부하고 고학(苦學)하는 가운데, 조선의 비애를 객관화 했을 뿐 아니라 인류의 보편적인 문제를 직시했습니다. 제국의 힘과 그림자 모두를 직시하면서, 자본주의의 팽창과 그로 인해 초래되는 인권 유린에 주목했습니다. 그의 문학관은 보편적 인류애에 기원을 두고 있습니다. 그는 영미 소설 번역을 통해 흑인의 인권뿐 아니라 노동자의 인권 문제에 주목했으며, 창작이 생활의 방편이 되지 못함에 공감했습니다. 한국 근대 문인 중에서 미국 유학 후 조선으로 돌아와 창작활동을 한 경우는 찾아보기 드뭅니다. 한흑구는 도미(渡美) 시기뿐 아니라 귀환 후에도 자신이 습득한 영미문학을 고국의 독자들에게 선보임으로써 동시대 인류 보편적 문제를 함께 사유할 수 있는 계기를 제공했습니다.

제3부

해방 이후
(비)국민은 어떻게 살았는가

1장
지식인이 부재한 조국을 상상하는 방식

1. 일제 말기 청년 지식인의 정서

해방 전후 지식인은 부재한 조국을 어떻게 상상했을까요. 그들은 일본의 식민지 통치하 교육을 받았으므로, 모국어로 한국어를 공부하지 못했으며 일본어로 교육을 받았습니다. 일제 말기에 대학에 재학한 지식인을 '학병 세대'라 부릅니다. 위로 1917~18년생부터 아래로 1922~23년생까지 1920년을 전후하여 약 5년에 걸쳐 태어났습니다.[1] 국기 대신 일장기를 보고 자랐으며, 철이 들면서 조국의 개념과 존재를 자각하기 시작합니다.

그들이 지식인이라는 사실은 중요합니다. 그들은 앞서 농민들과 달리 먹고 사는 일보다 국가와 민족에 대한 책임감을 지닙니다. 그들은 부재한 조국에 대한 다양한 표상(表象)을 만들기도 하고 의미를 부여하며 있어야 할 조국을 상상하고, 그 과정에서 민족과 국가에 대한 애틋한 마음과 애국심이 고양됩니다. 그들은 있어야 할 조국의 다양한 표상과 더불어 구국(救國) 활동을 전개해 나갑니다.

이 글에서는 장준하(1915~1975)를 대상으로 그의 저작 『돌베개』에서 부재한 조국이 어떻게 표상되는지 살펴보겠습니다. 장준하는 일제강점기 독립운동가로서 정치인, 종교인, 언론인, 사회운동가로 알려졌습니다. 그는 식민지 미군정기 한국전쟁, 유신정권에 이르기까지 고단한 한국사를 거치면서 민족주의, 민주주의, 기독교, 반공주의 등 다양한 이념과 가치를 내면화했습니다.[2]

『돌베개』는 일제강점기에서 해방직후에 이르기까지 그의 이력을 생생하게 담아내는 수기입니다. 청년 시절 경험한 역사적 상흔을 담고 있습니다. 학도병으로 일본군에 자원, 중국군의 정규 준위로 편입, 한국광복군으로 활동, 연합군 미군 요원 활동에 이르기까지, 조국을 잃은 청년이 여러 국적으로 세계 2차대전에 참전한 참상을 보여줍니다. 그 행적의 뿌리는 구국(救國)에 대한 염원입니다.

해방 전후의 지식인 장준하는 다음과 같은 대표성을 지닙니다. 첫째, 식민지 시대 일본으로 유학 가서 대학에 재학한 엘리트입니다. 둘째, 그는 일본 학도병을 자원한 후 일군으로부터 탈출하여 식민지 지식인의 책무를 모색합니다. 그는 구국 활동 과정에서 조국에 대한 다양한 표상을 감각하며 애국심을 고양시킵니다. 셋째, 일병, 중국군, 미군으로 세계2차대전의 전쟁터를 직접 체험하면서 제국과 조국의 관계를 객관적으로 통찰합니다.

장준하의 경험은 21세기 세계사의 흐름을 관통하고 있습니다. 『돌베개』는 중국에서 학도병으로 탈출한 후 환국(還國)하기까지 서주→임천→남양→노하구→파촉령→중경→서안→상해→서울, 2년의 여정을 담고 있습니다. 『돌베개』는 일찍이 문학 연구자들의 주목을 받았습니다.

소설로 읽는 한국근현대문화사

문체가 지닌 감수성과 작품의 완성도가 한 편의 문학작품으로 수용되기에 충분하기 때문입니다.[3] 장준하의 『돌베개』는 김사량(1914~1950)의 『노만만리』(1946~1947), 김태준(1905~1949)의 『연안행』(1946~1947) 등과 더불어 주로 학병 서사로 다루어 졌습니다.[4]

그렇다면 장준하는 왜 학도병을 지원했을까요. 그는 일본 동경의 신학대를 다니다가 학도병으로 지원합니다. 1944년 1월 결혼한 지 얼마 안 된 아내와 부모님을 평안북도 삭주에 두고 험난한 전장터를 선택한 것입니다. 그는 환송회 석상에서 다음과 같이 답사합니다.

> 나는 이제부터 내가 해야 할 일을 발견해서 꼭 그 일을 마치고 돌아오겠습니다.[5]

학도병 자원 이유는 "해야 할 일을 발견해서 꼭 그 일을 마치는 과정"이기 때문입니다. 평양에서 출발하여 중국 일대를 거쳐 다시 고국에 이르는 과정에서 그는 자신이 해야 할 일을 모색하고 그 일을 실천합니다.

일련의 여정에서 부재한 조국은 다양한 형태의 표상으로 나타납니다. 인류가 상징을 만드는 것은 국가와 같은 거대 장소에 대한 열정적인 애정을 가질 수 있는 계기가 됩니다.[6] 작중에서 조국에 대한 표상은 국가가 부재한 가운데 지식인이 애국심이 고양되는 구체적인 경험을 보여줍니다. 조국에 대한 표상은 가시적 효과 외에도 심리적 효과를 발생시킵니다. 그로 인해 구국을 실천할 수 있는 동력을 얻습니다.

『돌베개』는 부재한 조국에 대한 상상 방식이 돋보이는 한 편의 문학작품으로 보아도 손색이 없습니다. 이 글에서는 조국이 상상되는 방식을 살펴보겠습니다. 우리는 이러한 분석을 통해 문학작품으로서『돌베개』가 거둔 문학적 성취를 알 수 있습니다. 뿐만 아니라 당대 지식인이 구국을 실천하는 구체적인 과정을 읽어낼 수 있습니다.

2. 자신(自身)

장준하는 학도병에 지원한 후, 평양 제42부대에 배속됩니다. 1944년 1월 29일, 그는 동상에 걸린 오른쪽 엄지손가락을 치료하는 과정에서 조국과 자신의 운명을 동일시합니다. 일본 군의관은 마취도 하지 않은 채 칼집을 내어 고름이 아닌 출혈만 일으켰습니다. 그는 '육체적 고통과 상처'를 '빼앗긴 조국의 상흔'과 동일시함으로써 자신과 조국을 일치시킵니다.

> **조국의 아픔을 손으로 앓으면서 나는 이것이 내 운명인가**
> 하고 입술을 잘근잘근 깨물었다.(11~12면. 강조는 필자)

> **'조국'이라는 이름의 무대예술 속에 우리 네 사람은 지금 연기를 하고 있는 것인가.** 그리고 잠시 그 대화를 잃은 것인가. 벌판의 서사시가 우리들의 긴 그림자를 따라 알 수 없는 중국의 한 벌판을 지나가고 있다.(30면, 강조는 필자)

> **등불 없는 이 길을 걸어야 하는 운명은 나라 없는 조국에 살아야 하는 운명**과 같았다.(31면. 강조는 필자)

조국이라는 상위의 무대 위에서 자신이 맡은 역할을 수행해 내려합니다. 조국을 완성하기 위한 지체(肢體)로서 자신을 조국과 운명공동체로 보았습니다. 등불 없는 길을 걸어야 하는 운명과 나라 없는 조국에 살아야 하는 운명을 동일한 것으로 봅니다. 장준하는 1955년 『사상계』권두언(1955,11)에서도 반도의 구성원들은 조국이라는 상위의 기구 안에서 상위 기구를 구성하는 부속물이라 명명합니다.[7] 그는 올바른 애국심을 촉구하며, 개인과 국가의 관계를 다음과 같이 동일시합니다.

> 나라를 사랑하는 마음은 조상을 아끼는 마음에 통하고 자손을 걱정하는 마음과 직결되는 것입니다.

> 우리 개개인이나 국가는 고립된 노방(路傍)의 돌멩이가 아니라 공동의 운명을 지닌 유기체의 심장이요 폐부인 것입니다. 다른 사람의 행동, 다른 국가의 처사가 우리에게 직접 영향을 미치듯이 나의 행동, 우리 국가의 처사는 직접 다른 사람과 다른 국가에 영향을 주는 것입니다.(172면.)

위의 글에서도 국가는 하나의 몸이며 개개인은 국가의 신체를 구성하는 신체의 일부로 묘사되어 있습니다. 그는 평양 제42부대에서 '해야 할 일'을 하기 위해 중국 파견부대를 자원했으며 중국 쯔까대 부대에 배속됩니다. 1944년 7월 7일 지나사변(중일전쟁) 7주년 기념일, 그는 중국 서안의 일본군 쯔가대 부대에서 자신이 해야 할 일을 실천합니다. 그는 부대에서 3명의 동지들과 탈출을 감행합니다. 장준하는 이것을 '탈주'가 아니라 '탈출', '탈출병'이라 명명합니다.(49쪽) 서주에서 탈출하여 수차례 죽을 고비를 넘깁니다. 총성에 내몰릴 때에는 구사일생으로 강가에서 한 척의 배를 발견하여 목숨을 건집니다. 강을 건너는 순간, 일행은 팔로군(八路軍)에 포위되고 중국 중앙군 소속의 유격대로 인도되었습니다. 중국 중앙군에게 일군으로부터 탈출한 학도병으로 항일(抗日) 의사를 보이자 중국 중앙군의 보호를 받게 됩니다.

그곳에서 그는 쯔까다 부대를 탈출한 학도병 제1호 김준엽을 만납니다. 김준엽(1920~2011)은 훗날 고려대학교 교수를 거쳐 1982년 고려대 총장을 역임합니다. 김준엽은 당시 중국 여정을 『장정』1·2·3·4·5(나남, 2003)으로 출간합니다. 조영일는 『돌베개』와 『장정』의 차이를 정치가와 역사가의 차이로 봅니다. 장준하에게 중국체험이란 기본적으로 굴욕적인 경험(학도병-되기)에서 나온 것이기에 부정되어야 할 대상이었지만, 역사학도 김준엽에게는 책으로만 읽던 중국을 직접 체험할 수 있는 더할 나위 없는 기회라는 것이지요.[8] 학도병으로 징집되기 전까지 김준엽은 일본 경응대학 재학생이었습니다. 그를 비롯한 학도병들이 일본 정규 대학의 재학생이라는 사실은 중요합니다. 그들은 전쟁에 참여한 무기력한 식민지 백성이기도 하지만 동시에 시대를 관망할 수 있는 지성인이기 때문입니다. 그들은 조국의 현실을 객관적으로 통찰하고 구국을 위해 필요한 일을 모색하고 실천할 수 있는 지성을 갖추고 있었습니다.

탈출 학도병들의 지성은 전장터에서 총을 압도하였으며, 중국군은 그들의 지성과 애국심을 존중했습니다. 김준엽의 경우, 중국어와 일본어를 능통하게 구사하여 중국 중앙군의 통역을 담당했습니다. 그는 중국군 한 치룽 사령관의 통역사로 일군 수비대장과 마주하는 일을 맡았습니다. 중국사령관은 탈출 학도병들을 존중했으며, 일군(日軍) 수비대장이 부대 이탈 탈주병과 중국인 포로들의 맞교환을 제의했어도 응하지 않습니다. 탈출 학도병들은 중국 유격대원들과 더불어 행군합니다.

> 우리는 바늘방석에 앉았다는 우리 옛말을 생각하면서 나라 없는 슬픔을 짓씹어야만 했다. 이것이 모두 우리들의 운명이고 나라사랑을 절감하도록 하게 하는 하느님의 뜻이라면 달게 받으리라.
> 나의 인생의 과정은 '또다시 못난 조상이 되지 않기 위하여'라는 이정표의 푯말을 꽂고 이제부터 나를 안내할 것이다.(56면.)

험난한 행군의 고통을 나라 사랑을 절감하는 계기로 삼았습니다. 또다시 못난 조상이 되지 않기 위하여, 자신의 삶을 송두리째 나라를 구하는 일에 바치려는 것입니다. 이러한 신념으로 탈출을 감행했으며 하루바삐 이를 실행하기 위해 임시정부가 있는 중경 길로 나섭니다. 그들은 7개월 동안 서주, 임천, 남양, 노하구, 파촉령을 거쳐 중경에 도달합니다. 자기 한 몸을 나라를 구하는 데 바치겠다는 신념은 1945년 해방 후에야 실천할 기회를 얻습니다. 탈출 학도병들은 이범석 장군을 만나 광복군 제2지대 미국합작 한국침투작전에 함께 하기로 합니다.

> 이왕 조국에서 끌려나왔고, 또 일군에서 탈출했고, 몇 천리를 굶고 기어이 걸어왔고, 모든 것을 이미 단념한 우리에게 남은 것은 보람을 찾는 길 그것뿐이었다.

그 보람이 애국과 직결된다면 우리는 죽어서도 살아서도 떳
떳이 **조국 땅 한구석에서 이름 없는 영웅의 흙가루가 될 수 있
으리라**고 생각 아니 할 수가 없었다.
　'한국 침투, 적지에의 상륙작전 훈련! 그것도 미군과 합작으
로'(218면. 강조는 필자)

　그는 조국의 지체로서 조국 땅의 흙가루가 되기를 자청합니다. 전사
하더라도 구국을 갈망하며 목숨을 바치기로 다짐합니다. 전투 투입 직전,
그들은 장준하가 아닌 김신철로, 김준엽이 아닌 김신일로 개명합니다. 개
인으로서 고유의 이름과 삶을 버리고 조국의 지체(肢體)가 되어 자기 몸을
바치려는 것입니다. 그를 포함한 일행은 1945년 4월 9일 한미합동작전에
참여하기 위해 길을 나섭니다. 임정경위대로 10여명이 남고, 7~8명의 동
지들은 회의와 불안으로 잔류합니다. 4월 29일 30여명은 김구 주석의 작
별 인사를 받고 중경 비행장으로 갑니다. 서안으로 가서 3개월간 미국전
략 첩보대(OSS. Office of Sttategic Srervice) 특수훈련을 받습니다. 죽음을 각오
하고 구국을 위한 길을 선택했던 것입니다.

　내가 지원한 것은 국내공작이었다. **국내공작의 목표는 결국
나의 죽음이다. 내가 나의 죽음을 지불하면 내 능력껏 그 대가가
조국을 위해서 결재될 것이다. 나의 각오는 한 장의 정수표다.**
　발행인은 장준하, 결재인은 조국이다. 미국이 일본 본토상륙
작전 개시 이전에 한반도에 먼저 상륙할 것이고, 이 상륙에 앞
서 우리가 먼저 잠입하여 상륙군을 돕는 것이 나의 비밀사명이
다.(230면.)

　소설로 읽는 한국근현대문화사

미군보다 앞서 조국 땅을 밟고 일본 소탕에 몸을 바치려는 것입니다. 이범석 장군이 중국에 잔류하여 그곳에서 더 많은 일을 하도록 권유했으나, 전투 투입 의지를 굳게 표명합니다. 연합군의 한반도 서해안 상륙작전을 얼마 앞둔 시점에서, 일본이 포츠담선언(1945.7.26)을 무조건 수락한다는 소식을 접합니다. 조국을 구하는 일에 제때 힘을 써 보지 못한 채 그와 일행은 무작정 기다리게 됩니다. 1945년 8월 15일로부터 8월 18일 새벽에 이르기까지, 조국에 대한 그리움과 회한으로 하루하루 기다림이 조급해져 갔습니다.

> **변했을 산천, 한 줌의 흙, 한 포기의 풀, 아이들의 모국어, 철없는 어린이들의 노래소리⋯⋯**
> **어느 초등학교 교정, 나무밑 그늘에서 놀 아이들,** 그들이 누구라도 괜찮다.
> 내가 가르친 아이들이라면 더욱 좋다.
> 그들과 손을 잡고 운동장을 한 바퀴 뛰놀던 그때 그리움이란 것을 다 맛볼 수 있을까.
> **그땐 조국이란 것을 마음껏 내 가슴, 구석구석에 다 들여마실 수 있을까.**
> **조국이란 것은 이런 것일 게다.**(248면, 강조는 필자)

인용문에서 알 수 있듯이, 조국에는 그를 포함한 철없는 아이들, 산천, 흙, 풀포기, 모국어, 초등학교 교정 등이 어우러져 함께 존재합니다. 그가 조국의 지체이듯이, 조국에는 그 외에도 다양한 지체들이 조국을 구성하고 있습니다. 해방직후 그는 조국이라는 하나의 무대에서 함께 어우러졌던 다른 지체들에 대한 그리움을 고백합니다. 장준하는 자신을 조국의 지체로 보고, 자신과 조국을 운명공동체로 삼아 구국(救國)을 위해 헌신합니다.

해방 이후 정치평론에서는 '조국' 대신 '민족'을 호명합니다.[9] 백기완의 지적처럼 식민지시기에는 독립을 위해 일제에 저항하고 해방이후에는 통일을 위해 외세와 저항했으며, 그 과정에서 조국에 대한 표상은 구국 실천의 정신적 구심점이 되었습니다.[10]

3. 모국어와 한글 잡지

해방 전후 지식인들은 일본어로 교육을 받았습니다. 그들에게 모국어 한글은 부재한 조국의 존재를 상상하고 대신합니다. 그렇기 때문에 모국어를 듣는다는 것은 특별한 경험이었습니다. 아니 누군가가 모국어로 자신에게 말을 걸어온다는 것은 부재한 조국을 음성으로 확인하는 순간이기도 합니다. 일본진영으로부터 탈출한 학도병들은 조국광복에 몸 바칠 생각으로 1944년 7월 27일 임정을 찾아 중경을 향합니다.

> 김구 선생님과 우리 혁명 선배들을 찾아 조국광복에 몸 바
> 칠 생각은 이 일망무제의 대륙에서 찾아볼 수 있는 한 가닥의
> 희망이었다.(75~76면.)

중국군 안내인의 안내를 따라 각 지구의 유격대로 인도되었으며, 지구마다 새로운 안내인이 따랐습니다. 중국 유격대의 다양한 사령관을 접

하며 임천에 도달해서야, 한국 청년들을 만날 수 있었습니다. 머나먼 중국대륙에서 그들은 청년들이 건네는 모국어에 벅찬 감격을 느낍니다.

> "···얼마나 고생들 하였소?"
> "···얼마나 고생스러웠소?"
> **그것은 정녕 그렇게 그립던 모국어였다. 모국어의 신비가 우리를 드디어 울리고 말았다.**
> **나는 그 '고생스러웠느냐'는 우리말의 합창에 귀가 먹어오는 것을 알았다.**(97면, 강조는 필자)

그들은 일본 학도병으로서 '일본어'에, 중국군과 행군에서는 '중국어'에 둘러싸여 있었습니다. 중국대륙에서 한국 청년이 건네는 모국어는 신성함을 자아냅니다. 이때 '모국어'는 부재한 조국의 현존을 체감할 수 있는 가시적 표상입니다. '고생스러웠느냐'는 위로의 말은 그들의 내면에 존재하는 조국이 건네는 조국의 목소리이기도 합니다. 언어에 민감한 반응에서 알 수 있듯이, 그들은 지식인으로서 언어의 위력을 알고 있었으며 이를 십분 활용할 수 있는 역량을 갖추고 있습니다.

한글 잡지의 간행은 구국을 위한 구체적인 실천이었습니다. 그 실천의 과정은 다음과 같습니다. 그들은 중국 중앙군관학교 임천분교 한국광복군 훈련반에 들어가 3개월간 훈련을 받았습니다. 대대적인 환영식과 더불어 조국광복의 의지는 공유했지만, 교육과정을 온전히 갖추지 못했습니다. 조국이 없는 군대는 목총밖에 없었으며 제식훈련도 제대로 이루어질 수 없었습니다. 집총훈련, 사격훈련, 병기분해 훈련을 할 수 없는 그야말로 총(무기) 없는 군대였습니다. 오와 열을 맞추고 대열을 정리하여 구령에 따라 앞으로 가고, 뒤로 가며 연병장을 도는 것이 다였습니다. 같은 연병장에서 중국 중앙군 군관 후보생들이 집총훈련은 물론 병기분해 훈련, 실탄사격 훈련을 하는 데 비해 '총 없는 군대'는 '조국 없는 군대'라는 서러움을 받았습니다.

탈출 학도병들은 한국광복군 훈련 반에서 그들이 할 수 있는 구국 활동을 시도합니다. 일본 정규 대학의 재학생이었던 만큼, 한국광복군들을 위해 신학, 철학, 역사, 법학, 문학 공개강좌를 개설하고 운영했으며 훈련병들은 흥미를 느끼고 강좌에 몰입했습니다. 그들은 이것을 반복해서 볼 수 있도록 책을 만들기로 했습니다.

쓰자, 손으로, 각자가 자기 발표내용을 써서 그 원고를 모아 책을 매면, 돌려보는 교양서가 될 수 있지 않느냐.(103면.)

지식인이라는 자의식을 가진 이들이 폭력과 억압 속에서 자신을 지키는 유일한 수단은 생각하고, 읽고 쓰는 일입니다.[11] 훗날 장준하는 다음과 같이 회고 합니다.

우리들의 머리에는 자신의 생명을 던져 일제를 무찌르고 조국의 독립을 찾자는 그 일념에만 사로잡혀 있었지만 한편 한창 지식의 탐구에 몰두하던 학창에서 끌려나온 지 불과 1년 미만의 서생들이기 때문에 --(중략)-- 학창과 지식에 대한 향수를 저버리지 못하는 건 마치 일종의 생리 현상과도 같은 것--[12]

김준엽, 윤재현, 장준하 세 사람이 편집을 책임졌으며, 학교 당국으로부터 작은 방 한 칸과 책상을 마련하여 도서실 겸 편집실로 만들었습니다. 강좌 내용을 원고로 작성하게 하고 시, 단편, 수필, 희곡, 만화까지 모집했으며 김준엽은 삽화를 그렸습니다. 직접 붓글씨로 써서 잡지 두 권을 만들었습니다.

> 못난 조상이 되지 않기 위하여 나는 붓글씨 한 자 한 획을
> 그을 때마다 손에 힘을 넣었고 그 힘은 나의 신념에서 솟아 흘
> 렀다.(104면.)

그들은 『등불』이라는 잡지를 만들어 훈련병들을 정신적으로 무장시키고 그들의 의기를 하나로 모아나갔습니다. 이 외에도 그들은 한국광복군 훈련반 졸업기념 공연으로 <광명의 길>이라는 창작극을 만들어 무대에 올립니다. 동료 노능서의 실제 경험을 바탕으로 김준엽이 창작하여 항일과 구국 의지를 드러냈습니다.[13] 모국어 잡지 『등불』의 제작은 모국에 대한 사랑과 구국의 실천을 보여줍니다. 모국어 잡지는 구국을 위한 마음의 등불이었고, 그들은 모국어 잡지를 만들면서 스스로 등불을 밝히는 데 앞장섭니다.

> 『등불』은 진정 우리들의 뜻대로, 등불로서 불을 밝히고, 앞
> 장서 길을 밝히며, 꺼지지 않는 등으로 이 민족 누구에게나 손
> 에 들게 만들어 주고 싶은 그때의 그 뜻을 스스로 짓밟고 싶지
> 않다.

--(중략)--

"그렇다. 이들에게 그리고 우리에게 필요한 것은 마음의 등불이다. 그것은 누구나가 갈구하고 있다."

우리는 이에 2호를 착수하기로 했다. 공개강좌의 발표며, 잡지발간이며, 이러한 작으나마 창의성 있는 일로 해서 우리는 그 무료하던 시간과 공간을 극복할 수 있었고 서로가 격려를 통해서 새로운 의욕을 가질 수 있게 되었다.

한편 우리는, 우리의 일에 대해서 어떤 자신을 얻게 되었다. 그것은 정말 자신에 대한 신뢰였다. 충분히, 자신에 대한 신뢰는 이번 일로 해서 스스로에게 입증된 것이었다. 사실 이것이 그지없는 나의 환희였다.

혼자만의 생각 속에 나는 여기에서 나오는 어떤 자부심과 긍지를 처음으로 느끼게 되었다.(105~106면. 강조는 필자)

언어의 힘은 지대합니다. 구국의 염원, 부재한 조국에 대한 사랑은 내면에 뜨겁게 자리하고 있지만, 언어로 구현될 때 정교해지고 구체화 되었습니다. 그들이 만든 모국어 집성체는 단순한 읽을거리가 아니라 부재한 조국의 과거, 현재, 미래를 상상할 수 있는 매개가 되었습니다. 모국어 자체가 조국을 가시적으로 드러내고 있었으며, 공개강좌에서 모국어로 전달되는 새로운 학문과 그것을 모은 잡지는 언어의 집적물일 뿐 아니라 조국의 광복을 그릴 수 있는 청사진을 제공했습니다.

모국어 잡지는 또 다른 제명으로 다시 간행됩니다. 중경 임시정부에 도착한 후 1945년 4월 9일, 그들은 한미합동작전에 참여하게 됩니다. 3개월간 특수훈련을 받았는데 그곳에서는 잡지 『제단』을 만듭니다. "'제단'

은 나를 바칠 제단이었다"(226쪽)고 합니다. 장준하는 잡지의 제명을 비롯한 당시의 심정을 다음과 같이 회상합니다.

임무가 임무이니만큼 우리는 모두 죽음을 각오하고 오직 조국의 독립을 위해서 제물이 되겠다는 일념으로 훈련을 받고 있었기 때문에 뭔가 한 가지 후세에 흔적 같은 것이라도 남기고 싶다는 생각으로 시작된 것이 곧 그 잡지의 제호.

모든 것에 앞서 민족을 살릴 길은 자기 희생임을 강조.

사상과 주의 그리고 종교적 신앙까지도, 또한 모든 권리와 재산과 감정 더 나아가서는 자기의 생명을 아낌없이 희생의 제물로 바치는 것만이, 이런 희생만이 민족을 해방시키고 민족의 활로를 여는 길임을 호소.[14]

그들은 예비훈련과정에서 도강술을 비롯한 게릴라 전법에 필요한 갖가지 특전단의 군사훈련, 낙하연습, 폭발, 특수은폐 엄폐법 등의 적지 침투공작을 훈련받았습니다. 장준하는 정신과 육체를 온전히 조국을 위해 바치겠다는 신념을 가졌으며, 잡지 『제단』은 그러한 조국애의 집결체였습니다. 『제단』제1호는 3부를 발간해서 광복군 제2지대원은 물론 중경에 있는 정부 요인들과 멀리 미주에까지 우송하여 대환영을 받았습니다.

내가 만든 『등불』 다섯 권과 『제단』의 제1호와 채 제본이 끝나지 않은 2호

이것은 나의 모든 정성이, 나의 나라사랑이 깃들여 만들어
진 잡지였다.(234면.)

모국어와 모국어로 만든 잡지는 부재한 조국을 표상할 뿐 아니라 조
국을 독립에 이르게 할 수 있는 구체적인 실천이었습니다. 1950년대 이
후에는 『사상』과 『사상계』로 이어졌습니다.

4. 애국가와 국기

일본진영으로부터 탈출한 학도병들은 중국군 유격대원들과 행진을
거듭해야 했습니다. 이국 땅에서 그들의 몸과 마음의 고단함은 중국군과
비교할 수 없었습니다. 나날이 지쳐가는 행진에서 환희를 맛보는 경험을
합니다. 그것은 애국가였습니다. 그들은 불로하(不老河) 강변에서 몸을 씻
으며 애국가를 부릅니다. 그들은 강변에서 지친 몸과 마음을 씻어내며 부
재한 조국에 대한 절실한 애정을 공유합니다.

종교의 세례의식과 같은 재생의 환희를 경험합니다. 그들은 일본 학
도병이 아니라 조국 해방을 위한 애국투사로 거듭났습니다. '애국가'는
그들의 의식을 숭고하고 순결하게 만들어 주었습니다. 애국가는 조국광
복전선에 뛰어들겠다는 그들의 결의를 한껏 북돋웁니다.

우리는 긴 그림자를 끌고 새로 받은 중국 군복 차림으로 바
로 군영 앞으로 흐르는 강가로 나아갔다.
강은 불로하(不老河)라고 불리웠다.

사철 마르지 않고 흐른다는 뜻에서 이런 의미의 이름이 붙었는지도 모르리라. 우리는 모두 옷을 벗고 이 강물 속에 감히 뛰어들 생각을 했다.

마음과 몸을 다 이 강물에 씻으리라, **분노와 치욕과 먼지와 땀으로 더러워진 심신을 이 불로하 강물에서 정화시키리라.** 강물은 말이 없고, 눈부신 햇살만을 받아 안은 채 흐르고 있었다.(58면.)

무궁화 삼천리 화려강산
대한 사람 대한으로 길이 보존하세
중국의 아침 햇살이 우리들 눈망울마다에서 빛났다. 한 포기 풀잎의 이슬방울처럼 우리들의 순수가, 눈망울마다에 맺혔던 것이다. 지고의 순수는 우리를 그토록 감동시켜 주었다. 아직도 나는 그 **불로하(不老河) 강변의 숭고한 아름다움**을 잊지 못한다. **가슴에 아로새겨진 그 조국애의 결의. 애국가의 힘**이 그처럼 벅찬 것임은, 아직도 감격스러운 회상의 과제로 내 가슴에 남아 있다. 내가 한반도의 자손임은 애국가를 부를 때마다 새삼스러워진다. 그 강변에 선 이후부터(60면.)

일행은 조국의 국민이 아니라 일본의 국민으로서, 조국의 병사가 아니라 일본의 병사로서 겪었던 분노와 치욕과 먼지와 땀을 불로하 강변에서 씻어냅니다. 눈부신 햇살을 받아 안고 흐르는 강물은 말없이 그들의 순결한 의식을 장엄하게 만들어 주었습니다. 불로하 강변은 대한의 사람으로 태어나서 조국을 길이 보존할 수 있는 사명감을 되새기는 그들의 결의를 숭고한 아름다움으로 채워주었습니다. '애국가'는 그들에게 부재한 조국을 대신해서 애국심을 고양시켰습니다.

그들은 중국군영의 유격대를 따라다니며 중국의 분열과 일본의 비열함을 목격 합니다. 일본은 중국 공산당과 국민당의 갈등과 격돌을 수수방관하며 양자가 서로의 힘을 빼앗도록 기다렸습니다. 그들은 일본, 중국, 미국 등 제국 전쟁의 실제를 통해 식민지 조국의 운명을 직시했습니다.

그들에게 '임시정부'는 조국의 현존과 미래였습니다. 유격대 참모장에게 임시정부가 있는 중경으로 떠나겠다고 하고, 그곳으로부터 6천여 길을 나섰습니다. 그들은 다양한 위기를 돌파하며 중경에 도달합니다. 파동에 이르러 중국 군용선을 8일에 걸쳐 타고 중경에 도착합니다. 양자강에서 중경이 시야에 들어오자, 그들은 일제히 '애국가'를 부릅니다.

> **"마르고 닳도록 하나님이 보우하사 우리나라 만세."**
> 신념이란 우리 인간이 가질 수 있고 구할 수 있는 가장 고귀한 생명력이라는 것을, 나는 체험을 통해 확신했다.
> 나의 신념은 앞으로 계속 날 지배하고, 또 내가 속해 있는 단체를 지배할 것이며, 더 나아가서는 내가 사랑하는 '내 나라'도 나의 신념을 필요로 할 것이다.
> 나의 신념은, 나의 뜻이 보호되어 있다는 신앙이다.(189면.)

임시정부가 있는 중경을 눈 앞에 두자 그들은 애국가를 부르며 조국을 호명합니다. 그들이 목 놓아 부르는 애국가는 부재한 조국을 대신하고 그들의 신념을 고양시켜 줍니다. 임시정부 건물 앞에서 그들은 일제히 태극기를 주목하고, 목전에 휘날리는 태극기 앞에 거수경례 합니다.

> "혹시 저것이….."
> 하는 반문 끝에 **내 눈에 들어와 움직이는 것은 휘날리는 기라는 것을 알게 되었다. 피가 뛰었다. 혈관이 좁아졌다.**
> 우리는 걸음을 재촉해서 다가갔다.
> 그러나 그것은 5층 건물이 아니고 층암 위에 차례로 지어 올라간 단층건물이 겉모양으로는 웅장한 5층건물로 보인 것뿐이었다.
> **그렇다. 그것은 태극기였다.**
> 나의 온몸은 마비되는 듯이 굳어졌는데, 몇몇 동지들은 태극기를 향해서 엄숙히 거수경례를 하고 있었다. ---(중략)---
> **물결치는 기폭 아래 두고 온 조국의 산하가 떠올랐다. 아니, 나의 조국에 지금 분명히 이 태극기가 휘날리고 있는 환상이었다. 그토록 경건한 기(旗)의 상념이, 거룩한 조국의 이미지 위에 드높이 춤추고 있었다.**
> "조국의 땅 방방곡곡마다 이 태극기의 바람이 흩날리고 있었구나!"
> 그때서야 나의 손도 천천히 올라갔다.(191면. 강조는 필자)

태극기의 물결치는 기폭은 두고 온 조국의 산하를 떠올리게 합니다. 나아가 조국에 태극기가 휘날리고 있는 환상을 갖게 합니다. 경건한 기(旗)의 상념이 부재한 조국을 거룩한 이미지로 만듭니다. 해방의 염원은 조국 땅 방방곡곡 휘날리는 태극기의 위엄으로 현실화 됩니다. 국가(國歌)와 더불어 국기(國旗)는 그들에게 내재한 조국애를 소환하여 하나의 마음으로 결집시킵니다. '애국가'와 더불어 '태극기'는 부재한 조국에 대한 표상으로 내적 응집력과 결속을 다지는 역할을 합니다.

1945년 11월 23일 중경의 임정 요인들의 환국 순간에도, 조국애로 하나 된 그들은 다시 한 번 '애국가'를 제창합니다. 그들은 중형 미군수송기를 타고 환국 길에 오르는데, 수송기 안에는 목이 멘 애국가가 울려 퍼집니다.

> **기체 안에는 애국가가 합창되었고, 목이 멘 것을 느낀 순간부터 나도 그 애국가를 나도 모르게 따라 부르고 있었다. 가슴은 끓고 눈은 흐려졌으며, 귀는 멍멍했다. 누가 먼저 애국가를 부르기 시작했으며 나의 귀는 어떻게 애국가를 들은 것인가.**
> **"…… 백두산이 마르고 닳도록**
> **하나님이 보우하사 우리나라 만세……"**
> 합창은 수송기의 소음을 제압했고 손을 뒤흔드는 누구도 있었다. 앉은 채로 온몸을 시계추처럼 흔들며 애국가를 부르기도 하고, 마침내 우리들 가슴 속의 포화된 감격을 안에서 흐르는 울음소리로 변질시켜 버렸다. 그것은 노래 아닌 하나의 절규였다.(273면. 강조는 필자)

환국의 수송기 안에서 그들은 애국가를 절절하게 부릅니다. 조국의 산하를 밟기 전에 애국가로 조국에 대한 그리움, 절망, 감격 등 응어리진 감정을 발산합니다. 애국가는 그 어떤 언어보다 그들을 하나로 만들었으

소설로 읽는 한국근현대문화사

며, 중국대륙을 헤매며 구국을 염원해 온 그들의 피로와 고통을 위무합니다. 조국이 부재했을 때는 그리움으로, 해방된 조국을 목전에 두고서는 서러움을 소환해 냅니다. 그는 26살의 광복군 장교로 애국가를 부르며 해방된 조국의 품으로 돌아옵니다. '애국가'와 '태극기'는 부재한 조국의 표상으로서 구국의 염원을 고양시키는 기폭제가 되었습니다. 훗날 그의 지적처럼 "애국가란 나라와 민족을 상징하는 노래", "국민의 통합된 감정을 직접적으로 표현한 노래"이므로[15] 민족의 결속과 통합의 기능을 수행합니다.

5. 임시정부

대한민국 임시정부는 1919년 발표된 3.1독립선언서 및 3.1운동에 기초하여 일본제국의 침탈과 식민통치를 부인하고 항일 독립운동을 주도하기 위해 설립된 대한민국의 망명정부입니다. 조국이 부재한 식민치하부터 해방 전후에 이르기까지 '임시정부'는 조국을 표상하는 정치적 대표기구였습니다. 일본 진영을 탈출한 학도병들이 최종 귀착지도 조국의 현존을 표상하는 임시정부였습니다.

장준하을 비롯한 당시 지식인들에게 임시정부는 한 번도 가져보지 못한 조국의 형상을 떠안고 있습니다. 장준하를 비롯하여 유사 행보를 내디딘 김태준, 김사량 등을 움직인 것은 '민족', '국가', '해방' 등 강력한 관념들이 만들어낸 환상이며 혁명을 향한 정념입니다.[16] 그중에서 김구 선생은 임시정부의 수뇌로서 조국 선도의 대표라는 위상을 지니고 있었습니다.

일본진영을 탈출한 학도병들은 임시정부가 있는 중경에 가기 위한 머나먼 장정에 나섰습니다. 한반도에 부재한 조국이 중국 중경에 터를 잡고 있었기 때문이지요. 그들은 중국군의 대열에 합류하였다가 한국광복군으로 3개월의 훈련과정을 거쳐 중국 정규군 육군 준위에 임명되었습니다. 김학규 주임은 일행의 잔류를 원했지만 그들은 중경행의 의지를 드러내며 길을 떠납니다.

그들은 중경 6천리를 민간인들과 함께 이동했습니다. 마적단 같은 토비의 손아귀, 정신적 해이함, 여성에 대한 욕망 등 고난이 지속되었으나 임시정부가 있는 중경행의 발길을 멈추지 않았습니다. 난양, 노하구를 거쳐 비도 날아서 넘어가지 못한다는 고사가 있는 파촉령(嶺) 숲길에서, 그는 '돌베개'가 아니라 '눈베개'에 밤을 지새우며 구국의 신념을 다집니다.

> 아, 조국 없는 설움이여.
> 우리의 조상이 못난 때문에 우리가 이 설원의 심야를 떨고 지새워야 하는가. 아니 조금도 조상의 탓으로 돌릴 수는 없다. 돌린다는 것은 나의 비겁이다.
> 나의 조상은 또 조상을 가졌고, 그 조상은 또 못난 조상을 가졌다. 앞으로도 우리는 못난 조상이 되어야 하겠는가?(178면.)

조국 없는 서러움이 깊은 만큼 임시정부에 대한 기대는 고조되었습니다. 1944년 1월 학병이 되고 7월 부대를 탈출한 이래, 1945년 1월 중경에 도착합니다. 임시정부에 도착하자, 김구 주석을 비롯한 광복군 총사령관 이청천 장군을 포함하여 임정 요인을 대면하는데 그들은 모두 노쇠해 있었습니다. 환영 모임에서는 서로 눈물바다를 이루었습니다. 나라 없는 서러움이 서주로부터 탈주하여 6천리 길을 걸어온 고단함과 결합되었습니다. 환영 답사의 말미에서 그는 조국을 위해 다음과 같이 다짐합니다.

이제, 저희들은 아무런 한이 없는 것 같습니다.
조국과 민족을 위해서라면 그리고 선배 여러분들의 그 노고
에 다소나마 보답이 된다면 무엇이든지 어디든지를 가리지 않
고 하라는 대로 할 각오를 답사로 드리는 바입니다….(201면.)

그들은 부재한 조국 대신, 임정 요인들 앞에서 애국을 위해 맹세합니다. 학도병으로서 일본 진영을 탈출하여 갖은 고초를 겪으며 중경의 임시정부에 도착했으나 임시정부의 미래는 밝지 못했습니다. 얼마 안 있어, 그들은 파당 파쟁의 실태를 보고 실의에 빠집니다. 중경의 임정은 암울한 조국의 미래를 예견하게 했습니다. 각 정당의 환영회는 포섭을 위한 미끼였기에 거절합니다. 그를 비롯한 일행은 중경을 떠나 토교에 머물렀습니다.

해방이후 임정 요인의 환국 길은 평탄하지 않았습니다. 이것은 임시정부의 정체성에 균열을 가하는 것이지만 궁극에는 독립된 조국의 균열을 암시했습니다. 그들은 김포에 도착한 후, 장갑차를 타고 서울로 들어가야 했습니다. 그들은 혁명 투사, 민족 지도자로서 국민들로부터 환호를 직접 받지 못했습니다. '임시정부환국 환영준비위원회'가 결성되어 있었지만, 입국 정보를 통보받지 못했습니다. 군정청 공보과는 다음과 같은 내용으로, 미군 최고사령관 하지 중장의 공식성명을 발표합니다.

오늘 오후 김구 선생 일행 15명이 서울에 도착하였다. 오랫동안 망명하였던 애국자 김구 선생은 개인의 자격으로 서울에 돌아온 것이다.(278면.)

중경의 임시정부는 정부로 인정받지 못했으며 임시정부를 대표하던 '김구 선생'은 부재한 조국을 대변하고 있었음에도 국가원수로 대우받지 못했습니다. 김구 선생과 수행원 일행은 경교장에 거처를 마련합니다. 장준하는 비서로 김구 선생의 일정을 도왔습니다. 김구 선생의 귀국 제1 성명문, 임시정부 당면정책 14개 조항을 기자들에게 전달합니다. 미군정은 김구 선생에게 단 2분이라는 제한된 시간으로 귀국 성명을 발표하게 했습니다. 장준하는 김구 선생의 귀국 성명을 쓰면서 그 참담함을 다음과 같이 기술합니다.

"… 나 여기 이렇게 왔소."
그러나 실상은 우리들 몸만이 온 것이고 와야 할 것이 못 온 것이 아닌가. 무엇인가 우리가 조국에 가져와야 할 것을 못 가져온 것이 아닌가?
우리가 가져와야 할 것을 우리 힘으로 싸워 찾아 왔다면, 누가 무엇이라고 말할 것인가? 분명히 우리는 비행기에 태워져 온 것처럼 조국에 그저 되돌려 보내진 것이 사실이었다. 그들은 우리에게 빈손으로 되돌아가게 했고 우리는 그들에게 무엇을 요구할 대가를 충분히 치를 힘이 정말 없었던 것이 사실일까.
싸워서 피흘려 찾은 해방이라면 그 얼마나 싼 대가라고 계산될 것인가?

아니다, 우리는 못난 후예다. 3·1 운동을 기점으로 전국 방
방곡곡에서 또는 남북만주 시베리아를 무대로 얼마나 많은 우
리 선열들이 이날을 위하여 숭고한 피를 흘렸던가. 우리는 그
피값을 제대로 찾지 못하고 있는 것은 아닌가.(294면, 강조는 필자)

환국 후 임시정부 요인은 국내에서 국무회의를 열었지만, 회의내용은
뚜렷한 것이 없었습니다. 해방직후 지식인에게 임시정부는 조국을 대변
하고 있었으나, 조국의 현재와 미래는 암울했습니다. 조국이 국가의 위상
을 확립하고 다른 국가들로부터 독립된 국가로서 인정받을 수 없었던 탓
에 해방직후 조국은 그가 그리던 조국의 모습이 아니었습니다. 임시정부
는 건국의 주춧돌이 아니라 내면의 구심점으로 심리적 표상에 그쳤습니
다. 구국을 위한 정신은 고양할 수 있었으나 구국을 실천하는 주체가 되
기 어려웠습니다. 그런 의미에서, 조영일은 장준하가 『돌베개』를 집필한
큰 이유 중 하나가 임정 비판이라고 보았습니다. 목숨을 걸고 탈출하여
독립운동을 위해 찾아간 곳이 그들의 생각과 전혀 다르게, 해방이후 혼란
의 씨앗을 배태하고 있음에 주목한 것이지요.[17]

6. 조국 표상의 시원

해방 전후 지식인들에게 조국은 지금의 우리보다 더 강렬한 존재였습
니다. 우리는 현존하는 국가와 국민이라는 위치를 의식하는 일이 별로 없
습니다. 월드컵 경기, 올림픽과 같이 한국이 다른 국가와 경기를 할 때가
아니면 달리 국가의 존재를 의식하고 감정을 싣지 않습니다. 반면 있어야

할 국가가 눈앞에 없던 시절, 이 땅의 지식인들은 애절하게 국가의 존재를 갈망하고 국가 만들기에 대한 염원이 뜨거웠습니다. 눈에 보이지 않는 국가를 대신하여, 그들은 모국어, 한글 잡지, 애국가, 국기를 비롯하여 임시정부에 이르기까지 국가를 표상하는 대상들에 대한 애틋함으로 국가의 건재를 바라고 또 바랬던 것입니다.

장준하는 『돌베개』에서 해방 전후 지식인들에게 조국을 표상하는 것들과 그에 대한 그들의 태도를 구체적으로 보여주고 있습니다. 해방 전후의 지식인들은 식민지 시대에 태어났으므로 일본 국민으로서 일본어로 정규교육을 받았습니다. 그런 까닭에 조국의 실체를 경험할 수 없었으며 그들은 독립된 조국을 상상에 의거하여 이해할 수밖에 없었습니다. 그들은 조국에 대한 표상으로 조국의 존재 가능성을 염원하고, 그러한 표상을 통해 구국에 대한 의지를 불태우고 행동에 옮겼습니다.

장준하의 『돌베개』에서 조국에 대한 표상은 크게 가시적인 것과 심리적인 것으로 구분할 수 있습니다. 가시적인 표상이 구국을 위한 실천으로 구체화 되고 있다면 심리적 표상은 정신을 고양시키고 있습니다. 이러한 사실은 해방 전후 조국 표상의 다양성을 보여주기도 하지만, 해방 전후 지식인이 직면해야 했던 정치적 고뇌와 구국 활동의 성격과 한계를 보여주기도 합니다.

조국에 대한 가시적 표상은 다음과 같이 나타납니다. 장준하를 비롯한 작중의 지식인들은 자신을 조국의 지체(肢體)로 여겼으며 그들은 개인의 삶이 아니라 조국을 위한 삶을 살았습니다. 그들은 시대를 선도하는 지식인이었던 까닭에, 언어의 위력과 가치를 십분 통감하고 모국어 잡지를 만들어 동료들의 정신을 구국의 염원으로 집결시켰습니다.

조국에 대한 심리적 표상은 국가와 국기로서 지식인들의 내면에 자리잡아 그들을 결속시켰습니다. 장준하는 중국대륙에서 일본진영을 탈출하여 '중국 중앙군'과 '한국 광복군'으로 활약했으며 종국에는 임시정부에 도착하여 환국에 이르기까지 부재한 조국을 소환하는 방식으로 '애국가'를 부릅니다. 애국가와 더불어 그들이 목도한 '국기'는 부재한 조국을 상상하게 해 주었으며 조국 독립에 대한 의기를 견고하게 만들어 주었습니다. 중경의 '임시정부'는 부재한 조국을 대리하는 대표기구였으므로 탈출 학도병들은 그곳에 결집했던 것입니다. 장준하는 『돌베개』에서 임시정부의 위상을 부각시키고 있지만, 동시에 그 위상이 정당성과 권위를 행사하지 못한 한계도 시사합니다.

조국 표상의 두 가지 구분, 가시적인 것과 심리적인 것은 장준하의 체험과 의식에 기반을 둔 것일 뿐 어쩌면 양자 간 차이는 없습니다. 장준하와 그의 저작 『돌베개』가 해방직후 지식인과 그의 저작으로 대표성을 지니지만, 또 다른 인물의 관점 혹은 시기적인 층위에 따라 편차를 보일 수도 있습니다. 그럼에도 장준하의 『돌베개』에 나타난 조국 표상의 방식은 문학적 성취를 비롯하여 해방 전후 지식인의 구국에 대한 신념과 구국을 위한 각고의 실천을 구체적으로 확인할 수 있게 해 줍니다.

조국에 대한 일련의 표상은 일제강점기, 중일전쟁, 세계2차대전의 종식이라는 역사적 소용돌이를 배경으로 나라 잃은 청년의 구국에 대한 염원과 구국을 향한 험난한 도정의 실제를 담고 있습니다. 해방 전후 지식인들이 조국을 표상한 방식은 오늘날 우리가 조국을 표상하는 방식의 시원을 된다는 점도 간과할 수 없습니다.

2장
(비)국민이 부재한 민권을 의식하는 방식

1. 민권 인식의 기원, 동학(東學)

일제 식민지로부터 해방되고 사람들은 행복했을까요. 국가의 주권과 통치권이 없는 시대 사람들은 혼란스러웠습니다. 국권(國權)을 행사할 수 없으므로 민권(民權)은 두말할 필요가 없겠지요. 해방공간의 민권에 주목한 작가가 있습니다. 바로 홍구범(1923~?)입니다. 그는 1947년 7월 『문예』 창간호에서 김동리의 추천으로 창작활동을 시작했습니다. 해방이후부터 1950년 납치되기 전까지 3년간 '화제제조기'라는 별명을 들을 정도로[18] 주목받을 만한 작품을 창작했습니다.

그는 소설에서 사건을 다루되 특정 이데올로기, 윤리, 상식으로 재단하지 않았습니다. 섣부르게 자신의 입장과 판단을 노출하지 않는 대신, 실재하는 사건과 인물의 모습을 생생하게 보여주는 데 힘을 쏟았습니다.[19] 해방공간 그가 주목한 것은 민권(民權)의 부재 현장이었습니다. 그를 포함하여 해방이후 작가들은 민족의 당면 과제를 건국(建國)에 두고 있는 만큼, 국가의 존립을 위해 민권을 자각하고 이를 실현할 수 있는 기반을 고심했습니다. 그들은 현실이 혼탁할수록 이를 벗어나기 위한 방편으로 '민주주의'의 가치에 주목하고 이를 실현할 수 있는 다양한 양태를 탐구했습니다.[20]

홍구범은 동학(東學) 소재 소설을 통해 민권의 문제를 통시적으로 보여주었습니다. 그의 마지막 작품에서도 동학 농민운동 이후 세대의 삶을 조명했습니다. 그는 「전설」(『문예』4호, 1949.11 1948.2.3作)에서 상민이 신분 상승을 위해 동학에 가담하였다가 다시금 동학을 배반하는 이야기를 보여주고 있습니다. 이 작품에서 주목해야 할 부분은 동학운동의 승패가 아니라, 작중 주인공이 자신의 신분에 문제의식을 느끼고 동학에 가담하게 되는 과정입니다. 작중 주인공의 심리는 해방공간을 살아가는 일반 사람들의 심리와 중첩되기 때문입니다. 홍구범은 「길은 멀다」(『협동』, 1950)에서 동학 3세대 자녀를 주인공으로 그들의 삶의 태도를 보여주려 했습니다. 이 작품은 한국전쟁 발발과 홍구범의 납치로 중단되나, 그는 해방공간 민권을 동학 운동의 연장선상에서 보고 있음을 알 수 있습니다.

홍구범이 민권을 탐구하기 위해 동학에 주목한 것은 동학에 내재해 있는 민주주의적 요소에 주목했기 때문입니다. 근대 국가의 특징적인 요소는 민주적이라는 점을 들 수 있으며, 근대 국가의 성장은 시민권의 강화와 민주화 증대의 역사입니다. 국가의 사회적 개입을 정당화하고 승인해 주는 것은 근대 국가가 국민을 대표해서 국민의 의지를 표현하기 때문입니다.[21] 동학사상의 민주주의적 요소에 대해서는 일찍부터 논의되었습니다. 동학의 기본사상은 천심즉인심(天心卽人心), 오심즉여심(吾心卽汝心)을 총괄한 인내천사상(人乃天思想)입니다. 인간의 주체성을 강조하는 만민 평등의 사상입니다. 인간의 귀천을 선천적으로 규정짓는 봉건적 신분

제도를 비판하고 상민과 천민에 대한 양반 계층의 비인간적 수탈과 박해를 부정합니다.

동학의 평등사상은 동학교도와의 전주화약(全州和約)의 폐정개혁안 중에서 노예문서의 소각, 천인대우의 개선, 청춘과부의 개가 허용 등으로 구체화 되었습니다. 이러한 요구가 전라도에 한정되기는 하였으나 한국 근대사상 획기적인 사실이었습니다.[22] 정창렬은 천심즉인심(天心卽人心), 오심즉여심(吾心卽汝心)을 사회적 신분에 관계없이 모든 사람의 인격이 하늘의 마음과 같다고 보았으며 '인간으로서의 해방'을 평민 의식의 기반으로 보았습니다.[23]

동학에 이르러 위민(爲民)정치가 끝나고 민(民)이 사상적으로 자각하고 스스로 조직화하여 정치주체로 나서는 민주(民主)정치가 태동하였습니다. 오문환은 접포제에서 아테네 폴리스의 시민 민주주의의 원형과는 또 다른 한국 민주주의의 원형을 찾았습니다. 동학은 사회영역으로 작동하던 사대부가를 대신하는 접(接)이라고 하는 동학적 이념을 공유하는 수행적·자발적·공공적 조직체를 형성했습니다. 1860년 동학을 창조하고 배우려는 사람이 늘어나자, 수운은 1862년 접주를 임명하였고 1863년부터 접주제가 본격화되었습니다. 요컨대 접(接)은 동학이라는 새로운 학문을 습득하는 모임에서 출발하였습니다.[24]

동학농민운동은 전쟁과 혁명을 통해 국민주권을 세우고자 했다는 점에서 민주주의 체제를 지향한 것이 분명하지만, 궁극적 목표는 도덕을 중심에 세운 새로운 문명 질서의 수립이었습니다.[25] 개벽은 흔히 사회적 혁신으로 이해되고 있으나 무엇보다도 먼저 인심(人心) 개벽의 의미를 가집니다. 각자위심(各自爲心)을 집단적으로 극복하여 우주적 공동체성을 각성하는 일종의 의식혁명 또는 공동체적 혁신을 강조하였습니다.[26] 홍구범은 해방이후 민권을 탐구하면서 동학운동에 주목했지만, 그가 소설에서 조명한 동학운동은 실패로 끝납니다. 왜냐하면 그가 주목한 것은 표면적인 정치 체제이기도 하지만, 이를 실천해 옮길 수 있는 의식의 수준이기 때문입니다.

이 글에서는 홍구범이 조명한 동학 소재 소설을 통해 해방공간 그가 탐구한 민권의 실태를 소개하려 합니다. 그의 전작에는 해방공간 '국민'이 되지 못한 사람들의 좌절 제 양태가 나타나 있습니다. 이를 통해 홍구범이 해방공간에서 탐구한 '민권'의 의의와 한계를 짚어보겠습니다. 이러한 논의는 해방공간을 풍미했던 청년작가 홍구범의 문학세계를 알게 되는 계기가 될 뿐 아니라,[27] 해방공간 비국민의 실재 삶이 어떠했는지 읽을 수 있습니다.

2. 해방이후 (비)국민의 곤궁과 민주주의의 오용

해방공간 홍구범은 국가와 미군정의 보호를 받지 못하는 (비)국민의 모습에 주목했습니다. '(비)국민'이라는 용어는 해방기 우리 민족을 지칭하기 위해 고안한 용어입니다. 일본 식민지로부터 벗어났으나 국가의 보호를 받지 못했던 민족의 문제적 상황을 내포하고 있습니다.[28] 조선 민족은 일본의 식민지로부터 벗어났으나 해방이전보다 더 곤궁한 삶을 살아갑니다.

「봄이 오면」(『백민』7, 1947.5)에서 주인공들은 식민지시기 간도에서 농사도 짓고 자식을 교육시킬 수 있었습니다. 해방 이후 고국에 오자 교육은커녕 딸자식을 바깥으로 내몰게 됩니다. 공부하려는 딸과 돈벌게 하려는 모친 간의 대립은 기층민의 삶이 해방 이전보다 더 척박해졌음을 보여줍니다. 도시는 생산과 소비의 질서가 자리 잡지 못했으며, (비)국민들은 경제 활동을 제대로 할 수 없었습니다. 도시 사람들은 모리배가 되어 친구 간의 정리를 잃어버리는가 하면, 시골 사람들은 시대변화에 더 둔감해진 나머지 더 많이 약탈당했습니다.

「탄식」(『백민』10, 1947.11)은 서울을 배경으로 모리배로 성공한 인물과 모리배에 기생하는 비굴한 인간이 등장합니다. "R과 K는 지극히 친밀한 친구였다. 어렸을 때부터 그들의 언어, 행동은 한 몸 같았다."[29] 해방이후 R은 오백여 만원의 거액으로 밀수출을 시작했습니다. 북조선에는 몰래 쌀을 팔고 남쪽에는 인삼, 해산물, 종이 등을 가져와서 팝니다. K는 R에게 매번 일자리와 돈을 청합니다. R은 모리배가 되어 국가와 법망 밖에서 부를 쌓자 친구를 피합니다.

국가의 보호를 못 받는 상황은 도시보다 시골이 심각합니다. 「쌀과 달」(『민족문화』창간호,1949.9)에서 만삼은 서울 삼촌집에서 굴욕스럽게 쌀 서 말을 얻었습니다. 그는 어렵게 구한 쌀을 역사(驛舍)에서 순사에게 빼앗깁니다. 거리에서는 미군 트럭에 치일 뻔합니다. 보호받아야 할 대상들로부터 양식을 빼앗기고 수모를 당합니다. 그는 이 모든 것을 피해 산길로 접어들어 충청도 단양의 집을 향합니다. 고즈넉한 달만이 어두운 앞길을 비추어 줍니다. 농민을 보호하는 것은 국가도 미군정도 아닌 '달'이었습니다. 시커먼 구름뭉치가 달빛을 먹을라치면, 그는 주먹을 쥐고 구름뭉치에게 으름장을 놓는다.

"당장 못 물러가?" "이 자식아, 거기 가만있어!"

홍구범은 1948년 정부가 들어섰지만 민주주의가 실현되지 않는 현실을 작품에 담아냅니다. 「구일장」(『문예』7, 1950.2)에서 사람들은 민주주의를 지향하지만, 정작 현실에서 사람들은 민주주의에 대해 제대로 이해조차 못합니다. 작중에서 '민주주의적'이라는 낱말은 말하는 주체에 따라 자의적으로 해석하고 적용하는 탓에, 제아무리 '민주주의'를 역설해도 현실은 봉건의 굴레로부터 벗어날 수 없습니다.

가장(家長)인 송진두는 일정한 직업이 없습니다. 그는 보수도 안 나오는 자위대에 매일 출근하여 총무부장 직을 수행합니다. 자위대는 군대식 훈련을 통해 "유사시에 동 관내를 경비하는 활동 단체"입니다. "당국의 지시에 의해서 조직된 것이나 명칭부터가 국민 된 의무로서 행하여지는 모임인 만큼, 운영상의 실제 비용도 모두 각각 자위대 자체에서 해결"(235면)했습니다. 그는 앓는 노모와 가족의 생계를 책임지는 일 대신, 온종일 자위대에서 지냅니다. 그는 언제나 '민주주의적' 일 것을 요구하고 자위대 업무에 나섭니다.

> "에-, 여러분 대원들은 이제부터 각각 맡어진 구역으로 경비를 가야하겠습니다. **에-, 모든 것을 민주주의적을 잊어서는 안 됩니다.에-, 모든 행동을 민주주의에 어그러지지 않도록 십분, 십분 각오해야 합니다.** 에- 그럼 가십시오.……"
> --(중략)--
> 이 말인즉, **경비를 할 때, 대원들은 일반에게 폭력에나 불법**

행동을 말고 점잖고 정당하게 감시를 하라는 의사에서 나온 말임에 틀림없었다.

그는 **점잖고 정당하고 원만하다는 등의 좋은 의미의 것이면 어떤 용어이건 모조리 민주주의란 말을 대용하기에** 제한을 두지 않았다.(236~237면. 강조는 필자)

그는 폭력과 불법에 맞선 어휘로 '민주주의적'이라는 말을 씁니다. '민주주의적'이라 함은 민주주의 원칙에 기초한 것으로 국가의 주인이 국민이고, 국민이 정치에 참여해서 국가를 다스리는 것을 의미합니다. 국가의 일이 곧 국민의 행복을 위한 것임을 원칙으로 하는 것입니다. 그는 중학 1년의 학력으로 민주주의에 대한 이해가 부족했으며, 점잖고 정당한 감시행위를 '민주주의적'인 것이라 말합니다. 자위대는 지역민을 대표하여 '지역'을 다스리는 데 앞장서야 하는데, '민주주의'라는 이름을 앞세워 일체를 감시합니다.

'민주주의적'인 것은 송진두에게 명예와 부를 안겨주었습니다. 노모가 숨을 거두자, 자위대에서는 장례식을 자위대의 행사로 격상하여 사무실에서 9일장을 치러 주었습니다. 나아가 그를 노모의 임종도 못 지킨 애국자로 칭송하며, 시장 비서관, 경무국 사람 등이 찾아와 감사장과 금일봉을 전달했습니다. 장례 이후 그는 사글세에서 전세로 옮겨갔고, 자위대 일을 더 충실히 수행했습니다. 아내도 더 이상 직업 없이 무일푼으로 자위대에만 나간다고 추궁하지 않았습니다. 송진두는 이 일을 계기로 '민주주의적'에 대한 확신을 갖게 되었습니다. 민주주의의 혜택은 지역민에게 골고루 돌아가야 할 터인데, 송진두 일가에게 집중되었습니다.

홍구범은 해방이후 민주주의의 실태에 대해 매우 냉소적인 시선을 보이고 있습니다. 민주주의는 국민의 삶 전반에 고루 적용되는 대신, 소수의 이익을 정당화하는 논리로 오용되고 있었습니다. 해방공간 조선인은 (비)국민으로 존재하고 있으며, 국가로부터 안정된 울타리를 제공 받을 수 없었습니다. 귀환전재민은 생활고로 딸자식을 집밖으로 내몰았고, 평범한 시민은 모리배가 되든가 그렇지 않으면 무능력자가 되었습니다. 시골 농부들은 시대변화에 더 둔감하여 피해가 더 극심했습니다. 곳곳에서 민주주의를 부르짖지만, 민주주의는 이를 활용하는 소수의 이권을 위해 남용되어 오히려 봉건적인 권위와 폭력이 만연했습니다. 홍구범은 해방공간 국가의 보호를 받지 못하는 (비)국민의 삶을 직시하며 민권이 부재한 현실에 주목했습니다.

3. 민권의 자각 과정

홍구범은 민권의 자각 과정을 구한말 이 땅에서 자연발생적으로 등장한 동학운동에서부터 찾고 있습니다. 그는 민권 운동의 시원으로 동학을 조명하고 동학 소재 소설을 창작합니다. '동학소설'과 '동학 소재 소설'은 다릅니다. '동학소설'은 천도교 및 동학 계통의 교단에서 포교 목적으로 쓴 것이거나 동학사상이나 교리를 선양할 목적으로 교인 혹은 교단에 우호적인 작가가 쓴 소설을 의미하며, 그 내용에 따라 포덕소설, 박해소설, 투쟁 소설 세 가지로 구분합니다.[30] 반면 '동학 소재 소설'은 작가가 전달하려는 주제 실현의 방편으로 '동학'을 이야기 재료로 삼아 쓴 소설입니다.

「전설」(『문예』4호, 1949.11 1948.2.3)은 동학을 소재로 한 소설입니다. 주인공 황무영은 봉건 신분질서에 불만을 품고 신분상승을 위해 갖은 노력을 다하던 중 동학에 가담하게 됩니다. 그는 일생 내내 '생원'이라는 중인 신분을 벗어나 양반이 되기 위해 전념했습니다. 처음에는 경상도에서 충청도로 삶의 터전을 옮겼고, 다음으로 세력 있는 양반에게 뇌물로 벼슬을 구했으며 마지막에는 동학군에 가담합니다. 평소 그는 자식을 낳는 것보다도 양반이 되는 것을 훨씬 더 긴요하게 여겼습니다.

> 지나온 십여 년 동안을 두고 자기의 피를 개신(改新)하자고 별러 왔어도 별무 신기였다. 아직도
> "황 생원……."
> 하는 소리는 떼칠 수 없다. 생원이란 두 자를 빼고 영감 소리를 듣게만 되기를 애써 바라왔던 것이다. 이 소원이 성취만 된다면 그의 뼈 살 피 모든 것은 이제까지의 중인의 것이 아니고 청신한 양반의 것이었다.
> 그렇다면 자기의 이 변혁이 곧 허구한 앞날 **자손들에게 대대로 영화를 누리게 하는 근본 열쇠**가 될 것이다.(196~197면, 강조는 인용자)

> 그는 귀자를 낳는 것보다는 우선 자기 대에 영화를 누렸으면 싶었다. 자기가 씻어나면 **후대 자손들은 자연히 힘 안들이고 세상에 나설 것**이라 생각되었다.(198면, 강조는 인용자)

봉건적 신분구조는 중인계급 황무영 삶의 장벽이었습니다. '양반'은

자손 대대로 영화를 누릴 수 있는 근본 자격으로, 한 번 양반이 되기만 하면 후대 자손들은 자연스럽게 양반의 신분으로 힘 안 들이고 세상에서 대접받으며 기득권을 선점할 수 있었습니다. 구한말 중인계급을 비롯한 농민들은 봉건적 신분 질서에 동요되었습니다. 부패한 관리와 지주의 횡포에 시달리는 농민에게는 생존을 위한 방책으로, 황무영 같은 중인에게는 더 나은 삶을 선점하기 위해 양반이라는 신분이 요구되었습니다.

양반이 되기 위한 황무영의 노력은 세 가지로 나타납니다. 첫 번째로 그가 한 일은 삶의 터전을 옮기는 것입니다. 황무영은 양반이 되기 위해 몇 대를 두고 살던 경상북도 문경을 떠나 충청도 충주로 이주합니다.

> 그때의 그의 심정으로는 서울보다 차라리 이 충청도가 나을 것 같았다. 서울은 양반들이 기세를 올려 직접 벼슬로 등행하는 곳이라 자기 같은 힘없는 존재는 감히 발을 붙이기 어렵도록 그들은 거들떠보지도 않을 것이라는 생각이었다.
>
> 그 반면 이 충청도는 전해오는 말에 의하여도 모든 것이 관대한 것 같았으며 또한 그야말로 고관들이 낙향하여 점잖이 여생을 보내는 것으로 이름이 있었기 때문에 그는 이곳에서 사람(양반)으로서 수련을 하자는 심산이었다.(197면)

황무영이 머문 곳은 충주 금봉산(현재 남산) 자락입니다. 그는 풍수지리를 비롯한 입지적 조건을 꼼꼼하게 따진 후 이주했다.

> 그 산은 충청도에서 몇째 안 가는 청룡, 황룡이 꿈틀거리는

지대로 그 산의 정기가 그곳 아랫마을에 살고 있는 정씨네 집으로 뻗쳐서 현재 그 자손들은 상당한 양반의 세력을 가지고 있어 나날이 번창해 가고 있다 하였다.(198면)

황무영이 청룡·황룡이 꿈틀거린다는 정기를 쫓은 일대가 고대 사찰이 들어선 창룡사(신라 문무왕) 자리입니다. 신라 문무왕 때 원효대사는 충주의 한 주막에 거하던 중 꿈속에서 푸른 용이 희롱하는 것을 보고 쫓아가 한 낭자가 표주박으로 건네주는 단물을 마십니다. 원효대사는 잠에서 깨자 실지(實地)를 찾아 '창룡사'라는 절을 지었습니다. 현재 금봉산 자락과 창룡사의 정경은 다음과 같습니다.

〈사진1〉 금봉산　　　　〈사진2〉 사찰외경　　　　〈사진3〉 사찰내경

경상도 문경에서는 곰방대를 피웠지만, 충청도 충주에 와서는 양반의 모양새를 본떠 장죽을 들고 다니며 피웁니다. 그의 두 번째 노력은 마을의 권세가를 찾아가 벼슬을 청하는 것입니다. 그는 정진사의 집안일을 돕는가 하면 뇌물을 주었습니다. 이에 정진사는 서울에 있는 그의 아버지 정참판에게 추천장을 써서 그로 하여금 직접 다녀오게 합니다. 황무영이 미리 본 추천장은 벼슬은커녕 서울에서 며칠 유하게 하다가 시골로 돌려보내라는 내용이 다였습니다. 그는 정진사를 괘씸히 여겼지만, 그의 아버

지 정참판에게 직접 찾아가 "근 한 달 동안을 떼를 써가면서" 벼슬을 애걸합니다. 정참판은 "세상이 망해가기로니 중인의 천한 몸으로 양반을 넘어다보는 것은 역적과 다를 배 없다"고 생호령을 내리고 면회마저 거절합니다.(200면)

그는 서울에서 한 달 동안 방탕하게 지내다가 관군모집에 자원합니다. "낯이 서질 않아 시골로는 그냥 내려오기가 싫은 터", "마침 전라도서부터 벌떼같이 일어나는 동학군과 접전"하기 위해 "나라에서 한참 모집하는 군인"이(200면) 되었습니다. 접전을 목전에 두고, 그는 영문(營門)을 도주하여 충주로 돌아갔습니다. 당시 충주에서도 농민들은 동학군에 가담하여 마을에는 늙은이와 아이들만 남아 있었습니다. 농민들은 관군과 왜군을 상대로 싸우기 위해 전쟁 연습에 맹렬히 임했습니다.

삶의 터전을 옮기고 세도가에게 빌붙어도 신분상승은 무산되었습니다. 그때 실의에 빠진 황무영의 존재 가치를 새롭게 일깨워 주고 손을 내민 것이 동학당이었습니다. 그는 언젠가 집에 들어온 도둑을 우연히 잡아 매친 이력이 있어, 마을 사람들은 그를 역사(力士)라 부르곤 했습니다. 충주의 동학당에서는 역사 '황무영'을 부총령으로 천거했습니다. 동학당의 거두 박총령은 평민들의 용기 없음을 한탄하며, 황무영에게 다음과 같이 권유합니다.

여보 당신도 우리와 같은 사람이오.
듣기엔 당신이 중인인 모양이나 중인이란 게 있을 리 없거
든……. 알겠소?
양반놈이면 양반놈 상놈이면 상놈이지 중인이라는 건 없다

소설로 읽는 한국근현대문화사

고 나는 생각하오.

　　중인이라면 역시 상놈과 마찬가지로 벼슬을 못한 것도 사실
또한 백성에게 못할 노릇을 한 것도 없을 것.

　　이만하면 우리는 죄 없는 평민이 아니오? 우리 평민, 죄 없
는 우리들은 다 같이 손을 이때에 잡지 않으면 안 되오…….

　　더욱이 댁은 또한 우리가 가장 바라는 용맹스런 역사라
니, 이 때 당신이 가지고 있는 힘 모두를 하늘에 바치잔 말이
오…….(207면.)

　　황무영은 박총령이 내미는 손을 잡으며 다음과 같이 큰소리 칩니다.

　　우리 평민은 싸워야 합니다.

　　저에게 다 매끼시오…….힘 있는 한 우리 죄 없는 평민들을
푸대접하는 그 놈들을 물리칠 터이니까요…….(209면.)

　　그는 동학당의 거두 박총령의 호기에 응하여 동학군으로서 입신출세
를 시도합니다. 이렇게 해서 그가 한 세 번째 노력이 동학당에 가담하는
것입니다. 그는 자신의 존재 가치를 인정해 주는 동학 무리에 이끌려, 그
간 아첨해 왔던 정진사를 처단하기 위한 거사의 선봉에 나섭니다. 과거
용꿈을 꾸고 입신출세를 고대하고 있었는데, 이번을 절호의 기회로 여겨
맹렬히 의지를 불태웠습니다. 하늘을 찌를 듯한 기세도, 다음 날 정진사
를 만났을 때 한 풀 꺾입니다. 정진사가 벼슬을 약속하며 동학당으로부터
자신을 구해줄 것을 애걸하자, 그의 마음은 다시금 동요되기 시작합니다.

그믐께가 가까운 밤은 달빛이 있을 리 없었다. 그는 걸으면서 이제까지 참고 억누르던 눈물을 펑펑 내쏟았다. 앞으로 다가오는 길, 자기가 지금 거닐고 있는 길이 어디가 어딘지 분간조차 할 수 없었다.

--(중략)--

그는 박 총령의 뚜렷한 그 야무졌던 인상을 왜 똑바로 외이지 않았던가 하고 자기를 스스로 미워하였다. 그는 어쩌면 그러한 박총령의 모양을 지금 자꾸만 파묻혀버리는 자기의 생각 속에서 찾아낼 수 있을 것이냐고 애를 부둥부둥 쓰며

"어쨌든 정가놈은 그냥 둘 수 없다."

--(중략)--

허나 목이 잔뜩 가라앉아 있음을 트여버릴 수는 없었다. 그러자 자신의 뺨을 후려갈기며

"놈은 죽은 놈이다.……"

하고 소리를 애써 마구 터트려 놓았던 것이다. 그러면서 어-어- 소리를 높여 울었다. 그는 떨었다. 자기의 이러한 곡성에 이번엔 무서움을 느꼈다.(219~220면.)

황무영은 정진사에 대한 증오심과 자신의 출세욕, 두 감정에 휘둘렸습니다. 그는 "난 틀림없이 역사" "그보다도 나에게 살인살(殺人煞)"이 끼어 있으니, "어찌됐든 내 손에 어떤 놈이든 한 놈 죽어 없어져야만" 한다고 격앙된 감정을 스스로 달랩니다. 그는 양반을 죽이든, 농민을 죽이든, 종단 울분을 힘으로 표출하려 마음먹습니다. 그는 애초부터 동학의 평민사상을 자각하고 수용했던 것이 아닙니다. 봉건적인 계급 구조의 부조리

를 각성하기보다 일신의 영화와 감정에 동요된 것입니다. 그런 까닭에 자신의 불합리한 신분에서 자연발생적으로 민권을 자각했다고 해도, 그것은 시대 정신으로 확장될 여지가 없었습니다.

4. 의식의 미달과 감정의 동요

「전설」(1949.11)에서 황무영은 자연발생적으로 민권을 자각할 수 있는 상황이지만, 자기 인권을 자각하는 정도에 그칩니다. 그는 정진사와 박총령 두 사람 사이에서 갈등하는데, 그 기준은 양자 중 어느 쪽이 자신의 삶을 더 개선시켜 줄 것인가 입니다. 동학당에서, 그는 부총령으로 추앙받으며 칼과 방망이를 받았습니다. 박총령이 "다 같이 이 세상에 태어난 우리 인간들은 살아나가는 데 다 함께 평등하여야 하고⋯⋯"(221면)라고 거사를 부르짖는 순간, 예상치 않았던 관군의 총성이 울립니다. 박총령이 관군의 총에 맞자, 황무영은 돌변하여 동학도를 향해 불호령을 내립니다.

> "이놈들!⋯⋯ 내가 누군 줄 아니? 응? 너희들 명이 아깝거든 꼼짝 말라!"
>
> 하고는 뒤이어
>
> "나에게 뺏나갈려는 놈은 당장 일어서보랏!⋯⋯"
>
> 하며 또한 솟아오르며 다리를 굴렸다.
>
> 일어나는 사람은 없었다. 다만 그들의 검은 머리는 그저 숙여진 채 있었고 그 머리끝에 달려 있는 조그만 상투만이 유난스레 마구 흔들렸다. 그러나 당황히 꼬리치는 횃불은 그것을 그대

로 드러내어 밝히지는 못하였다.(222면.)

그는 관군 편으로 돌변하여 동학군 소탕에 앞장섰습니다.

그의 손엔 언제부터인지 피 묻은 방망이가 뛰고 있었다.
그의 마음은 자기도 몰랐다.
오직 '나에겐 용꿈이 있다'는 생각을 억지 쓰듯 소생시키려
애쓰며 미친 듯 날뛰었다.(222면.)

그로부터 10여년이 지난 후, 환갑이 넘은 황무영은 팔구세 가량의 어린 아들을 데리고 동학군이 묻힌 곳을 지나칩니다. 아들이 돌 더미 틈바구니에 있는 구기자에 대해 묻자, 아들이 가까이 가지 않도록 다음과 같이 말합니다.

저거 드러운 거다.…… 우리나라 도적놈이 묻힌 데다(224쪽)

그는 일본어를 구사할 수 없어 동리 구장 자리에 그쳤고 벼슬에 대한 욕망도 청산했습니다. 이 땅에 자생적으로 뿌려진 민권의 씨앗은 제대로 발아하지 못하고, 동학이 발생하던 그 시점에서 사장되었습니다. 황무영은 자기 삶의 부당함을 보편적으로 사유하지 못했습니다. 황무영을 비롯한 기층민들은 자기 일신의 문제에 집중한 나머지 새로운 시대 정신을 읽고 받아들일 만한 역량을 갖추기 어려웠던 것입니다.

물론 백범 김구와 같이 동학에 가담함으로써 개인의 인권이 아니라

조선 공동체의 공생공영을 도모하는 인물도 없지 않았습니다. 김구는 중국 상해에 임시정부를 세우고 본격적인 구국 활동을 하기 앞서, 구한말 청년기 동학 정신에 감응하여 적극적으로 동학 활동에 가담했는데 1892년(18세) 12월 동학에 입도하여 이듬해 1893년 최시형으로부터 보은에서 접주 첩지를 받았습니다. 김구에게 동학은 출발점부터 일신의 영예를 위해서라기보다 구국의 방편이었습니다. 김구는 입도 당시를 다음과 같이 회고합니다.

> 과거에 낙방하고 난 뒤 관상공부에서 마음 좋은 사람이 되기로 결심한 나에게 하늘님을 모시고 도를 행한다는 말이 가장 마음에 와 닿았다. 또한 상놈 된 원한이 골수에 사무친 나에게 동학에 입도만 하면 차별 대우를 철폐한다는 말이나 이조(李朝)의 운수가 다하여 장래 새 국가를 건설한다는 말에서는 작년 과거장에서 품은 비관이 연상되었다.[31]

홍구범의 소설에 등장하는 평범한 농민은 세계와 자신의 불합리한 거리를 이성적으로 사유할 수 없었습니다. 이는 18세기 후반부터 1876년에 출현한 평민과 그들의 의식이 인간 해방에 대한 지향이 지배적이었으며 사회적 해방에 대한 지향은 부차적이었다는 점에서[32] 평민이라는 신분 일반의 한계로 지적될 수도 있습니다. 그렇다면 홍구범은 왜 해방공간에 동학을 소재로 한 소설을 썼을까요. 소설 속의 주인공은 동학 정신을 내면화 하지도 못하고 작중 동학 교도들은 관군에 의해 죽음을 당하는, 이런 작품을 쓴 이유가 무엇일까요.

'2장 해방이후 (비)국민의 곤궁과 민주주의의 오용'에서 살펴보았듯이 그는 해방 이후 민권의 부재를 목도하면서 민권을 절실히 의식했습니다. 민권 의식의 기원을 좇아 동학 소재 소설을 썼지만, 그가 보기에 동학 운동에 가담하는 사람은 시대 정신을 읽어내지 못한 채 동요되거나 희생당합니다. 홍구범은 당시 사람들의 의식이 미비한 것을 탓하는 것이 아니라 그들이 자신이 선 자리에서 더 나아가지 못하는 환경을 보여줍니다. 구한말부터 해방공간에 이르기까지 구한말에는 부패한 관료와 양반이, 식민치하에서는 일본이, 해방이후에는 순사와 미군정이, 이 땅의 평민에게 폭정을 휘두르고 속박함으로써 조선 민족은 인권이라는 기본권마저 보장받기 어려웠던 것입니다.

홍구범은 비단 지배 계급의 외압 문제로만 보지 않습니다. 황무영을 통해 드러나듯, 보편적으로 사유하지 못하고 목전의 이익과 감정에 따라 움직이는 농민의 봉건적 의식 수준도 지적합니다. 그들은 외압에 직면해서 곧바로 동질감을 가졌던 것과 같은 방식으로, 또 다른 불이익이 나타날 때는 재빨리 등을 돌립니다. 홍구범은 「전설」외, 다른 작품에서도 이익과 감정에 동요되는 농민의 태도에 주목했습니다. 「창고 근처 사람들」(『백민』17, 1949.3)은 식민지시기를 배경으로 악덕지주 조합장과 농민 아내들 간의 갈등을 보여주고 있습니다. 남편들은 강제 징용당하고 두 여인은 적막과 궁핍에 시달립니다. 두 사람은 같은 어려움에 처했을 때에는 쉽게 동질감을 형성하고 의형제를 맺습니다. 마을 지주 조합장의 집에는 쥐가 창고 양식을 축낸다는 소문에, 두 여인은 빠르게 의기투합하여 지주의 창고로 길을 나섭니다.이 과정에서 동질감과 연대는 자연스럽고 순식간에 이루어집니다.

(가)

"내 나이 댁보다 한 살만 적었드래도 아니 하로만 늦게 났더라면 의형제나 맺자고나 할걸……"

"친형제라고 여기어도 허물될 게 없을 터에, 나도 그런 생각이 전부터 있었는데 말이 났으니, 지금부터 내 댁더러 형님이라 할게."

입장댁도 차순네의 이런 다정한 태도에 감격하였다. 이와 동시에 그들은 여태 겪지 못한 숨어 있던 힘이 둘 사이에 용솟음쳐 우러나옴을 금치 못했다. 이리하여 얼마 지나지 않은 후에는 그들은 함께 이제까지의 모든 울적함을 벗어나 오직 새로운 기분에 젖었다.(97면.)

(나)

이때, 그 여자 머리엔 아까 입장댁이 말하여 자기가 웃었던 창고가 떠올랐다. 까마귀 이야기가 생각났다. 밑바닥으로 뚫려 있는 허물어진 구멍! 지난 장마에 헐어졌을 때 무심히 보았던 그것이 눈앞에 떠올랐다. 그 다음은 쌀, 그리고 비열한 강 조합장, 그의 식구들……. 또한 입장댁 등등, 한순간에 이러한 여러 그림자가 머리를 사뭇 어지럽게 하였다.

이윽고 차순네에겐 자기도 예상치 못하던 어떠한 힘이 솟아올랐다. 그와 동시에 입장댁을 쳐다보았다. 달빛에 더욱 해쓱한 얼굴이 언제부터인지 자기를 이상히도 바늘 같은 눈초리로 쏘아보고 있다. 차순네는 자신도 모르게 몸을 부르르 떨었다. 용

솟음쳐 나오는, 그러나 주체할 수 없을 만큼 자기를 무서워지게
하는 어떤 힘을 억제할 수 없었다.(99면.)

(가)와 (나)에서 볼 수 있듯이, 두 여인은 동질감을 느낌과 동시에 그
힘을 실행해 옮깁니다. 입장댁과 차순네는 야밤을 틈타 조합장의 창고
에 도달합니다. 입장댁은 바깥에서 망을 보고, 차순네가 창고로 들어갑니
다. 창고에 불이 나자, 차순네는 밖으로 나오지 못하고 안으로 빨려 들어
갑니다. 입장댁은 화재가 발생하자, "도적이야! 불이야!"(102면)를 외칩니
다. 위기의 순간, 살아남기 위해 차순네를 '도적'으로 고발합니다. 차순네
가 하루아침에 불명예스럽게 죽은 데 비해, 입장댁은 강조합장의 집안일
을 돌보며 자기 입지를 굳히게 됩니다. 봉건적 신분 질서의 굴레에 갇힌
나머지, 농민은 세계 속에서 자신의 입지를 자각하지 못하고 목전의 이익
에 따라 쉽게 연대하고 또 쉽게 등을 돌립니다. 그들의 연대는 세계에 대
한 주체적인 권리를 동반하지 않은 탓에 의식의 차원으로 성장하지 못했
습니다. 동학이 민중운동으로 널리 민권을 발흥시키기에 당대 농민의 의
식은 곤궁한 삶에 더 밀착해 있었습니다.

5. 문명과 교육의 부재

해방공간 홍구범이 주목한 농민은 민권에 눈뜨지 못한 전근대적 인간
입니다. 그들은 자신에게 닥친 부당한 상황을 객관적으로 분석하고 진단
하지 못했기에 그에 대한 해결 의지도 보이지 않습니다. 징용을 가도, 아

내를 잃어도, 인권을 유린당해도, 그들은 그 일의 부당함을 자각하고 항거하기보다 운명이나 팔자소관으로 돌립니다. 당면한 생계 해결에 골몰한 나머지 시대의 변화에 눈뜨지 못하고, 자신과 자신을 둘러싼 삶에 대해 치밀하게 사유할 수 없었습니다.

「창고 근처 사람들」(『백민』17, 1949.3)에서 친일 지주는 일제와 결탁하여 징용을 피해 갑니다. 그들은 일제에 영합하여 신분과 지위를 유지하고, 부를 축내지 않고 존속할 수 있었습니다. 이에 비해 농민은 지주의 횡포로 징용을 가야 했고, 남은 식솔도 지주에게 유린당합니다. 농민은 현실에 대한 울분을 토로하지만, 격분에 그칠 뿐 힘을 발휘하지 못합니다. 그들은 격분하는 것만큼 빨리, 부당한 현실을 수용합니다. 징용 간 남편은 아내 차순네에게 다음과 같은 내용의 편지를 씁니다.

---그저 내 돌아갈 동안만은 고생할 작정하시오. **이리 된 것도 생각하면 우리네들이 타고날 때부터 정해 놓여진 운이니까,** 이렇게만 알고 그저 꾹 참고 몸이나 성하게 잘 있으오. 한평생 고생만 하라는 마련은 없을 터이니까----.(93~94면. 강조는 인용자)

그들은 봉건적인 계층구조와 식민지 억압에 오래 길들여진 탓인지, 그들의 의식은 봉건 시대의 정서에 머물러 있습니다. 그들은 불합리에 대한 저항의 정당성을 인식하지 못합니다. 식민지와 봉건이라는 전근대적 삶의 질곡에서 근대의 보편적 가치에 눈을 뜰 수 없었으며 전근대적 양태를 벗어나지 못합니다.

「농민」(『문예』, 1949.8)에서도 순만은 마을 지주 양씨의 농단으로 징용에 가게 됩니다. 양씨는 자신의 집안일에 순만과 그의 처가 도우러 오지 않은 것을 괘씸히 여겨 집안사람 삼뱅이 대신 순만을 징용 보내도록 합니다. 순만이 징용가자 삼뱅이가 복순에게 청혼하였고, 양씨 부인은 복순을 샘뱅이와 혼인하도록 설득합니다. 복순이 부당한 처사를 따지자, 지주는 몽둥이로 복순을 후려갈겨 즉사하게 만듭니다. 농민이 불의에 저항하면 복순이처럼 모질게 몰매를 당하거나 죽음에 내몰렸습니다. 인간으로서 자기 삶을 지키고 보호받기에도 어려운 환경에서 그들은 부당한 외압을 운명으로 순응했으며, 연대는 요원한 일이었습니다. 순만은 일본탄광에서 왼팔을 잃었고 고향에서는 아내와 집을 잃었습니다. 마을 친구에게 자신의 울분을 토로하자 친구는 다음과 같이 위로합니다.

이게 다 팔자에 매어 된 것이니까 뭘 어찌하느냐 하고는
어린 것 데리고 살다 때를 보아 마땅한 여자나 나서면 얻어
살아갈 수밖에 별반 도리가 있느냐(156면. 강조는 인용자)

농민은 그들에게 닥친 부당함을 '운명'과 '팔자'로 수용합니다. 순만은 지주를 찾아가 재떨이를 던져 울분을 표출하지만, 스스로 사람을 죽인 자괴감으로 즉시 자살합니다. 벽에 맞혔을 뿐 지주는 죽지 않았습니다. 그는 운명과 팔자를 거역할 도리가 없기 때문에 저항 대신 스스로 생을 마감합니다.

「서울길」(『해동공론』9, 1949.3)에는 해방이후 화물차로 증평에서 서울로 올라가는 다양한 승객 군상이 등장합니다. 트럭에는 화주, 운전수, 조수, 중년부부, 노인 등이 승차해 있습니다. 화주는 싸게 사서 비싸게 파는 투

전꾼입니다. 운전수와 조수는 인정사정없이 돈만 밝히며 술과 유흥을 즐 깁니다. 반면 차내의 사람들은 한결같이 어려움에 처해 긴급한 상황입니다. 중년 부부의 경우, 남편은 일본 구주 탄광에서 돌아왔으며 아내는 심하게 앓고 있습니다. 노인의 경우, 징용간 아들은 탄광에서 죽고 서울에서 고학하는 손주는 늑막염으로 사경을 헤매고 있습니다. 갈등은 노인과 화주 일행 간에 발생합니다. 한시가 다급한 노인은 서울로 올라가야 하는데 차비가 모자라 트럭에서 내쫓길 처지입니다. 조수는 십 리에 십 원씩 계산하여, 음성에서 서울까지 290원을 요구합니다. 노인은 200원 밖에 없어 하차당할 위기에 처합니다. 중년 남자는 일흔 다섯의 노인을 위로하며 모두 운수 탓으로 넘깁니다.

> 그렇게 마음 상하시면 무어 소용 되는 게 있어야지요.
> 다 돌아가는 대로 운수로 돌려버리는 것이 제일 시연한 일이지요.
> 인력으로 억지로래도 되지 않는 일에 너머 마음을 쓰지 마십시오.(124면)

화주 일행은 앞을 분간할 수 없는 밤, 노상에서 노인을 강제로 하차시킵니다. 이 작품에서도 같은 고초에 시달리던 농민들은 잠시 "말을 주고받으며 서로 의지하고 믿는 포근한 동료의 정의 같은 것을 느"(128쪽)끼지만, 그것은 일순간의 공감과 정리(情理)에 지나지 않습니다. 동질감을 연대감으로 끌어내고 현실에 표출하는 데는 한계가 있습니다. 서울로부터 한참 먼 곳에 노인이 강제 하차당하지만, 남은 승객들은 이에 맞서거나 만류하지 않습니다.

　그들은 부당한 외압은 운명의 탓으로 돌렸으며, 파렴치를 자각하는 수치심은 부재합니다. 「귀거래」(『민성』33, 1949.2)에서 순구는 궁핍한 서울 생활에 지친 나머지 낙향하여 양조장을 경영합니다. 열심히 돈을 모으려 했으나, 인간관계의 조악함을 직시하며 다시 서울행 기차에 몸을 싣습니다. 촌사람 '박성달'의 의뭉스러움은 순구로 하여금 연민과 노여움을 주었습니다. 박성달은 거짓을 포장하여 순구에게 접근했으며, 그러한 의뭉스러움에는 수치심은 찾아볼 수 없습니다. 그는 마지막으로 순구와 헤어질 때도, 그로부터 받은 돈으로 그에게 엿을 사주었습니다.

　수치심이 문명 발달의 척도라고 할 때,[33] 해방이후 조선의 농민들은 문명화로부터 먼 거리에 있었습니다. 수치심은 자기 내면의 자동장치 안에서 이루어지는 갈등입니다. 본능적 충동으로부터 구별되는 층위의 심리적 기능으로, 우리가 다른 사물 및 사람과의 관계에서 자기 자신을 통제할 수 있는 데서 생겨납니다. 문명화 과정에서 사람이 사람에게 불러일으키는 직접적 불안은 감퇴 되지만, 이와 비례하여 눈과 초자아를 통해 매개된 내면적 불안은 증대됩니다. 수치심은 내면 심리이지만 외부와 자신의 관계를 조율하는 본능적 기제입니다. 그들은 운명을 극복하고 수치심을 자각할 수 있는 문명의 수혜와 교육을 받지못한 것입니다. 운명의 노예가 되고 수치심을 자각하지 않는 농민들에게 민권 의식의 성장은 어려운 과제가 아닐 수 없습니다.

6. 다음 세대에 대한 기대

홍구범은 장편소설 「길은 멀다」(『협동』, 1950)에서 동학 3세대 인물의 행방을 조명합니다. 미완으로 중단되어 작품의 주제를 예단하기 어렵지만, 이 작품을 통해 그가 지속적으로 동학에 관심을 기울이고 있었으며 동시대적 가치를 탐구하려 했음을 알 수 있습니다. 작중 주인공들은 동학 3세대로서 교육을 통해 자신의 입지를 회복하고 사회에서 당당한 한 사람의 몫을 담당합니다.

작중 여주인공 애지와 남자 주인공 진녹은 동학 3세대로서 조부모들이 동학운동 1세대로 가담했습니다. 조부모들이 동학운동으로 일찍이 세상을 떠나자, 2세대는 혹독한 자수성가의 길을 걸어야 했습니다. 그들은 홀로 자기 삶을 개척하면서 자식(동학3세대) 교육에 열을 올렸습니다. 애지의 모친 강씨는 스무 살이 되기도 전에 술장사를 시작했습니다.

강씨의 어릴 적 일은 지금 누구 한 사람 아는 이가 없다.

더욱이 그 자신도 누구의 딸인지도 또한 어디서 났는지도 잘 알지 못한다.

다만 지금은 벌써 고인이 되고 자녀들도 어떻게 되었는지 모르지만, 부모 없는 그를 열두 살까지 길러준 진외종조 부부가 그 무렵 가끔 남에게 이야기하던 것이 그의 머리에 희미하게 남겨져 있을 뿐이었다.

이름은 모르지만 아버지는 동학에 몰려 남의 손에 죽었다는 것과 어머니는 네 살 적 자기만을 남기고 누구와 눈이 맞아서 어디론지 도망을 갔다는 것이다.

그리하여 열두 살까지 능골 할머니의 동생들이 사는 그 집에서 크다가 열세 살 되던 해 봄, 보리쌀 한 섬에 팔려 오십리쯤 떨어진 소깨란 곳에 사는 박 첨지네 집 민며느리로 들어갔다.

열다섯 살 되던 해 박 첨지의 외아들인 처서로 해서 머리를 얹고 살았으나 원래가 생활이 곤궁했던 터이라 고생고생 지냈다.(293면. 강조는 필자)

강씨의 아버지는 동학에 가담했다가 목숨을 잃었고 이후 가족은 흩어졌습니다. 강씨는 박첨지네 민며느리로 들어가 술장사로 그 식솔들을 먹여 살렸습니다. 그녀는 술장사하면서 만난 일본남자 사이에 딸 애지를 낳아 딸을 교육시키는 데 전념했습니다. 시골에서 보통학교 공부를 시킨 후에는 서울에 보내어 중학교를 공부시켰습니다. 졸업 후 애지는 고향에 돌아와 보통학교에서 교편을 잡았습니다. 남자 주인공 진녹의 조부모도 동학에 가담했습니다.

집안은 원래부터 대대로 천민이었다.

어느 시대부터인지 할아버지 대까지는 남의 집 행랑살이로 한타령 지내왔다.

할아버지 댁에도 그 직업은 계속이었으나 그의 죽음과 동시에 아버지 대부터는 농민으로 풀렸다. 동기는 할아버지로 해서였다. 그보다도 할머니로 해서 그렇데 되었다는 것이 더 옳은 말일지도 모른다.

어쨌든 그 댁의 문묘직원(文廟直員)으로 행세하는 상전은 할머니를 첩도 아닌 말하자면 군것질의 대상으로 심심하면 가로

채었다.

　　그러나 할머니도 감히 그러한 상전의 만행을 막지는 못했다.

　　할아버지도 역시 할머니와 같이 대책을 세우지 못했다.

　　그곳에서 그만 떠나 달리 이사를 하려 해도 종의 문서가 그 길로 내려오기 때문에 그렇게도 못했다.

　　그러던 차에 동학당이 일어났다.

　　할아버지는 거기에 휩쓸렸다.

　　이에 따라 그는 다년간 궁하여 쌓이고 쌓였던 울분이 한몫 폭발되어 급기야는 상전을 죽였다.

　　종문서도 태웠다.

　　그러나 결국엔 동학당의 멸망과 함께 그는 일본인 군대 감시 아래 양반 계통인 관청 손에 죽음을 받았다.

　　아내도 남편의 뒤를 이어 역시 관청 속에서 반죽음이 되도록 맞고 나와 보름도 지나지 못하고 세상을 떠났다.(314~315면. 강조는 필자)

　　진녹의 조부는 천민의 신분으로 상전으로부터 학대를 견뎌내지 못해 동학당에 가담했습니다. 그는 동학도가 되어 상전을 죽이고 종문서도 불태우는 등 적극적으로 저항했으나 동학당의 멸망으로 관청의 손에 죽습니다. 그의 아내도 모진 태형을 맞고 세상을 떠났습니다. 이들의 죽음과 동시에 다음 세대는 농민으로 풀렸습니다. 진녹의 부친은 일찍이 부모를 여의고 17살 총각으로 거지노릇, 체장수, 솥땜장이 조수노릇을 하며 머리가 커지면서 남의 집 일꾼으로 들어가 농사를 배웠습니다.

　　약 10여년 새경을 모아 약질의 중년 과부를 얻어 진녹을 낳았습니다.

부친은 아들의 미래를 위해 상업학교까지 진학시키고 물장수, 짐꾼 노릇 등을 하며 뒷바라지 합니다. 아들이 장질부사에 걸렸을 때 지극히 간호하여 아들을 회생시켰으나, 정작 자신은 병이 옮아 목숨을 잃었습니다. 진녹은 고학으로 상업학교를 졸업하고 금융조합 본부에 근무하게 되었으나, 결핵 2기 진단을 받고 시골에 있는 금융조합으로 발령받아 정양합니다. 그 마을에서 진녹은 애지를 만나 스물일곱의 생애 처음으로 이성의 정을 느낍니다.

애지와 진녹은 깊이 사랑하고 있으나, 애지의 모친 강씨가 약질의 진녹을 마음에 들어 하지 않았습니다. 처음에는 결혼을 반대했으나 점차 마음을 돌립니다. 애지와 진녹 두 사람은 계족산(현재 충주 계명산) 하이킹 길에서 서로에 대한 사랑을 확인하고 결혼을 약속합니다. 두 사람 모두 상급학교에 진학하여 공부하려는 의지를 가지고 있었습니다. 작품은 여기에서 중단되고 맙니다. 작중에서 그들은 현실을 자각하고 사회 구조에 눈 뜨기 앞서, 연애를 통해 개인성을 자각합니다. 이후 그들이 현실과 좌충우돌하면서 만들어 내는 삶의 다양한 굴곡이 작품의 골격이 될 터인데 연재중단으로 알 수 없습니다. 중단된 연재의 마지막 부분에는 진녹이 나무하던 소년이 순사에게 몰매를 당하는 것을 보고 만류하려는 것으로 제시되어 있습니다. 남녀가 두 사람의 일에서 사회의 일로 관심을 옮기는 순간 연재가 중단됨으로 인해, 동학 3세대의 민권이 얼마나 성장했는지 정확하게 예측하기 어렵습니다.

그럼에도 이 작품을 통해 홍구범이 구한말에서 해방이후에 이르기까지 동학에 지속적인 관심을 가지고 있었으며, 동학이 거두어들인 성취를 인정하고 있음을 알 수 있습니다. 1세대가 동학운동의 좌절로 무참히 죽

소설로 읽는 한국근현대문화사

음을 당함으로서, 2세대는 1세대가 태동시킨 민권을 더 발전시킬 수 없었으나 3세대를 교육시키기 위해 헌신합니다. 그들은 동학이 아니라 교육이 삶을 바꿀 수 있는 근본 열쇠가 됨을 직시했던 것입니다. 그 결과 작중 3세대는 서울로 상경하여 공부했으며, 졸업 후에는 교사와 금융조합원이라는 직업을 가질 수 있었습니다

작품 초입의 상당 부분이 두 사람의 애정 문제에 초점이 맞춰진 나머지, 이들이 그들을 둘러싼 현실을 어떻게 바라보고 있으며 그에 대해 어떠한 입장을 취하는지 보여주지 못한 채 연재가 중단되었습니다. '길은 멀다'라는 제목으로 미루어, 홍구범은 작중 주인공들이 현실을 직시한다고 해도 전망을 예견하기 어려울 것이며 그들의 힘이 현실에서 실제적인 힘을 발휘하기 녹록지 않음을 암시하고 있습니다. 허나 해방공간 현실을 관통할 수 있는 새로운 '길'을 모색하고 있는 신진작가의 호기를 엿볼 수 있으며, 그가 모색하는 그 길의 근본적인 출발점에 구한말 동학운동이 주춧돌처럼 놓여 있음을 알 수 있습니다.

7. (비)국민의 민권 탐구, 건국에 대한 염원

홍구범은 그의 소설에서 해방공간 비국민의 입지와 문제를 치밀하게 탐구했습니다. 그는 충청북도 충주 출신으로 서울과 충주를 오가며, 해방 이후 도시과 농촌이 직면한 현실의 제 문제에 능통했습니다. 1950년 납치로 인해 해방공간 문학사에만 족적을 남겼습니다. 3년이라는 짧은 창작 기간에도 불구하고, 그의 소설은 해방공간 비국민의 고충을 주목하고

동학운동을 통해 민권의 태동과 그 가치를 지속적으로 탐구했다는 점에서 동시대 다른 작가들과 변별점을 지닙니다. 그는 해방이후 도시와 농촌의 제 문제를 직시하는 가운데 민권의 부재를 통렬히 인지했으며, 민권의 자연발생적인 태동을 동학운동에서 찾았습니다. 그는 '해방'의 방향성을 구한말 조선의 민권 태동으로부터 사유하고 있는데, 이 지점에서 현실의 문제를 총체적으로 조망할 수 있는 작가의 기량을 엿볼 수 있습니다.

홍구범의 동학 소재 소설로는 「전설」(『문예』4호, 1949.11 1948.2.3)과 「길은 멀다」(『협동』, 1950)를 들 수 있습니다. 전자가 구한말 동학 1세대의 동학운동 가담기를 다루고 있다면, 후자는 해방공간 동학 3세대 젊은이들의 삶을 다루고 있습니다. 「전설」은 동학을 중심 소재로 삼고 있어 주목할 필요가 있는 작품입니다. 구한말 중인을 비롯한 농민은 봉건적 신분제에 대항하여 동학의 평민 사상을 수용합니다. 그들은 조선 전역 농민들과 연대하여 동학운동을 확산시킵니다. 작중 주인공은 봉건적 신분제에 불만을 품고 신분상승을 꾀합니다. 중인의 신분에서 양반이 되기 위해 삶의 터전을 옮기고 양반에게 뇌물을 안기는 등 다양한 노력을 기울입니다. 그의 마지막 선택이 동학운동이었습니다. 주인공은 동학도의 앞머리에서 활약하다가 관군이 출현하자 동학도를 배신합니다. 그들은 함께 직면한 고난에 쉽게 동질감을 느끼는 것처럼, 이익 앞에서 다시 쉽게 배반합니다.

「전설」의 주인공뿐 아니라 다른 작품에서도 농민들은 연대를 실천할 정도의 민권 의식을 보여주지 않습니다. 그들은 민권에 눈을 떴다기보다 자기 인권의 자각에 머물렀다고 볼 수 있습니다. 그들이 성취한 민권의 수준은 감정의 동요로 그치며 오히려 봉건적 정서에 더 익숙해 있습니다. 홍구범은 농민이 삶을 주도적으로 개척하는 존재가 아니라 운명과 팔자에 맡기는 전근대적 인간임을 보여줍니다. 그들은 지주의 횡포로 가진 것을 다 잃어도, 운명과 팔자소관으로 수용합니다. 문명화와 교육의 기회가 없었으므로 스스로 수치심을 자각할 수 있는 기회도 없었습니다. 홍구범은 「전설」을 비롯한 일련의 소설에서 민권이 제기되고 태동하는 자연발생적인 과정을 보여주면서 동시에 의식 차원에서 발전할 수 없는 한계도 지적합니다.

미완성 장편 「길은 멀다」(『협동』, 1950)에서는 동학 2세대와 3세대의 삶을 조명한다. 이 작품은 민권 의식의 세대별 추이를 확인할 수 있는 소설이 될 터인데 작가의 납치로 말미암아 연재가 중단됩니다. 동학 2세대는 1세대 부모의 죽음으로 혈혈단신 자기 삶의 터전을 일구기에 급급했으며, 동학 3세대에 이르면 이전 세대의 헌신으로 교육과 문명의 혜택을 받습니다. 그들은 개인에 대해 사유하고 의식을 현실에 실현할 수 있는 역량을 가졌습니다. 작품 초반부에 주인공 남녀의 연애문제가 전개되는데, 연재중단으로 이후 3세대들이 현실에서 어떠한 역할을 수행하며 민권 성장을 보여주는지 알 수 없습니다. 그럼에도 홍구범은 작품에서 민권의 발생과 성장을 동학에 기원을 두고 그 정신을 지속적으로 탐구하고 있습니다.

홍구범은 해방공간 건국의 사명을 달성하기 위한 방안으로 민권에 주목했습니다. 해방이후 혼란 정국에서 (비)국민은 안정된 제도적 장치와 보호를 받을 수 없었습니다. 일신의 안일만을 추구하는 모리배들의 틈바구니에서 가진 것 없는 농민은 더 많이 약탈당해야 했습니다. 그는 농민의 비애를 통해 봉건적 계급구조가 구한말에 이어 해방이후에도 다른 방식으로 존속됨을 자각하고 동학운동을 조명함으로써 민권의 수립과 계승을 탐구합니다. 홍구범의 작품은 해방공간에서 시작되어 해방공간에서 종결됩니다. 그럼에도 그의 작품은 해방공간의 실체를 생생하게 재현하고 있으며, 특히 동학운동을 통해 민권의 기원을 탐구했다는 점에서 문학사적 가치가 있습니다. 그는 동학운동의 좌절을 통해 동학의 가치를 부정한 것이 아니라 동학운동의 정신적 수준에 도달하지 못하는 동시대 (비)국민의 실생활과 그들의 의식을 응시했던 것입니다. 해방공간 부재한 민권에 대한 탐구는 궁극적으로는 건국에 대한 염원을 담고 있습니다.

3장
절망을 읽어내는 시대별 방식

1. '읽는 사람'과 '읽는 환경'의 상호작용

문학 작품은 작품이 나오는 시대의 정신을 담고 있습니다. 물론 잘 만들어진 작품은 시대 혹은 지역을 초월하여 어느 시대 어느 지역에서나 유용하게 읽힙니다. 이러한 작품을 유행을 타지 않는 '고전'이라 부릅니다. 왜냐하면 특정 시대의 정신만을 담는 것이 아니라 특정 시대를 초월하여 '산다는 것'의 본질을 담고 있기 때문이지요. 아무튼 작품이 시대의 산물이듯, 작품론이나 작가론도 역시 그것을 논의하는 문학 환경, 현실의 영향을 받습니다. 작품을 읽는 사람들은 자신이 알고 있는 기억과 지식을 동원하지만, 그가 몸담고 있는 문학 환경과 소통하는 사람이기 때문입니다.

우리는 작품을 읽는 것을 '수신자'인 독자와 '텍스트'간의 소통으로 봅니다. 맞는 말이지만, 그 안을 들여다 보면 읽는 사람은 특정 문학 작품을 매개로 삼아 그가 소속한 사회(현실)와 소통한다는 것을 알 수 있습니다. 그 결과 작품을 읽는다는 것은 '수신자'인 독자와 '문학 환경'간의 소통으로도 설명할 수 있습니다.

발신자인 작가를 중심으로 작가의 의도를 읽어내더라도, 모든 읽기에는 수신자인 독자의 내적인 정보와 그가 처해 있는 문학 환경의 간섭을 받기 마련입니다. 동일 작품임에도 어떤 사람은 영광을 발견하고, 어떤 사람은 상처를, 또 다른 사람은 절망을 발견하는 것도 수신자의 내적 정보와 문학 환경이 제각기 다르기 때문입니다.

그런 까닭에 수신자인 독자와 문학 환경 간의 상호텍스트성이 문학의 이해에 미치는 영향력을 간과해서는 안 됩니다. 수신자의 내적 정보는 물론 문학 환경의 지나친 간섭은 문학 작품을 온전히 파악하는 데 걸림돌이 될 수 있고, 역설적으로 풍부하게 만들 수도 있기 때문입니다. 마치 앞선 연구자의 독서 결과가 다음 독자들의 기억 속에서 간섭과 걸림돌이 되는 것처럼 말입니다. 이로 인해 더 치밀하게 읽게되고, 텍스트의 의미가 더 풍성해지기도 하지요.

이상(李箱,1910~1937) 문학은 한국 문학사에서 수사학적 성과가 큰 만큼 다양한 해석의 여지를 담고 있습니다. 이 글에서는 이상 문학을 대상으로 작품을 읽는 사람들의 내적 정보와 문학 환경 간의 영향 관계가 작품의 가치는 물론 한국문학사에 어떠한 영향을 미치는지 소개하겠습니다.

식민지 시대, 폐결핵으로 요절한 작가 이상의 작품에 나타난 절망을 수신자인 독자들은 그들을 둘러싼 문학환경과의 영향 속에서 어떻게 읽어나갔는지 살펴보겠습니다. 이를 수신자와 문학 환경 간의 상호텍스트성으로 표현할 수 있습니다. 시대별 연구자들이 문학환경과 서로 영향을 주고받는 과정에서 '절망'은 다양한 해석적 층위의 산출물을 만들어 냅니다.

'절망'을 감지하고 명명, 해석해 내는 연구자들의 기억을 통해 이상 문학은 한국문학사에서 다양하게 소환되고 의미가 형성됨을 알 수 있습니다.

2. 동시대인의 읽기

최재서(1908~1964)는 이상과 동시대 활동하던 평론가입니다. 최재서는 시인이자 평론가인 김기림(1907~1950)의 시집『기상도』(장문사, 1936)의 출판 기념회에서 이상(李箱)을 처음 보았습니다. 그는 이상(李箱)을 다음과 같이 회상합니다

> "보헤미안 타잎의 풍모와 씨니컬한 웃음과 기지환발(機智煥發)한 스피-치"

> "나는 이 모든 것이 결코 인위적인 포-즈가 아니라는 것을 알 수 있었습니다."[34]

> "그가 우리들의 온량(溫良)한 생활은 벌써 예전에 졸업하였다는 것"

> "그는 상식에 실증이 낫다는 것"

> "결코 순탄스러워 보이지 않는 생활 가운데서도 문학적 에스프리-를 잃지 않고 있다는 것"

최재서의 눈에 포착된 이러한 인상은 그가 이상의 소설을 읽을 때도 동일하게 나타납니다. 최재서는 "실험적인 테크니크", "기괴한 인물"은 "단순한 지적 유희거나 불순한 인기책이 아니라 그의 고도로 발달된 지적 생활에서 소사나는 필지(必至)의 소산"이었으며, "그의 예술적 실험은 그의 기맥힌 생활이 가추고 나설 표현형식을 탐구하는 노력의 결과"라고 봅니다.

이어서 그는 이상 소설의 실험성을 다음과 같이 네 가지로 파악합니다.

첫째, 전통적인 소설의 요소를 가지고 있지 않다. 이상 소설은 '성격묘사' '플롯'이 없으므로, 주인공 역시 '무성격'이며 흥미있는 '이야깃거리'가 없다. "그가 『날개』나 『동해(童骸)』나 혹은 『종생기(終生記)』에서 쓰려고 한 것은 외부에 나타난 행동과 생활이 아니라 일개인의 심리의 동태"였으며, 그런 까닭에 "그의 소설에 비상한 물건과 사건이 나타나긴 하지만 그것들은 인물의 심리를 표시하기 위한 암호나 축문(祝文)"에 지나지 않는다.

둘째, 그의 소설은 주관적일 뿐만 아니라 주관과 객관의 구별을 가리지 않는다. "『날개』주인공의 올빼미와 같은 생활이라든가 혹은 『동해(童骸)』에 있어서의 비논리적인 시간관념이라든가 - 이 모든 것은 꿈과 현실의 혼동"으로 볼 수 있다.

셋째, 이상이 "현실과 꿈을 식별하는 능력이 없었"던 것이 아니라, "도리혀 너무도 알알이 인식하엿기 때문에 그 가치를 적어도 그의 예술에 있어선 대소롭게 알지 않았던"것이다.

넷째, 장르상 그의 소설은 산문적이기보다 시적이다. "시와 소설을 결합하였다는 것은 이상(李箱)의 소설의 가장 특이한 점이며 또 그의 실험중 가장 중요한 점"이다. "그의 문학적 에스프리-는 늘 현실의 사말(些末)한 속박을 버서나서 자유의 세계"를 추구한다.

최재서가 파악한 이상 소설의 실험성은 전통적인 소설 양식의 부재, 현실의 초극, 자유를 향한 에스프리로 집약할 수 있습니다. 이상 문학 연구자들은 그들이 처해 있는 문학 환경에 의거해서, 이상이 극복하려 한 "현실"의 의미를 파악하고 그가 추구하는 자유의 에스프리를 소환해 냅니다. 최재서가 파악한 '실험성'은 이후 이상 문학 연구자들에게 연구의 토대를 제공합니다. 이상 소설 연구에서 전대와 다른 새로운 창작방법론에 관한 논의는 지금도 여전히 지속되고 있습니다. 훗날 이상 연구의 괄목할만한 성과를 남긴 연구자 김윤식(1936~2018)의 기억 속에서, 최재서의 언급은 다음과 같이 변주됩니다.

이상(李箱) 그가 형태상의 시, 소설 등을 선택했지만 그것은 그러한 형태의 무의미함을 보이기 위한 방편일 뿐이다. 시형식을 선택하되 가장 비시적인 것으로 함으로써 시형식의 무의미성을 역설적으로 드러내는 것, 소설 형식을 선택하되 가장 비소설적인 것으로 만드는 것, 그것이 그의 방법론이다[35]

김윤식은 이상 소설에서 형식으로서 언어가 아니라, 언어 자체의 기호(암호:최재서의 용어)성에 주목하고 있습니다. 그는 "언어에서 전달기능을 제거할 때 만일 완전히 제거된다면 그것은 한갓 기호"에 지나지 않으며 "이 경우 언어는 의미전달의 도구가 아니라 하나의 사물일 따름"이므로, "돌멩이나 나무 같은 사물로 되어 버린 언어와의 격투가 벌어지는 장소, 거기에 주체가 놓인다"고 보았습니다.

김윤식의 논의에서 "언어와의 격투가 벌어지는 장소" 거기에 놓인 주체의 문제에 천착하여, 한상규는 창작의 주체를 "미적 자의식"으로 파악합니다.[36] 이상 문학을 모더니즘 문학의 정수라고 본다면, 이상 문학의 모더니티는 기호로서 언어의 자의적인 선택과 배열을 조장한 미적 자의식에서 배태되었다는 것입니다.

이처럼 고(故) 이상에 대한 최재서의 기억은 훗날 다른 연구자들에게 전이되고 심화됩니다. 이는 비단 최재서와 김윤식의 글, 김윤식과 한상규의 글에서 발견되는 상호텍스트성에 그치지 않습니다. 이상 문학 연구자들 뿐 아니라 모든 읽기에는 읽는 주체의 기억에 의존하고 있으며, 기존의 기억이 전이되거나 심화된 형태로 읽기에 영향을 미칩니다. 문학 연구자의 '기억의 전이', '전이된 기억의 심화'가 문학사의 문맥을 형성하고 있습니다.

그렇다면 이상 문학 연구자들만이 공유하는 특수한 '기억'은 없을까요. 우리는 전후(戰後) 이상 문학 연구자들로부터 그러한 문제적 기억의 단면을 확인할 수 있습니다. 일찍이 최재서는 인간 이상을 평하면서 "결코 인위적인 포-즈가 아니라는 것", "상식에 실증이 낫다는 것", "결코 순탄스러워보이지 않는 생활"을 지적한 바 있습니다. 최재서가 막연히 감지한 데 비해 전후의 연구자들은 이 포즈를, 순탄스러워 보이지 않는 그

소설로 읽는 한국근현대문학사

생활을, 당당히 '절망'이라 명명합니다.

그런데 흥미로운 점은 해방기 연구자는 일찍이 최재서가 감지한 포즈에 주목하지 않으며, 그것을 읽어내려 하지 않았다는 것입니다. 해방기 이상 문학 연구자가 이상 문학에서 절망을 읽어내지 않은 이유를 문학 환경의 간섭이라는 측면에서 조명할 수 있습니다.

3. 읽기에서 환경의 영향

조연현(1920~1981)은 1941년 문학평론가로 입문하여 해방기 비평활동을 주도했습니다. 그는 앞서 최재서와 다른 관점에서 이상 문학을 읽습니다. 그는 「근대 정신의 해체-고(故) 이상의 문학사적 의의」(『문예』, 1949,11)에서 이상 문학에 대한 의미와 가치를 분석하고 있습니다. 이 평문에는 문학 작품을 읽을 때 어떠한 환경의 영향을 받았는지 나타나 있습니다.

조연현은 이상 문학의 호평에 반대하며 다음과 같이 비판합니다. "이상의 시가 난해한 것은 그의 정신보다도 그 표현의 난해가 더 많이 작용되고 있"으며[37], 이상은 "확립된 전체적인 통일된 자기"가 없다는 것입니다. 그의 작품에는 "해체된 주체의 분신들이 파편적으로" 나타나 있을 뿐, 통일된 주체는 물론 통일된 의미나 내용을 찾아볼 수 없다는 것입니다. 그는 문학 작품에서 통일된 주체와 내용을 찾고 있는데, 이러한 관점의 기저에는, 해방기 문단의 획일화된 정치 풍토가 자리 잡고 있습니다.

물론 조연현 개인의 문학적 입장도 간과할 수 없겠지만, 그에 앞서 해방기 문단의 좌우 갈등과 분쟁 속에서 단 하나의 이데올로기만을 선택해야 했던 경직된 분위기를 읽을 수 있습니다. 다른 시기와 비교하여, 해방기 이상 문학 논의가 가장 소략하다는 사실도 경직된 문단의 분위기와 무관하지 않습니다. 해방기 첨예한 당파성을 고려할 때, 이상 문학은 딱히 그 어느 편이라고 성격을 규정할 수 없었던 것입니다.

조연현은 이상의 시와 소설을 일괄 "에세이"로 단순화 합니다. 이상을 시인, 소설가라기보다 "에세이스트"로 명명합니다. 내밀한 자기 성찰과 번민의 깊이, 작가들의 자유로운 활동이 담보되지 않은 해방기 문단에서, 이상 문학은 작품에 내재한 사유의 깊이가 사장된 채 그저 생각을 자유롭게 표현한 산문 문학, '신변잡기'로 전락합니다.

글의 말미에서 "이상의 작품(시나 소설이나 수필을 막론하고)에 대해서 그것이 문학적으로 높이 평가된다는 데 대해서는 언제든지 반대의 입장에 서는 사람"이라 스스로 단언합니다. 다만 "근대 정신사적인 위치"에서 그는 이상(李箱)이라는 존재를 중대하게 평가합니다. 왜냐하면, 1930년대 청년 독자들에게 이상 문학은 "자기의 해체된 주체를 자위하고 자독"할 수 있는 위안물이었다는 것입니다.

그에 의하면 "주체가 해체되어 가는 불안 속에 놓여 있었던 1930년대의 조선 청년들에게"는 "작품의 통일된 전체적인 의미나 내용"을 모르더라도 이상 문학이 매력적으로 다가왔는데, 그 이유는 이상 문학이 자신과 동일한 "주체의 붕괴"를 보여주기 때문이라는 것입니다. 조연현은 이상 문학의 내적 가치를 분석하기보다 외적으로 보이는 결과에 주목하고 있습니다. 조연현의 이상 문학 읽기에서 우리는 해방기 문단의 척박한 분위기를 짐작할 수 있습니다. 좌충우돌하는 정치풍토에서 해방기 문단은 이상의 "실험적 소설"을[38] 음미할만한 여유를 갖지 못했습니다.

그럼에도 불구하고, 조연현의 이상 문학론에서 괄목할 만한 대목이 있습니다. 그는 이상 소설의 등장인물을 이상의 "분신(分身)"으로 파악하고 있으며, 이러한 지적은 이후 이상 문학에서 주체의 분열을 논의하는 시발점이 됩니다. 조연현은 「실화」에 등장하는 작중 인물 '나', '그', '이상'을 모두 이상(李箱)이라는 한 인물의 세 형태의 분신으로 파악합니다. "'나'는 '그'를 희롱하고 '이상'은 '나'를 조소하고 '그'는 '이상'을 위로하는 형식으로 이 세 개의 분신들은 서로 교섭되고 서로 관련"되어 있다고 말입니다. 분신(分身)에 대한 지적은 이후 이상 문학 연구에서 분열된 주체의 이중적 혹은 다중적 자아를 분석하는 근거가 됩니다.

전후의 이상 문학 연구자 이어령(1933~2022), 임종국(1929~1989)을 포함하여 오생근(1946~), 김주현 등에게 영향을 미칩니다. 이어령은 조연현의 분신(分身) 모티프를 주체의 의식에 초점을 맞추어 '무관심의 자기'와 '일상성의 자기' 혹은 '의식 내부의 자기'와 '의식 외부의 자기'로 구분합니다.[39] 임종국은 이상 문학의 분열된 주체를 "일상적 자아"와 "본래적 자아"로 구분합니다. "본래적 자아"가 "일상적 현실로부터 완전히 '종생'해버린 '또 하나의 이상(李箱)'"이라면, "일상적 자아"는 "앞서 '운명(運命)'해버린 '지하의 이상'을 의미"[40]합니다.

오생근은 이상 문학의 주체를 '즉자(卽自)적인 태도'와 '대자(對自)적인 태도'로 구분하고, 양자간 대타(對他) 관계를 지적합니다.[41] 이 외 김주현은 '분신(分身)'이라는 주제를 더 세밀하게 '공간에서의 분신', '시간에서의 분신', '내적 분신'으로 구분합니다. 분신이 해체된 주체를 보여준다는 조연현의 지적에서 더 나아가, 김주현은 "분신을 통해 죽어가는 자아를 불후적이게 하려는 이상의 자의식"을 추적합니다.[42]

조연현의 분신 모티프와 이후 연구자들의 주체 분열 논의는 일견 유사해 보이지만, 큰 차이가 있습니다. 조연현은 주체의 해체를 '분신(分身)'으로 해석하고 있지만, 주체의 해체 원인 즉 내밀한 작가의 의식 추이는 주목하지 않습니다. 단지 "이상의 해체된 주체가 '해사적'이며 '쾌락 원리적인' 방법으로서 나타"난다는 표면적인 특징만을 지적합니다.

반면 이어령을 비롯한 전후의 연구자들은 표현된 수사학과 더불어 작가의 의식을 문제 삼습니다. 그들은 주체 분열의 계기와 원인에 주목하고, 작가의 내밀한 의식 추이를 추적합니다. 그 결과 그들은 해체된 주체의 내면에 존재하는 '절망'을 발견하고, 그 절망의 흔적을 작품 속에서 찾아 의미를 부여할 수 있었습니다.

조연현이 작중 인물의 내밀한 의식의 추이를 읽어내지 못한 것은, 읽는 주체 자신이 작중 인물의 내면을 투사하지 않았기 때문입니다. 조연현이 연구자인 자신과 작중 인물간의 거리를 유지하고 현상만을 관찰한 데 비해, 전후의 이상 연구자들은 연구자 자신과 작중 인물을 동일화하고 작중 인물의 내면에 자신의 그림자를 투사합니다. 그 결과 이상 문학에 내재한 '절망'은 한국전쟁을 경험한 전후(戰後)의 이상 문학 연구자들에 이르러 발견됩니다.

4. 절망의 계보학1: 한국전쟁과 민족분단

한국전쟁 이후 이상 문학 연구자 임종국과 이어령 등은 이상 문학을 통해 공통적으로 '절망'을 읽습니다. 그들은 이상 텍스트를 통해 작가 이상의 절망을 발견하지만, 엄밀한 의미에서 그것은 연구자들의 두 가지 경험에서 나온 것입니다. 첫째, 그들은 한국전쟁과 민족분단이라는 혹독한 절망을 직접 체험합니다. 둘째, 그들은 외국 작가의 작품을 통해 자신의 절망을 투사하고 세계사적 보편성으로 공유합니다.

그들은 한국전쟁과 민족분단이라는 직접적인 절망 체험, 동일한 전흔(戰痕)을 지닌 프랑스 소설에 나타난 절망의 투사, 양자를 전유하여 이상의 절망을 읽어냅니다. 전후의 연구자들은 실제 경험과 독서 경험을 통해 이상 문학을 깊게 읽고 연구의 외연과 내포를 확장시킵니다. 이로 말미암아 이상 문학에 나타난 '절망'은 문학사에서 표출되었고, 나아가 작가 이상의 절망이 인간의 원형적인 절망으로 환유 될 수 있는 기반을 마련합니다.

먼저 한국 전쟁이후 연구자가 체험한 절망에 주목해 보겠습니다. 전후의 연구자들에게 한국전쟁은 어떻게 실감되었을까요. 한국전쟁 체험은 식민지 체험과 구분되는 미증유의 상처를 남겨놓았습니다. 식민지시기 조선의 문인들은 국권을 상실했을망정, 이념의 편차를 넘어서서 '민족', '민족문학'이라는 구심점으로 상상의 단일 공동체를 형성하고 있었습니다. 경제적, 정치적, 육체적 고통에도 불구하고 이들이 때때로 낭만적일 수 있었던 것도, 이들이 바라보는 곳과 나아가는 지점이 너나없이 모두 '민족' 하나로 통일되어 있었기 때문입니다. 반면, 한국전쟁은 조국 산하의 분단만이 아니라 민족의 분단, 의식의 분단을 초래합니다. 한국전쟁은 사실 분단의 결과입니다. 전후(戰後)의 지성을 대표하는 문학 연구자들의 절망은 여기에서 시작됩니다.

전후에 발표된 작품에는 당시 문인들의 절망이 구체적으로 그려져 있습니다. 1956년 『조선일보』 신춘문예에 당선된 박봉우의 시 「휴전선」에는 전후 문인들에게 팽배해 있는 '절망'의 실체가 나타나 있습니다.

　　　산과 산이 마주 향하고 믿음이 없는 얼굴과 얼굴이 마주 향
한 항시 어두움 속에서 꼭 한 번은 천둥 같은 화산이 일어날 것
을 알면서 요런 자세로 꽃이 되어야 쓰는가

　　　저어 서로 응시하는 쌀쌀한 풍경. 아름다운 풍토는 이미 고
구려 같은 정신도 신라 같은 이야기도 없는가. 별들이 차지한
하늘은 끝끝내 하나인데-- 우리 무엇에 불안한 얼굴의 의미는
여기에 있었던가.[43]

　　시인에게 '휴전선'은 현실에 직면해 있는 분단이라는 상처를 의미하
면서 동시에 자기반성의 잣대가 됩니다. 박봉우는 민족분단이라는 절망
적 현실은 물론, 그 상황에서 문학(시)의 형태로 노래밖에 할 수 없는 시
인의 자괴감을 보이고 있습니다.

　　민족분단이 자유분방한 모더니즘 작가 이상 문학과 무관해 보일 수
있지만, 이상 문학을 연구하는 이 땅의 지성인들에게 시대의 절망은 자
신의 절망과 겹쳐집니다. 그들은 직면해 있는 절망을 공감하고 이를 초극
할 수 있는 문학 텍스트가 필요했습니다. 이어령을 비롯한 전후의 세대는
"서정과 절대 애정의 낙원을 상실"한[44] 이상 문학을 통해 이상의 절망을
적극적으로 읽어내면서 작가 이상을 위무하는가 하면, 이상 문학과 더불
어 그들 자신의 절망을 초극하려 합니다.

　　그들은 이상 문학에 나타난 분열, 고독, 혼란, 좌절을 당당히 "절망"으

로 파악합니다. 전후 문학 연구자들이 이상 문학을 통해 절망을 발견할 수 있었던 것은, 그들 역시 이상 못지않게 혹독한 절망을 경험했기 때문입니다. 그들이 발견해 낸 절망은 1930년대 '이상의 절망'이기도 하지만, 한국전쟁이 초래한 민족분단이라는 절망적 현실에서 출발하고 있습니다.

임종국은 「이상 연구」(『고대문화』, 1955.12)에서 첫 장의 제목을 "절망의 양상"이라[45] 명명하고 이상 문학을 읽기 시작합니다. 글의 말미에서도 본론의 부제를 "근대적 자아의 절망과 동요"라고 명명합니다. 그는 "근대 문명과 정신의 일체에 대해서 격렬한 불신을 표명하던 근대적 자아의 절망"을 발견하고, 이를 "그의 예술의 출발점"으로 봅니다.

그는 작가 이상의 절망을 1930년대 조선이 처한 정치적 경제적 현실 상황에서 찾습니다. 이상이 부정한 근대 문명과 정신은 "상(箱) 일개인의 말이 아니라, 경제 질서의 파탄(破綻), 파시즘과 일군벌(日軍閥)의 등장, 국제 협조의 좌초 등 차차 혼탁하여 가기만 하던 시대 조류"에서 비롯되었다고 봅니다. 사실 그것은 임종국이 처한 1950년대의 문제이기도 했습니다. 글의 말미에서 밝히고 있듯이, 임종국은 "그(이상:인용자)의 예술이 지향하던 최후의 결론"과 "50년대의 정신적 현실"을 모두 같은 맥락에서 바라봅니다.

전후 세대 연구자들은 이상 문학을 통해 절망을 읽는 것 외에도, 그들만의 새로운 세대 정체성을 찾으려 합니다. 이어령은 「이상론-'순수 의식'의 완성과 그 파벽(破甓)」(『문리대학보』3권2호,1955.9)에서 자신이 처한 입지를 투사하여 적극적으로 이상 텍스트를 읽어냅니다. "이상의 예술이 개인의 병적 성격에서 표출된 분비물이 아니라 전 인류의 고민이며 그 비극 앞에서 이루어진 것"으로, 이상 문학의 절망을 세계사적 보편성으로 해석합니다.

이상 문학이 "과거의 역사를 그대로 이어받는 상속자로서의 의무를 거부하며 보편적인 '일상성'의 욕구와 목적을 조소"하고 있다고 봅니다. 이러한 독해의 밑바탕에는, 앞선 세대와 구분지으려는 전후 신세대의 차별 의지가 깔려 있습니다. 그는 이상을 자신들과 동일한 세대 의식, 동일한 감수성을 지닌 작가로 파악하고, 이상 문학을 통해 그들이 나아가야할 세계의 출구를 모색합니다.

그는 "이상의 모든 예술 작품 속에 흐르고 있는 이데와 의지는 분열되어 버린 두 세계의 상극 대립한 모순을 해결하기 위한 투쟁"으로 봅니다. 이상 문학을 일컬어 '자기의 의식 세계'와 '일상 생활적인 것' 간에 중화(中和), 융합, 타협을 보지 못한 채 "현실과 자기와의 숨 막히는 대결로써 꾸준히 무엇인가 얻으려고 생명에서 흐르는 임리(淋漓)한 유혈의 흔적을 무늬 놓"았다고 현란한 동정을 보이기도 합니다. 이어령은 이상 문학을 "차디찬 지성의 작업"으로 평가하였는데, 일련의 논의를 통해 이상 문학은 그들과 동일한 신세대 '젊은 문학'의 반열에 오릅니다.

5. 절망의 계보학2: 외국문학의 투사와 절망의 공공성

전후의 문학 연구자들이 영향을 받은 외국작품은 어떤 것일까요. 한국전쟁 이후 이 땅의 지성인들은 전쟁과 분단을 겪으며 유사한 경험을 한 프랑스 지성인들의 글에 주목했습니다. 프랑스도 1939년 영국과 함께 독일에 선전포고를 하고 전쟁에 돌입했지만 6주 만에 독일에 항복하는 등 전쟁의 상흔이 컸습니다. 한국과 마찬가지로 전쟁을 경험한 프랑스 지성인들의 사유와 성찰은 매력적으로 다가왔습니다.

한국전쟁으로 말미암아 기본적인 의식주마저 어려운 상황이었지만, 전중(戰中)이나 전후(戰後)에도 교육은 지속되었습니다. 조용만은 「서정가(抒情歌)」(『사상계』55호, 1958.2)에서 전쟁 중 피난지에서 이 땅의 지성인들이 어떻게 생활하고 무슨 생각을 했는지 잘 보여주고 있습니다. 작중에서 김 선생은 피난지 부산에서도 불문학을 가르치는데 그들의 자괴감을 대학생 철이에게 다음과 같이 호소합니다.

> 우리들 월급을 타먹기 위해서 억지로 학교에 나오는 사람도 싫증이 나는데, 자네들이야 말 할게 있나.
> 지금 우리 처지에 대학이 무에구 연구가 무엔가.
> 가마때기를 친 굴속 같은 속에서 헐벗고 굶주리면서. 무슨 진리의 탐구란 말인가.
> 흥, 사람을 웃기지.
> 오늘두 그 움속 같은 속에서 나부터 아침을 먹는둥 마는둥 설때리고 와서, 「쪼르쥬·쌍드」의 로맨틱한 연애 이야기를 하니, 하는 나도 우습고 듣고 있는 학생들두 우습구, 그게 무에냐 말야![46]

인용문에는 전쟁 중에서도 동시대 프랑스 문학을[47] 읽는 지성인들의 자괴감이 드러나 있습니다. 조르주 상드(George Sand, 1804~1876)의 자유분방한 연애 이야기는 그다지 공감을 얻지 못하지만, 알베르 카뮈(Albert

Camus, 1913~1960)의 작품은 전후 지성인들에게 적극적으로 수용됩니다.

전후 이상 문학 연구자들은 알베르 카뮈의 작품에 등장하는 뫼르소(「이방인」, 1942)와 시지프(「시지프 신화」, 1943)의 절망을 통해 이상 소설에 나타난 절망을 읽어냅니다. 조용만의 「서정가(抒情歌)」가 게재된 같은 호 『사상계』(1958.2)에는 1957년 노벨문학상을 수상한 카뮈에 대한 글이 4편이나 실려 있습니다. 카뮈의 약력을 소개해 놓은 「까뮈 약기(略記)」를 비롯, 단편「혼미(昏迷)」(원작 "L' Esprit confus 혼미한 精神", NNRF 1957.6 게재)도 김봉구의 번역으로 실려 있습니다.

그 외, 사르트르(Jean-Paul Sartre,1905~1980)의 「『이방인』비판」(허문강 번역), Pierre-Henri Simon의 「「까뮤」의 작품과 이론」(정명환 번역)이라는 두 편의 논문도 수록되어 있습니다. 허문강이 번역한 글은 사르트르의 『이방인』에 대한 해설입니다. 정명환의 번역은 출처가 분명히 있으나, 허문강의 번역에는 출처가 없습니다. 1958년 전후의 한국 지성인들은 카뮤의 작품을 어떻게 이해했을까요. 우선, 사르트르(Jean-Paul Sartre,1905~1980)의 「『이방인』비판」(허문강 번역)부터 살펴보겠습니다. 김화영이 번역한 『이방인』(책세상, 1987)에서 피에르 루이 레와 장 폴 사르트르의 해설을 찾아 비교해 보겠습니다.

사르트르의 「『이방인』 해설」은 1943년 2월 원고로 보이며, 『Situation Ⅰ』(Gallimard, 1947, 92~112면.)에 게재된 것을 옮겼다고 합니다. 허문강의 번역과 김화영의 번역을 비교한 결과, 동일 내용이나 허문강은 사르트르의 글을 축약하고 의역했음을 알 수 있습니다. 전체적인 글의 내용이 『이방인』에 대한 '비판'이 아니라 '해설'이라는 점에서, 허문강의 「『이방인』비판」이라는 제목은 적절하지 않음을 알 수 있습니다. 카뮈와 사르트르가

1952년 결별했다는 점을 고려하더라도, 사르트르는 1943년 카뮈의 『이방인』을 소개하면서 비판하기보다 의미전달을 위해 해설에 치중했음을 짐작할 수 있습니다.

사르트르는 "이방인 그것은 세계에 직면하는 인간의 태도"[48]라 소개합니다. 그는 카뮈가 구현해 낸 '이방인'과 그 이방인이 처한 '상황'은 시간과 공간을 초월하여 존재해 왔던 것이라고 보았습니다. 허문강과 김화영 번역 양자를 비교해서 제시하겠습니다.

> (가) 허문강
> 그가 묘사하고자 뜻하는 이방인은 자기가 하는 유희의 규칙을 인정하지 않는 까닭에 어느 한 사회의 스캔달을 일으키는 바로 그러한 가공할 정도로 순진한 인간이다.
> 그는 이방인들 사이에 끼여 살고 있으나. 그들에 대해서는 그 역시 한 사람의 이방인이다.
>
> (나) 김화영
> 그가 그리려는 이방인은 바로 사회의 이른바 놀이의 규칙을 받아들이지 않기 때문에 사회의 이변을 일으키는 저 기가 막힌 순진한 자들 중의 하나이다. 그는 이방인들 가운데 살지만 그들에게 대해서도 그는 이방인이다.[49]

사르트르에 의하면, 소외와 단절은 단지 한 사람의 '주인공'에 국한된 문제가 아니라 '그들' 역시 동일한 문제에 직면해 있는 문제적인 대상이라는 것입니다. 카뮈의 시간과 공간을 초월하고 대상을 초월한 문제 의식은 전후 한국의 현실에서도 유효하게 수용되었습니다.

다음으로 「「까뮈」의 작품과 이론」(정명환 번역)을 설펴보겠습니다. 이 논문은 Pierre-Henri Simon이 1950년 발표한 「소송(訴訟)된 인간」중에서 카뮤에 대한 논의 부분을 번역한 것입니다. 저자는 초기작 「혼례」에서부터 「페스트」에 이르기까지 카뮈 사상의 발전과정을 설명하고 있습니다. 여기서 알 수 있는 사실은 전후의 지성인들은 동시대 프랑스의 문제작과 그에 대한 동시대 프랑스 지성인들의 글을 읽으면서, 그들이 안고 있는 절망을 세계사적 문제, 인류의 문제로 환유하여 때로는 동일시하기도 하고 때로는 객관화하면서 전후 현실을 읽어들였다는 것입니다.

이상 문학 연구자들에게도 이것은 예외가 아니었습니다. 임종국을 비롯하여 이후 김현과 오생근에 이르기까지, 그들은 프랑스 문학에 나타난 절망의 형식에 주목하여 이상 문학에 내재해 있는 절망의 의미와 깊이를 읽어냅니다. 이어서 절망 다음에 오는 삶의 문제에 눈을 뜹니다. 임종국은 「이상 연구」(『고대문화』, 1955.12)에서 이상 문학의 정신사적 위치를 평가하며 "동요하던 근대적 자아"이면서 동시에 "실존하는 인간상"이라 명명합니다. 그는 이상 문학을 통해 "근대적 자아의 절망과 동요"를 발견하는 것에 그치지 않고, "50년대의 정신적 현실"을 읽어내고 "항거"를 발견합니다. 이 "항거"의 기저에 프랑스 문학 알베르 카뮈의 독서 체험이 자리 잡고 있습니다. 그는 이상의 절망을 알베르 카뮈의 「시지프 신화」의 주인공과 같은 위치에 놓고 읽습니다.

이리하여 종착점에 다다를 때마다 도로 출발점으로 떨어지고 떨어지고 하는, 말하자면 출구가 봉쇄되어 버린 미로 - 신을 살해한 후의 인간이 함몰한 심연 - 에서의 숨막히는 순례가 시작되었던 것이다.

그리고 본고(本稿) 인용의 제(諸) 일문시(日文詩)는, 이러한 현대판 시지프스 신화가 그의 작가적 생애의 벽두에 이미 시작되고 있었음을 유력히 증명하여 주는 것이며, 따라서, 상의 작품을 피상적으로 고찰하는 한 이런 혼돈 무질서상을 그의 근본적 자세로 오해할 우려도 많은 것이다.

임종국의 「'반어'에 대하여」(『문학예술』, 1957)은 이상 문학을 시지프의 모험으로 환유하여, 이상 문학에 대한 풍성한 해석학적 틀을 제공하고 있습니다. 시지프를 염두에 두고 이상 문학을 읽는다면, 이상의 절망은 개인의 비애에 그치지 않고 근대적 인간의 숙명이라는 보편성을 지니게 됩니다. 외국 문학에 대한 독서 체험은 다음 세대 연구자들에게도 나타납니다.

김현(1942~1990)은 「이상에 나타난 '만남'의 문제-소설을 주로 하여」(『자유문학』, 1962.10)에서 인간들의 빗나간 만남, 만남에 이르려는 노력의 과정을 읽어냅니다. 김현은 이상 소설을 이해하기 위해 카프카의 『변신』과 알베르 카뮈의 『이방인』에 등장하는 주인공의 상황을 소환해 냅니다.

만남의 문제는 우선 갇혔다는 것을 인식하는 데서 출발한다.

그레고리 잠자는 자기가 하나의 흉측한 벌레로 변신하여, 방 속에 갇힌 것을 알았을 때 인간과 만나려는 욕망에 사로잡힌다.

뫼로소는 감옥에 갇혔을 때 바다를 향한 창문을 바라보며 벽면을 통해 마리와 만나려 한다.[50]

세계 안에 존재하는 나의 발견, 이를 통한 타인과의 만남에 대한 욕구는 자기 자신이 갇혀 있음을 자각하는 데서 출발합니다. 이러한 아포리즘을 설명하기 위해 김현은 카프카는 물론 알베르 카뮈의 작중 인물을 이상 문학에 투사합니다. 그 결과 이상 텍스트를 통해 근대적인 개인의 고독한 에스프리를 발견해 냅니다.

> 그의 작품은 그의 세계이며 동시에 우리의 세계다.
> 타인과 만나려는 - 그러나 언제나 실패하는 자기를 절망적인 눈초리로 바라보는 나의 얼굴은 상의 얼굴이며 우리의 얼굴이다.
> 우리는 만남이란 존재치 않는다는 것을 뼈저리게 느낀다.
> 인간과 인간 사이의 결합은 완전히 절단되어 있다는 것임을 안다.
> 하여 만남이란 것이 성취되지 않는 한 영원히 존재할 것이다.
> 그리하여 끝없이 만남을 소유하려던 한 절망적인 인간의 몸부림을 그들에게 인식시켜 줄 것이다.(182면)

김현의 '성취되지 않는 만남'이라는 에스프리로 말미암아, 이상의 절망은 1930년대의 절망에만 묶여있지 않고 시간과 공간을 초월한 인간의 숙명적인 비극으로 읽게 됩니다. 김현이 파악해 낸 이상의 절망은 1930년대 조선의 시공간, 한국전쟁 이후 신세대의 상실감과 저항을 넘어서서 원형적 인간의 비애로 확장됩니다. 바야흐로 이상의 절망은 언제 어디에서나 유통될 수 있는 공공성을 확보하기에 이른 것입니다.

오생근은 「동물의 이미지를 통한 이상의 상상적 세계」(『신동아』, 1970)에서 동물화된 몸짓 안에 음험한 천재의 속임수, 우월 의식을 발견합니다. 그는 바슐라르(Gaston Louis Pierre Bachelard, 1884~1962)의 『대지와 꿈의 휴식』을 비롯하여 카뮈의 『이방인』, 카프카의 『변신』을 통해 이상 소설을 읽어나갑니다. 오생근은 이상 텍스트에 나타난 동물 이미지를 카프카의 『변신』에 나타난 주인공의 '변신'과 동일선상에서 놓고 불행과 타락, 소멸과 추락의 과정으로 설명합니다.

1970년에 이르러서도 카뮈의 '절망'은 이상 텍스트 해석의 유효한 잣대가 됩니다. 오생근에 의하면, 이상 문학에서 "가축의 상태에서 벗어나 비로소 인간의 의식을 지니게 되는 묘사"는 "카뮈의 ≪이방인≫의 주인공이 의식하고 각성하며 또한 부조리를 깨닫는 이부(二部)의 작품 구조"[51]와 동일한 맥락으로 볼 수 있습니다. 이상 문학에 나타난 '절망'과 그 절망을 보여주는 '기교'는 전후 연구자들의 절망(한국전쟁, 민족분단) 체험과 독서(서구문학) 체험을 거치면서 점차 인간의 원형적 문제로 그 공공성이 확대되기에 이릅니다.

6. 문학작품 읽기, '모험'과 '위반'의 향연

문학작품을 읽는다고 할 때 사실 우리는 많은 것을 읽게 됩니다. 작품에서 작가의 모습과 메시지만을 찾는 것이 아니라 내가 가진 정보를 읽게 됩니다. 나아가 내가 처한 문학환경과 더불어 읽게 됩니다. 우리에게 잘 알려진 이상 문학은 이러한 독해의 다양한 층위를 확인할 수 있는 텍스트입니다. 이상과 동시대 평론가, 해방공간 평론가, 한국전쟁 직후 평론가, 1960~70년대 평론가들은 이상 문학을 읽지만 각자 다른 의미를 발견합니다. 이러한 독해의 향연은 문학이라는 장르의 특이성을 보여주기도 합니다.

이상 문학에서 '절망'에 관심은 1950년대 전후 연구자들로부터 시작됩니다. 전후 지성인들은 한국전쟁과 민족분단을 통해 '절망'을 실감하고, 외국 문학에 나타난 '절망'을 이상 문학에 투사하고 객관화 했습니다. 일련의 읽기 과정에서 이상 문학은 문학사에서 '절망'이라는 코드의 환유로 자리 잡습니다. 이것은 발신자인 이상이 작품을 창작하던 1930년대의 절망이기도 하고, 한국전쟁 이후 분단상황에서 방황하던 지성인들의 절망이기도 합니다. 1960~70년대에 이르면 이상의 절망은 인간의 비극적 숙명으로 절망의 공공성이 확보됩니다. 이상의 절망이 인류 보편의 문제로 거듭났으며, 오늘날 우리는 우리의 절망을 투사하여 이상 문학을 읽고 있습니다.

문학작품 읽기의 다양성을 소개하기 위해 이상 문학 읽기에서 나타난 '절망'의 해석적 층위를 소개해 보았습니다. 문학과 문학간의 비교와 영향관계는 보다 정교하게 이루어져야 할 것입니다. 예컨대 임종국의 「이상 연구」(『고대문화』, 1955.12)에서 '절망'이라는 현상이 '모험'과 '항거'로 전이되는 과정에 대한 꼼꼼한 독해도 필요합니다. 특히 외국문학의 수용과 투사는 좀 더 세밀하게 논의될 필요가 있습니다. 왜냐하면 원작의 의미 외, 한국에 수용되는 과정에서 굴절되거나 파생되는 의미도 있기 때문입니다.

이상의 문학은 여느 다른 작가의 작품에 비해 쉽게 읽히지 않습니다.

그런 까닭에 이상 문학을 읽는 독자들은 무수한 기호의 비밀 앞에서 이상과 더불어 해석의 카니발에 동참합니다. 작가 이상의 위반을 읽어내는 동시에 읽는 자신의 탈주를 감행합니다. 일상을 조롱하기도 하고, 일상을 전복시킬 수 있는 일탈을 읽기도 합니다. 그런 의미에서 이상 문학을 읽는다는 것은 작가 이상(李箱)과 동행하는 위반과 탈주의 시학이라 명명할 수 있습니다. 이것이 비단 이상 문학을 읽는 데 국한된 것일까요. 문학 작품을 읽는다는 것은, 읽는 사람과 읽는 환경 모두를 읽어내는 과정입니다. 작가는 독자들에게 '작품'이라는 필드를 제공하고 있으며, 독자는 작가가 제공한 필드를 종횡무진 누비며 자기 세계를 만들어 나갈 수 있습니다.

제4부

한국전쟁 이후 국가는 어떻게 재건되는가

1장
전후 남녀의 언어층위와 언어에 담긴 의지

1. 서울 보수개화양반의 언어

한국전쟁 이후 사람들은 전쟁의 상처가 컸습니다. 상처는 그들의 언어에도 드러납니다. 사람들의 언어와 언어를 표현하는 방식에 고단한 삶과 욕망이 베여있습니다. 한무숙(1918~1993)의 단편소설에는 전쟁이후 사람들 마음이 다양한 언어로 드러납니다. 한무숙은 서울 종로구 통의동에서 출생했습니다.

한무숙은 서울경기지역 보수개화양반의 후예로, 서울경기지역 양반가의 관습과 풍속에 조예를 지니고 있습니다.[1] 한무숙의 언어는 전형적인 서울 양반가의 안사람이었던 모친의 영향을 받았다고 합니다.

> 열여덟 어린 나이에 한씨 집안에 시집을 가서 평생 기품과
> 어여쁨을 지녔던 한무숙의 어머님은 전형적인 서울 여인으로,
> 남편을 따라 경상도 지역을 돌아다니면서도 사투리를 배우지
> 않았고 아이들에게도 서울 말씨를 고집할 정도로 자신이 믿고

있는, 생활을 삼고 있는 격식이나 정통을 고집하였다.

　몸가짐 하나, 음식, 의복 모두에 정성을 기울였고, 격식에 충
실하고자 했던 남편의 말이라면 계명같이 지키는 전통적인 양
반 집안의 안사람이었다.[2]

　그런 까닭에 한무숙의 소설에는 오늘날의 표준어와 격이 다른 기품
있게 정돈된 서울 말씨를 볼 수 있습니다. 예컨대 「이사종의 아내」(『문학
사상』, 1978)는 서울 양반가 언어의 모범으로 서간체가 기조를 이루는 귀
중한 사료적 가치가 있습니다. 신분과 당파에 따라서 차이가 나는 언어
수행의 다채로운 국면을 담아내고 있습니다. 그 외에도 『역사는 흐른다』
(『국제신보』/『태양신문』, 1948)는 노비의 어법부터 서울의 전통 있는 중인
층 언어에 이르기까지 다양한 언어 층위를 담고 있습니다. 『만남』(정음사,
1986)에서도 노비의 어법과 행랑의 언어가 상하 계급 간의 대화에 나타납
니다. 「생인손」(『소설문학』, 1981)은 여종의 회상기 형식으로, 과거 인생 역
정과 죄를 서술하는 화법으로 노비의 말투가 풍부히 나타나 있습니다.[3]

　소설에 나타난 언어를 다루는 만큼 문체, 화자, 시점에 대해 잠시 살
펴보겠습니다. 문체라는 말을 자주 들어보았을 것입니다. 쉽게 설명하면
작가가 선택한 말입니다. 작가가 선택한 말로서 이러한 말에 의해 소설이
만들어집니다.[4] 소설도 그렇고 시도 그렇고 문학작품은 오로지 서술자의
말로 이루어집니다. 서술자의 어조, 어감, 태도는 작가가 주제를 전달하
는 방법입니다. 그런 까닭에 서술자가 어떤 의식을 경유하고 어떠한 방식
으로 의미를 전달하는가는 중요한 문제입니다.[5]

　화자의 시점은 작가의 문제의식과 주제를 표현하는 출발점입니다. 화

자의 시점에 따라 문체가 결정되며 주제를 효과적으로 제시할 수 있습니다. 독자는 인물과 행동을 직접 보는 것이 아니라 누군가가 그것을 보고 서술한 언어를 읽습니다. 이때 시점은 사건을 바라보는 의식작용이며, 서술은 그 내용을 언어화해서 독자에게 전달하는 행위입니다. 소설은 누군가의 시점(視點)으로 서술된 것입니다. 시점은 사건을 바라보는 행위이므로 이야기 내부의 인물이나 외부의 다른 화자에 의해 가능하지만, 서술은 독자를 향한 행위이므로 이야기 외부의 화자에 의해 수행됩니다.[6]

그렇다면 한무숙의 문체는 어떠한 특징을 가지고 있을까요. 한무숙 소설은 전아한 문체를 포함한 장인 의식, 다양한 정서를 지니고 있습니다.[7] 여성 문제를 다룰 뿐 아니라[8] 묘사에 능통하고 감정을 효과적으로 표현하는 작가로[9] 알려져 있습니다. 이러한 문학적 성취를 위해 작가는 언어를 효율적으로 활용하고 있습니다.[10] 이문구는 한무숙의 문장을 홍명희와과 비교하여 다음과 같이 높이 평가합니다.

> 홍명희는(인용자) 먹의 선이 굵은 백묘화(白描畵)의 부성적인 정서..
> 한무숙의 문장은 색의 선이 섬세한 담채화의 모성적인 정서로 좌우에 우뚝한 쌍벽..[11]

한무숙의 문체는 서간체와 구술문체의 성과가 돋보입니다. 서간체와 구술문체는 남성보다 여성 화자들에게 찾아볼 수 있는 화법으로, 가부장제 사회에서 억압받고 침묵하는 여성들이 자기를 드러내는 방식입니다. 공식적인 인간관계에서 발화되지 않는 내면의 존재와 경험을 표현하는 사사로운 언어표현이지요. 작중 여성 인물은 편지형식, 말을 전하는 형식을 통해 억눌려 있던 자아를 발견하고 은폐된 욕망을 드러냅니다. 「우리 사이 모든 것이」(『현대문학』, 1971), 「이사종의 아내」(『문학사상』, 1978), 「생인손」(『소설문학』, 1981), 「송곳」(『소설문학』, 1982) 등이 이러한 언어 행위를 구사한 작품들입니다.[12]

특히 「이사종의 아내」(『문학사상』, 1978)와 「생인손」(『소설문학』, 1981)은 여성 문인이 도달한 문체의 경지로서 높이 평가받고 있습니다. 「이사종의 아내」(『문학사상』, 1978)에서 한무숙은 황진이에게 남편 이사종을 빼앗기고 그늘에 숨어 있는 아내의 서러움을 편지 형식으로 기술합니다. 이사종의 아내는 외할머니와 편지를 통해 정서적 동질감을 나눕니다. 그녀는 외할머니의 안부를 물으면서 자신의 서러운 심사를 드러냅니다. 서울 토박이말을 바탕으로 한 완곡한 어법과 우아한 문체는 여성으로서 특유한 체험과 내면을 구현해 낸 문체로 평가받고 있습니다.[13] 「생인손」(『소설문학』, 1981)은 구한말 여자 노비로 태어난 여인의 노비 어법을 보여주고 있습니다. 여자 노비는 상전의 딸과 자기 딸의 바꿔치기 한 평생의 죄를 가톨릭 신부에게 구술하고 있습니다.[14]

한무숙 소설에서 문안 편지나 구술은 각 시대와 문화가 부과한 역할 속에서 자기 표현 욕망을 억누르며 살아온 일생에 대한 고백의 방식입니다. 그래서인지 소설의 형식만으로도 지난 시대의 성격을 증언하는 작품으로 높이 평가하기도 합니다.[15] 내용의 측면에서 한무숙 소설의 테마를 이렇게도 설명합니다. 여성이 어떻게 자기 소외에서 빠져나와 스스로 자신의 욕망을 정시하는가. 자신의 의지와 상관없이 주어진 운명을 수용하여 인생을 하나의 예술품으로 완성시키는가.

이 장에서는 한무숙의 전후 단편을 보기 위해『신한국문학전집』(어문 각, 1981)을 텍스트로 삼았습니다.[16]『신한국문학전집』초판본에는「그대로 의 잠을」(『사상계』, 1958),「돌」(『문학예술』, 1955),「파편」(1951),「허물어진 환 상」(『문예』, 1953),「월운」(1955),「감정이 있는 심연」(『문학예술』, 1957),「천 사」(『현대문학』, 1956),「축제와 운명의 장소」(『현대문학』, 1962) 8편이 수록되 어 있습니다. 1980년 특별판에는「축제와 운명의 장소」가 빠져 있습니다. 전후(戰後) 소설을 대상으로 하므로, 1962년 발표된「축제와 운명의 장소」 를 제외한 1980년대 특별판 수록 7작품을 대상으로 작중 남녀 화자의 언 어 층위를 살펴보겠습니다.

한무숙의 전후 단편에는 주로 남성 화자가 주인공으로 등장합니다. 의사, 건축기사, 선생 등 이 땅을 선도해 나가는 지식인들입니다. 그들은 학창시절에는 수재 소리를 들었건만, 전쟁을 겪으며 자괴감에 빠집니다. 전란으로 고통을 당하는 주변 인물을 응시함으로써 무기력과 죄책감으 로 괴로워합니다. 반면 여성 인물은 생활의 언어를 감각적으로 구사합니 다. 특히 여성 화자가 주인공으로 등장하는 작품에서 여성 인물은 특정한 문제 의식을 제기합니다.[17]

한무숙은 전후 단편소설에서 '독백'과 '대화'를 적절히 활용하여 작품 을 전개합니다. 인물의 언어는 그들이 처해 있는 고통스러운 생활을 묘사 하기도 하고, 인물의 성격을 묘사하고, 인물의 의식 변화를 전달합니다. 이 글에서는 한무숙의 전후(戰後) 단편소설을 대상으로 한국전쟁 이후 사 람들이 구사하는 언어에 주목하고 그들의 삶을 들여다 보겠습니다. 작중 화자의 언어층위를 통해 우리는 전후 한국 사회 남녀의 젠더의식도 엿볼 수 있습니다.

2. 남성 화자의 독백1: 죄책감과 책임감

남성화자는 공통적으로 죄의식을 지니고 있습니다. 왜 그럴까요. 그것은 그들의 책임감에서 비롯됩니다. 그들은 가장, 남편, 아들로서 책임져야 할 가족을 건사하지 못한 채 피난민으로 구차한 생활에 내몰립니다. 그렇다면 언어에 주목하기 앞서, 피난민으로서 그들이 처한 상황부터 살펴보겠습니다.

「파편」(『희망』, 1951.5)은 피난지 부산을 배경으로 한 작품입니다. 작중 인물간 대화는 피난민이 일상에서 겪는 고초와 메마른 정서를 보여줍니다. 그들이 기거하는 창고는 다음과 같이 묘사되어 있습니다.

> 천장 꼭대기에 창이 하나 있을 뿐, 통 같은 창고 속에 열 세
> 대 걸러 더분한 살림살이 도구로 경계를 한..
> 실은 한 방에서 여러 세대가 거처 하고..[18]

그곳에서 사람들은 인격과 감정을 잃어버린 채 '파편'으로 존재합니다.

> 이곳이 무엇 따뜻한 한구석이리요, 여기는 다만 **전쟁이란
> 선풍에 뿔뿔이 흩어진 민족의 파편(破片)을, 아무렇게나 쓸어담
> 은 구접스레한 창고** - 실질적으로나 상징적(象徵的)으로나 한 개
> 의 창고에 지나지 않는다. 이윽고 자기도 역시 한쪽의 파편, 완
> 전체(完全體)의 파편으로 인간 감정을 무시한 삶의 막다른 골목,
> 생활을 잃어버린 생존을 하고 있는 것이다.(353면, 강조는 인용자)

전쟁이 끝난 후 일상에 복귀해서도, 전쟁 이전의 건강한 일상을 영위해 나가지 못합니다. 「돌」(『문학예술』, 1955.9)에서 나는 전쟁 통에 처자식을 잃었습니다. 가족의 죽음을 지켜보면서도 아무것도 할 수 없었던 전란의 기억으로, 전쟁이 끝난 후에도 온전한 생활을 영위하기 어렵습니다. 나의 독백에는 살아남은 자의 죄책감이 담겨 있습니다.

> 나만 잊을 수 없는 것은, 그들의 임종시의 그 신음소리인 것이다. 그토록 많은 출혈을 하면서도 스물 다섯 살의 젊음이 사흘을 뻗쳤다. 쌩쌩거리는 포탄 속에서 죽어가는 그들을, 나는 지켜보는 이외에 어찌할 도리가 없었다. 그러나 나 역시, 어깨에 입은 총상으로서 의식이 흐려지곤 하였던 것이다.(335면)

> 장성한 조카와 아내와 어린 아들의 죽음을 한꺼번에 겪으면서도, 여전히 먹고 입고 잔다는 것, 바꾸어 말하면 그들의 죽음을 시인(是認)한다는 것, 그들의 죽음에 잊어버린다는 것, 그런 것들에 대하여 나는 <나>를 용서할 수가 없었던 것이다.(334면)

가족은 유엔군 입성을 목전에 두고 폭격 당했습니다. 나 역시 어깨의 총상으로 제대로 의식을 차릴 수 없었지만, 아내, 아들, 조카의 주검을 옆에서 지켜보아야 했습니다. 생명을 부지한 후, 먹고, 입고, 잠자며 그들의 죽음에 익숙해져 갑니다. 나는 가족의 부재에 점차 익숙해져 가는 스스로를 용납할 수 없었던 탓에 자괴감은 깊어갑니다.

「파편」(『희망』, 1951.5)에서 태현은 부모를 고향에 두고 처자식만 데리고 피난 왔습니다. 그는 부산 판자촌(창고)에서 피난민을 응시하며 자신을 돌아봅니다. 생활을 책임질 능력을 잃었고 그를 대신하여 아내가 물건을 팔아 간신히 생계를 이어가고 있습니다. "황해도 대지주의 외아들로 단정한 성대(京城帝大)의 제모 아래, 수재다운 깨끗한 얼굴을 가진 행복한 청년"은 간 데 없고, "대청에 길게 끈 다홍치마에 금박이 노란 반회장저고리를 입고 소소하게 섰던 아내"는 "빨래뭉치를 베고 드러누운 누렇게 부은 얼굴"로 앓고 있습니다.(355면) 그는 가장으로서 책임감도 컸지만, 아들로서 죄악감이 그를 짓눌렀습니다.

> 그의 죄악감은 여러 가지 의미로 그를 짓눌렀다.
> 불효와 위선, 이윽고 모략 - 늙으신 어버이를 사지에 두고 온 죄, 최후까지 가면을 쓴 죄, 그 위에 선량하고 자애깊은 무력한 노인들에게 내 걱정말구 가라는 일종의 면죄부(免罪符)를 강요한 죄 - 뒤에 남는 노인의 불안과 슬픔과 공포를 걱정말구 가라는 언사 아래에 역력히 들여다보며 애써 눈을 가리고 못이기는 체한 자기를 용서할 수가 없었다.(350면)

태현은 판자촌의 아내와 아이들, 고향에 두고 온 어버이를 생각하며 회한에 빠집니다. 그는 노인의 불안, 슬픔, 공포를 "애써 눈을 가리고 못이기는 체" 아내와 아이들만을 데리고 피난 왔던 것입니다. 노부모를 유기한 불효와 위선을 참을 수 없었습니다. 전쟁으로 인해 인간성이 말살해가는 자신을 발견하며 죄악감이 커졌습니다. 남성 화자가 느끼는 죄책감은 이성과 체모를 기반으로 사회적 인간이 자각하는 수치심입니다. 그들은 현실을 직시하되, 남편과 아들 등과 같은 가족관계 속에서 자신을 돌아봅니다.

한무숙 소설의 남성 화자들이 지식인이라는 점에서, 그들은 죄의식과 더불어 사회적 책무를 자각합니다. 작중 화자가 '독백'을 통해 자의식과 가족에 대한 죄책감을 보여준다면, '발화'를 통해서는 사회에 대한 책임감을 보여줍니다. 「파편」(『희망』, 1951.5)에는 윤리가 부재한 현실에서 지식인이 느끼는 자괴감과 책무가 드러납니다. 정의와 원칙이 동요되는 시대, 지식인 청년은 역설적으로 삶을 모독하고 상식을 배반합니다. 그는 '모독의 쾌감', '상식에의 반역', '고뇌(苦惱)에의 기호(嗜好)'로 의식을 포장하고 자학에 빠집니다. 지식인 청년은 그 이유를 다음과 같이 토로합니다.

> 정의(正義)란 말이 이렇게 함부로 씌어진 시대가 있었겠습니까? 원칙이 이렇게 동요되고 전환된 시대가 어디 있었겠습니까? 나는 죄란 말이 무엇인지 알 수가 없게 되었습니다.(357면)

> 부산으로 피난 올 때의 일입니다.
> --(중략)--
> 개인 소유의 조그만 배라 적재정량은 훨씬 넘었는데, 공포와 초조에 살기 찬 사람들이 소리를 지르고 뛰어오르려 합니다.
> --(중략)--
> 하여튼 그냥 두면 배가 침몰할 수밖에 없게 되었을 때 - 나는 보아서는 안 될 것을 보았어요. - 완강한 선원이 몇 사람, 선측에서 서서 뛰어오르려는 사람을 발길로 차서 바다 속에 처넣기 시작했던 것이예요.

--(중략)--

무엇보다도 견딜 수 없는 것은 그때의 선원들의 행동을 정당방위상 불가피한 것이라고 긍정하지 않을 수 없는 일입니다.

그렇게 안했으면 배는 침몰할 수밖에 없었으니까요.

그 후부터 제 이성은 극도로 혼란하여 제 성격이 이렇게 무너져 버렸습니다.(358면, 강조는 필자)

지식인은 정의를 희석시킨 전쟁의 여파에 주목하여 사회적인 책무를 소환합니다. 전쟁은 삶을 벼랑까지 내몰았고, 생존 앞에서 인간은 윤리를 망각했습니다. 그들은 무너진 윤리를 복원하기 위해 자의식을 동원합니다. 그것은 사회를 선도하는 지식인으로서 책임감입니다. 기층민이 자기 삶의 건재에만 몰두하는 반면, 지식인은 자신을 둘러싼 공동체의 안위에 주의를 기울입니다. '정의'는 나를 비롯한 공동체가 안정을 얻을 수 있는 최소의 규범이니까요.

지식인은 나를 비롯하여 너와 우리 모두에게 적용되는 보편적인 질서를 찾습니다. 그는 반전주의 프랑스 대문호 로맹 롤랑(Romain Rolland, 1866~1944)을 소환하여 이 시대를 대표할 수 있는 새로운 도덕을 모색합니다.[19]

로맹롤랑이 이런 말을 한 것을 기억하고 있습니다. <자기 내부에 있어 자기를 의식하는 존재물로서만 신을 믿는다.> 당신에서 출발하여 당신에 그치는 도덕에 의지하시지요.(358면)

소설로 읽는 한국근현대문화사

신의 전모가 아니라 '자기를 의식하는 존재물로서만', '자기가 볼 수 있는 만큼'의 신을 의식하고 의지합니다. 이때 방점은 '자기'에게 놓이는데, 외부의 힘이 아니라 내부의 힘으로 자기를 의식하고 그 힘으로 신을 의지한다는 것입니다. 한국전쟁 이후 남자들은 아들로서, 아버지로서, 남편으로서 지성인으로서 자기 목소리를 떳떳하게 드러내지 못합니다. 혼잣말로 자괴감을 견뎌 나가고 극복의 의지를 다집니다.

3. 남성 화자의 독백2: 각성과 성찰

남성 화자는 자신과 사회를 둘러싼 책임을 의식하고 동시에 인간의 존재론적 문제를 사유합니다. 「그대로의 잠을」(『사상계』, 1958.11)에서 나는 자기 삶을 얼마나 주체적으로 살아왔는지 성찰하며, '생존'이 아니라 '존재'의 가치를 탐구합니다. 주인공은 자신을 둘러싼 주변인의 삶을 통해 자기 삶의 존재 방식을 돌아봅니다.

나는 일찍이 부모를 여의고 나이 많은 누이의 극진한 보살핌으로 의사가 되었으며, 곧 약혼녀와 미국유학을 앞두고 있습니다. 나는 두 가지 일을 경험하면서 자기를 응시합니다. 하나는 나와 동일한 태생적 운명을 가진 아이를 지켜봄으로써 자신을 객관화 해 나가는 것입니다. 또 다른 하나는 어린 아기 엄마의 고단한 생활을 지켜봄으로써 삶의 가치와 의미에 눈을 뜨기 시작한다는 것입니다.

이 작품은 6월 유두 노부인의 출산에서 시작됩니다. 나는 태반의 핏물을 뒤집어쓰고 태어난 영호의 삶을 응시합니다. 그의 부모는 아기가 살인

자의 운명을 타고났다는 터부를 맹신하고, 액운을 피하기 위해 백일동안 남색저고리를 입히는 등 인습을 추종합니다. 그것은 비단 영호만의 운명이 아니라 화자인 주인공에게도 드리워진 것이었습니다. 나의 누이는 남색저고리를 해 입히는 등 동생이 의사가 되기까지 인습을 맹신하며 동생의 삶을 조정해 왔습니다. 어린 영호는 나의 모습을 반추하고 성찰하는 거울이 되었습니다.

다음으로 농루안(膿漏眼)을 앓는 아기를 데리고 온 어린 엄마의 삶을 응시합니다. 남편은 군인으로 전방에 가 있고, 그녀는 양동 천막촌에서 몸을 팔아 생계를 이어나갑니다. 아기의 상태가 점점 나빠져서 나는 약을 가지고 천막에 드나듭니다. 나는 천막촌의 어린 엄마를 통해 삶의 생기를 발견하고 "실로 존재한다는 것은 모든 윤리에 선행(先行)"함을 깨닫습니다.(327면)

> 있는 대로의 시대(時代)의 슬픔과 괴로움이 덮쳐 있는, 그녀는 그런 대로 무척 밝은 성격을 가지고 있었다.
> 솔직히 말하면 이 명랑성에는 처음 적이 놀랐다.
> 그야말로 다 죽어가는 중환자가 일어서서 비틀거리지 않고 걸어 나가는 것을 본 것 같은 놀라움, 그것이었다.
> **그것은 삶을 <참고> 있는 것이 아니고 분명 <살고> 있는 모습이었기 때문이다.**
> 그러한 삶, 그릇된 것임에는 틀림없으나 그런 대로 피가 엉킨 삶을 볼 때 돌이켜지는 것이 있었다.
> **여지껏 살아온 것이 아니고 끌려 왔다는 느낌이었다.**
> **너무나 안이하고 평탄한 삶, 스스로 책임져 행동한 일이 없**

었다.

그러므로 어떤 행동이고 이 여인의 그것처럼 숙명이 되는 일은 없었고 **그저 간단히 기입된 경력(經歷)의 책장이 수월하게 넘겨졌을 따름이었던 것이다.**(327면, 강조는 필자)

나는 창부(娼婦)를 통해 자기 존재에 눈뜨지 못한 채 숙명과 관습의 틀 속에 갇혀 살아온 자신을 발견합니다. 자기 삶에 드리워진 숙명을 수용한 채 소극적이고 안일하게 살아왔던 것입니다. 미국유학을 앞두고 송별회에서 돌아오는 길에, 나는 창녀촌에 들렀습니다. 만취한 나는 불현듯 어린 아기의 엄마에게 창녀를 느끼는데 구체적으로 그것은 그녀의 사투리 억양과 말투 때문입니다. 여성 화자의 언어가 생활을 표현하는데 비해 남성 화자의 언어는 독백으로 자의식을 표현합니다.

> **「선상님, 못쓰십니다. 댁에 가서 주무시레요.」**
> 고향이 어딘지 그녀의 말투는 억양이 귀설었다. 그것이 이 밤 따라 심했다. 순간 왠지는 몰라도 그 말투에 <창녀>를 느꼈다.
> --(중략)--
> 「왜 못써, 왜 못써?」
> 씨근거리며 나오는 말이 자기 음성 같지 않았다.
> **「-선상님 같은 분이, 선상님 같은 분이-」**
> 창녀는 여전히 저항하며 할딱거렸다.
> **-선상님 같은 분? 너는 또 어떤 영어(囹圄) 속에 나를 가두려는 것이냐? 사나이면 또 기백환 돈이면 병신이라도 너를 가질 수 있다고 들었다. <같은 분>이란 말은 무엇을 의미하는 것인지**

는 모르나, 이 말은 그 찰나 인생에의 참가(參加)를 거부하는 말로 들렸다.(330면, 강조는 필자)

창녀촌의 어린 창부는 월남한 피난민입니다. 그녀가 쓰는 사투리는 그녀의 신분을 시사하고 있으며, 표준어로 구사된 나의 독백은 지식인 남성의 자의식을 보여줍니다. 지금까지 나는 인습과 책장에 갇혀 삶을 소극적으로 학습해 왔으나, 실재 삶은 달랐던 것입니다. 나는 삶이란 이성적으로 질서화 된 세계에 존재하는 것이 아니라, 비이성적이고 비논리적인 세계 속에서 오히려 더 건강한 모습으로 존재하고 있음을 발견합니다. 창녀촌이 불이 나자, 나는 자신을 방화범으로 신고하고 형기를 삽니다.

"그날 밤 그녀에게라기보다 그녀의 거절이 연상시킨 모든 것에 대한 살의(殺意)와 그 결과에 대하여 당당히 책임을 지려는", "자신으로서의 행위"를 실천한 것입니다. 나는 자기 삶의 주인이 되기 위해 기꺼이 감옥을 선택합니다. 누이가 바라고 세상이 바라는 미국 유학이 아니라, 실재 삶 속에서 스스로 책임지며 행동할 수 있는 자신을 찾으려는 것입니다. 나는 창녀촌에서 실재하는 생활을 발견했던 것이며, 그것을 이제 실천하려 했습니다.

남성 화자는 외적으로 죄의식을 토로하고 윤리를 촉구합니다. 내적으로는 자기 존재를 성찰하고 온전한 자기 회복을 위해 노력을 기울입니다. 「돌」(『문학예술』, 1955.9)에서 주인공은 폭격으로 아내와 어린 아이들을 잃고 형의 집에서 기식합니다. 주인공은 전쟁으로 인한 피폐한 삶과 현실을 직시합니다. 나아가 트라우마를 치유하고 온전한 인간으로 치유될 수 있는 방안을 보여줍니다.

주인공 신승균은 34살의 시민이자 제2국민병 소집대상이고 건축기사 과장입니다. 그는 "사실 삶이란 허망한 하나의 과제(課題)이고, <나>라는 것은 무지개처럼 그것을 다양화(多樣化)하고 산일(散逸)시킬 따름인 존재"(334면)라고 삶을 자조(自照)합니다. 그는 자신이 아닌 다른 대상을 통해 삶의 허망함을 벗어날 수 있게 됩니다.

나는 옥수암에서 영란을 만납니다. 누이의 전실 딸인 영란을 사랑했으나, 영란은 병든 아버지와 가족들을 위해 후취로 출가했습니다. 전쟁의 상흔으로 얼룩진 상처와 자존감은 영란을 만남으로써 회복되기 시작합니다. 나는 옥수암 법당에서 '연화대 위의 불상'과 '덧없는 비린 육신을 지닌 길 잃은 여인', 두 종류의 관세음보살을 목도합니다.

> 법당에 찼던 낙조가 물러가고 있었다.
> 낙조가 물러가고 있는 법당에 영란이의 흰 얼굴이 떠 보였다.
> 연화대 위의 관세음보살처럼 눈을 게슴츠레하게 반쯤 감았다.
> **약간 뒤로 제낀 얼굴은 우러러보는 모습이었고 잔광 속에서 빛을 잃어 보이는 입술이 <ㄹ>음(音)을 발음한 채로 다무는 것을 읽고 있었다.**
> 그러면 여태껏 <관세음보살>을 외이고 있었던 것은, 영란이었던가. 순간 또 하나의 여보살이 가슴을 파고드는 것을 나는 어찌할 수가 없었다.
> --(중략)--
> 나는 이 두 여인 - **하나는 시간을 초월한 연화대 위의 불상이고, 다른 하나는 덧없는 비린 육신을 지닌 길 잃은 여인이었지만, 그녀들의 우러르며 내려다보며 하는 얼굴에서 꼭 같이 느**

> 껴 받았던 것이다. 이윽고 그녀들의 번뇌는 또한 내 자신의 것
> 이기도 하였던 것이다.
>
> 사랑한다는 것은 또 하나의 <나>를 가지는 것이라는 말은
> 진담인가 보다. 그러기에 그 순간 나는 분명히 영란이에게 <나>
> 를 느꼈던 것이고, 그녀가 외이는 염불소리를 그녀의 그 애절한
> 음성을 내 것으로 알았던 것이 아닌가.(344면, 강조는 필자)

나는 '영란'을 통해 관세음보살의 존재를 느낍니다. 나의 빛 잃은 생
에 영란은 새로운 광명과 희망을 불어넣어 준 것입니다. 나는 영란을 만
나 서로의 사랑을 확인합니다. 그것은 육체적인 확인이 아니라 오랫동안
간직해 온 감정을 나누는 것이었고, 앞으로도 변치 않을 것이라는 사랑의
확인이었습니다. 이후 건강을 회복하였고 영란을 통해 잃어버린 또 다른
나를 되찾게 됩니다. 다시 서울로 돌아온 나는 이러한 변화를 다음과 같
이 고백합니다.

> 나는 그런 영란이를 보며 어째선지는 몰라도 자기가 대학 공
> 과를 나온 건축기사이고, 학생시대부터 남들에게 어지간히 촉
> 망을 받아본 일도 있었다는 것들이 상기되어, 새삼스럽게 <나
> >가 고쳐 보여지는 것이었다. 그래도 학생시대에는 제 나름으
> 로 이상도 가져보았던 <나>를 그녀의 앞에서 다시 느꼈던 것이
> 다.(347면)

> 나는 내용을 가졌던 것이다. 설사 그것은 결국은 불가해(不可
> 解)라는 인간의 중핵(中核)에 부딪혀버린 것이라 할지라도 나는

사랑을 알았던 것이다. 그리고 사랑을 체험했다는 것은 목숨을 체험한 것이고, 주체스러운 <나>를 모아 완전한 <나>를 갖추는 것이기도 하였던 것이다.

아무도 완전하게 자기 자신이었던 사람은 없다고 한다. 그러나 나는 그녀 앞에서 완전히 <나>였었고, 또한 그 <나>는 상기 내 내부에 살고 있는 것이다.(336면)

옥수암 근처의 '돌'은 나와 영란의 사랑이 현실에 존재하는 방식입니다. 전설에 의하면 착한 여인은 뒤를 돌아보지 말라는 금기를 위반하여 돌이 되었습니다. 나와 영란은 서로 사랑하지만 현실에서 자유롭게 사랑을 나눌 수 없는 화석화된 인간으로 존재합니다. "선도 악과 같이 벌 받"는(348면) 생명이 지닌 이중성을 인식한 것입니다. 생명은 환희와 환락이기도 하면서, 이별과 죽음을 잉태하고 있습니다. 영란과 나는 감각의 세계가 아니라 정신의 세계를 쫓아 사랑을 일구어 나가려는 것입니다. 비록 두 사람의 현실적인 결합은 불가하지만, 나는 사랑하는 여성과의 교감을 통해 온전한 '자기'를 되찾습니다. 그로 인해 상처받은 나를 치유하고 온전한 자신으로 회복됩니다.

4. 여성 화자와 대화, 일상생활의 언어

여성 화자는 일상을 배경으로 생활의 언어를 구사합니다. 일상생활의 언어는 두 가지 특징을 가지고 있습니다. 첫째, 생활의 언어는 독백이 아닙니다. 여성은 또 다른 여성에게, 혹은 남성에게 대화의 형태로 그들의 언어를 구사합니다. 둘째, 생활의 언어는 남성화자의 언어와 대조적으로 감각적입니다. 일상 생활의 구체성은 감각을 동반합니다.

　남성 화자의 시점으로 전개되는 소설 「파편」(『희망』, 1951.5)에서 겨울 밤 피난민 창고 지붕으로 끊임없는 비가 쏟아지고, 피난민들의 입에서는 한숨이 쏟아집니다. 송서방네는 다섯 살 난 아들을 피난 도중에 잃었고, 빈대떡을 팔아 생계를 이어나갑니다. 배서방네는 전란 중에 남편이 죽었습니다. 아들 형제는 국군과 빨치산으로 이념을 달리합니다. 태현의 옆칸에는 과부 신미령이 살았고, 다른 칸의 젊은 청년들은 부두와 인쇄소에서 일합니다. 전쟁으로 말미암아 삶의 터전은 더욱 척박해졌습니다. 부산에 거주하는 토박이나 타지에서 온 전재민 모두에게 하루하루 살아내기가 쉽지 않습니다. 물 긷는 골목어귀에서 여성들의 언쟁은 몸싸움으로 이어집니다.

> 「와이고 무시바라. 참말이지 피난민 낼로 우예 살겠노, 물한
> 분 길라캐도 이 야단이고, 물건 값은 올라가 쌓고 집은 절단이
> 고 와이고 우야야 좋겠노」
> 　광대뼈가 툭 불그러진 중년여인이, 거센 사투리로 머리를
> 설레설레 흔들며 불평을 한다.
> 　「뭐 어째구 어째요? 누가 피란 오구 싶어 왔수? 온 고생을
> 못해봐서 그런 소릴 허지.」
> 　송서방네가 홱 받아서 쏘아붙였다.
> 　「온 세사아나, 염치가 있어야지.」
> 　「염체라니, 그래 부산것들 겉이, 물 하나 안노나 먹는 인정
> 이 어딨단 말이요? 응, 바다에 한번 빠져봐야 정신을 차린단 말

소설로 읽는 한국근현대문화사

이요?」

「와이구 이 안드리 와 이래 쌓노?」

「아이구 지긋지긋해. 부산이라면 이에서 신물이 난다!」

송서방네는 바른 손을 귀 옆에서 수다스럽게 흔들었다.

「누가 오라 캤소?」

「오구 싶어 온 줄 아우?」

「와이구 얄궂어라. 참 별꼴을 다 보겠네.」

경상도 여인네, 앞으로 바각바각 다가서는 송서방네를 팔 뒤꿈치로 밀었다. 담박에 야단이 났다.

「왜 손찌검을 허는 거야 응? 왜 손찌검을 허는 거야?」

송서방네는 얼굴이 새빨개진다. 이윽고 욕설이 구정물 같이 쏟아져 나왔다.(353~354면)

물 긷는 골목어귀는 부엌 일과 가사 일을 하는 여성들의 공간입니다. 여성화자의 언어는 생활의 언어이자 일상의 언어입니다. 피난지 여성 화자들의 언어는 인물의 다중성을 보여줍니다. 첫째는 고향을 시사합니다. 둘째는 계층(계급)적 정체성을 시사합니다. 셋째로 피난생활의 척박함을 감각적으로 드러냅니다. 토박이는 피난민이 밀집한 결과, 물 긷는 것은 물론 치솟는 물가로 삶이 척박해졌다고 투박한 사투리로 언성을 높입니다. 송서방네는 생사의 역경을 헤치고 도착한 피난지에서 타향살이 서러움을 성토합니다. 그녀는 남편을 잃었고 아들들은 생사조차 확인할 수 없습니다.

부산의 지역민이나, 피난민에게 있어서 울분의 대상은 전쟁입니다. 이 모든 고통은 전쟁으로인한 것입니다. 여성들은 현실을 냉철하게 직시하기보다 육체의 고단함, 생활의 궁핍함이 초래한 울분을 목전의 상대에게 쏟아붓습니다. 그것이 물 긷는 일의 고단함이 아니라 전쟁이라는 불가해한 상처에서 기인한 것임에도, 괴로움과 노여움은 눈앞의 상대에게 표출됩니다. 여성의 언어는 그들이 주로 하는 일의 성격을 보여 줍니다. 전쟁 중의 생활은 투박할 수밖에 없습니다. 여성 화자의 언어는 일상의 언어이며 생활에 내재한 감각을 표출합니다. 작가는 여성의 언어를 자연스러운 지역의 언어로 표현합니다.

한무숙은 여성 인물의 어투에도 심혈을 기울입니다. 「월운」(1955)에서는 25~26살 세입자 여성의 신분과 성격을 어투로 표현합니다. 주인공 홍여사는 일찍 과부가 되어 세속적인 권위에 몸을 맡기고 주위 사람들에게 위엄을 행사합니다. 반면 그녀 집의 세입자인 새댁은 소극적이고 소심합니다.

> 그렇게 꼬박꼬박 세를 내고 들어 있는 이상 좀 더 떳떳이 굴어도 좋으련만, 죄진 사람마냥 방에만 들어박혀 있었고, **말할 때에는 으례히 얼굴을 붉히며, <Z>음이 몹시 귀에 거슬리는 <저~>를 연발하는 것이다. 방세를 들여올 때만 해도 무슨 어려운 청이나 하듯이 머뭇거리다 돈을 치르곤 하였다.**(363면, 강조는 필자)

홍여사는 "일정시대에 소위 애국반장으로 조선 신궁 돌층계를 세우오르내리던 정성이 해방 후에는 고스란히 예수교로 모여 지금 와서는 홍집사"(368면)로 권위를 내세웁니다. 반면 새댁은 제 날짜에 방세를 내고 정당한 권리를 누릴 수 있는 데도 불구하고 구차하게 말하고 행동합니다.

이러한 여성의 어투는 여성의 일상 생활과 의식 변화를 드러냅니다.

작중 여성의 어투는 남성 화자인 주인공의 의식 변화에 영향을 미칩니다. 「천사」(『현대문학』, 1957.5)에서 남성 인물은 여성 인물의 어투에 민감하게 반응하여 심중의 변화를 보입니다. 주인공은 외딴 지방의 마을에서 선생 칭호를 받고 있습니다. 아내가 억척스럽게 생활을 책임지는 반면, '나'는 경제적으로 무능하고 생활에 무기력합니다. 한때는 민족운동을 했으며 사상범으로 구금되어 독방에도 있었건만, 지금은 정치는 물론 생활에도 무력한 인간이 되었습니다. 어느 날 그의 내면에 동요를 불러일으키는 서울소녀가 등장합니다. 나는 그녀의 서울 말투에 심리적으로 동요됩니다. 그것은 그가 잊고 있었던 생활을 환기시킵니다.

> 그러나 **그의 보드랍고 애애한 음성을 듣는 것만이라도 나는 부드러운 무엇인가가 사풋이 마음에 얹혀 오는 것을 어찌할 수 없었다.**
>
> **그것은 거의 도취(陶醉)였다.**
>
> **격렬한 운동 끝에 오는 건강하고 싱싱한 흐뭇함이 아니고 유포리아(euphoria)랄까 차라리 무슨 마약 같은 것에 취하는 심정 - 말하자면 생명이 황홀하게 중절(中絶)되는 것 같은 느낌이었던 것이다.**(365면, 강조는 필자)

> **내가 나를 일컫는 선생이란 존칭의 부조리성을 깨달으려면은 꼭 그같이 부드럽고 애애하고 윤이 있는 소녀의 음성을 빌려야만 했던 것처럼.**
>
> 하여튼 선생이란 말과 마주하고 보니 모든 것은 착오(錯誤)

에서 출발한 것이고 하나의 착오를 벗어나면 또 하나의 착오로 들어가 그런 것들이 쌓여서 헛된 삶이 흘러버린 것 같다.

애당초 그래도 인생에는 무슨 의미가 있을 것이라고 믿었던 것이 착오였다.

무(無)를 백번 곱해 보았댔자, 결국 무(無)밖에 되지 않는 것이 아닌가.(395면, 강조는 필자)

인용문에서 '유포리아(Euphoria다행감(多幸感))'은 짧은 시간 동안 매우 강한 행복감과 그에 대한 흥분을 의미합니다. 나는 무기력한 전후의 일상에서 '보드랍고 애애한 음성'을 듣고 '생명이 황홀하게 중절'되는 감흥에 빠집니다. 반드시 '부드럽고 애애하고 윤이 있는 소녀의 음성을 빌려야만 했'는가 자문해 보지만, 그의 삶에 생기를 불어넣고 과거의 생명력을 호흡할 수 있도록 만든 것도 끝이 올라가는 서울말을 쓰는 소녀의 출현에 있습니다.

평소 아내의 거센 경상도 말투와 달리, 소녀는 끝을 올리는 서울말로 그간 잊고 있었던 자신의 모습을 돌이켜 보게 만듭니다. 그는 소녀를 통해 외딴 지방의 '선상님'이 아니라 도시에서 존경 받았던 '선생님'의 모습을 떠올리기 시작합니다. 한무숙 전후 단편에서 여성의 억양과 어감은 남성 인물의 내면에 민감한 반응을 불러일으키며 현실 자각을 비롯한 의식의 변화를 이끌어 냅니다.

「파편」(『희망』1951.5)에는 과부 신미령을 통해 '불명예의 향락'이라는 생활의 도덕이 설파됩니다. 봄이 와도 전쟁은 종식되지 않자 젊은 과부 신미령은 기성(既成) 도덕이 아니라 실제 경험과 생활 속에서 자기 윤리를 발견해 냅니다.

선생님은 비 오시는 날 이런 일을 경험허신 일이 없으신지
요?

--(중략)--

그 조심이란 이루 말할 수가 없어 한 방울의 물도 흙도 묻히
지 않고 갔습니다.

종로에서 안국동까지 가는데 거의 이십분이나 걸렸어요.

그렇게 온갖 신경과 시간을 쓰며 가는데, 뒤에서 달려온 자
동차가 전속력으로 옆을 지나가는 것을 피할 새가 없어, 아스팔
트 패어진 곳에 고인 더러운 흙물을 머리에서부터 뒤집어 써버
렸구먼요.(360면)

--(중략)--

글쎄 옷을 쫄딱 버린 후부터는, 그저 마른 땅을 걷는 것과 마
찬가지로 진땅을 걸을 수가 있지 않겠어요?

전차두 기다리지 않구 내처 돈암동까지 걸어버렸어요.

나중에는요, 일부러 진창을 철벅철벅 걷기두 허구, 그 기분
이란 무어랄까요?

참 자유롭고 거리끼는 것이 없구, 말하자면 불명예의 향락
이랄까요?

네 그래요.

옷을 버리지 않으려구 애를 쓰지 않으니까, 아주 쉽게 힘 안
들이고 걸어 갈 수가 있었어요.

호호- (361면)

신미령은 옷을 버리지 않기 위해 애를 쓰면 온갖 고초를 감내해야 하지만, 한 번 옷을 버린 후부터는 거리낌 없이 보행의 자유를 누릴 수 있었다고 합니다. 이러한 경험은 자신이 생활 속에서 몸소 터득한 것입니다. 피난민의 실재하는 생활 속에서 발견된 도덕은 여성의 경험과 여성의 목소리로 전달됩니다. 때로는 그것이 규범과 일치하지 않을 수 있지만 적어도 생존을 위한 힘을 내장하고 있습니다. 여성 화자의 언어는 실생활을 통해 습득한 것을 전달하므로 감각과 구체성을 확보하고 있습니다.

5. 여성 화자의 독백, 생명의 윤리 자각

「월운」(1955.6.6)과 「허물어진 환상」(『문예』, 1953.5.5)에는 여성 화자가 주인공으로 등장합니다. 작중 여성 인물의 공통점은 과부라는 점입니다. 여성 화자가 직면한 어려움은 경제적인 문제도 아니고 이념적인 문제도 아닙니다. 그것은 지극히 개인적인 여성 자신에 대한 문제입니다. 그들은 전쟁으로 말미암아 남편을 잃고 혼자서 가계를 책임지며 살아갑니다.

「월운」에서 여성 화자의 독백에 주의를 기울일 필요가 있습니다. '월운(月暈)'은 달무리를 의미합니다. 홍여사는 일찍이 남편을 잃고 수절과부로 지냅니다. 정부불견이부(貞婦不見二夫), '슬기롭고 정조가 곧은 아내는 두 남편을 섬기지 않는다'라는 여성의 부덕을 준수하며 육체의 욕망을 터부로 삼았습니다. 홍여사가 고아원을 인수하기 전날 밤, 세들어 사는 뒷방 색시가 아이를 낳습니다.

"이십 안 과부로 고스란히 수절해 온 결백에서인지 혹은 동물이나 식물이나 생식 행위라는 것은 산다는 것과 마찬가지로 무언지 죄 같은 것을 풍기는 까닭인지 알 수 없으나" 그녀는 젊은 여인의 출산을 달갑게 생각하지 않습니다. 뒷방문을 열고 산고를 치르는 색시를 보는 순간, 그녀의 생각은 점차 달라지기 시작합니다.

> 무슨 성숙된 암짐승과 같다고나 할까 - 양이라든가 여우라든가 하는 그런 구상적인 짐승이 아니고 그저 짐승이란 명칭으로 총괄되는 산 것 - 그런 느낌을 주는 것이다.
> 그러나 그것은 홍여사가 문란한 것을 볼 적마다 흔히 입에 올리는 <금수 같은 것>이란 말이 의미하는, 그런 동물과도 다른 것이었다.
> 당황한 인상이었다.
> **거기엔 잡스러움이 하나도 없는 것이다.**
> **오히려 살벌 할이 만큼 긴장되고 무슨 제전(祭典)을 연상시키는 외포(畏怖)가, 진통이라든가 분만(分娩)이라는 동물적 공포 위에 서리어 있는 것이다.**(366면, 강조는 필자)

> **그들은 <생명>에 참례하고 있었던 것이 아니었던가, 그러기에 그렇게 도도하고 떳떳했던 것이 아닐까.** 홍여사는 채찍이나 받은 것처럼 일어섰다.
> --(중략)--
> 도덕이라든가 질서라든가 하는 것보다 더 절실한 순간인 것이다.
> 아까 느끼던 짐승 - 말하자면 **짐승의 위치에까지 내려간 자**

연의 생명으로 돌아가서 이루어야 할 가장 진실한 과제(課題)가
앞에 놓여 있는 것이다.(369면, 강조는 필자)

여성화자는 자신이 모르고 있었던 성(性)의 신비에 눈을 뜹니다. 여성은 자연과 더불어 생명을 만드는데 동참하고 있으며, 그 일은 인간이 만든 일체의 도덕과 질서에 선행한다는 것입니다.

그렇다면 그 생명의 범주는 어디까지일까요. 새로운 생명을 잉태하고 출산하는 것이 생명의 외경심을 보여준다면, 그것이 가능하게끔 하는 성교(性交)에 대해서는 어떠한 입장을 취할까요. 「감정이 있는 심연」(『문학예술』1957,1.10)은 욕망하는 여성의 문제를 보여줍니다. 작중 여성은 두 세대에 걸쳐 성욕이 금기시 되는 당시 사회풍조를 주목하고 있습니다. 그래서일까요. 작가는 주인공이 여성임에도 여성의 문제를 전달하는 화자를 남성으로 설정해 놓았습니다. 남성 화자 '나'는 자신의 욕망에 앞서 여성에게 가해지는 성(性)에 대한 왜곡된 의식을 직시합니다.[20]

여성에게 성(性)은 일부종사를 위해, 가계를 잇고 가정을 일구기 위해서만 소용됩니다. 나는 여성에게 부과된 성에 대한 억압을 통해 여성 자신의 쾌락이 허용되지 않는 사회 분위기를 보여줍니다. 나는 어린 시절부터 전아(典娥) 집안의 신분과 경제력을 질투하면서 그녀에 대한 사랑도 키워 나갔습니다. 전아(典娥)는 조모를 비롯한 네 과부와 살았습니다. 나는 중학교 입학을 앞두고 전아의 집에 갔을 때, 식사시간의 엄중함으로 숨이 막힙니다.

그녀들은 숟갈을 들기 전에 모두 기도를 시작했던 것이다.

그 기도가 어이없이 오래 계속되는 것이다.

--(중략)--

그것은 단란한 식탁 앞에서의 감사의 기도라기보다 오히려 거기 다소곳이 고개를 조아리고 대죄(大罪)하고 있는 아리따운 여인과 어린 소녀의 죄상을 주워섬기고 있는 고발자의 모습이었다.

이 기이한 광경이 그대로 어린 전아의 환경이었던 것이다.(380~381면)

전아는 어머니를 여의고 고모들과 살았습니다. 홀로 된 작은고모가 집 밖에서 임신하자 아이를 지웠고 나아가 법정에서 단죄받습니다. 남편이 없더라도 여성에게 성관계는 금기시됩니다. 그렇지 않을 경우, 여인은 죄인이 되어 뭇사람들의 질타를 받게 됩니다. 여성에게 성욕은 발산하지 않아야 하는 금기 사항임을 보여줍니다. 그것은 한국전쟁 이후 사회에 뿌리내린 여성상이었으며, 여성이 내면화해야 할 도덕이었습니다. 전아는 법정에서 그 모습을 지켜보던 중 정신을 잃습니다. 전아(典娥)는 성(性)을 경험하기도 전에 성에 대한 죄의식이 죄악망상으로 고착되어 정신병원에 입원합니다.

나는 전아를 면회하러 병원에 갑니다. 전아(典娥)라는 이름에는 '규칙'과 '아름다움'이 공존합니다. 문제는 규칙과 아름다움이 공존해야 하는데, 규칙이 아름다움을 압박한다는 것입니다. 나는 전아와 미국유학을 계획했으나, 결국 두 사람 모두에게 미국유학은 요원해졌습니다. 병원에서 나는 자신이 사상범이 아님을 밝히는 남자와 자신이 영부인임을 자칭하는 환자를 만납니다. 그들을 망상으로 몰고 간 것은 무엇일까요. 전후 한 국사회가 윤리와 이념으로 강제했던 과도한 규칙으로 말미암아 어린 생 명은 건강함을 잃고 병듭니다.

「월운」과「감정이 있는 심연」 모두 여성의 성(性)을 중심 소재로 삼고 있지만, 각각의 작품에서 여성 화자와 남성 화자가 전달하는 방식이 다 릅니다. 여성화자는 성(性)을 통해 생명의 신비에 눈을 뜹니다. 남성화자 는 여성의 욕망에 주목하고 동시대 윤리를 고발합니다. 남성화자는 당대 성(性) 윤리의 문제점을 진단한다면, 여성화자는 생명의 윤리를 제안합니 다. 남성 화자가 자신을 둘러싼 사회와 세계에 두루 의식의 지평을 넓혀 나갔던 것과 달리, 여성 화자는 자신을 둘러싼 여성에게 가해진 왜곡된 성(性) 윤리에 눈을 뜹니다. 나아가 성(性)을 생명의 시각으로 확장하여 자 연의 건강함을 되찾아야 함을 보여줍니다.

이 지점에서 여성 작가인 만큼 여성주의 관점을 내보인다고 생각하기 쉽습니다. 아닙니다. 자세히 보면, 한무숙은 여성 문제를 인간에 대한 원 형이라는 관점에서 탐구합니다. 일찍이 홍기삼은 한무숙 소설에서 작중 여성 인물은 남성 중심의 폭력적 압제에 놓여 있으나, 여성에게 남성은 갈등이나 투쟁의 대상이 아님을 지적한 바 있습니다. 한무숙의 소설에서 역사, 제도, 관습과 같은 외재적 형식은 여성을 억압하는 원인으로 부각 되지만, 남성은 이념이 아니라 구체적 대상으로서 사랑이 요구되는 또 다 른 생명이라는 것입니다.[21] 한무숙의 가치관은 1960년대 발간된 창작집 의 머리말에서도 확인할 수 있습니다.

「<미역국> 맛두 모르시구 글을 어떻게 쓰세요!」

낳고 기르는 여성이기에 이런 말이 얼결에도 나온 것이 아닐까요.

괴에테는 「시인은 여자와 같은 존재다. 분만의 아픔에 못 이겨 다시는 남자를 가까이 하지 않으려고 다짐하면서 또 어느 샌가 잉태를 하는 거야」- 이런 말을 했다지만 여성이면서 글을 익혀 쓰게 된 우리는 이 말을 어떻게 수긍해야 옳으며 또 어떻게 고쳐 말해야 옳을까요?

무슨 큰 포부도 없이 그저 쓰고 싶어 쓰기 시작하고 쓴다는 괴로움에 눌리면서 그 괴로움을 또 놓치지 않으려고 애써 왔어요.

쓴다는 것은 모든 행동하는 것이 그렇듯 수고이며 해탈이며 법열일 때도 있는 것이라고 말하고 싶어요.

당신도 곧잘 말씀하시듯 대게는 여직껏 벅찬 삶이란 없었고 따라서 직접 경험에서 오는 강렬한 확신이 없었어요.

말하자면 **어떤 일에든 간에 그 소용돌이 속에 있어 보고 자기의 장소를 그곳이라고 믿고 그곳에서 인생을 더듬어 가는 일이 없었어요.**

그런 것으로 하여 생활이 없다는 책망을 듣곤 했어요.

허지만 너무나 또렷한 현실은 오히려 현실감을 깃들지 않게 하더면요.

삶도 너무나 벅차게 겪고 시달릴라치면 그 본연의 모습을 이그러뜨리는 수도 있는 것이 아닐까요.

구차한 변명 같지만 그래서 나 같은 사람의 존재 이유도 - 보고 느끼고 쓸 수 있는 - 있는 것이라고 말하고 싶어요.[22]

여성의 문제를 화두로 삼더라도 작가는 여성의 목소리와 입장만을 고려하지 않았습니다. 여성 화자의 목소리와 남성 화자의 목소리를 통해 여성의 문제를 인간의 문제로, 인류의 문제로 읽으려고 했습니다. 작가는 여성의 입지에서 볼 수 있고 말할 수 있는 것을 쓰되, 현실의 균형과 조화를 놓치지 않기 위해 부단한 해탈과 단련의 시간을 가졌던 것입니다.

6. 서울 보수개화양반 후예의 지적 균형감

지금까지 한무숙의 전후 단편을 통해 한국전쟁 이후 남성 화자와 여성 화자의 언어를 분석해 보았습니다. 어땠나요. 그들의 언어에는 눈에 보이는 문제와 눈에 보이지 않는 모든 문제를 반영하고 있습니다. 한국전쟁 이후 남성 화자가 주로 독백에 의지하여 사건을 진행한다는 것은 흥미롭습니다. 그들은 한국전쟁에 대한 죄책감과 책임감으로 다른 사람과 말을 섞기보다 자기 번민에 빠져 있습니다. 각성과 성찰을 하기 위해 독백이 필요했던 것이지요

그렇다면 여성은 어떠했나요. 한국전쟁 이후 여성 화자는 대화가 많습니다. 그들은 일상에서 생활해야 하므로 생활의 언어는 독백이 아니라 대화였던 것이지요. 물을 긷는 등 가사일은 여성의 몫이지요. 뿐만 아니라 남편없이 생활해야 하는 여성은 집 밖에서 대화의 주체가 되어야 했습니다. 물론 여성 화자가 독백을 할 때도 있습니다. 그것은 여성의 성(性)을 발견할 때입니다. 여성 화자는 여성의 성을 여성 문제로만 보지 않습니다. 여성의 성은 생명을 잉태한다는 점에서 생명의 윤리로 파악하고 있

습니다.

　그렇다고 여성의 육체적 욕망을 부정한 것은 아닙니다. 한무숙은 여성의 육체적 욕망을 인정하고 제시하는 데 그것을 여성 화자가 아니라 남성 화자의 시선과 언어로 전달합니다.

　그럼 이제 남성 화자와 여성 화자의 언어 차이를 비교해 볼까요. 전후 단편소설에서 남성 화자의 언어는 윤리의 복원을 화두로 삼고 있습니다. 남성 화자는 자신을 둘러싼 주위 인물을 응시하고 교감함으로써 성찰하고 상처를 치유해 나가고 있습니다. 전후 사회가 직면한 다양한 현실 문제를 제기하고 있으며, 윤리 정립을 주도합니다. 여성 화자는 구체적인 생활의 언어를 구현해 냅니다. 여성 화자가 주인공일 경우, 여성 문제를 직시하고 조명합니다. 여성에게 강제되는 완고한 성(性) 윤리를 비판하되, 남성에 대한 여성의 문제가 아니라 인류의 건강한 미래를 위해 생명의 윤리를 제시합니다.

　이러한 차이는 어디에서 올까요. 작가는 소설에 당대 현실을 반영하는 만큼, 남성 위주로 지탱되고 있는 한국 사회의 구조를 내면화하고 있습니다. 전후 사회에서 여성은 남성과 달리 개인의 온전한 자율권도 부여받지 못한 존재라는 점에서 여성이 주도해서 현실 문제를 제기하고 윤리 정립을 제안하기 어려웠을 테니까 말입니다. 그런 까닭에 여성 화자의 언어는 구체적인 생활 속에서 토속어를 쓰고, 어조와 음색에 주의를 기울이는 등 인간의 기본권을 유지하고 제기하는 데 그칩니다.

　한국 전쟁 이후 사람들을 전재민(戰災民)이라 부릅니다. 전쟁으로 인한 재난을 겪고 있는 사람들이라는 뜻이지요. 이들의 언어는 전쟁 이후 그들이 삶을 일구어 나가는 모습과 방식을 보여줍니다. 국가의 재건은 정치가에 의해서만 이루어지지 않습니다. 이 땅에서 함께 살아가는 사람들 모두의 희생과 노력으로 국가도 제 모습을 되찾고 새롭게 성장해 나갑니다. 한무숙의 전후 단편소설에 나타난 남성 화자의 언어, 여성 화자의 언어는 그러한 희생과 노력의 실제 과정을 상세히 보여줍니다.

마지막으로 한무숙 소설의 의의에 대해 조명해 보겠습니다. 한무숙의 전후단편을 추동하는 기본적인 힘은 언어에 대한 예민한 감각에 있습니다. 대화, 어투, 어감을 효율적으로 구사하여 작중 인물의 성격창조는 물론, 인물의 심리변화와 주제를 구현하고 있습니다. 한무숙은 서울 보수개화양반의 후예로서 작가의 언어는 치밀한 묘사 외에 지적 균형감을 담고 있습니다. 작가의 언어가 담아내는 것은 한국전쟁 이후 이 땅에 살아가는 전재민의 실체 였습니다. 그들이 구사하는 언어는 특정 문제에만 치우쳐져 있지 않습니다. 남성과 여성의 문제라기보다 삶의 문제, 생명의 문제를 보여주고 있습니다.

1960년대 소설에 이르면, 한무숙 소설에서 여성 화자는 성(性) 문제를 넘어서서 인간으로서 여성의 삶을 다각도에서 탐구해 나갑니다. 「축제와 운명의 장소」(『현대문학』, 1962)에서는 현실이 아니라 감상에 경도된 여성의 정서를, 「이사종의 아내」(『문학사상』, 1978)에서는 남편의 첩에 대한 아내의 질투를, 「생인손」(『소설문학』, 1981)에서는 모성애에 가려진 비윤리성 등 여성의 문제를 구체적으로 보여줍니다. 전후 소설에서 전쟁이후 한국의 민낯을 직시해 나갔다면, 1960년대 이후에는 다양한 각도의 페르소나를 탐구함으로써 한국의 전통과 정체성을 탐구해 나갑니다.

2장
전후 지식인의 연애에 작동되는 국민윤리

1. 연애, 한국전쟁 이후 여성 지식인이 주목한 문제

한국 전쟁이후 젊은 남녀들은 어떻게 연애를 했을까요. 그들은 어떤 마음으로 세상을 살아가며 이성을 만났을까요. 박화성(1904~1988)의 장편소설 「고개를 넘으면」(『한국일보』, 1955.8~1956.4)은 전쟁 이후 젊은이들의 연애 과정과 실제를 잘 보여줍니다. 박화성의 전후장편소설은 흥미와 교훈을 겸비한 탓에 당대에는 영화화 되는 등 널리 대중의 사랑을 받았습니다. 장편소설 「고개를 넘으면」(『한국일보』, 1955.8~1956.4)은 박화성이 한국전쟁 이후 처음 발표한 작품입니다. 이 작품을 통해 전쟁이후 젊은 청년들의 연애 과정을 소개하겠습니다.[23]

그에 앞서 작가 박화성에 대해 알아보겠습니다. 박화성은 「추석전야」(『조선문단』, 1925.1)로 문단에 데뷔합니다. 주로 식민치하 궁핍한 여성의 삶을 소재로 삼아 일제의 정치적 경제적 억압 상황을 보여줍니다. 이에 서정자는 '신선한 현실주의 소설'이라 평가하기도 합니다.[24] 박화성은 1930년대 리얼리즘 소설로 이름을 알린 후 작고하기까지 꾸준히 창작활

동을 합니다. 한국전쟁 이후에는 장편소설 창작에 전념합니다.[25]

　　창작활동의 전반기와 후반기 간에는 작가 의식의 차이를 보입니다. 해방 이전까지는 계급해방의 이념을 다룬 소재를 취택하고 인물과 사건의 전형성을 부여하는 경향 문학을 창작합니다. 한국전쟁 이후에는 마르크스주의 경향은 사라지고 자연과학적 합리주의를 받아들여 국가 발전을 위한 방안들을 모색합니다.[26]

　　당대 여성 작가들이 제법 있는데 왜 박화성을 주목해야 할까요. 근대 여성작가들과 박화성을 비교해 보겠습니다. 문학 연구자들은 박화성의 위치를 다음과 같이 평가합니다.

　　　수년의 선배문인격이던 김명순(1896~1951)·김일엽(1896~1971) 제씨는 사실 초창기 문단의 화제 대상이었을 뿐 진지한 작품실적을 보여주지 않았으므로 비교의 대상이 되지 않는다. 그리고 백신애(1908~1939), 강경애(1907~1943), 최정희(1912~1990) 등은 그 (박화성:인용자)보다 늦은 30년 전후에 등단한 것이다.[27]

　　　강경애가 여성 억압의 원인을 계급문제에 두어 계급해방을 주장하고 백신애가 여성억압의 원인을 성 문제에 두고 가부장제도의 극복에 해결점을 두었다면 최정희는 여성의 운명적 삶을 모성적 회귀로 돌려서 화해의 세계를 구축했다. 그러나 박화성은 "무산계급의 해방 없이는 여성의 해방은 있을 수 없다"고 사회구조적 문제의 해결점을 새로운 의식과 각성에서 찾는 과감한 개혁 쪽에서 여성상을 제시한다.[28]

인용문들을 통해 느낄 수 있겠지만, 박화성은 자신이 직면한 시대에 대해 '지식인'으로서 소명감과 책임감을 보입니다. 여성의 소명감 혹은 개인의 소명감이 아니라 '지식인'으로 소명감을 가진다는 데 방점이 놓입니다. 여느 남성작가와 마찬가지로 동시대 사회구조와 보편적 현실에 관심을 두었다는 것이지요.

박화성의 「고개를 넘으면」은 신문연재의 형태를 취하고 있지만 동시대 한국의 다양한 문제를 담고 있습니다. 사회·정치·경제적인 면에서 전후 현실 문제를 다각도로 조명하고 있습니다. 예컨대 항일독립가의 타이틀 속에 감추어진 남성 중심 이기주의를 비판하는가 하면[29] 합리주의와 물질문명에 눈을 뜨는 여성의 자기 발견을[30] 보여주기도 합니다. 이외 다른 작품들과의 더불어 여성성의 상징적 코드,[31] 전후 여성의 사회의식과 여성 의식 문제도 잘 보여줍니다.[32]

다시 한국전쟁 이후 젊은 남녀의 연애 문제로 돌아가겠습니다. 남녀의 연애에는 사적인 소통의 문제 외에도 그 배후의 사회의식도 반영하고 있습니다. 재클린 살스비(Sarsby, Jacqueline)는 영국 근현대사를 통해 사회제도와 구조가 남녀의 사랑 방식에 미치는 영향력을 소개한 바 있습니다.[33] 사랑이라는 가장 사적인 감정도 사회적인 산물이라는 것입니다. 박화성은 「고개를 넘으면」에서 가장 개인적인 감정에 동시대 이데올로기를 녹여내고 있습니다.

한국전쟁 이후 소설에서 연애는 소수 여성을 대상으로 한 화제가 아니라 젊은이들의 보편적인 생활을 구성하는 핵심이 됩니다.[34] 전대와 달리 남녀간 교제와 연애가 일반화 되었던 것이지요. 「고개를 넘으면」은 연애가 중심 화두임에도, 작중 주인공들을 당대를 대표하는 엘리트로 삼았습니다. 작가는 연애를 경유하여 다른 얘기를 하고 싶었던 것이지요. 그런 까닭에, 작품에 나타난 연애를 잘 살펴보면 작가 박화성의 가치관과 동시대 사회 통념을 읽을 수 있습니다.

2. 식민지 시대 지식인의 사랑, 동지애와 대의(大義)의 실현

한국전쟁 이전 청춘남녀의 연애는 어떠했을까요. 당연히 식민지시기 남녀도 연애를 했습니다. 앞 장에서 박화성은 1930년대에는 리얼리즘 소설을 썼다고 했습니다. 박화성은 식민지시기 파행적 계급 문제를 비판하고 식민지 조선의 궁핍화 실상을 보여주었습니다. 그러나 보니, 일제 식민치하 지식인 남녀를 대상으로 이념에 투철한 청춘 남녀의 연애를 보여줍니다.

서정자는 계급해방이 여성해방이라는 사회주의 여성해방을 담고 있다는 점에 주목하여 이를 '주의자 연애'라 칭합니다. '주의자 연애'는 「하수도 공사」(『동광』, 1932.5)에서 동권과 용희의 사랑, 「비탈」(『신가정』, 1933.8)에서 정찬과 주희의 동지애, 「중굿날」(『호남평론』, 1935.11)에서 국범과 금례의 사랑 등으로 나타나며 그들은 공통적으로 사랑보다 일에 우선한다고 지적합니다.[35] 장편소설 「북국의 여명」(『조선중앙일보』, 1935.3.31~12.4)은 자전적 소설로서[36] 사랑보다 이념을 우위에 놓고 이를 추구해 나가는 지식인 여성의 치열한 삶의 여정을 보여줍니다.

1930년대 소설의 주인공은 빈부 차이와 계급 모순에 대한 비판의식을 가지고 있으면서 동시에 남녀 간 뜨거운 애정도 지니고 있습니다. 작중에서 이념(주의)은 관념으로 존재하지 않고 불우한 민족과 노동자 공동체의 존립을 위한 실천으로 구체화 됩니다. 이를 잘 보여주는 작품이 「하수도 공사」(『동광』, 1932.5)와 「비탈」(『신가정』, 1933.8)입니다. 이 장에서는 박화성 소설에 나타난 주의자의 연애 실현방식에 주목하기보다, 개인의 연애 문제와 이를 뛰어넘는 공공의 절박한 문제를 대비하여 살펴보겠습니다. 그럼 두 단편에서 작중 인물의 연애 과정을 보겠습니다.

「하수도 공사」에서 서동권은 일제 식민정책으로 신음하는 조선 농민들에게 새 길을 제시하는 진취적인 청년입니다. 노동자들과 더불어 '하수도공사'를 하면서 일제에 대한 노동자들의 권익을 대변하고, 궁핍한 농민(노동자)의 고단한 삶을 자신의 삶과 동일시합니다. 그는 배다른 여동생 희순과 같은 마을에서 자란 용희에게 사랑을 받습니다. 두 처녀의 위안과 사랑으로 계모의 핍박과 가난을 견뎌냅니다. 용희의 지극한 사랑을 받는 동권은 그녀에게 사랑을 고백하기도 하지만, "우리의 사랑은 현재 우리의 정세에 합당하지 못"[37]하다는 이유로, 연애를 진전시키지 않고 숙제로 남겨둡니다. 동권에게는 "결혼 문제보다도 더 절박한 문제"(109면)가 목전에 있기에 용희에게 다음과 같이 말합니다.

난 용힐 애인보다도 한 동지로 생각하기 때문에 조금도 서로 떨어져 있고 싶지 않아. 그렇지만 정세가 허락하지 않은 데야 어쩌겠어. 만일 용희가 날 끝까지 사랑한다면 용희 스스로 자신을 개척할 수 있으리라고 생각하는데. 그렇지 않아? 용희!(109면)

동권은 용희를 열렬히 사랑하지만, "참으로 나의 뜻을 알고 나를 사랑한다면 자기 스스로 모든 장애를 돌파하고 자기를 개척하여 나아갈 수 있는 용기를 가진 여성"(110면)이 되라는 편지를 남기고 그녀를 떠납니다. 그는 이념을 위해 사사로운 연정을 희생합니다. '개인'이 아니라 '공동체'를 위해 연애를 뒤로 합니다. 여기서 주목할 대목은 동권뿐 아니라, 용희 역시 그의 협조자가 되려는 태도를 지닌다는 것입니다. 동권이 남겨놓은 편지는 용희에게 "애인이 주고 간 교훈"(110면)입니다. 작가는 "뜻있는 상봉"을 기약하며 길을 나선 동권에게, 용희가 자기 삶을 스스로 개척하고 그와 뜻을 함께 하는 동지가 될 것으로 작품을 마무리합니다.[38]

「비탈」(『신가정』, 1933.8)에서도 지식인 청년은 개인의 애정보다 공동체의 사활을 중시합니다. 이 작품에는 두 여성의 사랑이 대조적으로 묘사됩니다. 수옥은 농민의 딸로서 아름답고 연약한 여성인 반면, 주희는 자본가의 딸이지만 이념에 눈을 뜬 여성입니다. 작가는 아름다운 여학생 수옥의 연정은 그녀의 죽음과 더불어 부질없고 허망한 것으로 묘사합니다. 반면 주의에 눈을 뜬 주희의 연정은 이념의 실현과 동시에 일말의 전망을 남겨 놓습니다. 결국 수옥은 유부남과 밀애 중에, 애인 정찬을 발견하고 산에서 발을 헛디뎌 죽습니다. 그녀는 애인의 사랑을 의심하면서 젊은 생을 소모합니다. 반면 주희는 정찬의 지도를 받아 아버지 공장의 노동자들을 각성시키는데 성공합니다. 비록 주희는 정찬과 더불어 사랑을 맹세하지 않았지만, 그들은 사랑보다도 더 굳건한 동지애로 결속됩니다.

박화성은 이념에 대한 신념이 없이 어여쁘기만 한 여성에게 관대하지 않습니다. 작가는 수옥의 연애 감정을 여성의 사치스러운 허영과 동일한 것으로 묘사합니다. 식민지 시대 연애는 식민지 조국 해방이라는 대의(大

義) 실현을 위한 공조로 수렴되어야 한다고 본 것이지요. 「홍수전후」(『신가정』, 1934.9)에서 아버지 송서방은 주의에 눈뜬 아들 윤성을 밉게 보았으나, 홍수로 다 잃은 뒤에는 아들과 부자(父子)가 아니라 동지(同志)로 두 사람이 결속합니다. 부자(父子) 관계가 동지로 승화되는 만큼, 청춘남녀의 연애도 동지애로 전환되어야 한다고 본 것이지요.

「두 승객과 가방」(『조선문학』, 1933,11), 「중굿날」(『호남평론』, 1935.11)에 등장하는 남녀도 사랑보다 이념의 내면화를 보여주고 있습니다. 남편의 사상을 좇아 동지의 삶을 살아가는 아내의 비애를 보여주는가 하면, 사랑하는 여인 금례가 팔려 가는 현실에서 이념에 눈뜨는 애인 국범의 각성을 보여주고 있습니다. 이들의 이념은 불우한 삶을 살아가는 계급을 비롯한 공동체의 미래를 위한 대의명분을 지닙니다.

박화성은 식민지라는 시대의 고통 앞에서 개인의 감정은 각자 승화시켜야 할 과제로 두는 한편, 식민지 조선의 해방을 위한 이념의 실현을 젊은이들의 소임으로 제시합니다. 공동체의 삶을 개인의 삶보다 우위에 두는 박화성의 가치관은, 식민지 시대에 이어 한국전쟁 이후에도 동일하게 나타납니다. 식민지시기에는 국가가 부재했으므로 민족과 계급을 호명했던데 비해 한국전쟁 이후에는 국가가 존립해 있으므로 국가의 낙후된 정치 및 경제 현안 해결로 전환됩니다.

3. 청춘남녀의 사랑, 정의(正意)로 구현

이제 「고개를 넘으면」(『한국일보』, 1955)을 통해 한국전쟁 이후 지식인의 연애 풍경을 보겠습니다. 박화성은 연애 서사를 통해 현대교육을 받은 지성인의 모럴과 교양을 보여주고 있습니다. 작중 연애서사를 구성하는 것은 남녀의 감정과 사적 욕망에 앞서, 그들이 소속한 공동체의 윤리입니다. 결론부터 말씀드리겠습니다. 이 작품은 동시대 젊은이들이 민족과 국가의 번영에 이바지해야 한다는 메시지를 담고 입습니다.

이 작품의 목적은 젊은이들의 사랑이 아니라 역사·관습·시대 문제에 대한 젊은이들의 소임을 환기시키 데 있었던 것입니다. 작가는 작중 주인공을 통해 다음과 같이 말합니다.

> 그가 현실로서 넘지 않으면 아니 될 고개는 역사와 관습의 시련 속에서 인생과 시대의 숙제인 새로운 생활을 동경하며 진정한 사랑의 그림자를 밟아 사랑의 행각을 계속하는 한낱 여정일 수밖에 없다.[39]

젊은 세대는 이전 세대의 혈연중심 정실주의를 부정하면서 '정의'를 토대로 이 땅의 민주주의 안착에 이바지합니다. 한국전쟁 이후 남한은 북한의 혁명적 민족주의에 맞서는 적극적인 체제이념으로 '자유민주주의'를 내세우고 사회를 통합합니다. 박명림의 지적처럼 "체제 생존의 수준에서 공산주의 반대가 민주주의라는 인식은 53년 체제 초기동안 남한 리더십과 국민 모두에게" 통용되었으며, "냉전 초기 동아시아 민주주의는 곧 반공의 범위 내에서 존재 가능한 민주주의"였습니다.[40]

이 작품은 여자 대학생 세 사람과 남자 대학원생 세 사람이 한 무리가 되어 이들의 삼각연애가 소설의 골격을 형성합니다. 등장 인물과 배경을 기억하기 쉽게 요약해 보겠습니다.

성별	이름	특징
여성	한설희	• E대학 영문과 재학, 동양적 정취를 풍기는 전형적인 한국 여성 • 출생의 비밀을 서사의 중심에 두고 독자의 호기심을 자아냄
	한혜순	• Y대학 정치외교학과의 홍일점 여학생, 외국인 같은 현대미가 충만
	김영옥	• E대학 영문과 재학, 리더십을 갖춘 명석한 여성
남성	한진수	• 공과대학 대학원 전기과에 재학, 모교에서 조교로 일함
	윤형빈	• 법과 대학원 재학, 행정고시를 패스한 수재 • 학리(學理)를 연구하기 위해 외국유학을 준비함
	박철규	• 의과대학 대학원 외과에서 세균학을 전공

영옥은 광주에서 올라와 동생과 더불어 서울에서 살림을 꾸려나갑니다. 생일날 친구들을 초대합니다. 젊은 남녀는 파티를 열고 정기적으로 모임을 갖습니다. 모임 이름은 봐인(넝쿨,vine)으로, 어떠한 난관도 뚫고 올라가는 젊은이들의 성장과 인내를 내포합니다. 작가는 젊은 지성들의 모임을 경쾌한 건강미와 지성미가 가득 찬 향연으로 묘사합니다. 그들은 조국의 앞날을 모색하며 정치·경제 문제를 토론하는가 하면, 격렬하고 우아한 댄스를 즐깁니다. 기성세대는 댄스를 부정하지만, 젊은이들은 댄스를 통해 예술과 건강한 음률을 만끽합니다. 왈츠는 물론 지루박, 룸바에까지 능통합니다. 관습과 체면에 얽매이지 않고 자신의 열정과 조국의 번영에 앞장섭니다. 여름방학 때에는 호남의 명승 사찰 대흥사에 가서, 자연의 웅장함과 역사의 비의를 몸소 체험하기도 합니다.

작가가 지향하는 '정의'는 설희를 비롯한 한진수, 박철규를 통해 구체적으로 실현에 옮겨집니다. 설희의 외조모는 임종을 앞두고 설희가 주워 기른 아이라는 사실을 알려줍니다. 설희의 모친 유금지는 한창근의 삼취로 들어갔는데 슬하에 소생이 없었습니다. 그녀는 박장훈이 건네준 아기를 자신의 아이로 소중하게 길러왔는데 그 아이가 설희였습니다.

작가는 주인공 설희로 하여금 피가 전혀 섞이지 않은 한창근과 유금지의 손에서 자라게 함으로써, 혈연을 뛰어넘은 가족애를 보여줍니다. 뿐만 아니라, 유금지는 그 집에서 일하는 소녀를 친딸처럼 기르고 중학교에 입학시키는 등 혈연을 초월한 모성애를 보여줍니다. 설희가 혈연문제와 관련하여 출생의 비애에 잠기자, 박철규는 다음과 같이 설희를 각성시킵니다.

설희씨의 지금 절망적인 고민은 사실에 있어서 혈연과 애정의 분열에서 오는 것입니다.

--(중략)--

오늘 우리의 현실은 이 혈연 사회나 지연 사회로부터 새로운 민주사회로 옮겨 가고 있는 것입니다. 즉 혈연적 애정이라는 것이 후진적인 원시 상태의 지배를 받았기 때문에 우리는 이 좁고 얕은 원시적 애정의 형태로부터 벗어나야 한다고 생각합니다.

--(중략)--

오늘 이 세대는 혈연만 가지고는 표시하지 못하는 벅차고 뜻 깊은, 즉 정의나 민족을 위한 역사적 현실 속에서 맺어지는 그런 애정이 싹트고 있다는 것을 알아야 합니다.

--(중략)--

혈연을 초월한 새로운 형태의 모자애를 창조해 내야 하는
데는 이 애정의 분열을 이겨내는 하나의 의지가 필요합니다. 그
것은 각 부문에서 창조적 생활을 영위하려는 젊은 세대가 지니
는 강인한 의식에서 발생하는 것입니다.

**오늘 우리의 젊은 세대는 부모나 형제보다도 정의와 민족이
더 귀중하다는 것을 인식하기 때문에 정의와 민족을 위해서는
부모나 형제, 즉 혈연에 구애되지 않는 행동을 요구하고 있는
것입니다.**(128~129면, 강조는 필자)

박화성은 철규를 통해 혈연위주의 관계를 원시적 관념으로 보고, 여
기에서 탈피하여 "정의와 민족"을 위해 "새로운 결의에 협조가 되어주는
그러한 육친"(129면)을 제안합니다. 혈연위주의 사회구도가 가족이기주의
와 배타주의를 초래했으므로, 가족을 뛰어넘는 '정의'의 구현을 통해 민
주주의를 실현하려는 것입니다. 국가의 미래를 위해 전대의 인습을 타파
하고, 개인의 안위를 위한 삶이 아니라 국가의 안위를 위한 삶을 살 것을
제안합니다.

한국 전쟁 이후 가족 이산(離散)과 육친의 죽음이 만연한 현실에서, 작
가는 전흔을 극복할 수 있는 적극적인 방책으로 혈연을 초월한 정의의
구현을 내세웁니다. 부모나 배우자 그리고 자식을 잃지 않은 사람이 없는
현실에서, 국민 모두는 부재한 친지·불행한 출생·불 합리한 생의 조건에
처해 있습니다. 절망하기보다 이를 수용하고 '정의'를 지향하며 생활해
나가라고 말입니다.

작품 초반에 철규는 설희와의 사랑을 허락하지 않는 아버지에게 반항

하지만, 설희가 아버지의 또 다른 소생이라는 사실을 알게 되면서 아버지의 삶을 이해합니다. 그는 박장훈을 아버지만이 아니라 선배이자 지도자로서 수용합니다. 아버지 개인의 복잡한 애정에 주목하기보다 독립운동가로서 '민족'을 위해 일신을 아끼지 않은 그의 '정의'를 높이 기립니다.

> 소년 때부터 독립운동을 위해 자기 몸을 바쳐서까지 일제(日帝)에 항거하셨고 그 후로도 민족을 위한 여러 가지 사업에 음양으로 최선을 다하신 분이기 때문에 육친 이상의 존경심과 친밀감… (하략)(130면)

철규를 통해 식민지시기 리얼리즘 소설 「홍수전후」에서 대의(大義)의 실현을 위해 부자 관계를 뛰어넘었던 '동지애(同志愛)'를 다시 한번 확인할 수 있습니다. 철규는 자신의 애정 파국을 몰고 온 아버지의 복잡한 애정 문제에 연연하지 않습니다. 아버지의 정의로운 삶을 수용하고 아버지의 권고대로 영옥을 반려자로 삼습니다. 작가는 작중 인물들을 통해 혈연을 뛰어넘어 국가의 미래를 바라보고, 정의 실현에 동참할 것을 제시합니다.

한진수는 진취적이고 사려깊은 인물로 두 여자와 미묘한 삼각관계에 처합니다. 사촌여동생 설희와 그녀의 친구 영옥은 한진수에게 존경과 애정을 동시에 느낍니다. 진수는 혈연관계를 뛰어넘어 설희에 대한 자신의 사랑을 실현해 나갑니다. 진수는 혈연중심의 인척관계가 전대의 관습이라면, 새 시대에는 구태의연한 관습을 뛰어넘어야 한다는 점을 보여줍니다. 그는 사촌 설희가 출생이 다른 박씨가문의 소생임을 알면서, 자진하여 유금지의 장자로 입적하는 등 설희와 결혼할 수 있는 환경을 마련해 나갑니다.

박화성은 청춘 남녀로 하여금 '열애' 대신 '대의(大義)'에 눈을 뜨도록 만듭니다. '열정'은 원래 종교적 열정을 뜻했습니다. 현대에 이르러 세속적인 맥락에서 사용된 것입니다. 그 결과 '열정적 사랑passionate love'은 사랑과 성적 애착 사이의 일반적 연관을 표현합니다. 열정적 사랑에 빠진 사람의 관심사는 자신이 사랑하는 대상에 강력히 묶여있습니다. 그러므로 열정적 사랑이란, 사회적 질서와 의무라는 관점에서 볼 때 위험합니다.[41]

이 작품은 철규와 설희 두 사람이 배다른 형제임이 밝혀지면서 각자 다른 동반자를 얻는 것으로 종결됩니다. 그 이면에는 남녀의 불타는 사랑이 초래하는 정염 대신 그 열정을 정의로운 일에 쏟아야 한다는 작가의 의도가 내재해 있습니다. 작가는 설희를 진수의 반려자가 되게 함으로써, 진수로 하여금 관습을 바꿀 수 있는 의지적 인물로 만들고 나아가 진수가 이 나라의 산업 역군이 될 수 있는 정서적 바탕(스위트 홈)을 마련합니다. 인류 공영과 국가 발전을 위해 의학에 전념하는 박철규에게는 그가 소임에 전념할 수 있도록 현대적이고 진취적인 여성 영옥을 삶의 반려자로 배치합니다.

청춘남녀의 사랑에서 '정의'를 최고의 미덕으로 삼는 이러한 성격은 박화성의 가치관을 반영합니다. 작가는 등단한 이래 식민지 시대부터 지속적으로 현실의 고난을 외면하지 않고 개혁하려는 적극적인 참여의식과 지도자 의식을 지니고 있었습니다.[42] 박화성은 여성 중심 혹은 모성 중심의 논리가 아니라 여성과 모성의 경험을 근간으로 하되, 자신이 소속한 국가와 민족의 번영과 발전을 창작의 구심점으로 삼고 있습니다. 일간지 연재형식이라는 점에서 대중성과 통속성을 고려했지만 면밀히 살펴보았을 때, 작중 연애 구도는 논리의 충돌도 보입니다.

설희의 '출생 문제'와 관련해서는 정의의 실현을 위해 혈연을 뛰어넘어야 한다고 주장하지만, 설희의 '연애 문제'와 관련해서는 혈연관계를 엄격히 준수할 것을 강조합니다. 그 결과 설희는 낳지 않았더라도 부모의 기른 은혜에 감사하고 자신의 처지를 받아드립니다. 동시에 배다른 형제 철규에 대한 사랑은 혈연을 뛰어넘지 못하고 우애로 돌리게 합니다. 신문 연재 소설이 지닌 흥미와 대중성을 고려하여 남녀 간의 미묘한 연애 문제를 그려냈지만 작품보다 작가의 교훈이 앞서 작용함을 엿볼 수 있습니다.

앞서도 언급했지만, 박화성은 전 시기에 걸쳐 동시대 국가와 민족이 처해 있는 현실 문제에 촉각을 세웠습니다. 박화성의 전후 단편소설에서도 동시대 정치적 이슈가 빠짐없이 다루어집니다. 「부덕」(1955)에는 5.20 민의원선거, 「원두막 풍경」(1956)에는 불법선거, 「딱한 사람들」(1965)에는 한일 굴욕외교 반대데모, 「휴화산」(1973)에는 제주도 4.3사태가 제시되는 등[43] 작가는 동시대 정치 문제에 주목하고 작품에 담았습니다.

4. 청춘남녀의 소명, 산업역군 되기와 내조(內助) 윤리

한국전쟁 이후, 1950년대 중반이라도 젊은이들이 사랑하는 이성을 포기하는 일은 쉽지 않습니다. 작가는 독자를 가르치려 든다는 인상을 주지 않기 위해 청춘 남녀가 연애를 내려놓는 과정에 공들입니다. 작중 남녀는 어떤 방식으로 연애 감정을 공공의 선으로 바꾸는 것일까요. 작가는 청춘 남녀의 서로에 대한 애틋한 감정을 다른 차원의 감정으로 대체시킵니다.

설희와 철규의 열애를 남매의 '윤기(倫紀)'로 전환시킵니다. '윤기(倫紀)'는 윤리(倫理)와 기강(紀綱)으로 이릅니다. 남녀의 감정은 '우애'라는 정제된 애정으로 전환됩니다. 진수는 애인을 잃은 설희를 다음과 같이 위로합니다.

> 설희에게야 물론 애인을 잃었다는 슬픔이 클 것이다.
> 그러나 그 애인이 바로 이 세상에서 둘이 되지 못할 친오빠
> 이었다는 것을 알았을 때 즉시 **그 애정을 우애로 돌린다는 것이**
> **그리 쉬운 일은 아니겠지만 각오 여하에 따라서 그 애정은 곧**
> **영원한 애정인 우애가 될 것이다.**
> 그렇다면 설희는 전보다도 더욱 막힘 없는 정열로 박형을
> 따르고 사랑해야 할 게 아닌가?"(313면, 강조는 필자)

'우애'는 1930년대 리얼리즘 소설에 나타난 '동지애'와 같습니다. 작가는 식민지 시대 대의(大義)를 위해 청춘남녀의 열애를 동지애로 전환시킨 것과 마찬가지로, 전후 장편연재소설 「고개를 넘으면」에서도 남녀 연인 관계를 오빠와 동생이라는 남매 관계로 돌리고, 사랑 대신 우애를 제시합니다. 남녀 각각에게는 오랫동안 친숙한 이성을 각각의 배필로 맞이하게 설정합니다. 작가는 청춘 남녀가 우애를 통해 이성에 대한 사적인 감정을 분출하지 않도록, 서로에 대한 감정을 도덕적인 감정으로 치환시킵니다. 은밀한 남녀의 애정을 공공성의 영역으로 전이시키고 새로운 미션을 부여합니다.

남자의 경우 '산업의 역군'이 되는 것으로, 여자의 경우 '내조의 윤리'를 내면화하는 것으로 나타납니다. 설희의 배우자 한진수를 중심으로 그

과정을 살펴보겠습니다. 출생의 비밀을 알고 '한씨'에서 '박씨'가 된 설희는 혼란에 빠집니다. 이러한 설희에게 진수는 자기 삶의 반려자가 되어줄 것을 청합니다. 그는 "녹슬은 인습과 왜곡된 감정에 사로잡혀 신음하는" 설희에게 다음과 같이 계도합니다

> 헌신적인 각오로서 인습의 테두리를 벗어나고 명철한 이지로서 구부러진 감정을 끊어버려 최후로 남아있는 이 고개를 용감히 넘어서야…(335면)

그는 설희와 연애하기보다 설희를 보호하고 계도하는 데 주력합니다. 그는 자신의 정열을 '전원(電源)개발'에 쏟아붓습니다. 한진수의 성격과 더불어 작중에는 정전(停電) 묘사가 빈번히 나타납니다. 작가는 '정전(停電)' 상황을 구체적으로 묘사합니다. 영옥의 생일파티에서 청춘남녀의 만남이 무르익을 무렵, 봐인클럽의 토론이 한창일 무렵, 갑자기 불이 꺼집니다. 빈번한 정전은 당시 한국의 낙후된 산업환경, 전력부족을 환기시킵니다.

화력, 수력, 원자력 발전에 도달한 미국에 비해, 한국은 기본적인 생활 전력 수급이 어려울 뿐 아니라 산업 동력은 절실했습니다. 국가의 생산 능률과 발전 능력을 신장시키기 위해 전력 수급은 필수 불가결했습니다. 이 작품이 연재되던 1955년, 그 이듬해 1956년 이승만 대통령은 미국 대통령의 과학고문을 만나 원자력 도입을 처음으로 결정합니다. 1956년에는 정부 조직으로 원자력과가 신설되고 한미원자력협정을 체결합니다. 작가는 한진수를 공대 전기공학을 졸업하고 대학원에 진학하여 연구에

전념하는 인물로 묘사했는데 이러한 인물을 통해 동시대 현실 문제를 제시하고 있습니다. 한국 경제재건을 위해 생산설비 확충의 필요성을 시사합니다.

당시 한국경제는 생산재가 아니라 소비재 중심의 원조가 이루어지고 있었습니다. 1953~1960년 사이 한국은 정부 총수입의 72.5%를 원조에 의존했습니다. 경제재건에 필요한 투자재원을 국내 저축으로 충당하기 어려워, 해외재원(유엔군과 관련된 외환수입, 미국원조)에 의존해야 했습니다. '경제재건'을 우선하려는 한국과 달리, 미국은 한국경제의 최우선 과제를 '경제안정'에 두었습니다. 미국은 소비재 물자를 원활히 공급함으로써 인플레를 잠재우고 민생안정을 이루는데 목표를 둔 반면, 장기간 대규모 투자가 요구되는 기간산업에 대한 투자는 꺼렸습니다. 당시 미국의 원조물자는 소비재와 원자재가 81%, 생산재와 시설재는 19%밖에 안 되는 기형적인 구성 비율을 보였습니다. 그러므로 작중 전원 개발을 비롯한 생산제 공업에 대한 강조는 당대 불균형한 경제구도를 염두에 둔 작가의 경제발전에 대한 적극적인 의지가 투사된 것입니다.[44]

작중 진수는 전기공학도로서 한국의 전력개발을 위해 얼굴이 까맣게 그을도록 국토의 이곳저곳을 일터로 삼습니다. 그는 아직 발길이 닿지 않은 산골에 생산 공장의 대도시 건설을 꿈꿉니다. 석사논문으로 「남한강 수계종합전원개발(南漢江水系綜合電源開發)에 대한 연구」를 제출합니다. 그는 '학자'이자 '산업역군'으로서 조국 산업발전의 선두주자입니다. 작가는 현장에서 일과 연구로 까맣게 탄 그의 외모를 건강하고 수려하게 묘사합니다. 그는 석사논문을 통과한 후, 대한전업회사에서 일하기로 합니다. 진수는 설희에게 자신이 해야 할 일을 설득시키고, 설희 역시 그 일에 적극 동참할 의지를 보입니다.

> "예전같음 이천명이나 있어야 겨우 해 낼 일을 그저 기계 하나루 순식간에 데격데격 해 치우는 걸 보면 **기계력에 의한 중공업적 방법이 사람의 힘에 의한 원시적 방법보다 얼마나 능률적인 것을 눈 앞에 보고 있느니만치 그야말루 일하는 보람이 있구 일하구 싶은 충동이 절루 솟아나게 되거든.** 그러기 때문에 아름다운 풍경을 배경으로 한 일터에는 수많은 일군들의 정열이 넘치고 있는 것 같아서 진정으로 생활의 가치를 발견하게 된다는 말이지."
>
> "아유 정말 그런 일터에 가서 일 좀 해 봤음 좋겠어요."
>
> "그나 그뿐인가 **사랑두 하려면 그러한 자연의 품속에서 해야 진짜 사랑의 맛이 나구 멋지구 그런거야.**"(326면, 강조는 필자)

진수는 설희와 더불어 "푸른 호숫가에 붉은 지붕을 덮은 조그만 판잣집을 짓고" "사랑하는 아내와 정답게 살면서" "젊은 정열을 오로지 국가에 바쳐 날마다 새로운 건설의 설계도를 꾸며 내는"(327면) 자신의 미래 모습을 그립니다.

진수가 국가를 위한 산업역군으로 나설 것을 맹세할 때, 설희는 그가 지향하는 사업을 막연히 동경하며 그의 반려자로서의 삶을 꿈꿉니다. 설희는 사업의 주체가 되는 것이 아니라 스위트홈(Sweet Home)을 꾸밈으로써, 진수가 포부를 실현하는데 조력합니다. 여성 주인공은 주체적으로 자아를 정립하고 세계를 인식해 나가기보다 남성의 조력으로 자기와 세계의 관계를 정립합니다.[45] 설희를 비롯한 다른 여성 인물 역시 그들은 이 세계의 독자적인 개체로 존재하기보다 남성의 내조자 역할을 수용합니다.

산업역군 한진수와 마찬가지로 박철규 역시 분야만 다를 뿐 구국(救國)의 역군입니다. 철규는 모친의 장례를 치른 직후 서울로 올라와 자기 분야의 연구와 계발에 헌신합니다. 그는 시급한 의학 학회 일을 하며 몸을 혹사합니다. 철규는 연애 문제에만 몰두하는 것이 아니라 "국가와 민족에게 좋은 이바지를 해 보겠다고 불철주야" "연구에 전심하는 학도"(273면)의 전범으로 묘사됩니다. 철규가 폐렴을 앓게 된 것도 불철주야 학업과 연구에 매진한 탓입니다.

작가는 여성 인물을 '대학생'으로 설정한 데 비해, 남성 인물은 모두 '대학원생'으로 설정해 놓았습니다. 이러한 설정은 국가와 민족의 앞날과 번영을 남성에게 거는 당대 젠더 의식이 반영되어 있습니다. 여성 인물은 이러한 남성의 협조자, 내조자에 그칩니다. 작중에서 정치학을 전공하고 여자외교관을 꿈꾸는 한혜진은 까다로운 성격의 소유자로서, 설희의 선한 성품을 묘사하기 위해 간헐적으로 등장합니다. 한혜진의 외국 유학은 자기 주도적인 것이 아니라, 사랑하는 윤형빈의 협조와 그를 쫓아가겠다는 마음에서 출발한 것입니다.

물론 당시 여성의 역량이 현실적으로 힘을 발휘할 수 없는 사회적 구조도 한몫하지만, 작가는 여성의 소임을 주체적인 사회활동이 아닌 대의를 실현하려는 남성에 대한 내조에 두고 있음을 알 수 있습니다. 적어도 이 작품에서 작가는 여성에게 내조의 미덕을 강조하고, 그것을 연애의 최종 귀착점으로 설정해 놓았습니다. 이 지점에서 '연애'와 '결혼'이 분리되는 당대 가치관도 읽을 수 있습니다. 연애가 남녀의 정열적인 사랑과 더불어 그 사랑의 한시성을 지닌 반면, 결혼은 남녀에게 가정을 배당해 주고 생활을 설계하게 합니다.

남성을 국가의 일꾼으로 귀환시키기 위해, 여성에게는 가정의 울타리에서 자녀를 훈육하고 남편을 내조하는 역할을 부여합니다. 전후의 여성들은 직업의 유무에 관계없이 '가정인의 임무'를 다할 것을 요구받았습니다. 다시 말해 "현모양처가 되기 위하여는 경제적 기반을 든든히 하자면 직업을 가지게 되는 것이니 여자의 직업은 역시 현모양처의 지위를 지키는 중에 큰 의의를" 가졌습니다.[46]

5. 국민의 도리, 세대를 초월한 삶의 윤리

박화성이 「고개를 넘으면」에서 제시한 전후 지식인의 연애는 비단 소설에만 국한된 것이 아닙니다. 한국 현대사의 맥락에서 한국전쟁 이후 청춘 남녀의 연애 윤리이기도 했습니다. 박화성 작품세계의 연장선상에서는 식민지 시대부터 전후에 이르기까지 지속적으로 관철되어 온 작가의 가치관이기도 합니다. 이른바 이것을 총칭 '국민'의 도리라 명명할 수 있습니다.

「고개를 넘으면」에는 식민지 애국지사인 아버지 세대와 전후(戰後) 산업역군 아들 세대가 등장합니다. 애국지사인 아버지 세대의 삶과 행적은 아들 세대의 롤(Role)모델이라는 점에서 주의 깊게 살펴볼 필요가 있습니다. 아들 박철규와 아버지 박장훈 부자를 주변인물과 더불어 소개하면 다음과 같습니다.

세대	인물군
아버지 세대	박장훈(광주 영세외과 원장), 김상배(박장훈의 친구), 유금지(박장훈의 첫사랑, 한창근의 삼취),
자녀 세대	박철규, 설희(박장훈의 딸, 유금지에게 맡김)

박철규의 아버지 박장훈은 광주 영세외과의 원장입니다. 그는 식민지 시기 학창시절을 보내면서 광주학생운동을 주동한 애국청년입니다. 당시 그는 광주고보 5학년, 그의 친구 김상배는 배재고보 4학년으로 광주학생사건을 주도했습니다. 김상배는 영옥의 아버지이며 광주 무등여객의 사장입니다.

박장훈의 아버지 역시 애국지사로서, 그는 지조 있는 가문의 후손입니다. 이러한 집안 환경과 달리, 박장훈 개인의 애정문제는 복잡하고 자기중심적입니다. 그는 일찍 아버지를 여의고 영락한 가정환경으로 인해, 심변호사의 조력을 받아 의과대학을 졸업했으며 그런 까닭에 심변호사의 사위가 되었습니다. 박장훈은 하숙집 딸 유금지와 사랑했으나 심변호사의 딸과 결혼해야 했으며, 유금지는 한창근의 세 번째 아내가 됩니다. 박장훈은 가정이 있음에도 사랑을 잃었다는 이유로, 간호사를 만나 사랑했으며 두 사람 사이에 태어난 딸이 설희입니다. 간호사는 출산 후 생명을 잃었으며, 박장훈은 그 아이를 유금지에게 맡깁니다. 유금지는 눈 오는 밤에 건네받은 아이를 '설희'라 이름 짓고 한창근과 더불어 극진히 키웠던 것입니다.

작가는 아버지 세대의 삶을 '공적인 삶'과 '사적인 삶'으로 구분해서 바라봅니다. 사적인 삶은 모순으로 가득하나, 공적인 삶은 국가를 위한 자기희생이라는 국민의 도리를 실현하고 있습니다. 작가는 아버지 세대의 공적인 삶에 역점을 둡니다. 그것은 한 국가의 존립과 직결된 문제이기 때문입니다. 박철규의 아버지 박장훈은 1954년 11월 3일 광주학생사건의 25주년 기념식장에서 표창장을 받으면서 다음과 같은 감회에 잠깁니다.

> 이 모든 것은 다 아버지께서 받으셔야 할 것이다.
> **아버지께서는 어릴 때부터 내게 자식의 도리를 가르치시기 전에 먼저 국민의 도리를 가르치셨고 어버이로서의 의무를 깨우쳐 주시기 전에 먼저 사회인으로서의 의무를 깨우쳐 주셨던 것이다.**
> 내가 지금 남에게서 조금이라도 표창을 받을 자격이 있다면 이것은 오로지 아버지께서 내게 주신 것일 것이요 내 힘으로의 것은 아무것도 없을 것이다.(135면, 강조는 필자)

인용문에서 아버지의 담론은 한 국가의 존립과 역사적 영속성을 보여줍니다. 작가는 박장훈을 통해 여자들에게 상처를 남긴 남자로서 과실보다, 국가의 존립과 역사에 공헌해 온 국민으로서 도리(독립운동)를 더 높이 평가합니다. 이 지점에서 우리는 작가가 지향하는 대의(大義)의 의미와 가치를 다시 한번 확인해 볼 수 있습니다.

식민지시기 박장훈이 내면화한 '국민의 도리'는 그의 아들 박철규에게도 이어집니다. 그가 의학을 공부하고, 혈연문제에 연연해 하는 설희를 계몽시키는 배경에도 '국민의 도리'가 자리 잡고 있습니다. 이민족의 압박을 받으면서 민족의 갱생을 지향하던 할아버지와 아버지의 뒤를 이어,

박철규 역시 국민의 도리를 내면화 합니다. 그는 아버지에게 결혼 의사를 밝히면서 국민으로서 의무와 사명을 강조합니다.

> 그와 결합함으로서 **우리는 인간으로서의 가치를 발휘하고
> 국민으로서의 의무와 사명**을 다 할 것입니다.(222면, 강조는 필자)

개인의 결혼 결정에서도 이 땅의 젊은이는 '국민으로서의 의무와 사명'을 되새깁니다. 한국전쟁 이후 팽배했던 국가주의 분위기를 간과할 수 없겠지만, 철규가 내면화 한 국민의 도리는 그의 아버지 나아가 그의 할아버지가 지닌 삶의 윤리입니다.

'국민의 도리'는 아들로 하여금 아버지의 사적인 삶의 파행성을 이해하고 덮어둘 수 있는 아량을 갖게 만듭니다. 아들 박철규는 소년독립운동가의 정치적인 울분, 가정적인 불행, 사랑의 실패, 이 모든 것을 극복하고 살아온 아버지를 동정하고 존경합니다. 아버지가 지향한 애국심을 존경한 나머지, 여자들에게 상처주고 자녀를 유기한 아버지의 이기주의를 묵인하게 됩니다. 작품 말미에 이르면 아들뿐 아니라, 설희 역시 '아버지'의 이름을 부르며 아버지가 지향한 민족 번영을 위해 자기 몫의 삶, 국민의 도리를 다할 것을 다짐합니다.

식민지시기 청춘남녀, 부자 관계를 초월한 동지애(同志愛)는 전후 사회에서 국가의 존립과 더불어 '국민의 도리'로 새롭게 부활합니다. 영옥과 설희는 철규의 할아버지 혁암 선생 묘소에서 동지(同志)들의 비명을 읽으며 그들의 행적을 기억합니다. 영옥은 다음과 같이 그들의 위용을 찬탄합니다.

일세들을 일제의 탄압에서 개성을 죽이고 신경을 억눌리어
　　살아 온 가련한 존재들이라고 보고 있지만 그러한 무도한 폭정
　　에서도 우리의 이세들이 감히 흉내 내지 못한 강인하고 뜨거운
　　충심과 절개를 간직하고 지켜 온 선배들에게 경의를 표하지 않
　　을 수 없었다.(246면)

　그들은 개인에 앞서 민족을 위해 목숨을 바친 1세대의 정신을 존중하고, 그 정신을 고스란히 수용합니다. 설희가 아버지 박장훈을 받아들이고 조부 묘소와 비석을 둘러볼 때, 그녀는 그들에 대해 남다른 자부심을 느낍니다. 이 지점에서 가부장제라는 고개를 넘지 못했다는 한계에 대한 지적도 유효하지만,[47] 작품의 갈등 구도를 가부장제로 범주화하기보다 식민지를 거쳐 국가경제개발에 주력하는 1950년대 중반의 현실도 고려할 필요가 있습니다. 작가는 국민정신 앙양의 차원에서, 작중 인물들을 통해 남녀의 사적 욕망을 뒤로하고 식민지시기의 동지애를 '국민의 도리'로 내면화 할 것을 강조합니다.

　박철규를 비롯한 젊은 세대는 개인의 연애 완성이 아니라 국가와 민족의 내일을 위해 기꺼이 '국민'의 도리를 내면화하고 실천합니다. 진수를 비롯한 봐인클럽 회원들은 윤형빈(하버드대 정치학과)과 한혜순(컬럼비아대학, 여자 외교관지망)에게 미국유학 이후에는 고국에서 배운 바를 실천해야 한다는 "조국의 무거운 사명"을(308면) 거듭 강조합니다. 진수는 명예와 허영에 들떠 외국 유학병에 걸린 당시 젊은이들의 파행을 질타하면서, 산업현장에 나갑니다. 한진수는 한국의 전력개발과 산업발전을 위해 헌신합니다. 그것은 한진수가 지향하는 국민의 도리입니다. 국민의 도리를

실현하기 위해 연애 역시 공적 윤리로 수렴됩니다.

1세대의 삶이 공적인 것과 사적인 것으로 분리되어 두 개의 삶이 상충하고 있었던 데 비해, 2세대의 삶은 공적인 것과 사적인 것이 하나의 목표로 일치됩니다. 2세대는 1세대를 통해 체득한 '국민'의 도리를 통해, 사적인 삶을 공적인 삶과 합치시킬 수 있었습니다. 그 결과 2세대의 연애는 국가와 역사가 필요로 하는 소임과 병행 가능합니다. 작가는 2세대에게 공적인 삶과 사적인 삶 간의 분열과 충돌을 경험하게 하기보다, 산업역군이 되고 그의 내조자가 되게 함으로써 '국민'의 도리를 다할 것을 독려합니다.

「고개를 넘으면」에서 지식인 청년들이 자주 언급하는 '국민의 도리'는 그들의 공적인 삶뿐 아니라 연애와 같은 사적인 삶까지 수렴하는 절대 윤리로 자리 잡고 있습니다. 국가 존립이 불가했던 식민지시기의 동지애와 대의(大義)는 국가의 존립과 더불어 '국민'이라는 자격과 지위를 부여받아 '국민'의 도리로 거듭난 것입니다.

6. 국민윤리독본

한국 전쟁 이후 청춘남녀의 연애는 오늘날과 다릅니다. 달라도 많이 다릅니다. 지금의 한국은 선진국의 반열에 올랐지만 한국전쟁 직후에는 전후의 재건 사업과 국가의 존립이 절박하게 요구되었습니다. 지금으로부터 70여년전 한국은 전쟁의 상처가 만연해 있었습니다. 그러한 상처와 더불어 국가는 안정을 도모하고 정치적 경제적 자활을 이루어 나가야 했습니다. 이러한 배경에서 1955년 박화성은 「고개를 넘으면」을 통해 청춘남녀의 연애를 통해 독자들이 내면화해야 할 국민의 소임을 흥미있게 전개합니다.

작중에는 청춘남녀 6명이 모임을 만들어 국가의 장래를 모색하는가 하면 경쾌한 댄스 음률에 몸을 맡기는 등 젊음의 열기를 발산합니다. 주인공 한설희와 박철규의 사랑을 중심으로 사건이 전개되는데, 작가는 두 사람이 같은 아버지를 지닌 남매였음을 밝힘으로써 남녀의 사적인 정열을 가라앉히고 그들을 공적인 삶으로 견인합니다. 그 과정에서 청춘남녀의 연애는 당대 현실이 요구하는 윤리로 전이됩니다. 청춘남녀의 사랑은 정의의 구현으로, 청춘남녀의 소명은 산업역군이 되고 그의 내조자가 되는 것으로 전환됩니다.

박화성은 민주주의를 실현하기 위해, 혈연중심의 정실주의에서 벗어나 '정의'의 실현을 최선의 가치로 두었습니다. 한국전쟁 이후 친지를 잃은 전재민들에게 혈연에 대한 집착에서 벗어나 '정의'를 지표로 삼아 살아야 함을 독려합니다. 특히 전기공학도 한진수를 통해 한국 전력의 낙후성을 지적하고 한국의 경제발전을 위한 전력개발을 강조합니다. 진수는 사랑을 잃은 설희를 위무하고 계도하여, 자신의 반려자로 삼으며 그녀를 자신의 내조자가 되도록 만듭니다.

작가는 일찍이 식민지시기 리얼리즘 소설에서 청춘남녀의 사랑을 동지애로 승화시킨 바 있습니다. 궁핍한 식민지 현실로부터 민족 해방이라는 대의(大義)를 실현하기 위해 개인의 사사로운 욕망과 감정은 희생되어야 했습니다. 한국전쟁이후 처음 발표된 장편소설에서도 대의(大義)의 실현을 모토로 삼고, 청춘남녀가 사적인 욕망과 공적인 삶을 합치시키는 과정을 전개합니다. 청춘 남녀의 연애는 남녀의 문제가 아니라 국가의 문제로 옮겨갑니다. 요컨대 「고개를 넘으면」은 전후 지식인의 연애를 전유하여 전재민들에게 새로운 삶을 건설할 수 있도록 계도하는 '국민윤리독본'이라 할 수 있습니다.

박화성은 전후 지식인의 연애를 통해 윤리를 내면화하는 방식을 흥미진진하게 보여줍니다. 청춘남녀의 연애는 '국민윤리'로 수렴됩니다. 식민치하 국가가 부재하던 시기 남녀가 동지애로 결속하여 대의를 실현했다면, 국가의 존립과 더불어 남녀노소는 모두 국민의 위치를 자각하고 그 소임에 충실해야 한다는 것입니다. 박화성의 문학세계는 식민지시기에서 한국전쟁에 이르기까지 일관성을 보이고 있습니다. 작가가 발을 딛고 있는 상황의 변화에 따라 '동지'와 '국민'으로 호명되지만, 그 이면에는 국가의 존립과 민족의 번영을 지향하는 작가의 지사적 풍모가 자리 잡고 있습니다.

박화성이 청춘남녀의 연애윤리를 통해 '국민윤리'를 환기시킴으로써 민족국가담론이 감성적인 문학적 언어를 통해 정신화 되어 네이션의 내적국경을 공고히 하는데 기여했다 하더라도, 그에 대한 평가는 통시적 맥락에서 이루어져야 합니다. 「고개를 넘으면」에 나타난 국가주의와 계몽성은 한국전쟁이후 현실을 고뇌하던 지식인 작가의 소명의식과 사명감의 발로기 때문입니다. 민족의 구원이라는 지사적 글쓰기의 원형을 간직하고 있다는 점에서, 박화성의 문학은 근대문학의 전통을 계승하고 있습니다. 여기에는 식민지 시대를 거쳐 한국전쟁이라는 역사적 고난을 헤쳐 나간 작가 박화성의 세대적 특수성도 고려되어야 합니다.[48]

3장
4·19직후 『사상계』의 민주화 담론과 연좌제 비판

1. 4·19직후 민주화 담론의 부상

1960년 4·19 직후, 사람들은 어떤 반응을 보였을까요. 당시 지식인들은 어떤 문제를 가장 시급한 화두로 내세웠을까요. 1960년 4·19 직후의 『사상계』(1953.4~1970.5)를 통해 이를 살펴보겠습니다. 김승옥은 4·19를 기억하는 좌담회에서 다음과 같이 말합니다.

> "『사상계』라는 잡지가 준 영향은 매우 컸다"
> "민주주의 사상을 보급하는 데 크게 기여했고 국론을 결정
> 할 수 있는 청소년을 민주적 지식인으로 교육하는 데도 크게 기
> 여했다"[49]

『사상계』는 1953년 4월부터 발간된 종합교양지입니다. 『사상계』는 문학뿐 아니라 정치, 경제, 사회를 비롯하여 동시대 시사 문제를 조명하면서 당대 지성인 담론의 중심에 있었습니다.[50] 1960년 4·19가 발발하

자, 『사상계』는 4·19혁명정신을 담론화 하는데 앞장섭니다. 『사상계』는 정치·사회 각각의 방면에서 4·19에 대한 총체적 접근이 이루어졌으며, 4·19 현장을 배경으로 한 소설도 창작됩니다.

『사상계』가 4·19정신을 고평하며 기대를 걸었던 만큼, 동시대 사건을 다룬 소설도 즉각 게재한 것입니다. 4·19발발 이후 1960년 5월부터 5·16이 전 1961년 6월까지 『사상계』에 게재된 소설을 소개하면 다음과 같습니다.

시기	『사상계』에 연재된 소설 작품 (4·19소재 소설은 진하게 처리함)
1960년 5월	오유권 「새로 난 주막」/정연희 「어느 하늘 밑」/황순원 「나무들 비탈에 서다」(연재5회)
1960년 6월	유주현 「잃어버린 여정」/서기원 「이 성숙한 밤의 포옹」/황순원 「나무들 비탈에 서다」(연재6회,최종회)
1960년 7월	한남철 「공황」/ **김동립 「연대자(連帶者)」**/ 박헌구 「오감도」/현재훈 「환」
1960년 8월	**김이석 「흐름속에서」**/ 전광용 「충매화」/ 최정희 「인간사」(연재1회)
1960년 9월	김광식 「아이스만견문기」/하근찬 「위령제」/이문희 「노해기(怒海記)」/최정희 「인간사」(연재2회)
1960년 10월	이범선 「오발탄」(제5회동인상발표 - 후보작품 재수록)/서기원 「이 성숙한 밤의 포옹」(제5회동인상발표 - 후보작품 재수록)/최정희 「인간사」(연재3회)/박경수 「하자(瑕疵)」
1960년 11월	이범선 「박사님」/서기원 「둔주(遁走)」/이호철 「용암류(熔岩流)」/최정희 「인간사」(연재4회)
1960년 12월	정한숙 「두메」/오유권 「돼지와 외손주」/ 최정희 「인간사」(연재5회)
1961년 1월	안수길 「북간도」(2부)/마해송 「아름다운 새벽」(연재1회)

1961년 2월	최상규 「심야의 향응」/강용준 「기습작전기」/마해송 「아름다운 새벽」(연재2회)
1961년 3월	이호철 「판문점」/마해송 「아름다운 새벽」(연재3회)
1961년 4월	현재훈 「기만」/서기원 「전야제」/마해송 「아름다운 새벽」(연재4회)
1961년 5월	마해송 「아름다운 새벽」(최종회)
1961년 6월	**유주현 「밀고자」**/박경수 「절벽(絕壁)」/김동립 「주인없는 城」

위 표에서 드러나듯, 1960년 7월과 8월호에 4·19를 시간적 배경으로 삼은 작품이 발표됩니다. 4·19직후의 소설은 4·19혁명을 깊이 천착하기보다 직면한 사건의 기록이라는 측면에서 의의가 있습니다.

1960년 7월, 8월에 발표된 김동립(1928~?)의 「연대자(連帶者)」(『사상계』, 1960.7)와 김이석(1914~1964)의 「흐름속에서」(『사상계』, 1960.8), 유주현의 「밀고자」(『사상계』, 1961.6)가 그 문제적 작품입니다. 일련의 작품들은 공통적으로 4·19 이전과 이후를 배경으로 젊은이들의 행적과 의식 추이를 다루고 있습니다. 작중 인물은 대학졸업생과 재학생, 고등학생들입니다.

4·19가 일어난 해 발표된 소설(「연대자(連帶者)」·「흐름속에서」)이 학생들의 '희생'의 가치를 문제 삼고 있다면, 1년이 경과한 뒤 발표된 소설(「밀고자」)에서는 대학생들의 '방관'을 문제 삼고 있습니다. 희생과 방관이라는 관점의 차이는 1960년 4·19직후와 1961년 양자 간 사회분위기의 차이를 보여줍니다. 전자가 1960년 4·19직후 혁명의 성취감에서 고양된 숭고한 열기에 주목하고 있다면, 후자는 이후 새롭게 들어선 정부에 대한 불만의 고조를 간접적으로 반영하고 있습니다.

문학적 완성도를 고려할 때, 단연 4·19를 체득한 이청준(1939~2008)과 같은 4·19세대의 작품이 우수합니다. 4·19세대로 지칭되는 작가들은 4·19 정신을 거름삼아 현실에 적극적으로 대응하는 작품을 발표합니다. 김윤식(1936~2018)과 김병익(1938~)은 4·19세대의 특징을 각각 다음과 같이 설명합니다.

"문학에서의 4·19세대란 대략 1965년 이후 등장한 작가"[51]

"한글세대였다는 것"
"민주주의를 어려서부터 교육받은 세대라는 것"
"한글과 민족주의 두 개가 묘하게 서로 결합된 세대라는 점"
"소년시절에 6.25를 겪었다는 것"[52]

최인훈(1936~2018)이 「광장」(『새벽』, 1960.10)에서 남북한 모두를 비판하고 분단을 직시한 작가정신의 근본적인 힘은 4·19혁명의 기운에 있습니다. 주인공 이명준은 남한과 북한 체제 모두에 등을 돌리고 중립을 지향하며 자멸을 선택합니다. 이러한 인물의 창조는, 동시대 4·19 혁명정신을 체득한 작가의 순정한 열기를 반영한 것입니다.

박태순(1942~2019)은 「광장」에서 다음과 같은 능력이 4·19에서 비롯되었다고 평가합니다.

"남한과 북한을 등거리(等距離)에 놓고 제3의 위치에서 바라본다는 것"

"전쟁을 그 현실의 6.25전쟁으로 체험하는 것이 아니라 의
식인(意識人)의 의식으로 내면화시켜 원체험(原體驗)의 세계를 펼
쳐…"[53]

　반면 4·19정신에 비추어 남북한 그 어디도 선택하지 못하고 자멸하는
데 그친 이명준의 우유부단함은 비판합니다. 그럼에도, 전대와 달리 동시
대 한반도 문제를 거시적으로 바라보는 안목, 남한과 북한 모두를 부정할
수 있었던 부정정신은 높이 평가되어야 합니다. 이러한 부정 의식의 근간
에 '4·19정신'이 자리 잡고 있기 때문입니다.

　당대 현실에서 며칠 전 발발한 4·19를 소설의 소재로 다룬 것은 기록
소설이라는 점을 배제할 수 없지만, 4·19가 제기한 당대 민주화 담론의
구체성을 확인할 수 있다는 점에서 주목할 필요가 있습니다. 동시대 작가
들이 4·19 민주화 담론을 소설이라는 형식으로 담아낸 결과물이야말로,
동시대 4·19 담론이 선취하려 했던 시급한 사안을 담고 있기 때문입니다.

　그렇다면 4·19직후 발표된 단편 김동립의 「연대자(連帶者)」, 김이석의
「흐름속에서」에서 동시대 작가들이 감지한 공통적인 사안은 무엇일까
요. 그것은 바로 '연좌제'입니다. 4·19와 연좌제라는 소재의 결합은 독
특하면서 시사하는 바가 큽니다. 주지하다시피 연좌제는 죄인의 죄를 가
족·친지들에게도 함께 적용하는 전근대적인 형벌입니다. 연좌제는 1894
년 갑오개혁 때 폐지되었으나 공식·비공식적으로 통용되어 왔는데, 이
데올로기의 대립과 분단 상황에 직면하여 이승만은 반공 이데올로기의
확장과 유포 차원에서 연좌제를 제도적으로 활용합니다.

　작중에서 4·19에 가담한 대학생과 고등학생은 가족들의 부역과 월북

으로 말미암아 전도유망한 청춘의 꿈을 접어야 했습니다. 그들은 연좌제에 묶인 채 미국 유학도 가지 못하고 사관학교도 진학할 수 없었습니다. 4·19가 추구한 민권이 궁극적으로 자유를 지향한다고 할 때, 이들은 연좌제에 묶인 채 자신의 삶을 살기보다 전대의 유업으로 현실에서 창살 없는 형벌을 살아내야 했습니다. 독재자의 횡포로부터 자유를 거세당했으므로, 이들이야말로 그 누구보다 자유가 목마른 상황입니다.

작중에서 전도유망한 청년은 연좌제라는 장벽에 부딪혔으며, 4·19에 가담하여 자신을 희생하는 것으로 이야기는 마무리됩니다. 두 작품 모두 사건과 주제가 긴밀하게 연결되지 못한 채 소박하게 끝맺고 말지만, 4·19의 혁명정신과 연좌제라는 다소 이질적인 사항을 대등하게 취급하고 있다는 점에서 주목해 볼 필요가 있습니다. 동시대 작가들은 4·19정신에 의거해서 무엇보다도 이들에게 창살없는 형벌로부터 자유를 주어야 한다고 여긴 것이지요.

2. 의(義)의 세대 예찬과 과거 청산

『사상계』는 4·19가 발발하자, 민주주의를 이 땅에서 확인하는 역사적 사건으로 4·19를 고평합니다. 4·19는 이승만 정권으로부터 빼앗긴 주권을 찾기 위한 투쟁이었으며, 자유와 민권을 실현하려는 의기의 표출이었다고 말입니다. 차기벽은 4·19가 '개인의 자유'를 되찾기 위한 최초의 시도라는 사실에 의미를 부여합니다. "3.1운동은 민족의 자유를 추구한 운동이라면, 4·19혁명은 개인의 자유를 추구한 혁명"이라는 것입니다.[54]

송병수는 「장인(掌印)」(『현대문학』, 1960.7, 64~89면)에서 주인공 민의 행로를 통해 4·19발발 직전 사회의 암울한 풍경을 잘 보여줍니다. 전쟁 이전 그는 전도유망한 화가였으나, 한국전쟁 이후 화폭을 떠나 폐인이 되었습니다. 아내와 별거하여 생활을 갖지 못한 채 그는 거리를 방황합니다. 작가는 민이 방황하는 과정에서 만나는 인물을 통해 1960년 3월 부정선거와 그를 둘러싼 이권을 챙기는 모리배를 묘사합니다.

'전직교사'를 비롯 '상이군인' 역시 선거통에 줄을 쓰면서 이권을 챙깁니다. 북한에서 내려온 피난민 모녀는 식모 일을 하거나 몸을 팔면서 생계를 유지해 나갑니다. 특히 작가는 3월 선거를 비롯하여 당대 정권에 항거하는 학생들의 외침을 그대로 보여줍니다.

　　- 뭣에 경찰의 부당간섭을 「배격한다」
　　- 뭣에 정당한 「자유를 달라」
　　- 무슨 협잡선거를 「물리치자」
　　- 또 뭣을 「반대한다」 누구 「물러가라」 (79면)

유치장에서 민은 부당한 현실에 저항하는 고등학교 3학년 청년의 의기와 꽁무니를 빼는 젊은이들의 비열함을 비교합니다. 작가는 무기력한 민의 눈을 통해 억압에 도전하는 인물의 양상을 구체적으로 보여주고 있습니다.

이승만정권이 퇴진하자, 지식인들은 현실 참여와 다양한 논쟁으로 고양되었습니다. 청년들은 이 땅에 정의(正義)가 건재할 수 있음을 확인하고 의기(義氣) 충만한 자신감을 가졌습니다. 정용욱은 당시 대학생의 상황을 다음과 같이 설명합니다.

> 대학생들은 그들이 받은 서구적 자유민주주의에 대한 교육
> 과 이승만 독재라는 현실 사이에서 심각한 괴리감을 느꼈으며,
> 광범한 실업상태로 취업기회의 부족에 기인하는 계층상승 욕구
> 의 좌절을 맛보아야 했다. 여기에서 학생들이 다른 사회세력에
> 비해 상대적으로 조직되었다는 점은 4·19에서 이들로 하여금
> 항쟁의 전면에 나설 수 있게 하였다.[55]

이 글에서 주목하는 시기는 1960년 4·19직후부터 1961년 5·16발발
전까지이며, 더 구체적으로 1960년 4·19부터 같은 해 7·29총선을 치르기
전까지 『사상계』의 담론 추이입니다. 1960년 『사상계』 5월호 「권두언」에
서 장준하 "민권전선의 용사들이여 편히 쉬시라"라는 표제로, 4·19 혁
명에 나선 젊은이들의 희생을 높이 기리며 다음과 같이 추모합니다.

> 용사들이여 편히 쉬시라.
> **당신들의 흘린 피는 확실히 이 땅에 정(正)을 싹트게 할 것이**
> **며 의(義)의 열매를 맺게 할 것이요, 괄목(刮目)할 민권의 신장을**
> **이룩할 것입니다.**
> 이 땅의 아들 딸로 태어난 보람을 다 한 것입니다.
> 관(官)의 폭력으로 민(民)을 지배할 수 있다는 망상에 사로잡
> 힌 흉도들의 가슴속에 깊이 깊이 비수를 꽂아 놓은 것입니다.
> 자유는 영원히 이 땅에 깃들 것입니다.
> **민권이 이 나라의 생명임을 노래하면서. 그대들이 뿌린 피**

의 훈향(薰香)을 맡으면서. 다시 비노니 용사들이여 낙원에서 편
히 쉬시라[56]

『사상계』는 이미 1960년 4월호에 마산에서 일어난 3·15부정선거의
전모를 사진과 함께 상세히 소개합니다. 5월호에서도 4·19직후 부정선거
에 대한 마산시민들의 항쟁을 지속적으로 주목합니다. 5월호 「국내의 움
직임」에서는 마산시민들의 현장을 찍은 4장의 사진과 함께 "피비린 마산
사건의 뒷 수습"이라는 표제로 "부상을 입은 시민들이나 피의자로 구속
되었던 시민들 가운데 연령별로 보아 20세이전의 나어린 학생들이 압도
적으로 많은"데 주목하고, "부정선거에 항쟁하는 데모에 있어서 중고등
학생들이 가장 과감"했음을 강조합니다.[57]

1960년 4·19에 가담한 의(義)의 세대의 의기(義氣)는 『사상계』의 민주
화 담론에 활기를 불어 넣었습니다. 1960년 8월 「권두언:7·29총선거를
바라보며」에서 장준하는 4·19의 의기(義氣)를 국가재건의 획기적 계기로
서 7·29 총선에까지 확장하고 있습니다.

　　일찌기 1919년에 투쟁해보지 못했던 한을 오늘 1960년에
산 영광으로 돌리었으니 진정코 나라만을 위해 뿌린 피의 혈훈
(血暈)은 오늘 드높이 휘날리는 혁명의 기폭에 의로운 이념을 안
겨주고 그 넋의 주인을 그리워하고 있다.
　　저들의 이름은 「의(義)의 세대」라.
　　4월이 목메어 부르던 그 이름에 끝내 의의 청사가 빛을 내기
를 기원함은 이 나라 지성들의 양심의 발로이리라.

그러나 **이제 혁명의 격류는 지나갔건만 그 격류가 씻어간 터전에 아름다운 자유, 평등의 민주주의가 마음놓고 자라도록 혁명정신은 더럽혀지지 않고 있는가.**

—(중략)—

이제 새 날에 시작될 새 살림 준비로 숨 가쁜 한 고비를 넘기고 있음은 「의(義)의 세대」가 뿌려놓은 피의 대가를 거두려 함이니 7·29야말로 겨레의 지성과 양심을 다시 저울질할 비판의 날이리라[58]

8.15와 6.25가 외세로부터 초래된 민족의 운명이라면 4·19는 민족 내부의 의기로 결집된 운동이라는 점에서, 3.1운동과 동일선상에서 평가됩니다. 정의감, 진취적 기상, 젊음의 기상이 어우러져 민족의 운명을 자신의 힘으로 바꿀 수 있음을 현실적으로 공표하고 확인한 계기가 되었습니다. 7·29 총선을 앞두고, 4·19에서 거둔 민주화 담론은 새로운 국가 만들기의 초석이 되었습니다.

1960년 4·19직후 『사상계』는 4·19 '혁명의 열기'로 흥분되어 있는데 비해, 7·29총선을 거쳐 새로운 정부가 들어섬에 따라 혁명에 대한 기대치는 점차 수그러듭니다. 4·19직후에는 혁명의 기대감에서 민족의 과거를 비판하고 민족의 미래를 논할 수 있었던 데 비해, 허정(1896~1988) 과도정부와 장면(1899~1966) 정부의 실책으로 1960년 5월부터 달아오르던 혁명의 열기는 점차 식어갑니다.

4·19직후에는 부패한 집권세력이 척결되자 새로운 정의의 구현이 가능했는데 비해, 새로운 집권자들의 무능으로 민족의 건강한 전망을 구체

화 시키기 어려웠던 것입니다. 이듬해 1961년 1월 『사상계』에서 함석헌 (1901~1989)은 "4·19의 헛총"을 개탄합니다. 함석헌은 "허정(許政)의 과도 정부는 그만두고 장면(張勉) 정부는 이날까지 해 논 것이 무엇인가?"를 묻습니다.[59]

허정 과도정부가 "학생들을 극구 예찬하면서도 재임 4개월 동안에 부정축재처리법 하나 제정하지 못한 채" "편의주의적인 호도책에 일관하면서 자유당 잔당과 손을 잡고 반혁명·부패분자들의 세력 온존에 급급했다면..", 장면 정권과 더불어 민주당은 7·29 총선으로 권좌에 앉았지만 "혁명 후의 설계를 마련하지 못했을 뿐 아니라" "모든 문제를 안이하게만 생각했고 국민대중의 이익을 돌볼 겨를도 없이 파벌 싸움에 몰두"[60]하였습니다.

1960년 4월로부터 한 해가 지났건만, 피 흘린 혁명의 현실적 성과를 찾을 수 없었습니다. 1961년 4월 『사상계』는 「특집:혁명후 1년」에서 4·19의 의미를 대대적으로 재점검합니다. 다음과 같은 글을 통해 4·19정신을 재점검하며 각계의 새로운 변화를 촉구합니다.[61]

"4월혁명의 재평가"
"정치적 무관심과 민주정치의 위기"
"혁명주체들의 정신적 혼미"
"4월 19일의 심리학"
"혁명후 사회동태의 의미"

4·19의 진보적 물살은 1961년 5·16에 이르면 또 다른 층위의 현실개

혁 담론으로 방향을 선회합니다. 군사정권은 4·19직후 분출된 지식인의 현실참여 의지를 완전히 말살한 것이 아니라 일부를 굴절된 형태로 체제 내부로 수용합니다.[62]

4·19가 촉발한 민주화의 열기는 5·16으로 말미암아 국가재건 담론의 틀 속에서 국가주의에 종속됩니다. 박정희 군사정권이 들어서자 '국토순례', '경제개발5개년'이 시작되는데 이러한 국가 차원의 움직임은 국가주의의 토양이 되었습니다. 나아가 1964년 군사정권의 일본과 굴욕적인 외교는 민족주의와 결합하여 국가주의를 소환하는 계기가 됩니다. 김동춘의 지적처럼 60년대 이후 이 땅에서 '자유'의 이념은 생존의 요구, 즉 경제성장을 통한 국민소득의 향상이라는 국가목표에 새롭게 종속됩니다.[63] 그런 의미에서 『사상계』의 4·19 민주화 담론은 1960년 5월부터 1961년 5·16이 발발하기 이전까지 두드러지게 나타납니다. 『사상계』에 게재된 소설에는 시급히 구현되어야 할 민주주의 자유와 평등의 구체적인 내용이 담겨 있습니다.

3. 반공 이데올로기 비판과 통일 지향

『사상계』 편집진들은 1960년 8월 좌담회에서 "행동은 학생이 하고 수습은 어른들이 하므로서 행동자와 수습자가 일치 안"하는[64] 데서 오는 문제를 제기합니다. 혁명의 주체는 학생이지만, 그들은 조직된 세력과 힘을 갖추지 못했으므로 현실에서 실제 변화로 연결시킬 수 없었습니다. 그럼에도 그들이 지향하는 바는 집단이나 개인의 이익을 위한 것이라기보다 사회의 객관적인 요청을 반영하는 것이었고, 앞으로 언젠가는 반드시 해결하고 넘어가야 할 성질의 역사적 과제였습니다.[65]

4·19는 과거 청산을 비롯한 새로운 출발의 모색기로서, 이 땅의 민주화를 위한 선결과제가 무엇인지 직시하는 계기를 마련했습니다. 문학사에서도 4·19는 리얼리즘문학 발달의 터닝 포인트로 봅니다.[66] 4·19직후 4·19배경 소설은 민주화 담론의 가장 중요한 사안을 깊이 탐구해 냅니다.

4·19직후 약 1년간은 한국전쟁이후 최초 반독재 민주주의 운동을 비롯한 '민주 자주와 자주 통일'을 제기했던 시기입니다. 당시 혁신 세력과 진보적 학생들은 남북학생회담 및 문화 체육 기자 인사 경제 등의 남북 교류를 주장합니다. 유엔감시 하의 남북한 총선거론, 중립국 감시하의 남북한 총선거론, 남북연방제론, 중립화통일론 등 다양한 통일론이 이 시기에 제기되었습니다. 이것은 단순히 통일논의의 활성화 뿐 아니라 반공 이데올로기가 급격히 허물어진 것을 의미합니다.[67] 4·19로 말미암아 고양된 민족의식은 당대 민족이 처한 분단문제와 그로 인해 파생되는 현실 사안에 눈을 돌릴 여지를 제공했습니다.

장준하는 1960년 8월 「혁명상미성공(革命尚未成功)」에서 7·29 총선에 출마한 부패 정치인을 규탄하고, 과도정부의 실책을 비판합니다. 당시 4·19의 부패 권력자로 지목되어 수감 중인 몇몇 인사들은 옥중에서도 후보자로 등록하여, 선거에 나섭니다. 장준하는 개혁과 실천이 따르지 않는 현실을 개탄하며, 4·19가 발발하기까지 전래의 부패 세력들을 엄중히 고발합니다. 특히 일제의 주구가 해방 이후 미군정의 주구로 되었으며, 이들은 이승만 정권과 더불어 부패한 관료 제도를 만들어 냈습니다. 그 결과 무수한 중소기업체의 파탄을 초래했다고 지적합니다. 부패한 권력자들이 권력의 치부책으로 휘두른 정치적 명목은 '빨갱이'라는 올가미였습니다.

    8·15의 거센 바람에 휩쓸려 머리를 못 들고 이리저리 쫓기던 일제의 주구들은 미군정의 관대하고 안이한 정책의 은총을 받아 행정기술자라는 명목으로 대한민국의 모체가 된 미군정청 각 부문에 깊이 파고 들었다.

    이들은 이 기회에 일제에 아부하던 그 능숙한 교태를 다시 미군정에 돌려 그들의 마음을 검어쥐는데 성공하였다.

    ―(중략)―

    이같이 일제의 앞재비들은 미군정을 배경으로 자기의 호신책 내지 사리에 이끌려 그 처신에 해로울 만한 주위의 인물들을 제거할 수법을 생각한 끝에 「빨갱이」란 누명을 뒤집어 씌웠고 그들이 조작한 이 「빨갱이」들은 갈 곳 없어 공산당이 되어 버리곤 하였던 것이다.

    ―(중략)―

    상에는 아첨, 하에는 강압, 이러한 관료기풍을 확립하여 놓은 그들은 이(利)를 위한 야합, 세(勢)를 위한 분리를 일삼아 종래 갈피를 잡을 수 없는 사회상을 이룩하였고 그들의 이산은 항상 모든 기업면의 흥망을 좌우하는 현상을 초래했으니 악성적인 관료금융으로 시종하였던 이정권 20년간의 악정이 곧 이 나라의 모든 중소산업성 기업을 파탄시킨 것이다.[68]

이승만정권의 부패관료들은 사회 경제 전반에 걸쳐 파탄을 몰고 왔습니다. 반공이데올로기는 이들이 국민을 통제하고 독재를 영위할 수 있는 수단이었습니다. 반공이데올로기는 부역자와 월북자의 가족들을 더욱 힘들게 만들었습니다. 부역자(附逆者)는 전쟁 중 점령당한 지역에서 점령군에 협조하거나 식민지에서 지배국가에 협조한 사람을 말합니다.

부역자 가족은 4·19 등 역사적 격동기에도 당시의 정치적 현실을 마주할 수 없었습니다. 감시의 눈초리가 항상 주위를 배회하며 일거수일투족을 감시했던 것도 있지만, '빨갱이 가족'이라는 무의식적이고 생존본능에 따른 '자기검열'이 내면에 단단한 똬리를 틀고 있었기 때문입니다.[69] 4·19로 이승만이 물러났지만, '빨갱이 자식'들에 대한 처우는 전혀 달라지지 않았습니다.[70] 이들은 고향을 떠나온 월남자들과 더불어 남한사회에서 생활 터전을 내리기 힘겨웠습니다.

4·19 민주화 담론에서 '민족운동'은 '통일운동'으로 이어졌습니다. 지식인들은 민족의 나아갈 바를 모색하면서 통일 문제를 염두에 두었습니다. 1960년 7월호 『사상계』에는 편집위원들이 7월 29일 총선에 대비하여 민주당 중앙위원 김영선, 사회대중당 정책위원 이동화 등과 좌담회를 가지는데, 당리당략을 초월한 공통관심사가 '남북한의 통일문제'였습니다. 김일성체제의 몰락과 서구세계의 흐름을 주시하여 남북한 통일의 구체성을 확보해야 한다는 것이 공통적인 시국 현안이었습니다.[71]

1960년 4·19이후부터 1961년 5·16까지 1년에 걸쳐 가장 두드러진 특징은 통일운동과 민족문제가 6.25전쟁 이후 처음으로 거론되었다는 점입니다.[72] 1960년 7월 29일 총선을 앞두고 결성된 여러 혁신정당들은 모두 통일문제를 주요 강령으로 내세웠습니다.[73] 7·29총선 이후 민주당 신파로 구성된 장면(張勉) 정부시기에 대두된 혁신 정치세력의 쟁점은 다음과 같은 세 가지였습니다.

첫째, 통일문제
둘째, 한미관계의 문제
셋째, 반공법 및 집회·시위 규제법의 입법문제

혁신세력들은 중립화 통일안을 제시하고 이를 관철하기 위해 중립화 통일운동을 전개했습니다.[74] 4·19로 고양된 민주화 담론은 남북한 양 체제를 비판할 수 있는 객관성을 제공했으며 민족 통일에 대한 의지로 뻗어나갑니다. 홍석률은 4·19시기 지식인층의 통일논의를 다음과 같이 세 가지로 나눕니다.

첫째, 집권 민주당이 제시한 선건설 후통일론을 지지하는 층
둘째, 중립화통일론에 동조하는 층
셋째, 민족자주적 통일론의 입장에서 남북협상을 주장한 층

세 유형 중 당대 통일논의를 주도한 것은 중립화통일론과 민족자주적 통일론으로, 총칭 '중립화론'은 지식인들에게 상당한 주목을 받았습니다.[75] 민족 염원인 통일 담론에 발맞춘 듯, 1960년 7월·8월 『사상계』에는 4·19를 배경으로 시국 의지를 담은 소설이 발표됩니다. 두 작품의 주인공들은 북한(월북자가족·부역자가족)과 연루된 가족희생자들입니다. 작가들은 연좌제에 묶인 당대 청년들이 4·19를 수용하는 태도를 통해 반공이데올로기를 비판하고 통일 의지를 표출합니다.

4. 4·19직후 소설 분석1: 4·19혁명의 주체와 연좌제 비판

김동립(1928~?)의 「연대자(連帶者)」(『사상계』, 1960.7)는 대학을 졸업한 전도유망한 청년 홍태의 음독자살로 이야기가 전개됩니다. 소설은 자살의 이유를 알아나가는 과정을 담고 있습니다. 홍태는 풍족한 물질적 배경을 갖고 있으나, 부모가 없습니다. 학창시절 그는 "학교의 행사나 학도호국단의 일에 이르기까지 학생들의 리더 격이었을 정도로 활동적인 인물"[76]입니다. 대학을 졸업하자, 홍태는 "한국의 후진성을 현대라는 정점까지 빨리 끌어올릴 수 있는 지식을 습득"하고자 미국 유학을 준비합니다.

그는 난관에 부딪힙니다. 신원조서를 통해 다음과 같은 사실을 알게 됩니다.

> "죽은 아버지가 빨갱이라는 것"
> "보련(保導聯盟)에 가입해 있다가 6.25직후에 죽었다는 것"
> "그의 단 하나의 형도 6.25때 서울에 남아서 부역하다가 행방불명이 되었다는 사실"(339면)

"빨간 잉크의 <보련(保聯)> <부역(附逆)>이라고 적힌 필적"(339면)이 도깨비처럼 그의 앞날에 드리워져, 유학은 물론 삶의 의지를 상실합니다. 그는 정동 골짜기 외딴 판잣집으로 잠적합니다. 이때부터 홍태는 "심리적 콤플렉스"를 지닙니다. 대학동창 영희가 홍태의 영락한 모습을 발견하고, 고립된 삶의 반려자가 되어줍니다. 홍태는 영희를 통해 위안을 얻습니다.

작가는 홍태로 하여금 4·19에 가담하도록 설정합니다. 반공이데올로기를 남용하여 독재를 강화해 온 이승만 정권에 대항해야 하니까요. 작중 전반부에서 작가는 4·19현장에서 입었던 홍태의 부상을 강조하며 이를 4·19와 부역자 가족의 회생과 동일시합니다. 일견, 이러한 설정은 4·19에 가담함으로써 부역자의 꼬리표를 상쇄시키는 듯도 합니다. 작중 대학생 영희와 고등학생의 4·19에 대한 독백을 직접 들어 보겠습니다.

① 대학생 영희의 감격적 독백

결국 그의 신원조서에 나타난 사실에 얽매어 있다가 죽은 그의 말마따나 근대적인 귀결이 코걸이 식의 정의(正義)라는 어용단어(御用單語)가 현대에 와서는 이데오로기 - 라는 단어로 바뀐, 이를테면 그는 그러한 어용단어의 잔인한 격투(激鬪) 사이에서 빠져나지 못한 피해자였단 말인가?

그러나 결코 그럴 수만은 없다.

4·19혁명이 휘몰아치고 있는 지금의 전국민의 자유로운 분위기는 그로 하여금 이때까지의 타성적인 신원조서의 구속력에서 벗어날 수 있는 길의 가능성이 얼마든지 트여있는 것이 아닌가.

그 뿐인가.

그는 4·19의 젊은 사자들과 함께 데모대에 참가하여 팔에 관통상까지 입지 않았든가!

영광스러운 사나이!

영희는 홍태의 부상당한 오른 팔을 어루만지며 「내가 발견한 믿음직한 남자!」하는 생각에 미치자 기쁨에 겨워 눈물이 확 쏟아질 것만 같았다.(340면, 강조 필자)

② 4·19현장에서 총상을 당한 고등학생의 독백

우리는 비록 독재정권하에 있었지마는 북한 공산치하보다
는 비교할 수 없을 만큼 자유로왔다고 생각하고 있어요.

그러나 우리는 공산주의를 핑계로 해서 우리의 자유와 권리
까지 박탈당하는 것을 용서할 수는 없어요.

우리는 언제까지나 외로운 증인(證人)노릇 만을 할 수는 없
었어요.

그나마 큰소리로 떳떳하게 말도 못하는 중이었죠.

그러나 **지금은 심판을 기다리는 증인보다도 오히려 우리 스**
스로가 고발(告發) 아니할 수 없었던 거죠.(349~350면, 강조 필자)

인용문은 두 가지 시사점을 제공합니다. 연좌제 형태로 반공이데올로
기를 악용하는 정권에 대한 비판, 4·19 혁명의 가담은 연좌제의 구속에
서 벗어날 여지를 제공한다는 것입니다. ①에서 영희는 이 사회의 피해자
인 홍태가 4·19의 혁명전사가 됨으로써, 영광스러운 의(義)의 세대로 부
활할 수 있다고 믿습니다. 영희는 신원조서에 얽매여 있는 어용단어, "빨
간 잉크의 <보련(保聯)> <부역(附逆)>이라고 적힌 필적"(339면)의 부정성이
4·19혁명에 가담함으로서 속죄될 수 있다고 막연히 낙관합니다.

보련(保聯)은 국민보도연맹을 줄임말로 1949년 6월 5일 좌익 계열 전
향자로 구성됐던 반공단체조직입니다. 1948년 12월 시행된 국가보안법
에 따라 '극좌사상에 물든 사람들을 사상전향시켜 이들을 보호하고 인도
한다'는 취지를 지니고 만든 민간단체이지만 조직의 장들이 관료라는 점
에서 관제단체에 가깝습니다. 홍태는 '보도연맹'과 '부역자'의 주홍글씨
를 안고 살아가야 했던 것입니다.

그런데 홍태의 4·19 가담은 여러 가지 무리수를 안고 있습니다. 그는 갑작스럽게 출현한 남파 간첩 형과 S4에게 떠밀리다시피 하여 4·19 현장에 나간 것입니다. 홍태의 형이 간첩이 되어 남파되었던 것입니다. 작가는 홍태의 형 홍식이 간첩이 된 배경을 상세히 설명합니다.

한국전쟁이 발발하자, 아버지는 백색테러단에 끌려간 후 종적을 감춥니다. 아버지의 종적을 찾는 홍식에게 좌익 친구가 나타납니다. 홍식이 집에 돌아오지만 어머니와 동생은 피난을 떠난 뒤였고, 그로부터 홍식은 10년 동안 북한에 있었습니다. 자신을 좌익으로 끌어들인 친구는 김일성 정부 전복을 음모한 박헌영 일당으로 몰려 숙청당합니다. 이후 그는 밀봉 교육(간첩이나 특수목적을 수행할 사람을 기르기 위해 바깥과 접촉을 금하고 비밀히 행하는 교육, 인용자주)을 받고 간첩 S13번으로 남파된 것입니다.

홍식은 간첩 신분을 속이고, S4의 지령대로 동생에게 접근합니다. S4는 남한사회에서 활로가 꺾인 홍태에게 직접 나서서 포섭활동을 시작합니다. 형과 S4는 홍태를 미행하면서 그의 행로를 조정합니다. 그 과정에서 홍태는 행방을 알 수 없는 총탄을 맞습니다. 전도유망한 청년의 미래를 앗아가는 연좌제와 반공 이데올로기 비판은 후반부 간첩의 출현과 미묘하게 뒤얽혀 버립니다. 연좌제의 비극과 이를 초래한 반공 이데올로기를 비판하기 위해서는 청년 개인의 비극성에만 주목해야 하기 때문입니다.

그럼에도 작가는 4·19라는 무정부 상태와 간첩의 출몰이라는 두 가지 사안[77]을 모두 제시하고 있으므로 반공주의를 오히려 공고히 할 수 있습니다. 당시 '간첩'은 남북한 모두 '첩보' 활동의 일환으로 성행했던 것으로 보입니다. 출소 쌍무기수 박종린의 증언에 의하면, 1960년 남한의 첩보조직과 여당인 자유당이 정권을 유지 존속하기 위해 그해 1월 '모란봉

소설로 읽는 한국근현대문화사

망 간첩단 사건'을 조작했다는 것과 그로 인해 실제 남파 간첩이었던 박
종린 자신이 남한의 첩보부대에 의해 잡혔다는 사실을 밝힌 바 있습니다.

그런 의미에서 작중에서 4·19 혁명의 순수한 주체는 고등학생입니다.
②에서 홍태와 같은 병실의 학생은 의(義)의 세대를 대표합니다. 혁명에
가담한 고등학생은 "공산주의를 핑계"로 삼아 "자유와 권리를 박탈"하는
정부의 관행에 맞섭니다. '증인'이 아니라 적극적인 '고발'의 주체가 됩니
다. 의(義)의 세대는 적극적인 심판자가 되어, 반공 이데올로기를 국시로
내걸고 국민의 자유를 유린한 독재정권에 대항합니다.

고등학생의 증언을 통해, 홍태는 자신이 나아가야 할 바를 직시합니
다. 자신의 진정한 부활은 북으로부터 남파된 간첩 형 홍식의 마수로부터
벗어나는 데 있다고 말입니다. 홍태는 자살을 결심한 후, 경찰서에 가서
자기 집 약도와 함께 다음날 그곳에 간첩 2명이 나타날 것이라 제보합니
다. 다음날 영희는 홍태가 남긴 유언대로 그의 죽음을 형 홍식에게 전합
니다. S4, 홍식, 영희가 있는 판잣집은 계엄군대의 빈틈없는 포위망으로
옥죄입니다.

홍식은 동생의 죽음에 직면하여 4·19시위현장에서 울려 퍼진 "자유
가 아니면 죽음을 달라!"라는 함성을 떠올립니다. 시위 현장에서 부르짖
은 '자유'가 독재에 대한 '자유'임에 비해, 간첩 홍식이 떠올린 '자유'는
북한의 공산주의에 대립하는 남한의 자유 진영이라는 점에서 편차가 있
습니다. 4·19에서 제기한 학생의 정의감은 부패정권에 대항하는 민권의
자유를 환기시키고 있음에도, 간첩 출몰로 인해 문제의식이 옅어집니다.
연좌제로 인해 미래를 상실한 청년 홍태는 공산주의를 핑계로 자유와 권
리를 박탈당한 대표적인 피해자입니다. 작가는 피해의 출처를 쫓아 체제

의 문제성에 초점을 맞추어야 할 것이나, 홍태의 자살과 간첩소탕으로 작품을 마무리 함으로써 주인공을 반공이데올로기의 비판자가 아니라 반공이데올로기의 주체로 만들어 버렸습니다.

그럼에도 김동립의 「연대자(連帶者)」는 4·19직후 상황을 여실히 드러내는 문제작입니다. 작품 전반부에는 4·19혁명과 더불어 독재정권이 반공 이데올로기를 악용한 연좌제를 비판하고 있습니다. 후반부에서 간첩의 출현으로 4·19는 무정부를 야기했으며 간첩 출현이라는 반공 담론과 뒤섞여, 작품의 지향전이 민주주의가 아니라 국가주의로 바뀝니다. 1960년대 냉전 구도와 한반도의 분단으로 강화된 국가주의는 자칫 4·19가 형성해 놓은 민주주의 담론의 성장을 저해할 우려도 있습니다.

김동립은 연좌제를 비롯한 반공 이데올로기의 문제성을 천착하긴 하지만 작중에서 그 문제를 끝까지 관철시키지 못한 채, 간첩의 출현과 국가주의로 작품을 마무리합니다. 4·19직후 발표된 김동립의 「연대자(連帶者)」는 4·19혁명의 현장을 다음과 같이 보여줍니다. 첫째, 반공 이데올로기와 대립하는 젊은 세대의 갈등을 통해 연좌제의 문제성을 제기합니다. 둘째, 한국전쟁이후 부역자 가족의 서사는 4·19 민주화 담론의 구체적인 사안을 제시합니다. 셋째, 4·19의 순수한 주체는 대학생이 아니라 고등학생이었음을 시사합니다.

5. 4·19직후 소설 분석2: 연좌제의 희생양과 분단극복 의지

4·19직후 발표된 또다른 소설을 보겠습니다. 김이석(1914~1964)은 「흐

름속에서」(『사상계』, 1960.8)에서 서울의 하숙집에 거주하는 인물들의 삶을 통해 4·19 전과 후의 현실 정황을 구체적으로 보여줍니다. 하숙생들은 부정부패가 만연한 현실에서 가난에 허덕입니다. 외면상 4·19가 3·15부 정선거를 계기로 발발했지만, 이면에는 "각종 부정불법적 수법으로 이루어진 부의 편재", "국민경제의 불건전한 구조, 극소를 제외한 대다수 국민생활의 빈곤"에[78] 있었습니다.

작가는 작품 말미에서 작중 인물의 상처가 4·19로 분출되고 수렴됨을 보여줍니다. 특히 고학생은 어렵게 대학입학을 준비했지만, 가족의 월북으로 대학에 진학할 수 없게 됩니다. 하숙집에서 가장 성실하고 건전한 정신을 가진 고학생은 4·19에 가담하여 죽고 맙니다. 작가는 4·19로 희생당한 젊은이의 의미를 문제 삼습니다.

작가는 4·19를 앞둔 암울한 사회 풍경을 보여주면서 작품을 시작합니다. 하숙집에는 화자인 '나', 아랫방을 쓰는 법과 대학생과 윗방을 쓰는 고등학생 상철이, 주인집 딸 선옥이 등이 등장합니다. 원기왕성한 대학생은 학비도 풍부하게 받으면서 편안한 하숙생활을 합니다. 아침부터 「오쏠레미오」를 부르며, 밤에는 매일 여자(다방 레지)를 데려와 잡니다. 반면 고등학생은 새벽부터 밤늦게까지 일해서 번 돈으로 간신히 학비를 충당합니다. 16살의 주인집 딸 선옥이는 돈이 없어서 진학을 포기하고 집안일을 합니다. 작중 '법과 대학생'과 '고등학생'의 생활은 극명한 대조를 이룹니다. 법과 대학생은 축음기를 틀어놓고 여자를 데려와 환락을 즐기는 반면, 고등학생은 밤낮없이 일하며 어렵게 고학합니다.

작가는 화자인 '나'와 고등학생 '상철'의 굴욕적인 삶을 부각시키고 있으며, 밑바탕에는 반공 이데올로기에 대한 비판이 자리 잡고 있습니다.

주인공 나의 삶을 소개하면 다음과 같습니다. 나는 대학을 졸업했지만 직장을 구하지 못합니다. 홀어머니가 보내주신 돈에 우유배달, 가정교사를 해도 등록금 대기가 어렵습니다. 홀어머니는 아들의 대학졸업도 못보고 돌아가셨습니다. 등록금을 못 내자, 학교 측에서는 졸업증서를 주지 않았습니다. 나는 인텔리 실업자로 전전합니다.

1960~1961년 실업문제는 『사상계』에서 특집으로 다룰 정도로 심각했습니다. 1961년 『사상계』는 집단적 사회현상으로서 실업군, 사회불안의 전위(前衛)로서 인텔리 실업자의 문제, 농촌의 잠재실업, 이농민들에 주목하고 있습니다.[79] '나'는 간신히 국민학생을 대상으로 하는 만화 출판사에 입사했으나 졸업증서가 없다는 이유로, 월급에서 매달 만원을 차감당합니다. 적은 월급이나마 출판사 사장은 제때 주지 않습니다. 나는 세 명의 사원을 대표하여 사장 앞에서 월급 얘기를 꺼냅니다.

「월급만은 어떻게서든지 제때에 줘요. 우린 그것만 믿구 - 」
하고 입을 여는 도중에 사장은 갑자기 붉어진 얼굴이 되며
「자네 빨갱이로구만, 빨갱이야, 업주한테 대드는 건 다 빨갱이야」
하고 노발대발하는 것이었다. 홍당무처럼 된 얼굴을 보면 실상 당사자 본인이 빨갱이가 된 듯 싶은데 - . 사장의 빨갱이란 말은 입버릇 같은 것이었다. 잘못으로 동판을 바꿔 넣어도
「너 빨갱이구나. 빨갱이야. 우리를 망치려는 빨갱이 간첩이야.」
하고 소리쳤고, 수금을 나갔다가 돈을 못받아 가지고 와도
「너 빨갱이구나. 빨갱이야. 빨갱이 아니구서야 자기 돈 안

받는 놈이 어디 있어」

하고 고래고래 소리쳤다.[80]

"사원이 세명 밖에 안되는 출판사를 하필 망치겠다고 간첩이 들어 올 리는 없는 것"이고 "자기 돈을 안 받으리 만큼 빨갱이들이 그렇게 인심 좋을 리도" 만무한데, 사장은 자기의 뜻과 맞지 않는 일을 모두 '빨갱이의 소행'으로 몰아붙입니다. 나는 "그의 앞에 헤헤 - 하고 웃는 웃음으로서 백기를 들어, 내가 빨갱이가 아님을 표시"(367면)합니다. 나는 생존을 위해 사장 앞에서 굴욕감과 비굴함을 참아냅니다. 나의 굴욕은 여기에서 그치지 않습니다. 번역을 통해 돈을 벌기 위해, 친구 부부로부터의 굴욕도 감내해냅니다. 당대 팽배한 반공이데올로기 앞에서는 무력감을 보입니다. 이승만 정권에서 반공 이데올로기는 38선 북쪽 세력이 아니라 내부의 반대 세력을 응징하고 배제하기 위한 통제 수단이 됩니다. 이승만 정권의 왜곡된 반공 논리는, 이 작품이 게재된 『사상계』 8월호 장준하의 글 「혁명상미성공(革命尙未成功)」에서도 동일하게 제기되어 있습니다.

하숙집의 고등학생 상철은 연좌제로 인해 대학 진학은 물론 미래를 상실합니다. 졸업을 앞두고 상철은 사관학교를 지망하지만, 6.25때 월북한 아버지로 말미암아 꿈이 무산됩니다. 그럼에도 상철이는 진지하고 열정적으로 주어진 삶을 살아나갑니다. 자기 앞에 가로놓인 삶의 장막은 두텁지만, 희망을 잃지 않습니다. 상철은 M대학 야간에 시험을 쳐 놓았지만, 등록금 대기가 막막합니다. 그 무렵 대학생 방에 있던 전축과 시계가 없어지자, 하숙집 사람들은 상철이의 소행으로 여겼습니다.

신문에는 상철이가 대학등록금을 마련하기 위해 절도를 저지른 것으로 보도됩니다. 상철이는 구금되어, "등록금이 필요했으면 필요했다고 말하라며 소젖몽치"로 맞을 뿐 아니라 "신문배달을 하며 선거반대의 비밀 연락도 했다"는 정치적 누명까지 쓰게 됩니다. 뒤늦게 진범이 밝혀집니다. 범인은 가족 몰래 아편을 맞아오던 하숙집 주인 황포영감이었습니다.

작품 말미에서 김이석은 4·19의 희생자로 고등학생 상철의 죽음을 부각시킵니다. 화자인 나는 다음과 같이 자조합니다.

> 언제 한번이나 이가 부득 부득 갈리리만큼 증오심을 참으면
> 서 살아왔다고. 그저 어둡고 무거운 바람이 부는 대로 가랑잎처
> 럼 떼굴떼굴 굴러…(380면)

당시 다수의 젊은이들이 가난 앞에서 굴욕적인 삶을 살았습니다. 극소의 가진 자들은 부잣집 법과 대학생처럼 환락에 몰두합니다. 고등학생 상철은 원하는 대학에 진학할 수 없으며 갖은 수모를 경험하면서도, "남을 미워하기만 하려는 그런 신경만 자꾸 예민해"지는 것을 경계하고 자책합니다.

작가는 상철이 4·19에 가담하게 되는 과정과 동인을 밝히고 있지 않지만, 월북한 가족으로 말미암아 전도유망한 미래가 무산된 상철의 상황에서 미루어 짐작할 수 있습니다. 그것은 편집장이 나에게 빨갱이라고 몰아부친 것과 동일한 맥락에 있습니다. 집권자들은 반공 이데올로기를 활용하여 연좌제로 전도유망한 청년의 진로를 차단시키는가 하면, 고용주는 자기 편의에 따라 반공 이데올로기를 남용하여 고용자들의 권리를 앗

아갑니다.

작가는 순결한 영혼 상철이가 불의에 분노하고 자기 한 몸을 과감하게 헌신하는 것을 보여줌으로써, 4·19가 정의로운 의거이며 상철과 같은 순결한 청년의 희생으로 부패한 현실이 정화되기를 염원하고 있습니다. 작품 말미에서 작가는 4·19의 영광이 상철의 과거를 상쇄시켜 줄 수 있는 가능성은 드러내지 않습니다. 형식적인 장례를 치르는 M대학 총장의 허식, 상철의 죽음으로 지급되는 경조비용을 탐하는 삼촌의 모습은 전혀 이전과 달라질 바 없는 암울한 현실을 직시하고 있습니다.

작가 김이석을 비롯한 동시대 지식인들은 4·19를 체감하면서, 연좌제로 자유를 잃은 젊은이들의 비극을 통해 반공 이데올로기를 비판하고 궁극에는 민족통일을 염원합니다. 식민지 체험을 비롯하여 한국전쟁을 경험한 당대 지식인들은 분단의 고통을 치유하고, 하루빨리 민족이 하나가 되어야 한다고 여겼습니다. 북한에 가족을 둔 남한의 젊은이들이 평등한 진로와 미래를 설계하는 일은 분단된 남한이 해결해야 할 정치적 과제였음에도, 오랫동안 그 숙원은 이루어지지 않았습니다. 김이석은 4·19의 혁명정신에 부응하지 않는 당대 현실, 아니 더 정확하게 말하면 4·19혁명으로 반드시 해결해야 할 과제가 무엇인지를 보여주고 있습니다. 연좌제 문제를 통해 반공 이데올로기의 오용을 선연하게 제시했습니다. 월남 작가 김이석은 4·19와 더불어 무엇보다도 민족의 통일을 기대하고 있었던 것입니다.

6. 민주화와 통일 염원

한국전쟁 이후 국가의 재건은 다양한 형태의 힘이 모아 이루어집니다. 이 책에서는 그 힘을 이 땅을 살아가는 평범한 시민의 삶에서 찾아보았습니다. 한국전쟁 이후 청춘남녀가 연애보다 정의를 실현하려는 모습, 한국전쟁 이후 남성의 책임감이 묻어나는 독백과 여성의 윤리를 자각하는 독백, 그리고 4·19혁명에 가담한 청년들의 희생에서 찾았습니다. 이 장에서는 4·19직후 민주화 담론의 구체적인 사안이 무엇인지 탐구해 보았습니다. 동시대 지성의 중심 채널『사상계』의 민주화 담론을 살펴보고, 4·19 직후 발표된 4·19배경 소설을 주목해 보았습니다.

1960년 4·19이후부터 1961년 5·16에 이르기까지 민주화 담론은 크게 두 가지 층위를 보입니다. 우선 의(義)의 세대를 예찬하고 과거 청산의 명제를 가지고 있었으며, 점차적으로 반공 이데올로기를 비판하면서 통일을 지향하는 논의를 전개해 나갑니다. 1960년 7·29총선을 기점으로 민주화 담론이 활발히 전개되었는데 비해, 허정 과도정부와 장면 정부의 실책과 무능으로『사상계』담론은 현 정권에 대한 비판으로 이어지고 민주화 논의를 발전시키는 데 힘을 쏟지 못합니다.

『사상계』는 4·19를 정치 문화 사회 등 다각적인 관점에서 지속적으로 조명하고 있었는데, 4·19를 배경으로 한 소설이 발표되는 등 4·19에 대한 관심이 집중되었습니다. 4·19문학에 관한 논의는 주로 4·19세대 논의로 전개됩니다. 왜냐하면 4·19는 6.25와 달리 민족적 경험이 아니라 지식인 선각자들의 경험이라는 점에서, 표면적으로 나타나기보다 작가들이 정신적으로 성장하는 계기가 되었습니다. 그렇다 하더라도 1960년 4·19

직후 『사상계』에 발표된 4·19배경 소설은 1961년 5·16이 발발하기 전까지 4·19 민주화 담론이 지닌 구체적인 사안을 반영하고 있습니다.

1960년 『사상계』 7월, 8월호에 발표된 김동립의 「연대자(連帶者)」와 김이석의 「흐름속에서」는 4·19를 배경으로 반공이데올로기의 남용과 연좌제 문제를 조명합니다. 김동립의 「연대자(連帶者)」에 등장하는 전도유망한 대학졸업생은 미국유학을 준비하던 중, 아버지와 형의 부역 문제를 알게 됩니다. 이후 방황과 더불어 4·19에 가담하면서 자신의 정체성을 확인하고, 스스로 죽음을 선택함으로써 간첩을 소탕하는 등 국가에 기여합니다. 김이석의 「흐름속에서」에 등장하는 고학생은 사관학교를 지망하지만, 가족의 월북으로 꿈을 상실합니다. 고학생은 야간대학에 원서를 내면서 어렵게 학비를 마련합니다. 그는 4·19에 가담하던 중 목숨을 잃습니다. 작가는 연좌제에 연루된 젊은 청년의 희생을 통해 반공 이데올로기를 비판하고 분단 극복 의지를 내보입니다.

4·19직후 『사상계』에 발표된 4·19배경 소설은 다음과 같은 측면에서 의의가 있습니다. 첫째, 4·19직후 4·19배경 소설은 4·19의 정황을 제시하고 있으며 4·19정신이 발현된 소설과 차이를 보입니다. 1960년 10월에 발표된 최인훈의 「광장」(『새벽』, 1960.10)은 4·19정신이 문학작품을 통해 구현된 작품입니다. 이 작품에는 4·19가 시간적 배경으로 등장하지 않지만, 남북한 모두의 허상을 지적하고 중립을 지향하는 주인공 이명준의 행적과 의식에 전대와 구분되는 진보적이고 자유로운 기운이 충만해 있습니다. 반면 4·19직후 등장한 4·19배경 소설은 1960년 4·19 정신을 혁신적인 담론으로 형상화하기보다 당시 정황을 사실적으로 포착함으로써 4·19 개혁 담론이 지향하는 실천내용을 구체적으로 제시하고 있습니다.

둘째, 4·19직후『사상계』에 게재된 4·19배경 소설은『사상계』의 민주화 담론을 계승하고 소설로 형상화 합니다. 이것은 동시대 일간지의 소설과 비교해 보면 잘 알 수 있습니다. 김동리는 「이곳에 던져지다」(『한국일보』, 1960.10.2~1961.5.23)를 연재하면서 3·15부정선거와 4·19를 작품의 결말로 장식합니다. 작중에서 4·19는 표면적으로 전도유망한 청년 기애와 경준의 죽음을 초래함과 동시에 부패한 비리 기업가의 파탄을 초래하게 됩니다.

작품을 들여다보면, 주인공 청년들은 정치적 현실과 경제적 불평등에 주목하기보다 애정 문제에 집중하고 있습니다. 주인공들은 자발적인 것이 아니라 일종의 애정 도피로서 갑작스럽게 4·19 인파에 휩쓸립니다. 작중에서 4·19혁명은 청춘남녀의 사랑을 비극적으로 장식하는 배경으로, 자본가의 악덕을 응징하는 장치로, 통속소설의 공식으로 활용되고 있습니다. 4·19가 제기한 정치적 문제는 거론되지 않습니다.

1960년 4·19직후『사상계』에 발표된 4·19배경 소설 김동립의 「연대자(連帶者)」와 김이석의 「흐름속에서」는 4·19 세대의 소설, 4·19직후 통속소설과 대비하여 동시대 4·19 민주화 담론을 구체적으로 담아내고 있습니다. 그들은 반공 이데올로기를 비판하면서 우리 민족이 극복해야 할 현안 '분단 문제'를 제기합니다. 두 작가는 작중 젊은이들이 연좌제에 묶인 자신의 처지를 발견하고 4·19에 가담하면서 죽는 것으로 작품을 끝맺습니다.

4·19의 민주화 담론이 지향하는 민권의 토대가 개인의 자유와 평등을 지향한다고 할 때, 이들이야말로 자유를 잃고 현실에서 부당하게 배척당하는 인물입니다. 두 작가는 부역자, 월북자 가족을 둔 젊은이와 4·19 참

여를 동일선상에서 다룸으로써, 반공 이데올로기를 비판하고 분단에 대한 극복 의지를 드러내고 있습니다. 일련의 작품을 통해 우리는 1960년 4월 19일부터 1961년 5월 16일에 이르기까지 4·19 민주화 담론에서 민주주의가 곧 민족 통일논의로 귀결되고 있음을 확인할 수 있습니다. 당대 지식인들은 국가를 재건하는 것 못지 않게 민족의 분단을 고심하며 통일을 염원했던 것입니다.

제1부 근대, 변한 것과 변하지 않은 것은 무엇인가

1   요로 다케시는 몸을 전형적인 자연으로 봅니다. 그는 몸을 도저히 피해갈 수 없는 인간 자신의 자연으로 여깁니다. 요로 다케시·신유미 옮김, 「자연과 문학」, 『일본문학과 몸』, 열린책들, 2005, 93면 참조.

2   피터 부룩스, 이봉지 옮김, 「근대적 육체의 성립:프랑스 혁명과 발자크」, 『육체와 예술』, 문학과지성사, 2000, 116면.

3   개화기 담론체계에 영향을 미친 과학, 사회, 종교의 영향력은 박현우의 「개항기 '몸' 담론의 의미 구조와 그 변화에 관한 연구」(서울대학교 사회학과 석사학위논문, 2004)에서 '서구적 몸 개념의 등장'을 참조했습니다.

4   조형근은 「식민지체제와 의료적 규율화」(김진균 외, 『근대주체와 식민지 규율권력』, 문화과학사, 1997)에서 개화기에서 해방 전에 걸쳐 개별 신체에 가해지는 국가적 차원의 감시와 통제의 기제 및 원인을 분석했습니다. 근대적 질병론이 유입됨에 따라 '기계론적 신체관'이 출현하고, 병원·가정·학교 등 국가의 미시적인 규율 체제는 개별적인 신체를 사회가 요구하는 사회적 신체로 제조합니다. 조형근은 식민지 체제에서 의료적 규율화를 통해 '근대적 주체'가 형성되는 과정을 추적합니다.

조영복이 「21세기 문학의 몸 혹은 최후의 인간」(『소설과 사상』, 2000, 봄호)에서 나도향, 이상, 이청준, 조세희, 윤대녕의 소설에 나타난 몸의 의미를 분석하고 문학의 미래를 조망했다면, 김정자를 비롯한 다수의 필자들은 『몸의 역사와 문학』(태학사, 2002)에서 근대소설에서부터 현대소설에 이르기까지 다양한 작품을 대상으로 몸 담론의 성격을 규명했습니다.

이경훈은 『오빠의 탄생-한국 근대 문학의 풍속사』(문학과지성사, 2003)에서 '풍속'의 관점에서 근대문학을 조명했습니다. '풍속'은 내면화한 습속이 대중의 몸을 통해 실행된다는 점에서, 당대 재현되는 몸의 실상을 보여주는 구체적인 몸 담론입니다.

이재복의 「몸담론연구사고찰」(『국제어문』30, 2004)은 몸 담론의 철학적 배경과 근·현대 문학, 시와 소설, 여성문학사 등 문학사 전반에 걸쳐 몸 담론의 문학적인 공과를 제시했습니다. 최근 노대원은 『몸의 인지 서사학』(박이정, 2023)에서 현대과학을 수용하여 몸의 인지 서사학의 관점에서 소설을 읽고 있습니다.

5   이영아, 「이광수 『무정』에 나타난 '육체'의 근대성 고찰」, 『한국학보』28, 일지사, 2002, 봄호.

구인모, 「『무정』과 우생학적 연애론」, 『비교문학』28, 한국비교문학회, 2002.

이경훈, 「『무정』의 패션」, 『오빠의 탄생』, 문학과지성사, 2003.

신정숙, 「이광수 소설에 나타난 '민족개조사상'과 '몸'의 관계양상에 관한 연구」, 연세대 석사학위논문, 2003.

김주리, 「한국 근대소설에 나타난 신체담론 연구」, 서울대박사학위논문, 2005.

6   이재복, 「李箱 소설의 몸과 근대성에 관한 연구」, 한양대박사학위논문, 2001.

안미영, 「李箱 소설에 나타난 신체인식 표출양상」, 경북대박사학위논문, 2001.

김양선, 「1930년대 모더니즘 소설과 몸의 서사」, 『여성문학연구』8, 한국여성문학회, 2002

김주리, 「한국 근대소설에 나타난 신체담론 연구」, 서울대박사학위논문, 2005.

7   이영아, 「신소설에 나타난 육체 인식과 형상화 방식 연구」, 서울대박사학위논문, 2005.

8   이영아, 「이광수 『무정』에 나타난 '육체'의 근대성 고찰」, 『한국학보』, 일지사, 2002, 봄호.

9   신정숙, 「이광수 소설에 나타난 '민족개조사상'과 '몸'의 관계양상에 관한 연구」, 연세대 석사논문, 2003.

10 구인모, 「『무정』과 우생학적 연애론」, 『비교문학』28, 한국비교문학회, 2002.

11 김진균·정근식·강이수, 「일제하 보통학교와 규율」, 『근대주체와 식민지 규율권력』, 문화과학사, 1997, 77면.

12 1919년 3·1운동은 가능성과 좌절을 동반하면서 1920년대 소설 담론에 큰 영향을 미칩니다. 송기섭은 「〈만세전〉의 이인화 탐구」(『현대소설연구』17, 2002)에서 작중 주인공 이인화를 통해 근대적 인간의 특성으로 감성적 인간의 감정을 추출해 내고 있습니다.

13 이경, 「1920·30년대 소설에서의 매춘-제도의 거울」, 『한국현대문학의 성과 매춘』, 태학사, 1996.

14 김윤선, 「1920년대 한국 소설에 나타난 성담론 연구」, 고려대박사학위논문, 2001.

15 이혜령, 「한국 근대소설의 섹슈얼리티 연구-1920~1930년대를 중심으로」, 성균관대박사학위논문, 2001.

16 이혜경은 「김동인 소설에 나타난 신체 IMAGE 연구」(충남대석사학위논문, 1990)에서 신체이미지를 통해 작가의 표현미학과 인물의 성격이 어떻게 구현되었는지 살펴보고 있습니다. 이재선은 「표현의 장으로서 신체」(『한국문학주제론』, 서강대학교출판부, 1989)에서 주제론의 관점에서 몸을 문학 담론의 영역으로 수용한 바 있는데, 이혜경은 김동인의 소설에서 표현의 장(場)으로서 신체의 특징에 주목합니다. 김동인은 머리와 상부 신체가 주로 표현의 장이 됩니다.

17 김윤성의 글은 개화기(개항기) 텍스트에 대한 이해는 물론 초기에 이루어진 몸 담론입니

다. 근대문학을 대상으로 몸 담론을 전개하는 국문학 연구자들은 김윤성의 글을 많이 참고하고 있습니다.

18 동일 시기의 명칭으로 '개항기', '개화기', '근대계몽기', '애국계몽기' 등 다양한 명명법이 있습니다. 사회학과 종교학 등 인접 학문의 텍스트에서는 '개항기'라는 가치중립적 명명법을 쓰는 데 비해, 국문학 연구자들은 '계몽'과 '애국'이라는 민족주의 이데올로기가 반영된 명명법을 구사하곤 하는데, 시기에 대한 명명법에는 연구자의 이데올로기를 반영하고 있습니다. 이 글에서는 연구자의 명명법을 따르되, 이 시기를 통칭 개화기로 명명했습니다.

19 박현우(「개항기 '몸' 담론의 의미 구조와 그 변화에 관한 연구」, 서울대학교 사회학과 석사학위논문, 2004)의 지적처럼 "몸은 개인과 집합적 존재가 직면한 위기·곤경·위험·모순들을 은유하고 직유하며 개념화하는 방식들의 심오하고 풍성한 원천이" 됩니다.

20 고미숙, 『한국의 근대성, 그 기원을 찾아서-민족 섹슈얼리티 병리학』, 책세상, 2001.

21 김주현, 「이상 소설과 분신의 주제」, 『한국학보』95, 일지사, 1999, 64~88면.

22 이경훈, 「「종생기」, 철천(徹天)의 수사학」과 「이상의 또다른 질병에 대하여」, 『이상, 철천의 수사학』, 소명출판, 2000, 132~196면.

23 이재복, 「李箱 소설의 몸과 근대성에 관한 연구」, 한양대박사학위논문, 2001.6.; 안미영 「李箱 소설에 나타난 신체인식 표출양상」, 경북대박사학위논문, 2001.6.

24 김주리, 「근대소설에 나타난 신체담론」, 서울대박사학위논문, 2005.6.

25 김양선, 「1930년대 모더니즘 소설과 몸의 서사」, 『여성문학연구』8, 한국여성문학회, 2002.

26 김연숙, 「1930년대 소설에 나타난 여성육체의 재현양상」, 『여성문학연구』11, 한국여성문학회, 2004.

27 안미영의 「한국근대소설에서 헨릭입센의 「인형의 집」수용」(『비교문학』, 2003.2) 이덕화의 「나혜석, '날몸'의 시학」(『여성문학연구』, 2001)과 이명선의 「근대 '신여성' 담론과 신여성의 성애화」(『한국여성학』, 19, 2003)는 근대 여성의 정체성 문제를 조명하고 있습니다.

28 박숙자, 「여성의 육체에 대한 남성의 시선과 환상-1920년대 소설을 중심으로」, 『여성의 몸』, 창작과비평사, 2005.

29 김양선, 「옥시덴탈리즘의 심상지리와 여성(성)의 발견」, 『민족문학사연구』, 민족문학사연구소, 2003.
_____, 「1930년대 소설과 식민지 무의식의 한 양상-김유정 소설에 나타난 향토성의 발견과 섹슈얼리티를 중심으로」, 『근대문학연구』, 한국근대문학연구, 2003.10.

30 한민주, 「1930년대 후반기 전향소설에 나타난 남성 메저키즘의 의미-김남천과 한설야를 중심으로」, 『여성문학연구』, 한국여성문학회, 2003.

31 김연숙, 「1930년대 소설에 나타난 여성육체의 재현양상」, 『여성문학연구』11, 한국여성문학회, 2004.

32 나도향·주종연/김상내/유남옥 엮음, 『나도향전집』, 집문당, 1988, 234면. 이하 작품 인

용은 인용문 말미에 페이지 수만 기입.

33 김유정·전신재 편, 『김유정전집』, 한림대학출판부, 1987, 27면. 이하 작품 인용은 인용문 말미에 페이지 수만 기입.

34 김동인, 「감자」, 『김동인선집』, 어문각, 1981, 470면.

35 이태준, 『이태준문학전집1』, 깊은샘, 1995, 22면.

36 이효석, 『이효석전집1』, 창미사, 1990, 353면. 이하 작품의 인용은 인용문 말미에 페이지 수만 기입.

37 이효석, 『이효석전집1』, 창미사, 1990, 112면. 이하 작품의 인용은 인용문 말미에 페이지 수만 기입.

38 이상·김윤식 엮음, 『이상문학전집』2, 문학사상사, 1994, 250면. 이하 작품 인용은 인용문 말미에 페이지 수만 기입. 이하 인용문에서 한자는 한글로 바꾸고 띄어쓰기도 현행 맞춤법을 따름.

39 염상섭, 『염상섭전집』1, 민음사, 1987, 216~217면. 이하 인용문은 말미에 페이지 수만 기입.

40 염상섭은 『삼대』(『조선일보』, 1931.1.1~9.17)에서 개화세대 조상훈을 통해 기독교 신자의 파행적 속물근성을 보여줍니다. 조상훈의 축첩과 방탕은 당대 기독교의 타락상을 대변합니다.

41 한국기독교역사연구소, 『한국 기독교의 역사』Ⅰ, 기독교문사, 2000, 325~326면.

42 이광수, 『이광수전집』10, 삼중당, 1974, 23면.

43 주요섭, 「천당」, 『신여성』, 1926.1, 97면. 이하 인용문은 말미에 페이지 수만 기입.

44 주요섭, 「인력거군」, 『주요섭단편소설문학전집』, 대광문화사, 1984, 70면.

45 조현범, 『문명과 야만』, 책세상, 2002, 116면.

46 김동인, 「명문(明文)」, 『김동인선집』, 어문각, 1981, 468면.

47 김동인, 「신앙으로」, 『김동인전집』, 조선일보사, 1988, 271~272면.

48 이기영, 「외교관과 전도부인」, 『서화』, 풀빛, 1992, 111면. 이하 인용문은 말미에 페이지 수만 기입.

49 이기영, 위의 책, 113면.

50 이상설, 『기독교소설사』, 양문각, 2002, 98~101면.

51 이만렬, 「개신교의 전래와 일제하 교회와 국가」, 『국가권력과 기독교』, 민중사, 1982, 136면.

52 강돈구, 「근대 기독교와 민족주의」, 『한국 근대종교와 민족주의』, 집문당, 1992, 193~196면.

53 이상섭, 「신문학 초창기와 기독교」, 『기독교와 문학』, 종로서적, 1992, 134면.

54 이태준, 「결혼」, 『달밤』, 깊은샘, 1995, 118~119면.

1   이무영, 「충실한 職工으로서의 새출발」, 『동아일보』, 1933.10.25.

2   박태원, 「표현, 묘사, 기교」, 『조선중앙일보』, 1934.12.28.

3   위르겐 쉬람케·원당희/박병화 공역, 『현대소설의 이론』, 문예출판사, 1995, 181면.

4   안미영, 「박태원의 자화상 소설과 가족주의」, 『해방, 비국미의 미완의 서사』, 소명출판, 2016, 77~107면 참조.

5   박태원, 앞의 글. 강조는 필자

6   위르겐 쉬람케, 『현대소설의 이론』, 문예출판사, 1995, 180면.

7   박태원, 「寂滅」, 『박태원 중·단편소설:윤초시의 상경』, 깊은샘, 1991, 183면. 이하 작품의 인용은 이 책으로 하되 인용문 말미에 페이지 수만 기입.

8   도시 거리의 배회는 1990년대 작가들에 이르기까지 모더니스트 예술과 사상의 전형적인 제스처로 나타나고 있습니다. 일 예로 「극장이 너무 많은 우리 동네-시인 유보씨의 일일」 (『문학과 사회』, 1996, 가을호)에 서술된 유하의 평문에도 창작을 위해 산책하는 작가들의 내면 풍경을 엿볼 수 있습니다.

9   마샬 버만·윤호병 역, 『현대성의 경험』, 미학사, 1995, 176면.

10   위르겐 슈람케, 앞의 책, 165면.

11   위르겐 쉬람케, 앞의 책, 196면.

12   그림에서 화면에 여러 가지 불투명한 폐품을 끼워 넣는 것을 말합니다.

13   위르겐 슈람케, 위의 책, 134면.

14   박태원, 「소설가구보씨의 일일」, 『소설가구보씨의 일일』, 깊은샘, 1991, 75면.

15   유진 런·김병익 옮김, 『마르크시즘과 모더니즘』, 문학과지성사, 1993, 47면.

16   김유정의 수필에는 봄을 예찬하는 수필이 다수 있습니다. 「五月의 산골작이」(『조광』, 1936.5), 「네가 봄이런가」(『여성』, 1937.4), 「닙이 푸르러 가시든 님이」(『조선일보』, 1935.2.28) 등에 봄에 대한 단상이 나타나 있습니다.

17   리처드 로티·김동식 이유선 옮김, 「아이러니즘과 이론-사적 아이러니와 자유주의의 희망」, 『우연성 아이러니 연대성』, 민음사, 1996, 185면.

18   리처드 로티, 앞의 책, 22~23면.

19   이유선, 「자유주의 아이러니스트」, 『아이러니스트의 사적인 진리』, 라티오, 2008, 127~138면 참조.

20   이유선, 위의 책, 132면.

21   리처드 로티, 앞의 책, 349면 참조.

22   리처드 로티, 앞의 책, 24~25면 참조.

23   리처드 로티, 앞의 책, 355~358면 참조.

24   노스럽 프라이·임철규 옮김, 『비평의 해부』, 한길사, 2000, 110~111면.

25   김유정 소설에 나타난 아이러니는 일찍부터 연구자들의 주목을 받아왔습니다. 한만수,

「김유정 소설의 아이러니 분석」, 한양대학교 석사학위논문, 1985, 김춘용, 「김유정 소설의 아이러니 연구」, 부산대학교 석사학위논문, 1985. 한만수, 「김유정 소설의 아이러니 분석」, 『동악어문학』21, 동악어문학회, 1986, 231~270면. 정영호, 「김유정 소설의 아이러니 연구」, 경남대학교 교육대학원, 1991.

26 노스럽 프라이, 앞의 책, 454~455면.
27 노스럽 프라이, 앞의 책, 458면.
28 나병철, 「김유정 소설의 해학성과 현실인식」, 『비평문학』, 한국비평문학회, 1994, 155~182면. 유인순, 「김유정 소설의 웃음 그리고 그 과녁-〈총각과 맹꽁이〉·〈봄·봄〉·〈두꺼비〉를 중심으로」, 『현대소설연구』38, 한국현대소설학회, 2008, 201~222면. 김명숙, 「김유정 소설미학의 블랙유머적인 특징」, 『한국학연구』28, 인하대학교 한국학연구소, 2012, 1~46면.
29 나병철, 『소설의 이해』, 문예출판사, 2006, 294~295면.
30 나병철, 위의 책, 294~300면 참조.
31 김지하, 「풍자냐 자살이냐」, 『시인』, 1970.6~7. (김종회 모음, 『한국문학 명비평』, 2009, 499면과 503~505면 재인용.) 김지하는 작가에게 비애는 공고한 저력으로서, 그 미는 힘에 의거하여 시인은 시적 폭력에 도달할 수 있고 그러한 시적 폭력으로 물신의 폭력에 항거할 수 있다고 봅니다. 그는 치열한 비애와 응어리진 한을 바탕으로 비극적 표현을 흡수하는 한편, 해학을 광범위하게 배합하면서도 강력한 풍자를 주된 핵심으로 삼는 고양된 희극적 표현을 강조했습니다.
32 김지하, 위의 글, 506면.
33 전신재는 일찍이 다음과 같이 지적했습니다. "김유정 소설 30편 중에서 10편이 봄을 배경으로 하고 있다. 그의 소설의 배경은 시대성보다 계절성이 강하다. 제목 자체가 계절 이름으로 되어 있는 것이 많다." 전신재 편, 『김유정전집』, 한림대학교출판부, 1987, 138면. 이하 김유정 소설 텍스트의 인용은 이 책으로 하되, 인용문 말미에 페이지 수만 기입.
34 노스럽 프라이, 임철규 옮김, 『비평의 해부』, 한길사, 2000, 323면.
35 노스럽 프라이, 위의 책, 412면.
36 노스롭 프라이, 위의 책, 334~336면 참조.
37 노스롭 프라이, 위의 책, 329면.
38 노스롭 프라이, 위의 책, 332면.
39 노스롭 프라이, 위의 책, 334면 참조.
40 김유정, 「五月의 산골작이」, 『조광』, 1936.5. 전신재 편, 『김유정전집』, 한림대학교출판부, 1987, 401면.
41 안미영, 「김유정 소설의 문명비판 연구」, 『현대소설연구』11, 한국현대소설학회, 1999, 143면.
42 D.C. Muecke·문상득 역, 『아이러니』, 서울대학교출판부, 1986, 107면.
43 노스럽 프라이, 위의 책, 113면.

44 노스럽 프라이, 위의 책, 405~406면.

45 노스럽 프라이, 위의 책, 111~112면.

46 D.C. Muecke·문상득 역, 『아이러니』, 서울대학교출판부, 1986, 44면 참조.

47 게으로그 루카치·반성완 역, 『소설의 이론』, 심설당, 1985, 120면.

48 D.C. Muecke·문상득 역, 『아이러니』, 서울대학교출판부, 1986, 115면 참조.

49 나병철, 앞의 책, 261~263면 참조.

50 「정분」(『조광』, 1937.5: 「솟」과 동일하므로 제목만 언급)

51 노지승, 「성sexuality과 농촌, 근대적 가부장제의 외부」, 『김유정과의 만남』, 소명출판, 2013, 270면 참조.

52 리처드 로티, 앞의 책, 178면.

53 리처드 로티, 앞의 책, 180면.

54 리처드 로티, 앞의 책, 170면.

55 편집부, 「新開學科專修코 한세광군」, 『조선일보』, 1934.4.22.

56 한흑구, 「죽은 동무의 편지」, 민충환 엮음, 『한흑구문학선집』Ⅰ, 아르코, 2009, 243면 참조. "그와 나는 위에서도 말한 바와 같이 죽마지우이었고, 미국으로 유학을 갈 때에도 한 배를 타고 태평양을 건너갔었다. 이러한 이유에서도 그와 나와는 형보다도 더 가까운 동무이었지마는 **그와 내가 다같이 문학 공부를 하였고, 또한 문학을 더 연구하고자 외국으로 같이 가게 되었던 것이다.**" 강조는 필자. (『사해공론』, 1937.11~12)

57 이상구와 양재명의 번역활동에 대해서는 박진영, 「번역가와 그의 시대-이상수와 양재명, 번역가의 길」(『번역가의 탄생과 동아시아 세계문학』, 소명출판, 2019)에 소개됨.

58 김병철, 「제5장 1930년대의 번역문학-영국문학의 번역」, 『한국근대번역문학사연구』2, 을유문화사, 1975, 702면.

59 한흑구의 수필은 그간 많이 논의되었는데 학위논문만 소개하면 다음과 같습니다. 김진경, 「한흑구 수필연구」, 이화여대 석사논문, 1991.; 박유영, 「한흑구 수필연구」, 동국대 석사논문, 2000.

60 김권동, 「黑鷗 韓世光의 시 연구」, 『韓民族語文學』 56집, 한민족어문학회, 2010, 335~364면.; 한세정, 「식민지 조선 문인들의 "The Lake Isle of Innisfree" 수용과 전유-김억, 김영랑, 한흑구, 정인섭을 중심으로」, 『한국예이츠 저널』제57권, 한국예이츠학회, 2018, 321~344면.; 맹문재, 「한흑구의 시에 나타난 민주주의 고찰」, 『동서 비교문학 저널』54, 한국동서비교문학회, 2020, 189~211면.

61 이희정, 「식민지시기 미국유학 체험과 자기 인식-한흑구 문학을 중심으로」, 『세계문학비교연구』, 세계문학비교학회, 2014, 5~26면.; 강호정, 「한흑구 시 연구:미국 체험의 시적 수용 양상을 중심으로」, 『한국시학연구』제57호, 한국시학회, 2019.2, 85~116면.; 송명진, 「조선의 아메리칸 드림과 식민지인의 자기 인식-미국 유학생 잡지 『우라키』(The Rocky) 소재 문학을 중심으로」, 『문화와 융합』69, 한국문화융합학회, 2020, 143~166면. 미국의 일상을 경험하면서 인식된 근대적 개인에 대한 자각, 식민지인의 비애, 인종적 차

소설로 읽는 한국근현대문화사

별 등과 같은 "소수자 의식"을 보여줍니다.

62   장성규, 「식민지 디아스포라와 국제연대의 기억-한흑구를 중심으로」, 『한민족문화연구』 50, 한민족문화학회, 2015, 393~413면.

63   강호정이 밝혀낸 바와 같이 한흑구의 최초 작품으로는 1926년 6월 경성에서 발간된 잡지 『진생』 제1권 제10호에 수록된 「거룩한 새벽하늘」과 「밤거리」가 있습니다.(강호정, 「한흑구 시 연구:미국 체험의 시적 수용 양상을 중심으로」, 『한국시학연구』제57호, 한국시학회, 2019.2, 91면 참조)

64   기존 논저(김병철, 『한국근대번역문학사연구』2, 을유문화사, 1975.; 민충환 엮음, 『한흑구문학선집』 I, 아르코, 2009.; 민충환 엮음, 『한흑구문학선집』II, 아르코, 2012.)에서 밝혀진 작품을 포함하여 다양한 논문과 잡지에서 새롭게 찾은 자료를 정리한 것입니다.

65   오주리, 「1930년대 후반 영국 신심리주의(新心理主義)의 사랑 담론 수용 연구-최정익(崔正翊)의 D. H. 로렌쓰의 ≪성(性)과 자의식(自意識)≫」, 『비교문학』, 한국비교문학회, 2015, 145~179면 참조.

66   한흑구, 「문예 독어록」, 민충환 엮음, 『한흑구문학선집』 I, 아르코, 2009, 316면.(『신인문학』, 1935.4~6)

67   강호정은 「미국 니그로 시인 연구」(『동광』, 1932.2.1)가 「흑인문학의 지위」1~3(『예술조선』, 1948)에 재수록 되면서 수정된 부분을 지적하였습니다.(강호정, 「해방기 '흑인문학'의 전유 방식:한흑구, 김종욱의 '흑인시' 번역을 중심으로」, 『한국시학연구』제54호, 한국시학회, 2018.5, 9~34면.)

68   한흑구, 「문학상으로 본 미국인의 성격」, 민충환 엮음, 『한흑구문학선집』 I, 아르코, 2009, 484~485면. 『조광』, 1942.4.

69   장규식, 「일제하 미국유학생의 서구 근대체험과 미국문명 인식」, 『한국사연구』133, 한국사연구회, 2006.6, 152면.

70   한흑구, 「황혼의 비가」, 민충환 엮음, 『한흑구문학선집』 I, 아르코, 2009, 225면.(『백광』5호, 1937.5)

71   한흑구, 「죽은 동무의 편지」, 민충환 엮음, 『한흑구문학선집』 I, 아르코, 2009, 245면.(『사해공론』, 1937.11~12)

72   「미주유학생으로 사회과학연구」, 『동아일보』, 1930.12.8.

73   김욱동과 맹문재도 한흑구가 사회주의를 연구하는 구성원임을 밝히고 있습니다. 김욱동, 『아메리카로 떠난 조선의 지식인들: 북미조선학생총회와 ≪우라키≫』, 이숲, 2020,; 맹문재, 「한흑구의 시에 나타난 민주주의 고찰」, 『동서 비교문학저널』54, 한국동서비교문학회, 2020, 205면.

74   장규식, 「일제하 미국유학생의 서구 근대체험과 미국문명 인식」, 『한국사연구』133, 한국사연구회, 144면.

75   김동근, 「[오래된 이민이야기]북미 유학생들의 잡지 '우라키'」, 『재외동포신문』, 2018.2.14.

76   한흑구, 「인간이기 때문에!」, 민충환 엮음, 『한흑구문학선집』 I, 아르코, 2009, 203면.

77 류황태, 「Irving Babbitt and New Humanism Seen from Buddhist Perspectives」, 『동서철학연구』제22호, 한국동서철학회, 231~247면 참조. New Humanism을 논자에 따라 '뉴휴머니즘'이라고도 하고 '신인민주의' 등 다양하게 번역하고 있습니다. 이 글에서는 논자별 지칭 용어를 그대로 쓰고 있습니다.

78 노저용, 「휴머니즘과 종교」, 『T.S.엘리엇 연구』12권2호, 한국T.S.엘리엇학회, 2002, 147~171면.

79 이태준, 「신문화운동 시기 양실추(梁實秋)의 낭만주의 문학사상 연구」, 『예술인문사회융합멀티미디어논문지』8권7호, 인문사회과학기술융합학회, 2018, 851~859면.

80 전인갑, 「『學衡』의 문화보수주의와 '계몽' 비판」, 『東洋史學研究』106, 동양사학회, 2009, 260면.

81 미하라요시아키, 「최재서의 Order」, 『사이(SAI)』, 국제한국문학문화학회, 2008, 291~360면.

82 이태준, 앞의 글, 855면 참조.

83 한흑구, 「휴머니즘 문학론」, 민충환 엮음, 『한흑구문학선집』I, 아르코, 2009, 473~483면.(『백광』, 1937.2) 한흑구의 평문에 기술된 내용을 이 책에서는 알기 쉽게 표로 구분했습니다.

84 한흑구, 「휴머니즘 문학론」, 민충환 엮음, 『한흑구문학선집』I, 아르코, 2009, 480~483면. 한흑구가 사용하는 어휘를 그대로 원용하되 정리한 것입니다.

85 한흑구, 「현대소설의 방향론」, 민충환 엮음, 『한흑구문학선집』I, 아르코, 2009, 469면.(『사해공론』, 1936.6)

86 한흑구, 「현대소설의 방향론」, 민충환 엮음, 『한흑구문학선집』I, 아르코, 2009, 471면. 이하 표도 이 평문을 바탕으로 분석한 것입니다.

87 위의 글, 472면. 강조는 필자. 평론가의 역할에 대해서는 다음과 같이 기술합니다. "현대 비평가는 적어도 선택법(Selective method)을 이용함으로써 우수한 작품만을 골라서 비평의 서브젝트를 삼을 것이며 비평하게 된 작품에 대하여 어디까지든지 비평가 자신의 주관을 떠나서 극히 정중한 태도로 객관적 평안으로써 취급할 것이다. 비평가의 가장 중요한 의의와 책임은 한 작품에서 그 한 작가의 내포적 사상을 독자에게 해석하고 설명하고 지적함에 존재해 있기 때문이다. 이것이 비평가가 존재할 이유이며 의의라고 생각한다. 그러나 작가의 내재적 사상을 누가 전적으로 인식함으로써 완전히 분석, 설명할 수 있을까. 한 줄의 시나 한 편의 소설은 모두 그 작가의 고유한 개성적 사상이 잠재하고 있을 것이다." "이러한 의미에서 오인은 위대한 비평가가 출현하기를 요망한다. 위대한 비평가는 무엇보다도 위대한 이해력을 소유한 사람일 것이다."(472면)

88 한흑구, 「미국문학의 진수-단편적 해부」, 민충환 엮음, 『한흑구문학선집』I, 아르코, 2009, 494~499면. 비교를 위해 항목을 나누어 정리했습니다.

89 한흑구, 「신문학론 초」, 민충환 엮음, 『한흑구문학선집』II, 아르코, 2012, 74면.(『백광』, 1937.5)

90 한흑구, 「현대소설의 방향론」, 민충환 엮음, 『한흑구문학선집』 I, 아르코, 2009, 469면.

91 존 골즈워디·한흑구 번역, 「죽은 사람」, 민충환 엮음, 『한흑구문학선집』 II, 아르코, 2012, 393~394면. 강조는 필자.(『우라키』제7호, 1936.9.8.)

92 셔우드 앤더슨·한흑구 찬역, 「잃어버린 소설」, 민충환 엮음, 『한흑구문학선집』 II, 아르코, 2012, 395면. 이하 작품 인용은 인용문 말미에 페이지 수만 기입.

제3부 해방 이후 (비)국민은 어떻게 살았는가

1 김건우, 「월남 학병세대의 해방 후 8년:학병세대 연구를 위한 시론」, 『민족문학사연구』 57, 민족문학사학회·민족문학사연구소, 2015, 303면.

2 황병주, 「어느 민족주의자의 삶과 죽음」, 『내일을 여는 역사』63, 내일을 여는 역사, 2016, 286면.

3 조영일, 「임시정부와 전후 한국-장준하의 『돌베개』에 대하여」, 『황해문화』85, 새얼문화재단, 2014, 303~314면. 조영일은 장준하의 『돌베개』가 거둔 문학적 성취에 초점을 맞추고 있습니다.

4 이해영, 「식민지시대 지식인의 행동적 저항과 그 기록」, 『한중인문학연구』22, 한중인문학회, 2007, 421~440면.; 조윤정, 「전장의 기억과 학병의 감수성」, 『우리어문연구』 40, 우리어문학회, 2011.5, 505~543면.; 김건우, 「월남 학병 세대의 해방 후 8년:학병세대 연구를 위한 시론」, 『민족문학사연구』57, 민족문학사학회·민족문학사연구소, 2015, 301~322면.; 정주아, 「혁명의 정념, 1945년 중경과 연안 사이-항일무장대가 남긴 '걷기'의 기록들」, 『현대문학의 연구』62, 한국문학연구학회, 2017, 219~250면. 연구자들은 동시대 항일투쟁을 했던 다른 투사들의 저작과 비교하고 있습니다.

5 장준하, 『장준하문집2-돌베개』, 사상, 1985, 8면. 이하 작품 인용은 페이지 수만 기입. 『돌베개』는 1971년(사상사) 출간이래 청한문화사, 화다출판사의 이름으로 간행되었으며, 도서출판 사상에서 『장준하문집』 간행시 기존출판사의 수록 허락을 받았습니다.(장준하문집 간행위원회,1985) 이후 세계사(1992)를 거쳐 40주기에는 기존 판본의 오류를 수정한 개정판이 돌베개(2015)에서 출간되었습니다.

6 이푸 투안·구동회 심승희 옮김, 『공간과 장소』, 대윤. 1995, 38면.

7 장준하, 「애국심의 올바른 이해를 위하여-『사상계』권두언(1955.11)」, 『장준하문집1-민족주의자의 길』, 사상, 1985, 173면.

8 조영일, 「임시정부와 학병국가」, 『황해문화』86, 새얼문화재단, 2015, 368면.

9 김대영은 장준하가 자신의 삶을 민족과 일체화 시켰으며 그의 정치평론도 민족과 더불어 생명력을 갖고 그 내용이 풍부해진다고 지적합니다. 김대영, 「장준하의 정치평론 연구(1)-장준하의 정치평론에 나타난 민족주의」, 『한국 정치 연구』11권2호, 서울대학교 한국정치

연구소, 2002, 169면.

10 백기완, 「민족주의자의 생애」, 『장준하문집3-사상계지 수난사』, 사상, 1985, 471면 참조.

11 조윤정, 「전장의 기억과 학병의 감수성」, 『우리어문연구』40, 우리어문학회, 2011.5, 529면.

12 장준하, 「브니엘-『등불』지」, 『장준하문집3-사상계지 수난사』, 사상, 1985, 70면.

13 윤진현, 「항일 조선인 병사의 연극」, 『세계문학비교연구』, 한국세계문학비교학회, 2015, 57~86면.

14 장준하, 「브니엘-우리의 유언집 『제단』」, 『장준하문집3-사상계지 수난사』, 사상, 1985, 74면.

15 장준하, 「나의 사랑하는 생활-애국가와 경찰관과」, 『장준하문집3-사상계지 수난사』, 사상, 1985, 158면.

16 정주아, 「혁명의 정념, 1945년 중경과 연안 사이-항일무장대가 남긴 '걷기'의 기록들」, 『현대문학의 연구』62, 한국문학연구학회, 2017, 226면과 231면.

17 조영일, 「임시정부와 전후한국-장준하의 『돌베개』에 대하여」, 『황해문화』85, 새얼문화재단, 2014, 314면.

18 권희돈, 「해설:광복기 문단의 화제작 제조기」, 『홍구범전집』, 현대문학, 2009, 435~446면.

19 이에 대해 동시대 비평가 조연현은 "철저하게 삶의 의의와 근대정신이 가지는 모-든 문제에 대하여 이렇게 완전히 무관심할 수 있다는 것은 나에게 있어 한 개의 경이에 가까운 일"이라고 평가했습니다. 조연현, 「홍구범의 인간과 문학」, 『영문』8호, 1949.11. 홍구범·권희돈 엮음, 『홍구범전집』, 현대문학, 2009, 416쪽에서 재인용.

20 채만식은 「소년은 자란다」(1949)에서 민주주의의 오용을 비판하고 올바른 정치 체제 정립의 긴요함을 시사했습니다. 안미영, 「해방공간 귀환전재민의 두려운 낯섦」, 『국어국문학』159, 국어국문학회, 2011, 265~294면.

21 크리스토퍼 피어슨·박형신/이택면 옮김, 「국가와 근대성」, 『근대국가의 이해』, 일신사, 1998, 91면.

22 채정민, 「한국 전통적 정치사상에서의 민주주의적 요소」, 『효대논문집』35, 효성카톨릭대학교, 1987.8, 288면.

23 정창렬, 「백성 의식, 평민 의식, 민중 의식」, 『현상과인식』통권19호, 한국인문사회과학원, 1981.12, 116면.

24 오문환, 「동학에 나타난 민주주의:인권, 공공성, 국민주권」, 『한국학논집』32, 계명대학교 한국학연구소, 2005, 194면.

25 오문환, 위의 글, 205면. 윤석산은 서양의 종교가 '신앙'에 치중한다면 동양의 종교는 '수행'에 치중하고 있으며, 동학은 두 가지를 모두 겸하고 있다고 설명합니다. 윤석산, 『동학, 천도교의 어제와 오늘』, 한양대학교출판부, 2013, 33면.

26   오문환, 위의 글, 190면.

27   홍구범에 관한 선행논의는 다음과 같습니다. 김외곤과 권희돈은 작품을 발굴하고 단행본
      으로 만들어 독자들에게 작가 홍구범을 널리 알리는 일을 했으며, 김영도 이도연 등은 작
      품에 대한 세부적인 분석을 했습니다.
      김외곤, 「홍구범 소설 연구」, 『호서문화논총』14, 서원대학교 직지문화산업연구소, 2000,
      73~91면,; 김영도, 「홍구범 단편소설의 인물 연구:인물의 심리를 중심으로」, 청주대학교
      국어국문학과 석사학위논문, 2008,; 권희돈, 「홍구범의 삶과 문학 연구」, 『새국어교육』
      86, 한국국어교육학회, 2010, 431~452면,; 이도연, 「홍구범 단편 연구:해방전후사의 인
      식과 관련하여」, 『비평문학』41, 한국비평문학회, 2011, 249~277면,; 김영도, 「홍구범 단
      편소설 연구:인물의 유형을 중심으로」, 충북대학교 교육대학원 석사학위논문, 2015.

28   안미영, 『해방, 비국민의 미완의 서사』, 소명출판, 2016.

29   홍구범·권희돈 엮음, 『홍구범전집』, 현대문학, 2009, 43면. 이하 작품 인용은 이 텍스트
      로 하되 인용문 말미에 페이지 수만 기입.

30   채길순, 「1920년대 동학소설 고찰」, 『한국문예비평연구』제39집9, 한국문예비평연구학
      회, 2012, 274면 각주1번 참조

31   김구·도진순 주해, 『백범일지』, 돌베개, 2017, 42면.

32   정창렬, 「백성 의식, 평민 의식, 민중 의식」, 『현상과인식』통권19호, 한국인문사회과학원,
      1981.12, 116면. 민족으로서 자기 인식도 낮은 것으로 지적됩니다. 정창렬은 14세기 말
      에서 18세기 중엽까지의 시기를 백성, 백성의식의 시기로, 18세기 후반에서 1876년까지
      의 시기를 평민, 평민의식의 시기로, 1876년 개항이후 오늘날까지의 시기를 민중, 민중의
      식의 시기로 봅니다.

33   노르베르트 엘리아스·박미애 옮김, 『문명화 과정』II, 한길사, 1999, 382~392쪽 참조.
      이하 수치심에 관해서는 노베르트 엘리아스의 위의 책을 참조함.

34   최재서, 「故 李箱의 藝術」, 『문학과 지성』, 인문사, 1938, 114면. 이하 최재서 평론의 인
      용은 이 책으로 함.

35   이하 김윤식의 논의는 다음의 글을 참조했습니다. 김윤식, 「모더니즘의 정신사적 기반-近
      代와 反近代:李箱의 경우」, 『한국근대문학사상비판』, 일지사, 1978, 74면.

36   한상규, 「1930년대 모더니즘 문학의 미적 자의식-이상 문학의 경우-」, 『한국학보』15집,
      일지사, 1989, 여름호, 46~69면.

37   조연현, 「근대 정신의 해체-고(故) 이상의 문학사적 의의」, 『문예』, 1949.11. 김윤식 편저,
      『李箱문학전집-연구 논문 모음』4, 문학사상사, 1995, 23면. 이하 조연현의 논문은 문학
      사상사가 발간한 『李箱문학전집-연구 논문 모음』의 글을 텍스트로 삼아 인용함.

38   최재서, 「고(故) 이상의 예술」, 『문학과 지성』, 인문사, 1938, 113~119면. 최재서는 이상
      의 소설을 평가하면서 "실험적"이라는 수식어를 부여합니다.

39   이어령, 「이상론-'순수 의식'의 완성과 그 파벽(破甓)」, 『문리대학보』3권2호, 1955.9.

40   임종국, 「이상 연구」, 『고대문화』, 1955.12.

41 오생근, 「동물의 이미지를 통한 이상의 상상적 세계」, 『신동아』, 1970.

42 김주현, 「이상 소설과 분신의 주제」, 『한국학보』25, 일지사, 1999, 64~88면.

43 박봉우, 「휴전선」, 『휴전선』, 정음사, 1957. 남기혁, 「한국 전후 시의 형성과 전개」, 『한국 현대시문학사』, 소명출판, 2005, 207면 재인용.

44 이어령, 「이상론-'순수 의식'의 완성과 그 파벽(破甓)」, 『문리대학보』3권2호, 1955.9. 김 윤식 편저, 『李箱문학전집-연구 논문 모음』4, 문학사상사, 1995, 37면. 이하 이어령의 논 문은 문학사상사가 발간한 『李箱문학전집-연구 논문 모음』의 글을 텍스트로 삼아 인용 함.

45 임종국, 「이상 연구」, 『고대문화』, 1955.12. 김윤식 편저, 『李箱문학전집-연구 논문 모 음』4, 문학사상사, 1995, 63면. 이하 임종국의 논문은 문학사상사가 발간한 『李箱문학전 집-연구 논문 모음』의 글을 텍스트로 삼아 인용함.

46 조용만, 「抒情歌」, 『사상계』55호, 1958.2, 338면.

47 우리나라 최초로 유입된 프랑스 실존주의 문학은 사르트르의 「壁」(전창식 역, 『신천지』, 1948.10)입니다. 3년 뒤, 알베르 까뮈의 작품은 「黑死病」(김명원 역, 『신경향』, 1950.7)이 가장 먼저 번역됩니다. 사르트르의 「壁」이 완역된 데 비해, 알베르 까뮈의 작품 「黑死病」은 역 자의 주관에 따라 의역으로 축역(縮譯)되었습니다. 김병철, 『한국근대번역문학사연구』Ⅱ, 을유문화사, 1980, 842~843면 참조.

48 사르트르·허문강 역, 「『이방인』비판」, 『사상계』55호, 사상계사, 1958.2, 59면. 이하 사르 트르의 논문은 이 글을 참조했으며, 페이지 수는 밝히지 않음.

49 김화영, 「『이방인』 해설」, 『이방인』, 책세상, 1987, 153면.

50 김현, 「이상에 나타난 '만남'의 문제-소설을 주로 하여」, 『자유문학』, 1962.10. 김윤식 편 저, 『李箱문학전집-연구 논문 모음』4, 문학사상사, 1995, 162면. 이하 김현의 논문은 문 학사상사가 발간한 『李箱문학전집-연구 논문 모음』의 글을 텍스트로 삼아 인용함.

51 오생근, 「동물의 이미지를 통한 이상의 상상적 세계」, 『신동아』, 1970. 김윤식 편저, 『李 箱문학전집-연구 논문 모음』4, 문학사상사, 1995, 202면. 이하 오생근의 논문은 문학사 상사가 발간한 『李箱문학전집-연구 논문 모음』의 글을 텍스트로 삼아 인용함.

제4부 한국전쟁 이후 국가는 어떻게 재건되는가

1 이상억, 「현대문학에 나타난 서울 옛말씨의 연구」, 『서울학연구』17, 서울시립대학교 서 울학연구소, 2001, 159면.

2 이호규, 「연꽃이 아름다운 이유」, 『한무숙 문학 세계』, 새미, 2000, 26~27면.

3 이상억, 위의 책, 2001, 157면

4 김상태, 「소설의 문체」, 한국현대소설연구회 지음, 『현대소설론』, 평민사, 1997, 209~

231면 참조.

5   김경애, 「소설에서 초점화의 이해와 교육」, 『현대문학이론연구』74, 현대문학이론학회, 2018, 32면 참조.

6   조정래·나병철, 『소설이란 무엇인가』, 평민사, 2005, 147~149면 참조.

7   구중서, 「한무숙의 문학세계」, 『한무숙문학 연구』, 을유문화사, 1996, 12면.

8   이덕화, 「자기 해체를 통한 자기 극복-한무숙의 글쓰기」, 『현대문학의 연구』20, 한국현대문학연구학회, 2003, 183~205면.; 「김종희, 한무숙 소설에 나타난 근대적 여성인물의 성격 고찰」, 『현대문학이론연구』19, 현대문학이론학회, 2003, 25~39면.; , 박정애, 「'규수작가'의 타협과 배반:한무숙과 강신재의 50~60년대 작품을 중심으로」, 『어문학』93, 한국어문학회, 2006, 471~498면.; 「임은희, 한무숙 소설에 나타난 병리적 징후와 여성주체」, 『한국문학이론과 비평』43, 한국문학이론과 비평학회, 2009, 389~420면.

9   권혜린, 「한무숙 소설의 윤리성 연구-감정의 윤리를 중심으로」, 『겨레어문학』52, 겨레어문학회, 2014, 5~32면.; 정은경, 「사랑의 실패들-한무숙 소설의 인물에 대한 심리학적 일고찰」, 『국어국문학』68, 국어국문학회, 2018, 153~187면.

10   임선숙, 「한무숙 소설의 서술기법에 대하여-1인칭 소설을 중심으로」, 『이화어문논집』20, 이화여자대학교 이화어문학회, 2002, 157~185면.; 황영미, 「「축제와 운명의 장소」에 나타난 한무숙 소설의 이중성」, 『한국어와 문화』2, 숙명여자대학교 한국어문화연구소, 2007, 175~194면.

11   이문구, 「민족사의 숨결로 승화된 언어」, 『한무숙문학 연구』, 을유문화사, 1996, 148면.

12   임선숙, 앞의 글, 2002, 157~185면.

13   김미란, 「전통적 삶과 언어의 보고」, 『한무숙문학 연구』, 을유문화사, 1996, 75~100면.

14   이 작품에 대한 대표적인 작품론으로 소설가 김성달의 「역사·존재의 무늬 읽기-『생인손』론」, 『한무숙 문학 세계』, 새미, 2000, 181~196면.이 있음.

15   정재원, 「총론-한무숙 문학세계 연구」, 『한무숙 문학 세계』, 새미, 2000, 19면.

16   『신한국문학전집』은 대중소설을 제외한 순수 문학작품의 선별을 전집구성의 제일원칙으로 내세우고 단편소설 수록에 집중했습니다. 발간 당시 저널(동아일보, 1970.2.3)에서는 다음과 같이 전집의 의의를 소개하고 있습니다.

    "현대문학 창간15주년 기념사업의 하나로 추진되는 이 문학전집은 신문학 초기작품으로부터 1965년 이전에 문단에 등장한 신진작가에 이르기까지 팔백명 작가의 작품이 수록될 것인데, 원고량만도 16만3천여장에 이르는 방대한 규모가 될 것이라고 한다."

    당시 현대문학사 주간 조연현은 "신한국문학전집은 ① 작고 작가는 문학사의 맥락을 훑어보는 정도로 그치고 그 대신 현역 작가의 수준 높은 작품에 치중하며 ② 대중소설을 제외한 순수한 문학작품만을 수록하는 특색을 갖게 될 것이라고 한다."

    어문각은 여러 차례에 걸쳐서 전집을 간행했는데, 한무숙의 작품은 곽학신, 박용구, 오영수의 작품과 합본으로 1973년 11월 제3차 본으로 출간되었습니다. 1975년 완간될 무렵, 한무숙의 작품은 곽하신, 박용구, 오영수와 더불어 21권의 번호로 묶여 나왔으나,

1981년 특별판(전체 36권) 보급 시에는 11권으로 묶여 나왔습니다. 1980년 1월부터 도서출판 어문각이 주식회사 어문각으로 바뀌면서 김영환대표 체제로 넘어왔습니다.(이종호, 「1970년대 한국문학전집의 발간과 소설의 정전화과정: 어문각 『신한국문학전집』을 중심으로」, 『한국문학연구』43, 동국대학교 한국문학연구소, 2012, 48면과 62면 참고.)

17 한무숙의 소설은 3인칭에서 1인칭 소설로, 또 1인칭 소설에서도 남성 화자에서 여성 화자로 변모합니다. 여성 작가가 자신의 정체성을 찾아가는 것을 알 수 있습니다. 1인칭 고백적 서술로 이루어진 초기 소설은 화자가 대부분 남성입니다. 임선숙, 2002, 157~185면.

18 한무숙, 『한무숙문학전집10-세계속의 한국문학』, 을유문화사, 1981, 350면. 이하 작품인용은 이 텍스트로 하되, 인용문 말미에 페이지 수만 기입.

19 한무숙은 로맹 롤랑의 「매혹된 영혼」을 소개하면서 로맹 롤랑에 대해 다음과 같이 평가한 바 있습니다. "그는 위안과 연민을 베풀기보다는 오히려 우리로 하여금 모든 인간적 문제에 정면시켜서 우리가 두려워하고 주저하고 상처를 입어 체념하려는 것을 깨우쳐, 인간적인 굳셈으로 극복시켜 우리 정신에 내재하는 생명력을, 싸우는 힘을 자각시키게 합니다. 그리하여 첫째로 자기를 능가하고 나아가서는 외적 곤경까지도 정복하게 하는 격려자이며 전우라는 것입니다."(한무숙, 앞의 책, 206면)

20 김현주, 「광기의 미학」, 『한무숙 문학세계』, 새미, 2000, 91~111면. 김현주는 '광기'가 인간의 내면의 본질을 드러내는 전략으로 보고, 주인공 전아가 '광기'를 통해 진실을 드러내고 있음을 분석하고 있습니다.

21 홍기삼, 「균형과 조화의 원리」, 『한무숙 문학연구』, 을유문화사, 1996, 35~36면. "여성이 당하는 억압과 굴욕을 적나라하게 재현함으로써 여성의 기본 과제를 제시"하되, 균형과 조화의 원리를 실현했다고 평가했습니다.

22 한무숙, 『축제와 운명의 장소』, 휘문출판사, 1963, 5~6면.

23 식민지시대에는 장편소설 「백화」(『동아일보』, 1932.6.8~11.22)·「북국의 여명」(『조선중앙일보』, 1935.4.1~12.4)을 발표한 바 있으며, 전쟁이후로는 1955년 한국일보에 장편소설을 쓰기 시작하면서 15편의 장편소설을 창작합니다.(「고개를 넘으면」외에도, 「사랑」(『한국일보』, 1956.11~57.9)·「벼랑에 피는 꽃」(『연합신문』, 1957.10~58.5)·「내일의 태양」(『경향신문』, 1958.6~12)·「바람뉘」(『여원』, 1958.4~59.3)·「창공에 그리다」(『한국일보』, 1960.2~9)·「타오르는 별」(『세계일보』, 1960.1~9)·「태양은 날로 새롭다」(『동아일보』, 『동아일보』, 1960.11~61.7)·「가시밭을 달리다」(『미의 생활』, 1962,미완)·「너와 나의 합창」(『서울신문』, 1962.7~63.1)·「젊은 가로수」(『부산일보』, 1963.3~9/『이브의 후예』로 출간)·「거리에는 바람이」(『전남일보』, 1963.6~64.2)·「눈보라 운하」(『여원』, 1963)·「열매 익을 때까지」(청구문화사,1965)·『새벽에 외치다』(휘문출판사,1966))

24 서정자, 「눈보라와 휴화산의 문학」, 『문학춘추』제12호, 문학춘추사, 1995.9, 35면 참조.

25 박화성의 70여 년에 걸친 창작활동을 이명재는 다음과 같이 세 시기로 구분합니다. ① 전기(일제강점기): 동반 작가적 고발과 지방성 지향. ② 중기(분단시대전반기1946~1964) : 세대갈등 등에서 모럴추구. ③ 후기(분단시대후반기1966~1985) : 다양한 제재의 밝은 성향, 인생

관조 (이명재, 「박화성문학의 특질과 문단적 위치」, 『문학춘추』제28호, 문학춘추사, 1999.9, 21~33면.)

26 변신원, 「대중문학의 계몽성과 여성해방의식」, 『박화성 소설 연구』, 국학자료원, 2001, 146면.

27 이명재, 「박화성문학의 특질과 문단적 위상」, 『문학춘추』28호, 문학춘추사, 1999.9, 30면. 괄호 안의 연도 표기는 인용자.

28 이윤정, 「박화성 소설에 나타난 여성문제 인식 고찰」, 『여성학연구』제16권 제1호, 부산대학교 여성학연구소, 2006.12, 263~268면.

29 서정자, 「눈보라와 휴화산의 문학」, 『문학춘추』제12호, 문학춘추사, 1995.9, 44~45면 참조.

30 변신원, 「대중문학의 계몽성과 여성해방의식」, 『박화성 소설 연구』, 국학자료원, 2001, 151~161면.

31 고창석, 「박화성 소설에 나타난 기호적 공간」, 『세계한국어문학』, 세계한국어문학회, 2010.10, 109~141면.

32 한민영, 「박화성 전후 장편소설 연구」, 동국대학교 석사학위논문, 2009.

33 재클린 살스비·박찬길 옮김, 『낭만적 사랑과 사회』, 민음사, 1985, 239면.

34 한민영, 위의 글, 32~33면.

35 서정자, 「'주의자'의 성·사랑·결혼」, 『현대소설연구』26, 한국현대소설학회, 2004, 91면.

36 송명희는 백효순이 시험적(tentative) 단계→미성숙(uncompleted) 단계→결정적(decisive) 단계를 거치면서 사상의 실천운동가로 성숙해진다는 점에 초점을 맞추어 성장소설로 분류한 바 있습니다. (송명희, 「박화성 소설 연구-『북국의 여명』에 나타난 성숙의 플롯을 중심으로」, 『한국문학이론과 비평』, 한국문학이론과비평학회, 2009.3, 301~328면.) 서정자는 「북국의 여명」을 분석하면서 혁명적 성 의식과 전통적 윤리가 착종되어 있음을 밝힌 바 있습니다. 여성해방의 논리와 성 해방의 논리가 병행될 수 없었던 근대사의 질곡과 더불어 박화성이 지닌 절의 의식을 지적한 것입니다. (서정자, 위의 글.)

37 박화성, 「하수도공사」, 『고향없는 사람들』, 일신서적출판사, 1994, 94면. 이하 단편소설의 인용은 이 작품집으로 하되 인용문 말미에 페이지 수만 기입.

38 변신원은 초기 여류 작가들의 자유연애사상이 지나치게 극단적이고 개인적인 데 비해 박화성이 보여주는 동지애적 사랑은 당시 조선의 여성지식인이 추구해야 할 이상적인 삶이 투사된 것으로 호평합니다. (변신원, 「근현대 여성작가열전②박화성-계급의식과 주체적 여성의식」, 『역사비평』34호, 역사문제연구소, 1996.2, 355~370면.)

39 박화성, 「自序中에서」, 『고개를 넘으면(外)』, 민중서관, 단기4292. 이후 작품의 인용은 이 책을 참고하되 인용문 말미에 페이지 수만 기입.

40 박명림, 「종전과 "1953년 체제"」, 『1950년대 한국사의 재조명』, 선인, 2004, 243~247면 참조.

41 앤소니 기든스·배은경 황정미 옮김, 「낭만적 사랑, 그리고 다른 애착들」, 『현대 사회의 성·사랑·에로티시즘』, 새물결, 2003, 76면 참조.

42 장미경, 「근대 한일 여성 사회소설 비교연구」, 『일본어문학』, 일본어문학회, 2008.12, 328면 참조. 천승준, 「어머니 박화성의 풍경」, 『문예운동』통권102호, 문예운동사, 2009.9, 50~60면 참조.

43 서정자, 「박화성의 시대와 문학」, 『문학춘추』, 문학춘추사, 1999.9, 34~43면.

44 김일영, 「이승만 정부의 수입대체산업화정책과 렌트구축 및 부패, 그리고 경제발전」, 『1950년대 한국사의 재조명』, 선인, 2004, 603~629면 참조.

45 한민영의 지적처럼, 설희의 사랑은 정(情) 이전에 사회적 제도와 윤리에 어긋나지 않는 것이어야 했습니다. 한민영, 위의 글, 37면.

46 김두헌, 「여자대학교육의 당면문제」, 『여원』, 여원사, 1959.11, 81면. 유임하, 「젠더 혹은 섹슈얼리티」, 『여성, 전쟁을 넘어 일어서다』, 서해문집, 2004, 259면 재인용.

47 고창석, 앞의 논문, 132면.

48 마지막으로 이 작품에 부각된 작가의 열정을 지적할 수 있습니다. 작가는 설희를 통해 '전화위복(轉禍爲福)'을 지속적으로 상기시킵니다. 작중에서 이 고사성어는 설희가 출생의 비애를 승화시킬 수 있는 명제이며 나아가 사물과 현상을 수용하는 태도로 자리 잡고 있습니다. 이러한 주인공의 태도를 통해 작가 특유의 인고의 정신이 독자들에게 전달됩니다. '견디어 냄으로써 긍정적인 변화를 유도할 수 있다'는 것을 통해, 작가는 자신이 어떠한 고난과 역경이 있어도 맞서 견디어 내는 견고한 삶의 에너지를 가지고 있음을 보여주는 것과 동시에 전후의 독자들에게 그러한 긍정적인 삶으로의 동참을 유도하고 있습니다.

49 김병익 외 5인, 「좌담:4월혁명과 60년대를 다시 생각한다」, 『4월혁명과 한국문학』, 창작과비평사, 2002, 26면.

50 1960년대 문학비평은 『한양』·『산문시대』·『비평작업』·『청맥』·『사계』·『창작과비평』·『상황』·『68문학』 등 4·19이후 새롭게 창간된 매체를 중심으로 활발하게 논의가 전개되었습니다. 하상일, 『1960년대 현실주의 문학비평과 매체의 비평전략』, 소명출판, 2008, 13면 참조. 하상일은 이 글에서 『청맥』『창작과비평』『상황』에 주목하여, 지식인의 현실참여를 비롯 시민의식의 성장과 민족주의의 비평적 실천을 각각 조명하고 있습니다.

51 김윤식, 「4·19와 한국문학」, 『사상계』, 사상계사, 1970.4.(한완상 외, 『4·19혁명론』, 일월서각, 1983, 343면 재인용.)

52 김병익 외 5인, 「좌담회:4월혁명과 60년대를 다시 생각한다」, 『4월혁명과 한국문학』, 창작과비평사, 2002, 38면.

53 박태순, 「4·19의 민중과 문학」, 『4월혁명론』, 한길사, 1983, 263~297면.

54 차기벽, 「4·19·과도정부·장면정권의 의의」, 『4월혁명론』, 한길사, 1983, 162면.

55 정용욱, 「5·16쿠데타이후 지식인의 분화와 편재」, 『1960년대 한국의 근대화와 지식인』, 선인, 2004, 162면.

56 장준하, 「권두언:민권전선의 용사들이여 편히 쉬시라」, 『사상계』, 사상계사, 1960.5, 19면.(강조는 필자)

57 사상계 편집부, 「국내의 움직임:피비린 마산사건의 뒷 수습」, 『사상계』, 사상계사, 1960.

소설로 읽는 한국근현대문화사

4, 164~167면.

58   장준하, 「권두언:7·29총선거를 바라보며」, 『사상계』, 사상계사, 1960.8, 17면.(강조는 필
      자)

59   함석헌, 「국민감정과 혁명완수」, 『사상계』, 사상계사, 1961.1, 30면.

60   차기벽, 「4·19·과도정부·장면정권의 의의」, 『4월혁명론』, 한길사, 1983, 151~171면.

61   편집부, 「특집:혁명후 1년」, 『사상계』, 사상계사, 1961.4, 54~93면.

62   홍석률, 「1960년대 지성계의 동향」, 『1960년대 사회변화연구:1963~1970』, 백산서당,
      1999, 191~256면 참조.

63   김동춘, 「사상의 전개를 통해 본 한국의 '근대' 모습」, 『근대의 그늘 – 한국의 근대성과 민
      족주의』, 당대, 2000, 253면.

64   황산덕 사회·최재서 외 5명, 「한국대학의 반성」, 『사상계』, 사상계사, 1961.8, 68면.

65   김동춘, 「우리역사 바로알자:4·19시기 과연 혼란기였나」, 『역사비평』, 역사문제연구소,
      1990.봄, 307~314면 참조.

66   이동하, 「4·19와 리얼리즘」, 『숙대학보』, 24, 1984, 166~172면.

67   정창현, 「1960년대 반공이데올로기의 정착과 지식인층의 대북인식 변화」, 『1960년대 한
      국의 근대화와 지식인』, 선인, 2004, 229면 참조.

68   장준하, 「革命尙未成功」, 『사상계』, 사상계사, 1960.8, 32~37면.(강조는 필자)

69   강준만·김환표, 「4·19와 부역자 가족의 자기검열」, 『희생양과 죄의식』, 개마고원, 2004,
      135면.

70   위의 책, 137면.

71   김상협(본지편집위원·정치사상)·김영선(민주당 중앙위원)·이동화(사회대중당 정책위원)·이정환
      (본지편집위원·화폐경제)·부완혁(조선일보사논설위원·경제)·사회:신상초(본지편집위원·정치학),
      「좌담회:카오스의 미래를 향하여」(시일: 5월 28일 오후, 장소: 본사회의실), 『사상계』, 사상계
      사, 1960, 7, 30~45면.

72   통일 의지를 담은 대표적인 글은 다음과 같습니다. 신상초 「통일을 갈망하면서」, 『사
      상계』, 1961.1, 254~264면. 김동준, 「눈내린 휴전선을 가다」, 『사상계』, 사상계사,
      1961.1, 265~269면. 박준규, 「통일문제에 대한 제중립국들의 입장-유엔활동보고」, 『사
      상계』, 사상계사, 1961.2, 74~80면.

73   홍석률, 「1960년대 반공이데올로기의 정착과 지식인층의 대북인식 변화」, 『1960년대 한
      국의 근대화와 지식인』, 선인, 2004, 237~246면 참조.

74   김학준, 「4·19이후 5·16까지의 진보주의운동」, 『4월혁명론』, 한길사, 1988, 216면 참
      조.

75   위의 논문, 243~244면 참조.

76   김동립, 「連帶者」, 『사상계』, 사상계사, 1960.7(1960.6.8집필), 338면. 이하 작품 인용은 인
      용문 말미에 페이지 수만 기입.

77   김호군 통신원, 「내가 겪은 4·19 전후 남과 북의 첩보전」, 『월간 말』, 월간말, 1994.2,

220~224면 참조.

78 사상계 편집부, 「국내의 움직임: 부정축제처리와 그 문제점」, 『사상계』, 사상계사, 1961.8, 88면.

79 편집부, 「특집·실업자군의 종합분석」, 『사상계』, 사상계사, 1961.2, 26~73면 참조.

80 김이석, 「흐름속에서」, 『사상계』, 사상계사, 1960.8, 367면. 이하 작품 인용은 인용문 하단에 페이지 수만 기입.

제1부 근대, 변한 것과 변하지 않은 것은 무엇인가

1장 _____

① 개화기 몸 담론

　　김윤성, 「개항기 개신교 의료선교와 몸에 대한 인식틀의 '근대적' 전환」, 서울대학교 종교학과 석사학위논문, 1994.

　　고미숙, 「병리학과 기독교-근대적 신체의 탄생」, 『한국의 근대성, 그 기원을 찾아서-민족·섹슈얼리티·병리학』, 책세상, 2001.

　　박현우, 「개항기 '몸' 담론의 의미 구조와 그 변화에 관한 연구」, 서울대학교 사회학과 석사학위논문, 2004.

　　조형근, 「식민지체제와 의료적 규율화」, 『근대주체와 식민지 규율권력』, 문화과학사, 1997.

　　이승원, 「근대계몽기 서사물에 나타난 '신체' 인식과 그 형상화에 관한 연구」, 인천대학교 석사학위논문, 2000.12.

　　이재봉, 「근대 인식의 추상성과 구체성-1910년대의 단편소설」, 『몸의 역사와 문학』, 태학사, 2002.

　　이영아, 「신소설에 나타난 육체 인식과 형상화 방식 연구」, 서울대학교 박사학위논문, 2005, 51~76면.

② 이광수의 「무정」과 계몽 담론을 대상으로 한 몸 담론

　　이영아, 「이광수 『무정』에 나타난 '육체'의 근대성 고찰」, 『한국학보』28, 일지사, 2002. 봄호,

구인모, 「『무정』과 우생학적 연애론」, 『비교문학』28, 한국비교문학회, 2002.

이경훈, 「『무정』의 패션」, 『오빠의 탄생』, 문학과지성사, 2003.

신정숙, 「이광수 소설에 나타난 '민족개조사상'과 '몸'의 관계양상에 관한 연구」, 연세대 석사학위논문, 2003.

③ 1920년대 김동인과 염상섭 등의 소설을 대상으로 한 몸 담론

이혜경, 「김동인 소설에 나타난 신체-IMAGE 연구」, 충남대 석사학위논문, 1990.

이경, 「1920·30년대 소설에서의 매춘-제도의 거울」, 『한국현대문학의 성과 매춘』, 태학사, 1996,

김윤선, 「1920년대 한국 소설에 나타난 性談論 연구-性賣買를 중심으로」, 고려대 박사학위논문, 2001.

이혜령, 「한국 근대소설의 섹슈얼리티 연구-1920~30년대를 중심으로」, 성균관대학교 박사학위논문, 2001.

박숙자, 「여성 육체에 대한 남성의 시선과 환상-1920년대 소설을 중심으로」, 『여성의 몸』, 창자과비평사, 2005.

④ 이상(李箱) 소설과 1930년대 모더니즘 소설을 대상으로 한 몸 담론

김주현, 「이상 소설과 분신의 주제」, 『한국학보』95, 일지사, 1999.

이경훈, 『이상, 철천의 수사학』, 소명출판, 2000.

이재복, 「李箱 소설의 몸과 근대성에 관한 연구」, 한양대 박사학위논문, 2001.

안미영, 「李箱 소설에 나타난 신체인식 표출양상」, 경북대 박사학위논문, 2001.

김양선, 「1930년대 모더니즘 소설과 몸의 서사」, 『여성문학연구』8, 한국여성문학회, 2002.

김주리, 「한국 근대소설에 나타난 신체담론 연구」, 서울대학교 박사학위논문, 2005.

⑤ 근대 소설에 나타난 '여성 몸' 관련 논문-발표시기순

이덕화, 「신여성 문학에 나타난 근대체험과 타자의식」, 『여성문학연구』1권4호, 한국여성문학회, 2000.

_____, 「나혜석, '날몸'의 시학」, 『여성문학연구』, 한국여성문학회, 2001.

한민주, 「이효석의 전향소설에 나타난 신체의 정치학 연구」, 『근대문학연구』, 한국
　　근대문학회, 2002, 하반기.

이명선, 「근대 '신여성' 담론과 신여성의 성애화」, 『한국여성학』19, 한국여성학회,
　　2003.

김민정, 「강경애 문학에 나타난 지배담론의 영향과 여성적 정체성 형성에 관한 연
　　구」, 『어문학』85, 한국어문학회, 2004.

김연숙, 「1930년대 소설에 나타난 여성육체의 재현양상」, 『여성문학연구』11, 한국여
　　성문학회, 2004.

한민주, 「1930년대 후반기 전향소설에 나타난 남성 메저키즘의 의미」, 『여성문학연
　　구』, 한국여성문학회, 2003.

김양선, 「옥시덴탈리즘의 심상지리와 여성(성)의 발견」, 『민족문학사연구』, 민족문학
　　사연구소, 2003.

한민주, 「1930년대 후반기 전향소설에 나타난 남성 메저키즘의 의미-김남천과 한설
　　야를 중심으로」, 『여성문학연구』, 한국여성문학회, 2003.

김양선, 「김유정 소설에서 향토의 발견과 섹슈얼리티-김유정 소설에 나타난 향토의
　　발견과 섹슈얼리티를 중심으로」, 『근대문학연구』, 한국근대문학회, 2004.

2장

김동인, 『김동인전집』, 조선일보사, 1988.

김유정·전신재 편, 『김유정전집』, 한림대학출판부, 1987.

김유정·유인순 엮음, 『정전김유정전집』1·2, 소명출판, 2021.

나도향·주종연/김상내/유남옥 엮음, 『나도향전집』, 집문당, 1988.

이광수, 『이광수전집』, 삼중당, 1974.

이태준, 『이태준문학전집』, 깊은샘, 1995.

이효석, 『이효석전집』, 창미사, 1990.

이상·김윤식 엮음, 『이상문학전집』2, 문학사상사, 1994.

3장

강돈구, 『한국 근대종교와 민족주의』, 집문당, 1992.

김동인, 『김동인전집』, 조선일보사, 1988

_____, 『김동인선집』, 어문각, 1981.

박화성, 「한귀」, 『조광』, 1935.5.

송영, 「기도」, 『조선문학』, 1933.11

염상섭, 『염상섭전집』, 민음사, 1987.

이광수, 『이광수전집』, 삼중당, 1974.

이기영, 『서화』, 풀빛, 1992.

_____, 「비」, 『백광』, 1937.1

이만렬, 『국가권력과 기독교』, 민중사, 1982.

이상설, 『기독교소설사』, 양문각, 2002.

이상섭, 『기독교와 문학』, 종로서적, 1992.

이태준, 『달밤』, 깊은샘, 1995.

조현범, 『문명과 야만』, 책세상, 2002.

주요섭, 「천당」, 『신여성』, 1926.1.

_____, 『주요섭단편소설문학전집』, 대광문화사, 1984.

최서해 곽근 편, 『최서해전집』(상)(하), 문학과지성사, 1987.

한국기독교역사연구소, 『한국 기독교의 역사』Ⅰ, 기독교문사, 2000.

제2부 한국 근대 소설은 어떻게 성장했는가

1장

1차 자료

박태원, 「적멸」, 『동아일보』, 1930.2.5~3.1.

_____, 「소설가 구보씨의 일일」, 『조선중앙일보』 1934.

———, 「표현, 묘사, 기교」, 『조선중앙일보』, 1934.12.28.

———, 「寂滅」, 『박태원 중·단편소설:윤초시의 상경』, 깊은샘, 1991.

———, 「소설가구보씨의 일일」, 『소설가구보씨의 일일』, 깊은샘, 1991.

2차 자료

이무영, 「충실한 職工으로서의 새출발」, 『동아일보』, 1933.10.25.

유하, 「극장이 너무 많은 우리 동네-시인 유보씨의 일일」, 『문학과 사회』, 1996, 가을호.

유진 런·김병익 옮김, 『마르크시즘과 모더니즘』, 1993.

마샬 버만·윤호병 역, 『현대성의 경험』, 미학사, 1995.

위르겐 쉬람케·원당희/박병화 공역, 『현대소설의 이론』, 문예출판사, 1995.

2장

1차 자료

김유정·전신재 편, 『김유정전집』, 한림대학교, 1987.

2차 자료

김명숙, 「김유정 소설미학의 블랙유머적인 특징」, 『한국학연구』28, 인하대한국학연구
　　소, 2012.

김지하, 「풍자냐 자살이냐」, 『시인』, 1970.6~7. (김종회 모음, 『한국문학 명비평』, 문학의숲,
　　2009.)

김춘용, 「김유정 소설의 아이러니 연구」, 부산대학교 석사학위논문, 1985.

나병철, 『소설의 이해』, 문예출판사, 2006.

———, 「김유정 소설의 해학성과 현실인식」, 『비평문학』, 한국비평문학회, 1994.9.

노지승, 「성sexuality과 농촌, 근대적 가부장제의 외부」, 『김유정과의 만남』, 소명출판,
　　2013.

안미영, 「김유정 소설의 문명비판 연구」, 『현대소설연구』11, 한국현대소설학회, 1999.

유인순, 「김유정 소설의 웃음 그리고 그 과녁-<총각과 맹꽁이>·<봄·봄>·<두꺼비>를 중심으로」, 『현대소설연구』38, 한국현대소설학회, 2008.

이유선, 「자유주의 아이러니스트」, 『아이러니스트의 사적인 진리』, 라티오, 2008.

정영호, 「김유정 소설의 아이러니 연구」, 경남대학교 교육대학원, 1991.

한만수, 「김유정 소설의 아이러니 분석」, 한양대학교 석사학위논문, 1985.

_____, 「김유정 소설의 아이러니 분석」, 『동악어문학』21, 동악어문학회, 1986.

D.C. Muecke·문상득 역, 『아이러니』, 서울대학교출판부, 1986.

게으로그 루카치·반성완 역, 『소설의 이론』, 심설당, 1985.

노스럽 프라이·임철규 옮김, 『비평의 해부』, 한길사, 2000.

리처드 로티·김동식 이유선 옮김, 『우연성 아이러니 연대성』, 민음사, 1996.

3장

1차 자료

한흑구 민충환 엮음, 『한흑구문학선집』Ⅰ, 아르코, 2009.

_____, 『한흑구문학선집』Ⅱ, 아르코, 2012.

민충환, 「새로 발굴한 한흑구의 자료」, 『문예운동』, 문예운동사, 2012.3, 136~142면.

2차 자료

강호정, 「해방기 '흑인문학'의 전유 방식:한흑구, 김종욱의 '흑인시' 번역을 중심으로」, 『한국시학연구』제54호, 한국시학회, 2018.5, 9~34면.

_____, 「한흑구 시 연구:미국 체험의 시적 수용 양상을 중심으로」, 『한국시학연구』제 57호, 한국시학회, 2019.2, 85~116면.

김병철, 『한국근대번역문학사연구』2, 을유문화사, 1975.

김욱동, 『아메리카로 떠난 조선의 지식인들: 북미조선학생총회와 ≪우라키≫』, 이숲, 2020.

노저용, 「휴머니즘과 종교」, 『T.S.엘리엇 연구』12권2호, 한국T.S.엘리엇학회, 2002, 147~171면.

류황태, 「Irving Babbitt and New Humanism Seen from Buddhist Perspectives」, 『동서철학연구』제22호, 한국동서철학회, 2001, 231~247면.

맹문재, 「한흑구의 시에 나타난 민주주의 고찰」, 『동서비교문학저널』, 한국동서비교문학학회, 2020.12, 189~211면.

문예운동 편집부, 「작고 문인 집중 조명-한흑구의 문학과 생애」, 『문예운동』, 문예운동사, 2012.3, 111~114면.

송명진, 「조선의 아메리칸 드림과 식민지인의 자기 인식-미국 유학생 잡지 『우라키』(The Rocky) 소재 문학을 중심으로」, 『문화와 융합』69, 한국문화융합학회, 2020, 143~166면.

오주리, 「1930년대 후반 영국 신심리주의(新心理主義)의 사랑 담론 수용 연구-최정익(崔正翊)의 「D. H. 로렌쓰의 ≪성(性)과 자의식(自意識)≫」, 『비교문학』, 한국비교문학회, 2015, 145~179면.

이태준, 「신문화운동 시기 양실추(梁實秋)의 낭만주의 문학사상 연구」, 『예술인문사회융합멀티미디어논문지』8권7호, 인문사회과학기술융합학회, 2018, 851~859면.

이희정, 「식민지시기 미국유학 체험과 자기 인식-한흑구 문학을 중심으로」, 『세계문학비교연구』, 세계문학비교학회, 2014, 5~26면.

장규식, 「일제하 미국유학생의 서구 근대체험과 미국문명 인식」, 『한국사연구』133, 한국사연구회, 2006.6, 141~173면.

장성규, 「식민지 디아스포라와 국제연대의 기억 -한흑구를 중심으로」, 『한민족문화연구』50, 한민족문화학회, 2015, 393~413면.

전인갑, 「『學衡』의 문화보수주의와 '계몽' 비판」, 『東洋史學硏究』106, 동양사학회, 2009, 247~289면.

한세정, 「식민지 조선 문인들의 "The Lake Isle of Innisfree"수용과 전유-김억, 김영랑, 한흑구, 정인섭을 중심으로」, 『한국예이츠 저널』제57권, 한국예이츠학회, 2018, 321~344면.

미하라요시아키, 「최재서의 Order」, 『사이(SAI)』, 국제한국문학문화학회, 2008, 291~360면.

1장 _____

1차 자료

장준하, 『장준하문집1-민족주의자의 길』, 사상, 1985.

_____, 『장준하문집2-돌베개』, 사상, 1985.

_____, 『장준하문집3-사상계지 수난사』. 사상, 1985.

2차 자료

김대영, 「장준하의 정치평론 연구(1)-장준하의 정치평론에 나타난 민족주의」, 『한국 정치 연구』11권2호, 서울대학교 한국정치연구소, 2002, 151~173면.

김윤식, 『일제말기 한국인 학병세대의 체험적 글쓰기론』, 서울대학교출판부, 2007.

김건우, 「월남 학병세대의 해방 후 8년: 학병세대 연구를 위한 시론」, 『민족문학사연구』57, 민족문학사학회·민족문학사연구소, 2015, 301~322면.

이해영, 「식민지시대 지식인의 행동적 저항과 그 기록」, 『한중인문학연구』22, 한중인문학회, 2007, 421~440면.

윤진현, 「항일 조선인 병사의 연극」, 『세계문학비교연구』, 한국세계문학비교학회, 2015, 57~86면.

장준하선생추모문집간행위원회, 『민족혼.민주혼.자유혼:장준하의 생애와 사상』, 나남출판, 1996.

정주아, 「혁명의 정념, 1945년 중경과 연안 사이-항일무장대가 남긴 '걷기'의 기록들」, 『현대문학의 연구』62, 한국문학연구학회, 2017, 219~250면.

조영일, 「임시정부와 전후 한국-장준하의 『돌베개』에 대하여」, 『황해문화』85, 새얼문화재단, 2014, 303~314면.

_____, 「임시정부와 학병국가」, 『황해문화』86, 새얼문화재단, 2015, 366~376면.

조윤정, 「전장의 기억과 학병의 감수성」, 『우리어문연구』40, 우리어문학회, 2011.5, 505~543면.

차현지, 「기독교인 장준하의 생애와 자유·민권사상」, 『한국기독교와 역사』52, 한국기독교역사연구소, 2020, 133~178면.

황병주, 「어느 민족주의자의 삶과 죽음」, 『내일을 여는 역사』63, 내일을 여는 역사,

2016, 270~288면.

이푸 투안·구동회 심승희 옮김,『공간과 장소』, 대윤, 1995.

2장

1차 자료

홍구범·권희돈 엮음,『홍구범전집』, 현대문학, 2009.

2차 자료

권희돈,「홍구범의 삶과 문학 연구」,『새국어교육』86, 한국국어교육학회, 2010, 431~452면.

김구·도진순 주해,『백범일지』, 돌베개, 2017.

김외곤,「홍구범 소설 연구」,『호서문화논총』14, 서원대학교 직지문화산업연구소, 2000, 73~91면.

김영도,「홍구범 단편소설의 인물 연구:인물의 심리를 중심으로」, 청주대학교 국어국문학과 석사학위논문, 2008.

이도연,「홍구범 단편 연구:해방전후사의 인식과 관련하여」,『비평문학』41, 한국비평문학회, 2011, 249~277면.

김영도,「홍구범 단편소설 연구:인물의 유형을 중심으로」, 충북대학교 교육대학원 석사학위논문, 2015.

안미영,「해방공간 귀환전재민의 두려운 낯섦」,『국어국문학』159, 국어국문학회, 2011, 265~294면.

──────,『해방, 비국민의 미완의 서사』, 소명출판, 2016.

오문환,「동학에 나타난 민주주의:인권, 공공성, 국민주권」,『한국학논집』32, 계명대학교 한국학연구소 2005, 179~212면.

윤석산,『동학, 천도교의 어제와 오늘』, 한양대학교출판부, 2013.

정창렬,「백성 의식, 평민 의식, 민중 의식」,『현상과인식』통권19호, 한국인문사회과학원, 1981.12, 106~126면.

채길순,「1920년대 동학소설 고찰」,『한국문예비평연구』제39집9, 한국문예비평연구학

　　　회, 2012, 273~296면.

채정민, 「한국 전통적 정치사상에서의 민주주의적 요소」, 『효대논문집』35, 대구효성카
　　　톨릭대학교, 1987.8, 275~291면.

노르베르트 엘리아스·박미애 옮김, 『문명화 과정』II, 한길사, 1999.

크리스토퍼 피어슨·박형신/이택면 옮김, 「국가와 근대성」, 『근대국가의 이해』, 일신사,
　　　1998.

3장

김병철, 『한국근대번역문학사연구』II, 을유문화사, 1980.

김주현, 「이상 소설과 분신의 주제」, 『한국학보』25, 일지사, 1999, 64~88면.

김윤식, 『한국근대문학사상비판』, 일지사, 1978.

김윤식 편저, 『李箱문학전집-연구 논문 모음』4, 문학사상사, 1995.

김현, 「이상에 나타난 '만남'의 문제-소설을 주로 하여」, 『자유문학』, 1962.10.

김화영, 「『이방인』 해설」, 『이방인』, 책세상, 1987.

남기혁, 『한국현대시문학사』, 소명출판, 2005.

박봉우, 『휴전선』, 정음사, 1957.

오생근, 「동물의 이미지를 통한 이상의 상상적 세계」, 『신동아』, 동아일보사, 1970.

이어령, 「이상론-'순수 의식'의 완성과 그 파벽(破甓)」, 『문리대학보』3권2호, 1955.9.

임종국, 「이상 연구」, 『고대문화』, 1955.12.

조연현, 「근대 정신의 해체-고(故) 이상의 문학사적 의의」, 『문예』, 1949.11.

조용만, 「抒情歌」, 『사상계』55호, 사상계사, 1958.2.

최재서, 『문학과 지성』, 인문사, 1938.

한상규, 「1930년대 모더니즘 문학의 미적 자의식-이상 문학의 경우-」, 『한국학보』15집,
　　　일지사, 1989, 여름호, 46-69면.

사르트르·허문강 역, 「『이방인』비판」, 『사상계』55호, 사상계사, 1958.2

1장 ───────────────────────────────────

1차 자료

한무숙, 「파편·그대로의 잠을·돌·감정이 있는 심연·월운·허물어진 환희·천사」, 『신한 국문학전집-특별판11』, 어문각, 1981.

────, 『한무숙문학전집10-세계속의 한국문학』, 을유문화사, 1993.

────, 『祝祭와 運命의 場所』, 휘문출판사, 1963.

────, 『우리 사이 모든 것이』, 문학사상출판부, 1979.

2차 자료

구중서, 「한무숙의 문학세계」, 『한무숙문학 연구』, 을유문화사, 1996, 11~31면.

권혜린, 「한무숙 소설의 윤리성 연구-감정의 윤리를 중심으로」, 『겨레어문학』52, 겨레 어문학학회, 2014.6, 5~32면.

김경애, 「소설에서 초점화의 이해와 교육」, 『현대문학이론연구』74, 현대문학이론학회, 2018.9, 29~52면.

김미란, 「전통적 삶과 언어의 보고」, 『한무숙문학 연구』, 을유문화사, 1996, 75~100면.

김상태, 「소설의 문체」, 한국현대소설연구회 지음, 『현대소설론』, 평민사, 1997, 209~231 면.

김성달, 「역사·존재의 무늬 읽기-『생인손』론」, 『한무숙 문학 세계』, 새미, 2000, 181~196면.

김은석, 「서사의 이중 구조와 남성 서술자의 문제-한무숙의 단편 소설을 중심으로」, 『인문학연구』54, 조선대학교 인문학연구소, 2017, 471~498면.

김현주, 「광기의 미학」, 『한무숙 문학세계』, 새미, 2000, 91~111면.

김종희, 「한무숙 소설에 나타난 근대적 여성인물의 성격 고찰」, 『현대문학이론연구』19, 현대문학이론학회, 2003.6, 25~39면.

박정애, 「'규수작가'의 타협과 배반: 한무숙과 강신재의 50~60년대 작품을 중심으로」, 『어문학』93, 한국어문학회, 2006, 471~498면.

이덕화, 「자기 해체를 통한 자기 극복-한무숙의 글쓰기」, 『현대문학의 연구』20, 한국현 대문학연구학회, 2003.2, 183~205면.

이문구, 「민족사의 숨결로 승화된 언어」, 『한무숙문학 연구』, 을유문화사, 1996,

144~150면.

이상억, 「현대문학에 나타난 서울 옛말씨의 연구」, 『서울학연구』17, 서울시립대학교 서울학연구소, 2001.9, 131~177면.

이종호, 「1970년대 한국문학전집의 발간과 소설의 정전화과정: 어문각 『신한국문학전집』을 중심으로」, 『한국문학연구』43, 동국대학교 한국문학연구소, 2012, 45~89면.

이호규, 「연꽃이 아름다운 이유」, 『한무숙 문학 세계』, 새미, 2000, 23~46면.

임선숙, 「한무숙 소설의 서술기법에 대하여-1인칭 소설을 중심으로」, 『이화어문논집』20, 이화여자대학교 이화어문학회, 2002, 157~185면.

임은희, 「한무숙 소설에 나타난 병리적 징후와 여성주체」, 『한국문학이론과 비평』43, 한국문학이론과 비평학회, 2009, 389~420면.

정은경, 「사랑의 실패들-한무숙 소설의 인물에 대한 심리학적 일고찰」, 『국어국문학』68, 국어문학회, 2018.7, 153~187면.

정재원, 「총론-한무숙 문학세계 연구」, 『한무숙 문학 세계』, 새미, 2000, 7~22면.

조정래·나병철, 『소설이란 무엇인가』, 평민사, 2005.

한용환, 『서사 이론과 그 쟁점들』, 문예출판사, 2002.

홍기삼, 「균형과 조화의 원리」, 『한무숙 문학연구』, 을유문화사, 1996, 32~74면.

황영미, 「「축제와 운명의 장소」에 나타난 한무숙 소설의 이중성」, 『한국어와 문화』2, 숙명여자대학교 한국어문화연구소, 2007.8, 175~194면.

2장

1차 자료

박화성, 「하수도공사」, 『고향없는 사람들』, 일신서적출판사, 1994.

_____, 『고개를 넘으면(外)』, 민중서관, 단기4292.

2차 자료

고창석, 「박화성 소설에 나타난 기호적 공간」, 『세계한국어문학』, 세계한국어문학회, 2010.10, 109~141면.

김일영, 「이승만 정부의 수입대체산업화정책과 렌트구축 및 부패, 그리고 경제발전」,

『1950년대 한국사의 재조명』, 선인, 2004, 603~629면.

박명림, 「종전과 "1953년 체제"」, 『1950년대 한국사의 재조명』, 선인, 2004, 235~273면.

변신원, 「근현대 여성작가열전②박화성-계급의식과 주체적 여성의식」, 『역사비평』34
　　　호, 역사문제연구소, 1996.2, 355~370면.

──────, 『박화성 소설 연구』, 국학자료원, 2001.

서정자, 「눈보라와 휴화산의 문학」, 『문학춘추』제12호, 문학춘추사, 1995.9, 34~49면.

──────, 「박화성의 시대와 문학-1925년부터 1985년까지의 단편소설 연구」, 『문학춘추』,
　　　문학춘추사, 1999.9, 34~43면

──────, 「'주의자'의 성·사랑·결혼」, 『현대소설연구』26, 한국현대소설학회, 2004, 89~
　　　112면.

송명희, 「박화성 소설 연구-『북국의 여명』에 나타난 성숙의 플롯을 중심으로」, 『한국문
　　　학이론과비평』, 한국문학이론과비평학회, 2009.3, 301~328면.

유임하, 『여성, 전쟁을 넘어 일어서다』, 서해문집, 2004.

이윤정, 「박화성 소설에 나타난 여성문제 인식고찰」, 『여성학연구』제16권제1호, 한국
　　　여성학회, 2006.12, 263~268면.

이명재, 「박화성문학의 특질과 문단적 위치」, 『문학춘추』제28호, 문학춘추사, 1999.9,
　　　21~33면.

장미경, 「근대 한일 여성 사회소설 비교연구」, 『일본어문학』, 일본어문학회, 2008.12,
　　　325~346면.

천승준, 「어머니 박화성의 풍경」, 『문예운동』통권102호, 문예운동사, 2009.9, 50~60면.

한민영, 「박화성 전후 장편소설 연구」, 동국대학교 석사학위논문, 2009.

앤소니 기든스·배은경 황정미 옮김, 『현대 사회의 성·사랑·에로티시즘』, 새물결, 2003.

재클린 살스비·박찬길 옮김, 『낭만적 사랑과 사회』, 민음사, 1985.

3장

1차 자료

김동립, 「連帶者」, 『사상계』, 1960.7

김이석, 「흐름속에서」, 『사상계』, 1960.8

유주현, 「密告者」, 『사상계』, 1961.6.

송병수, 「掌印」, 『현대문학』, 1960.7.

『사상계』

2차 자료

김동춘, 「사상의 전개를 통해 본 한국의 '근대' 모습」, 『근대의 그늘-한국의 근대성과 민족주의』, 2000, 235~286면.

_____, 「우리역사 바로알자:4·19시기 과연 혼란기였나」, 『역사비평』, 역사문제연구소, 1990.봄, 307~314면.

김윤식, 「4·19와 한국문학」, 『사상계』, 사상계사, 1970.4(한완상 외, 『4·19혁명론』, 일월서 각, 1983, 335~347면.)

김학준, 「4·19이후 5·16까지의 진보주의운동」, 『4월혁명론』, 한길사, 1988, 199~219면.

김호군 통신원, 「내가 겪은 4·19 전후 남과 북의 첩보전」, 『월간 말』, 월간 말, 1994.2, 220~224면.

박태순, 「4·19의 민중과 문학」, 『4월혁명론』, 한길사, 1983, 263~297면.

이동하, 「4·19와 리얼리즘」, 『숙대학보』24, 1984, 166~172면.

정용욱, 「5·16쿠데타이후 지식인의 분화와 편재」, 『1960년대 한국의 근대화와 지식 인』, 선인, 2004, 157~185면.

정창현, 「1960년대 반공이데올로기의 정착과 지식인층의 대북인식 변화」, 『1960년대 한국의 근대화와 지식인』, 선인, 2004, 229~259면.

차기벽, 「4·19·과도정부·장면정권의 의의」, 『4월혁명론』, 한길사, 1983, 151~171면.

최원식·임규찬 엮음, 『4월혁명과 한국문학』, 창작과비평사, 2002.

하상일, 『1960년대 현실주의 문학비평과 매체의 비평전략』, 소명출판, 2008.

홍석률, 「1960년대 지성계의 동향」, 『1960년대 사회변화연구: 1963~1970』, 백산서당, 1999, 191~256면.

_____, 「1960년대 반공이데올로기의 정착과 지식인층의 대북인식 변화」, 『1960년대 한국의 근대화와 지식인』, 선인, 2004, 225~259면.

1부 근대, 변한 것과 변하지 않은 것은 무엇인가

1장 몸 담론, 근대 문화의 변화를 읽는 기준

「근대소설연구에서 몸 담론의 전개과정과 쟁점」, 『여성문학연구』, 한국여성문학회, 2006.6

2장 여성, 육체적 욕망의 개화

「육체적 욕망을 자각하는 근대 여성의 출현」, 『문예연구』, 문예연구사, 2002.9

3장 기독교, 예배당과 천당에 대한 성찰

「1920년대 소설에서 '예배당'과 '천당'의 거리」, 『문학마당』, 문학마당, 2003.3

2부 한국 근대 소설은 어떻게 성장했는가

1장 모더니스트의 1인칭 소설 창작 방식

「박태원의 <적멸>연구」, 『문학과언어』, 문학과언어학회, 1996.5

2장 아이러니스트의 계절 수사학 활용 방식

「아이러니스트의 봄의 수사학」, 『한국근대문학연구』, 한국근대문학회, 2013.10

3장 미국 고학생의 영미문학 수용과 인류 보편의 문제 직시

「한흑구의 영미문학 수용과 문학관 정립」, 『배달말』, 배달말학회, 2021.12

※책을 기획하고 집필하는 과정에서 각각의 내용을 새롭게 구성하고 수정했습니다